SILVERS UNRUHESTIFTERIN

ALTERSUNTERSCHIED VERBOTENE ROMANZE

DIE SAGA DER SILVER-BRÜDER
BUCH FÜNF

LACEY SILKS

Silvers Unruhestifterin © 2024 by Lacey Silks

Copyright der Originalausgabe © 2022 Lacey Silks

Deutsche Erstausgabe © 2024

Verlag: MyLit Publishing, Cambridge, ON, Kanada

Alle Rechte vorbehalten. Kein Teil dieses Buchs darf ohne schriftliche Erlaubnis des Rechteinhabers in irgendeiner Form reproduziert oder vervielfältigt werden.

Dies ist ein Roman. Alle Namen, Charaktere, Orte und Gegebenheiten sind der Vorstellungskraft der Autorin entsprungen oder wurden fiktiv benutzt. Jede Ähnlichkeit mit realen Personen, lebend oder tot, Ereignissen oder Orten ist rein zufällig. Alle sexuell aktiven Figuren in diesem Buch sind über 18.

Dieses Buch ist ausschließlich FÜR VOLLJÄHRIGE LESER gedacht. Es enthält sexuell explizite Szenen, die von einigen Lesern als anstößig empfunden werden könnten. Bitte bewahren Sie Ihre Bücher an einem Ort auf, der für Minderjährige nicht zugänglich ist.

ISBN: 978-1-998306-48-0

„Das Leben ist das, was passiert, während du eifrig
dabei bist, andere Pläne zu machen." ~ John Lennon

„Ich will mich nicht an dieses Leben und den Schmerz erinnern. Ich will nicht mehr traurig sein. Dieses Leben mit dir ist viel besser." Sie nahm meine Hand und kuschelte sich näher an mich. Tief in meinem Inneren stimmte ich zu. Dieses Leben mit ihr war viel besser. ~ Julian Silver, Silvers Unruhestifterin

Kapitel 1

Julian

Ärger war Katherines zweiter Vorname, und er folgte ihr wie ein Welpe seiner Mutter. Als ich das erste Mal auf sie aufpasste, erfuhr ich, dass Chaos durch die Adern dieses Mädchens floss. Ich war gerade mal achtzehn, und sie verschluckte sich an einem Lego kurz vor ihrer Taufe. Meinem Lego. Jake und Ashley hätten mich geviertelt, wenn ihrer kleinen Tochter etwas zugestoßen wäre, aber ich rettete die kleine Katherine, weil ich eben ein geborener Held bin. Es stellt sich heraus, dass das gar nicht so schlecht ist, wenn man Bodyguard ist. Und Jake und Ashley haben nie davon erfahren. Sie haben auch nie von der Socke erfahren, die sie die Toilette runtergespült hat. Ich verbrachte einen halben Tag damit, die verdammte Toilette zu entstopfen. Oder von dem Mal, als sie in den Pool fiel, weil die Wartung das Tor nicht abgeschlossen hatte.

Wie gesagt, sie hätten mich umgebracht. Im Laufe der Jahre wuchs Katherine heran, und ich entlastete Ashleys und Jakes vollen Terminkalender, indem ich babygesittet habe. Ich ging mit einem Kinderwagen durch den Park, während Jake seinen politischen Was-auch-immer-Doktor zusammen mit seiner Frau machte, die irgendwo auf einer Parkbank büffelten. Ich machte meinen Abschluss an der NYU und tat das, was alle Silvers am besten können: Kontakte knüpfen. Dazu kamen Schulungen. Verflucht noch mal, so viele Schulungen, weil das nötig war, um ein guter Privatdetektiv zu sein. Und heute Abend brachte mir all dieses Prestige einen späten Notruf von meinen besten Freunden ein.

Ich zog meine Karte am Haupteingang durch und eilte den langen Flur zu meinem Eckbüro hinunter, wo der Nachtwächter an der Tür wartete.

„Sie sind drinnen."

„Gut. Informieren Sie mich sofort, wenn jemand unten klingelt."

„Jawohl, Sir."

Ich stieß die Tür auf. Jake und Ashley sprangen vom Sofa auf mich zu, Jake in einer Jogginghose und Ash in Leggings und Jakes Sweatshirt. Das Vorzeigepaar aus D.C. war auf dem Weg zu einer weiteren Kongressnominierung und einem Sieg, und sie sahen aus, als hätte man sie durch den Wolf gedreht.

„Was ist los?", fragte ich. „Geht es Katherine gut?"

Ash schüttelte den Kopf und weinte, während ihre fünfzehnjährige Tochter hinter meinem Schreibtisch saß und in die Nacht hinausblickte. Der Himmel war klar, und der Mond zeichnete Manhattans wunderschönen Horizont nach, aber wenn ich wetten müsste, achtete mein Patenkind nicht auf die Skyline der Stadt. Ich warf einen Blick zu ihr hinüber. Sie zupfte an der Haut neben einem Nagel, und sie sah absolut fertig aus. Ihr Schottenrock war kürzer, als ich ihn in Erinnerung hatte. Sie musste ihn gesäumt haben, und Ashley muss außer sich gewesen sein. Aber das quirlige und aufgeweckte Mädchen, das ich von Geburt an kannte, schien irgendwie neben der Spur zu sein.

„Nein. Nichts ist okay. Gar nichts."

Ich reichte ihr ein Taschentuch. „Fang von vorne an."

„Es geht um Katherine", flüsterte sie. „Sie steckt in Schwierigkeiten."

Katherine führte ihren Daumen zum Mund und kaute an ihrem Nagel, während sie auf die Stelle starrte, wo die Flamme der Freiheitsstatue die Nacht erhellte. Ihre leblose Haltung kombiniert mit diesem Starren jagte mir einen Schauer über den Rücken.

„Warum trägt sie ihre Schulkleidung?"

„Wir haben sie vier Stunden nach Schulschluss in unserem Hinterhof gefunden. Es hatte geregnet, und sie war durchnässt und wollte sich nicht umziehen."

„Sind das Blutflecken?"

Ich eilte zum Korb in der Ecke und nahm eine weiße Plüschdecke heraus, ein Geschenk von Stefanie. Die Psychiaterin hatte meinem Büro letztes Weihnachten eine General-überholung verpasst – und mir am nächsten Morgen einen geblasen. Ich legte die Decke um ihre Schultern, und Katherine sah auf. Mein Körper wurde taub, als ich ihre Gesichtszüge sah. Ihr langes, verfilztes braunes Haar klebte an ihrem Gesicht und Hals.

„Sie hat nach dir gefragt. Sie sagt, du bist der Einzige, der helfen kann."

Vorsichtig hob ich sie von meinem Stuhl hoch. Ein Päckchen Kaugummi fiel aus ihrer Tasche, als ich sie zum anderen Sofa trug. Dort legte sie sich in Embryonalstellung hin und zitterte.

„Hey, Kay. Du bist jetzt in Sicherheit. Was auch immer passiert ist, wir werden es in Ordnung bringen." Ich wandte mich an ihre Eltern. „Hat ihr jemand wehgetan?" Die Worte kamen kaum über meine Kehle.

„Ich ... ich weiß es nicht. Ich glaube nicht." Ashleys leises Schluchzen brach mir das Herz entzwei.

„Ich kann alles wieder in Ordnung bringen. Egal was es ist, wir können alles wieder in Ordnung bringen."

Katherine drehte sich in Zeitlupe zu mir um und sah zu mir auf. Der Geist, den ich in ihren tellergroßen Augen in Erinnerung hatte, war verschwunden.

Mein Herz beschleunigte sich. Jakes verzweifelter Blick zu seiner Tochter traf mich wie ein Schlag in den Magen.

„Was zum Teufel ist passiert?"

„Ich muss unter vier Augen mit dir sprechen." Jake stand auf.

Es war so ernst.

„In Ordnung. Komm mit mir. Ash, wir werden nicht lange weg sein, und ihr seid in Sicherheit. Ihr seid beide in Sicherheit. Das verspreche ich euch."

„Ich weiß, ich weiß." Sie strich sanft über Katherines Arm und flüsterte leise: „Es tut mir leid."

Jake folgte mir durch das drehbare Bücherregal. Ich schenkte uns beiden einen Scotch ein und reichte ihm ein Glas.

„Was ist los?"

„Wir haben bereits mit Fred und Jacob gesprochen. Alle Silvers sind mit dem Plan einverstanden. Ich habe dich früher angerufen, aber du warst nicht erreichbar."

Ich hatte das Büro heute früh für ein Date mit Stefanie verlassen. Jake rief an, ich ging ran und konnte mich damit auf einen frustrierten Abend einstellen.

„Ich hatte ein Date." Ich winkte ab. „Das spielt keine Rolle. Von welchem Plan sprichst du?"

„Julian, du bist ihr Patenonkel. Du kümmerst dich um sie, seit sie in Windeln war."

„Ich liebe sie wie mein eigenes Kind."

„Deshalb weiß ich, dass wir die richtige Entscheidung getroffen haben."

Er reichte mir einen Umschlag, den ich vorher nicht bemerkt hatte. „Falls etwas passiert, hier ist ein Schlüssel zu einem Bankschließfach. Du findest die Anweisungen mit den Dokumenten. Tristan und James bereiten den Einsatz für morgen vor, und ich hoffe, du stimmst dem zu. Wir beide hoffen, dass du dem zustimmst, denn wir brauchen dich als Katherines Vormund. Vorübergehend natürlich."

Wo zum Teufel kam das her, und warum war ich noch nicht aufgewacht?

Mir wurde das Blut aus dem Gesicht gesaugt, und ich stellte mein Glas beiseite. Ich wusste, dass die Moores mitten in einem Kampf mit dem Kongress steckten, aber mir war nicht klar gewesen, dass sie in Schwierigkeiten waren. „Was zum Teufel ist passiert?"

„Wir müssen für eine Weile untertauchen."

„Ihr geht ins Zeugenschutzprogramm?", vermutete ich.

„Ja, aber wir können Katherine nicht mitnehmen."

„Was? Warum?"

„Das Profil eines Paares mit einer Teenagertochter würde alle anlocken, die wir vermeiden müssen. Es wäre unmöglich, ihr ein normales Leben zu geben, oder so normal wie möglich."

„Das Bundeszeugenschutzprogramm hat damit täglich zu tun. Ich bin sicher, sie können mit Katherine umgehen."

„Aber du bist der Einzige, dem wir vertrauen, ihr das zu geben, was der Zeugenschutz nicht kann: ein Leben. Ein normales Leben."

„Was ist mit Neuseeland? Sie wurde dort geboren."

„Aber ihr Leben ist hier."

„Was für ein Leben, wenn sie sich verstecken muss? Du hast das nicht durchdacht, Jake. Ich bin verdammt noch mal aus gutem Grund ein Single ohne Kinder" Arbeit war mein Leben, und Dates? Die genoss ich hauptsächlich im Bett. Oder an der Wand.

Er schüttelte den Kopf. „Es ist der einzige Weg, sie in Sicherheit zu bringen. Dein Vater und dein Bruder bereiten sich schon auf morgen vor." Er legte einen weiteren dicken Umschlag auf den Tisch. Ich füllte mein Glas nach und leerte es in einem schmerzhaften, aber äußerst befriedigenden Schluck.

„Was passiert morgen? Und was ist mit Katherine passiert?"

„Es gab einen Unfall in der Schule, also kann sie nicht zurück.

Sie wird von nun an einen Privatlehrer haben, und wir werden in Kontakt bleiben. Vielleicht nicht sofort, aber bald. Sie wird bei dir bleiben, in der Nähe deiner Eltern. Sie liebt deine Familie, und ich weiß, dass du sie auch liebst. Wir sollten bis zum Sommer zurück sein." Er sagte es, als würden sie in den Urlaub fahren.

„Jake, ich habe nicht mal ein Kind. Ich habe keine Frau oder Freundin. Wie soll ich erklären, dass ich einen Teenager habe?"

„Das Tolle an dir, Julian, ist, dass du dich anpassen kannst. Und du bist ein guter bester Freund und ein großartiger Patenonkel. Wenn alles nach Plan läuft, wird es nicht lange dauern, bis wir zurück sind. Das FBI wird die Beweise gegen Donaldson finden, und wir sind aus dem Schneider."

„Kongressabgeordneter Donaldson?"

„Der einzig Wahre." Er packte meine Schulter. Als wäre der Deal endgültig. Als hätten wir gerade beschlossen, dass ich die Vormundschaft für die Tochter meines besten Freundes übernehme. Alles unter dem Siegel der Verschwiegenheit.

War er das nicht?

Sie war mein Patenkind, und ich hatte geschworen, sie zu beschützen, wenn ihre Eltern es nicht konnten. Die Antwort auf dieses Versprechen war einfach, und Jake musste es in meinen Augen gesehen haben, denn zusammen mit meinem Heldenkomplex floss eine Flut von Mut.

„Danke. Ich wusste, du würdest es tun."

„Ich habe nicht ja gesagt."

„Deine Augen haben es getan, und das reicht."

Er überreichte mir den anderen Umschlag mit einem dicken Stapel Papiere, beschriftet mit Kendra, den er bis jetzt unter dem Arm gehalten hatte. Wie viele davon hatten sie?

„Wer ist Kendra?"

„Ashley mochte den Namen als neuen für Katherine. Vorerst."

„Und weiß deine Tochter das?"

„Offensichtlich nicht. Wir zahlen dir nicht das dicke Gehalt, damit du alles alleine machst, Julian. Sie wird einen Psychiater brauchen, und ich weiß, dass du einen guten kennst."

Ich konnte Stefanie nicht da reinziehen. Der Grund, warum wir funktionierten, war, dass wir frei von Drama waren.

„Jake, ich weiß, wir sind schon lange Freunde, aber-"

„Aber es gibt niemanden sonst, der diesen Job besser machen kann als du, und ich vertraue niemandem sonst. Du bist ihr Patenonkel, und es ist nur für ein paar Monate, Julian. Nachdem du den Plan für morgen gehört hast, wirst du zustimmen, dass du das Beste für Katherine bist. Sie kennt dich bereits, und sie fühlt sich bei dir wohl."

„Was passiert nochmal morgen?"

„Es steht im Umschlag. Wir müssen einen Ort finden, um uns zu säubern und die Nacht zu verstecken, aber wenn wir morgen früh noch am Leben sind, sehe ich dich dann."

Er drehte sich um und ging zurück in mein Büro. Ich stellte mein Glas auf die Theke und eilte ihm hinterher zu Ashley, die neben ihrer Tochter saß. Katherine lag zusammengerollt in Embryonalstellung. Ich hatte das quirlige Mädchen noch nie so zerbrechlich gesehen.

„Sie ist eingeschlafen", flüsterte Ashley. „Ich habe ihr mein Xanax gegeben."

„Du hast ihr was gegeben?" Ich blieb mitten im Schritt stehen. „Ash, die machen süchtig. Ich bin nicht sicher, ob eine Fünfzehnjährige Xanax nehmen sollte."

Sie wandte sich Jake zu und verankerte ihren Blick in seinem. „Hast du ihm nicht erklärt, was passiert ist?"

„Ich hatte keine Zeit für diesen Teil", antwortete er.

„Welchen Teil?"

„Wir müssen gehen und uns verstecken, bevor morgen kommt."

„Okay, gebt mir nur eine Sekunde, um aufzuholen."

Ich zog die Papiere aus Jakes Umschlag und blätterte durch die Seiten. „Oh, verdammt."

„Du siehst unser Problem?"

Ich sah ihr Problem, aber ich konnte keinen Ausweg aus meiner Zwickmühle erkennen, selbst wenn ich es versuchte. Egal, welche Wahl ich traf, es würde Ärger geben. Jede Menge Ärger.

„Wo geht ihr heute Abend hin?", fragte ich. „Wo übernachtet ihr?"

Er fuhr sich mit den Fingern durchs Haar. „Es gibt einen Auftragskiller, der hinter uns her ist. Donaldson hat einen Auftragsmörder angeheuert... Sein Name ist Martinez, aber das ist alles, was wir wissen. Ich bin mir nicht mal sicher, ob die Sicherheitsleute da draußen ausreichen." Er nickte in Richtung meiner Bürotür. „Ich weiß nicht, wohin ich meine Frau und mein Kind bringen soll, um sie in Sicherheit zu wissen."

Ich legte meine Hand auf seine Schulter und drückte sanft, damit er sich neben seine Frau und Tochter setzen konnte.

„Ihr seid bereits da, wo ihr sein müsst. Ihr könnt Tristans Schlafzimmer neben seinem Büro nehmen. Da gibt's auch eine Dusche. Ich bin sicher, er hat nichts dagegen. Ich werde Katherine in mein Bett bringen, wenn sie aufwacht." Gott, was sich in dem Moment so unschuldig anhörte, würde zu einer meiner schmutzigsten Fantasien werden. Hätte ich gewusst, welche Falle ich mir damit selbst stellte, hätte ich der Regelung nie zugestimmt.

Ich deutete auf den Stapel Papiere von meinem Vater. „Sieht so aus, als hätte ich bis morgen früh einiges zu lesen. Es gibt Essen im Personalraum; ich würde kein Risiko eingehen und etwas bestellen. Nehmt keinen Kontakt auf. Schaltet eure Handys aus. Gebt sie mir am besten gleich."

„Wir haben sie schon Tristan gegeben."

„Gut. Na ja, vielleicht hätten wir damit anfangen sollen."

Ich wollte ihnen erklären, dass die Aufgabe, um die sie mich gebeten hatten, schwierig sein würde; so gut wie unmöglich. Aber Silvers waren Meister des Unmöglichen, und ich konnte meine Freunde unter keinen Umständen im Stich lassen. Ich würde Katherine in meinem Haus verstecken, und... ja... unmöglich.

Scheiße.

Ich wusste es damals noch nicht, aber ich war nicht bereit für den Ärger, den mir meine besten Freunde da aufhalsten. Ich war völlig von Sinnen zu glauben, Katherine könnte bei mir bleiben.

Andererseits war ich auch nicht bereit gewesen, als Ash und Jake zu meinem Penthouse kamen, als Katherine vier war. Dieser Notfall-Babysittingabend endete damit, dass die kleine Kay mir Make-up ins Gesicht schmierte. Die verschmierten Lippenstift-flecken auf meiner Badezimmerablage wurden nicht so geschätzt. Katherine wusch sie mit meiner Zahnbürste ab. Die sie vorher in die Toilette getaucht hatte.

„Moment mal. Was ist mit ihrer Patentante?", fragte ich. „Wie hieß sie noch gleich – Jodi? Die von der Seite deiner Mutter, Ash?" Ich wedelte mit dem Finger in der Luft, als wäre es ein Zauberstab und ich könnte Jodi aus dem Nichts erscheinen lassen.

„Jodi ist vor drei Jahren an Krebs gestorben."

„Scheiße."

Ashley legte ihre kalte und zitternde Hand auf meine. Ich könnte meine Eltern fragen, aber Emma war erst acht, und sie hatten alle Hände voll zu tun. Außerdem würde ich mich nicht drücken. Das lag nicht in meinem Blut.

„Julian, wir würden dich nicht darum bitten, wenn es nicht unbedingt nötig wäre."

Ashleys raue Stimme und flehende Augen durchbrachen die dicke Mauer um mein Herz. Ich bedeckte ihre Hand mit meiner und schenkte ihr ein beruhigendes Lächeln. Katherine hatte defi-nitiv die wunderschönen Augen ihrer Mutter geerbt.

„Ich habe schon gesagt, dass ich es mache", flüsterte ich. „Ich werde alles tun, was ihr braucht. Das ist es, was Familien tun, und wir sind schon lange eine Familie."

„Danke", schluchzte sie und schnäuzte sich in ein weiteres Taschentuch.

Ich stand auf und lockerte den obersten Knopf meines Hemdes.

„Ihr beide wisst, wo Tristans Büro ist, und ich werde Greg bitten, euch die privaten Räumlichkeiten zu zeigen. Er wartet draußen im Flur mit eurer Sicherheit, die ihr in diesem Gebäude, wie ich euch versichere, nicht braucht. Wir haben hier mehr als genug."

„Danke, Julian." Jake reichte mir noch einen Umschlag. Wie viele davon hatte er?

„Was ist das?", fragte ich.

„Details zum Plan für morgen."

Ich überflog die Papiere bis zum Ende, wo mein Vater und mein Onkel eine Vereinbarung mit Jakes verrücktem Plan unterzeichnet hatten. Wir würden eine private Zugfahrt über die Berge machen, und morgen würden wir die Suche nach den Kongressmitgliedern und ihrer Tochter mit einem einzigen Knopfdruck in die Irre führen.

„Das kann doch nicht euer Ernst sein."

„Es muss absolut echt wirken, Julian."

„Ihr sterbt?"

„Der beste Weg, aus der Schusslinie zu bleiben, ist zwei Meter unter der Erde. Katherine kann nicht mit uns kommen. Sie braucht ein normales Leben, und du kannst ihr das geben."

Sie hatten keine Ahnung, worum sie mich da baten, aber der Punkt war, sie hatten gefragt, und ich konnte nicht Nein sagen.

Ashley und Jake gingen in ihr Zimmer, und ich brachte Katherine in mein Zimmer und in mein Bett. Ich zog ihr die Schuhe, den Mantel und den Pullover aus und deckte sie zu, bevor ich mich wieder an meinen Schreibtisch setzte. Ich las den Plan, den mein Vater und mein Onkel ausgearbeitet hatten, in dieser Nacht mehr als ein Dutzend Mal durch. Es war ein ehrgeiziger Plan mit zu vielen Lücken und beweglichen Teilen, und er nährte meine Schlaflosigkeit bis zum Morgen.

In dieser Nacht beobachtete ich Katherine beim Schlafen, völlig ahnungslos, dass es die erste von vielen Nächten sein würde, die ich mit diesem Mädchen verbringen würde. Und keine einzige davon würde einfach sein, denn Ärger war ihr zweiter Vorname.

Kapitel 2

Kendra

Sie nannten mich einen Unruhestifter, aber das war nur zur Hälfte richtig. Ich mied Ärger wie die Pest, aber er folgte mir wie ein Fluch. Meine Familie gab mir die Schuld für jedes zerbrochene Glas und jedes kleine Missgeschick, aber wenn das Hinausklettern aus einem Fenster im zweiten Stock und einen Baum hinunter meiner Mutter den Slip verdrehte, dann sollte er sich ruhig verdrehen. Vielleicht war ich auf dem Weg nach unten auch auf die Pfingstrosen in ihrem Vorgarten getreten, aber eine Party rief. In einer Welt, in der das Etikett deiner Kleidung und die Größe deines Geldbeutels deinen Status als Teenager bestimmten, war das Mindeste, was man tun konnte, aufzutauchen. Und ich wollte auftauchen, aber von jetzt an konnte ich das nicht mehr. Ab heute würde Julian Silver mich in seinem Haus einsperren.

Ich verschränkte die Arme vor der Brust, und eine Erinnerung an explodierende Gehirnmasse blitzte durch meinen Kopf. Ich schauderte, schüttelte es ab und starrte aus dem Zugfenster auf die vorbeiziehenden gelben Weizenfelder. Sie erstreckten sich weit in die Ferne und leuchteten in der untergehenden Sonne. Weizen war viel angenehmer anzusehen als Blut. Die Landschaft hatte mich drei Stunden lang hypnotisiert und half mir, das Chaos zu vergessen, das ich angerichtet hatte. Bei Einbruch der Dunkelheit würden wir die Berge und langen Tunnel erreichen. Wir hatten Silver Securities um fünf Uhr morgens verlassen, und ich sehnte mich nach einer Zigarette. Ich hatte keine mehr geraucht, seit Julian mich letzte Nacht dabei erwischt hatte, wie ich mir eine in seinem Bürobad anzündete. Er warf sie weg und schleifte mich direkt zurück ins Bett. Sie dachten alle, ich wäre eingeschlafen, aber das tat ich nicht. Wie hätte ich das nach dem, was ich getan hatte, auch können?

Wir saßen in der oberen Zuglounge, wo das Glasdach und die Seitenwände einen Panoramablick auf die Ebenen boten.

„Psst", hörte ich von gegenüber und hob den Kopf, um Julians Blick zu begegnen. Sein Bruder saß neben ihm, gekleidet in die gleichen Hosen in einem anderen Beigeton und einem sportlichen Polohemd. Sie scrollten durch ihre Handys, während die Klimaanlage ihr fluffiges Haar zerzauste. Von dem, was man mir erzählt hatte, mochten die Frauen in ihrem Leben den zerzausten Look. Okay, niemand hatte es mir gesagt: Ich hatte gelauscht. Polohemden und gebügelte Hosen waren nicht mein Ding, aber die geheimen Geständnisse der Silver-Brüder bei einer Flasche Whisky zu später Stunde bei Familienfeiern waren unbezahlbar.

„Was?", bellte ich.

„Willst du mit mir hinten am Wagen ein Eis holen?", Julian wackelte mit den Augenbrauen. Was zum Teufel war los mit ihm?

„Wäre das nicht ein Verstoß gegen das Protokoll?"

„Da du eh schon alle Protokolle gebrochen hast, Unruhestifterin, wird uns ein Eis nicht schaden."

„Juhu. Eis. Diese Familienauszeit ist ja der reinste Spaß."

„Lass den Sarkasmus, Katherine. Willst du nun ein Eis oder nicht?"

Was ich wirklich wollte, war eine Zigarette. Ein schöner, langer Zug, um die Tatsache zu verdrängen, dass es einen Auftrag gegen meine Familie gab und sie mich zu meinem Patenonkel in die Verbannung schickten.

„Ist das eine Glock 19 mittlerer Reichweite?", fragte ich und zeigte auf die Waffe in seinem Holster.

„Ist es."

„Fünfzig Euro, dass ich besser damit zielen kann als du. Auf große Entfernung."

„Fünfzig Euro, dass ich dir deine kleinen Finger abhacke, bevor du deine Hand an meine Waffe bekommst."

„Fair. Du bist besitzergreifend. Genau wie bei der Zahnärztin." Ich hatte jedoch nicht vor, klein beizugeben.

„Das wird ein Albtraum." Er rutschte in seinem Sitz nach unten. „Hör zu", begann er, und ich unterdrückte das Augenrollen. „Ich weiß, du willst das nicht machen, aber es sollte nicht lange dauern, bis das Leben wieder normal sein kann." Sein Blick huschte zu seinem Bruder, der sein Handy beiseitegelegt hatte.

Tristan rutschte auf seinem Sitz herum und wechselte das Bein, das er übergeschlagen hatte.

„Mein Haus hat ein Heimkino und einen Spieleraum. Betrachte es als einen netten Ausflug weg von deinen Alten."

„Du meinst alt wie du?"

„Ich? Dreiunddreißig ist nicht alt."

„Okay." Diesmal verdrehte ich tatsächlich die Augen, und Tristan kicherte.

„Was ich sagen will, ist, dass du unsichtbar bleibst, wenn du bei mir bleibst."

Ich ließ meinen Kaugummi knallen. „Genau die Worte, die jeder Teenager hören will."

„Ich werde dich beschützen, Kay, und du musst dich nicht wirklich verstecken."

„Du hast keinen Pool."

„Ich habe einen Whirlpool."

Tristan stieß seinem Bruder den Ellbogen in die Rippen.

„Was? Ich habe wirklich einen. Und eine Sauna. Also hör auf zu schmollen und komm mit mir ein Eis holen. Ich bin nicht so langweilig, wie manche Kieferorthopäden glauben möchten."

Er stand auf und griff nach meiner Hand, zog mich von meinem Sitz hoch.

„Die Zahnärztin findet dich langweilig?", fragte ich überrascht.

„Nein, die Kieferorthopädin tut es. Aber sie ist es nicht, ich bin es. Jemanden zu küssen, der nicht aufhören kann, auf deine Zähne zu starren, wird nach einer Weile seltsam."

„Klingt, als hättet ihr zwei viel gemeinsam", kicherte ich.

„Was?"

„Gespräche, die nicht interessant sind."

Wir standen im Mittelgang und schwankten mit dem Schwung des Zuges hin und her.

„Was weißt du schon über Dates?"

„Erstens würde ich eine Zahnärztin nicht ins Museum mitnehmen. Ihr Leben ist langweilig genug. Siehst du, ich weiß mehr übers Daten, als du denkst. Ich bin keine fünf mehr, Julian."

„Das sehe ich." Er brummte.

„Und wenn wir diese Babysitter-Sache durchziehen, habe ich Regeln."

Er hob eine Augenbraue und ich räusperte mich.

„Erstens, keine Ausgangssperre. Zweitens, nicht in mein Zimmer gehen. Drittens, nicht mein Tagebuch anfassen."

Er griff nach der Sitzlehne, um sein Gleichgewicht zu halten. Seine Kieferlinie spannte sich an und seine Stirn runzelte sich. Zumindest dachte ich das, denn Julian war gut darin, diesen steinernen Gesichtsausdruck einer mürrischen Katze aufzusetzen.

„Schön, dass wir das geklärt haben, denn ich habe nur eine Regel", sagte er.

„Eine?" Ich sah auf.

Er nickte, senkte seinen Blick zu mir und ich schluckte hart.

„Du hast keine Regeln."

Keine Regeln?

„Meinst du damit, ich habe keine Regeln und kann tun, was ich will, oder ich darf überhaupt keine Regeln aufstellen?"

„Was denkst du?"

Richtig. Irgendetwas sagte mir, dass Julian Silver die Zügel straffer halten würde als meine alten Sicherheitsleute. Gut, dass ich mich anpassen konnte.

Ich warf einen Blick auf den hinteren Waggon. „Ich sag dir was. Lass mich dir diese Babysitter-Sache einfach machen. Ich hole das Eis und du entspannst dich."

„Du brauchst mich nicht, um mitzukommen?"

Ich wickelte meinen Pferdeschwanz um meinen Finger, weil Männer von dieser Geste verwirrt wurden.

„Ich bin kein Kleinkind mehr, Julian. Ich krieg das mit dem Eis schon hin."

Was ich wirklich brauchte, war eine Zigarette: ein schöner, langer Zug Nikotin, um die Angst in meiner Brust zu beruhigen. Ich könnte noch ein Xanax nehmen, aber die süchtig machenden Pillen hatten mir schon vor einem Jahr zugesetzt. Meine Mutter wusste es nur nicht.

Julians Augenbrauen zogen sich zusammen und er sah auf seine Uhr.

„Na gut. Eine Vanille-Schokoladen-Mischung für mich."

Es funktionierte jedes Mal.

„Eine Vanille-Schokoladen-Mischung kommt sofort." Ich grinste und streckte meine Hand aus. „Ich glaube nicht, dass Eis umsonst ist."

Er betrachtete mich für zweikommadrei Sekunden und ich zuckte unschuldig mit den Schultern. „Es war deine Idee."

Er runzelte die Stirn und gab mir einen knackigen Fünfziger. „Na gut, Kleine. Das geht auf mich."

Kleine?

Herrgott, das würde einfach werden. Er wackelte mit den Augenbrauen und mein Mund verzog sich zu einem langsamen Lächeln.

Sie lernen es nie.

„Bis gleich." Ich ließ meinen Kaugummi knallen, ließ mein

Haar los und drehte mich auf dem Absatz um. Ich würde diesen Mist so lange wie möglich ausnutzen.

Ich eilte den Gang hinunter, als ich Tristan flüstern hörte: „Du wirst so was von versagen. Sie ist in die falsche Richtung gegangen."

Unten angekommen, rannte ich. Ich drückte meine Füße so fest wie möglich auf den Boden, bis ich vier Waggons weiter eine Toilette fand. Wenn ich die Tür abschließen würde, hätte ich fünfzehn, vielleicht siebzehn Sekunden für einen schönen, langen Zug. Es würde mehr als eine Zigarette brauchen, um zu begreifen, dass ich gerade dabei war, meine Eltern zu verlieren und einen der begehrtesten Junggesellen Manhattans als Vormund zu bekommen.

Ich habe einen Bodyguard als Vormund. Na toll. Der feuchte Traum eines jeden Teenagers.

Ich schloss die Toilettentür ab, schaltete den Ventilator ein und kramte nach meiner Zigarette und dem Feuerzeug. Meine Hände zitterten und ich ballte die Fäuste. Vielleicht war diese kurze Auszeit von meinen Eltern ein Segen, und Julian war ein guter Patenonkel. Sogar ein ziemlich lustiger. Manchmal brachte er mich mit seinem Motorrad zur Schule. Die Köpfe flogen herum und die Mädchen flippten aus. Zumindest hatte ich das gesehen und gehört, als ich aufstieg und meinen Helm festzurrte. Er trug unter der Woche einen dunkleren Stoppelbart, rasierte sich aber am Wochenende für seine langweiligen Arzt-Dates. Das wusste ich, weil er die meisten Wochenenden am Pool meiner Eltern verbrachte und mit meinem Vater Scotch trank. Rumschnüffeln war voll mein Ding.

Endlich fand ich meine Zigaretten, nahm eine aus der Packung und zündete sie an. Ich inhalierte lang und tief. Der erste Nikotinschub traf meine Lungen. Ich hustete kurz und nahm schnell noch einen Zug. Julian würde mich umbringen, und je schneller ich herausfand, wann ich mich rausschleichen konnte, desto besser.

Ich wusste bereits, dass er nur mit einem Ohr schlief. Er stotterte auch, wenn er nervös war, und hatte diesen berüchtigten Blick voller Schalk. Das mochte ich am meisten an ihm. Ich wette, die Ärztinnen waren im Bett nicht so gut wie in ihrem Job, wenn keine von ihnen lange blieb. Er brauchte jemanden, der Spaß hatte, aber auch jemanden, der ihn kannte. Offensichtlich war es nicht die Kieferorthopädin.

Das Nikotin linderte die Verspannung in meinem Nacken, und ich lehnte mich gegen die Wand. Wenn ich gestern nur vergessen könnte ... Ein Bild von verspritztem Blut blitzte durch meinen Kopf. Plötzlich klang ein harter Schlag an der Tür wie ein Pistolenschuss in meinen Ohren und erschreckte mich.

„Ahh!", schrie ich.

„Kay? Alles in Ordnung? Rauchst du da drin?"

Der Zugwaggon traf auf eine unebene Stelle, und ich schloss meine Augen. „Nein, argh ...", hustete ich in meinen Ärmel.

„Mach die Tür auf, Kay. Ich kann es bis hier riechen. Deine Eltern werden dich umbringen."

„Genau deshalb sollte diese Tür geschlossen bleiben."

„Öffne die Tür", warnte Julian. Die Türklinke wackelte, und das Schloss klickte als Nächstes. Ich ließ meine Zigarette in den Mülleimer fallen und atmete den Rauch aus, bevor er durchbrach.

„Was zum Teufel machst du da?"

„Ich bin auf dem Weg, Eis zu holen."

Seine Kieferlinie spannte sich an, weil wir beide wussten, dass das nicht stimmte.

„Du hast geschrien. Warum hast du so geschrien?"

„Wie was?"

„Als ob dich jemand umbringen wollte?" Er musterte mich. „Du erinnerst dich nicht, oder?"

„Halt die Klappe", flüsterte ich. „Ich will mich nicht erinnern. Ich schließe meine Augen und da ist Blut und Gehirnmasse und noch mehr Blut. Also nein, ich will mich nicht erinnern."

„Ist das der Grund, warum du rauchst? Um den Stress abzubauen?"

Ich kaute an meinem Fingernagel und wartete auf die Predigt. Julian seufzte und stemmte die Hände in die Hüften.

„Du bist nicht die Einzige, die nicht hier sein will, weißt du?"

„Was? Verpasst du ein Date? Es ist ja nicht so, als könntest du kein neues bekommen."

„Irgendwas sagt mir, dass ich mehr als nur ein Date verpassen werde", murmelte er.

Ich wünschte mir so sehr noch eine Zigarette.

„Welche ist es diesmal? Die Zahnärztin oder die Frauenärztin? Ich weiß, es ist nicht die Krankenschwester von der Nacht-schicht-"

„Woher weißt du das?"

Er ragte über mir auf, und ich lehnte mich vor, bis sein Schatten mein Gesicht bedeckte. Ich schaute hoch. „Du hast die Zahnärztin zum Silver-Brunch im Sommer mitgenommen, die Frauenärztin kam zu Thanksgiving, und die Krankenschwester tauchte auf, bevor die Frauenärztin in ihrem Mini Cooper davonfuhr. Mini Cooper, Julian."

Er atmete kontrolliert ein und rümpfte die Nase, um die Luft zu schnüffeln. „Was ist falsch an einem Mini Cooper?"

Der Zug schwang um eine Kurve.

„Er steht jetzt auf eine Therapeutin." Tristan stützte sich gegen die Wand, und Julian warf ihm einen bösen Blick zu.

„Ich habe die Therapeutin noch nicht kennengelernt", sagte ich.

„Ich wusste nicht, dass du rauchst." Julian nahm mir das Feuerzeug aus der Hand. „Aber ich verstehe es. Du bist aufgewühlt."

„Du wirst es meinen Eltern nicht erzählen, oder?" Ich trat aus dem Bad, und Julian schloss die Tür mit solcher Wucht, dass ich zusammenzuckte.

„Weißt du was? Es spielt sowieso keine Rolle, ob du es tust, denn sie gehen in den Zeugenschutz."

„Aber es ist wichtig, Kay. Du bist jung, und dein Leben fängt gerade erst an. Du musst nur die nächsten paar Monate durchstehen."

„Welches Leben? Kein Dating, kein Freund, keine Schule, keine Freunde. Du ... du wirst weitermachen wie bisher, und alle anderen ... Sie werden denken, ich sei tot, Julian. Wie ist das fair? Alle meine Freunde werden trauern."

„Das sind nur drei Leute, Kay."

Ich stieß meine Faust gegen seine harte Brust, und er packte mein Handgelenk.

„Du bist ein Arschloch, weißt du das? Deshalb hat die Frauenärztin ihr letztes Date abgesagt."

Der Zug verlangsamte sich um eine Kurve, neigte sich, und ich fiel in Julians festen Griff. Er löste seinen Griff um mein Handgelenk, und ich schaute zu seinem mürrischen Gesicht auf.

„Du wirst online zur Schule gehen", spottete er.

„Warum spielt Schule überhaupt eine Rolle? Ich werde sowieso bald sterben, oder?"

„Technisch gesehen." Tristan hielt seine Haltung breit und stabil im Zugwagen und sah sich nach etwas um.

„Es ist nicht technisch. Nur auf dem Papier." Julian stellte mich gerade, richtete sein Polohemd und drehte mich zurück zu unserem Wagen. „Und vorübergehend. Jetzt lass uns zurück zu unseren Plätzen gehen."

Die Zuglichter flackerten. Der Wagen wurde für einen Moment dunkel, und bevor die Bodenleuchten die Kabine mit einem sanften Schein erhellten, wurde mir der schwere Fehler bewusst, den ich gemacht hatte. Ich drehte mich um und stieß gegen Julians harte Brust.

„Ich hab dich." Er hielt meine Oberarme fest, um mich zu stabilisieren.

„Was ist das für ein Geruch?", fragte er.

„Ich habe einen Fehler gemacht. Meine Zigarette ... im Badezimmermülleimer."

Er wirbelte herum und ging in einen Zustand, den ich nur als Julian-Modus beschreiben konnte. Rauch quoll aus der Tür.

„Schnell, hol einen Feuerlöscher."

Tristan stürzte sich auf den Boden und griff nach einem Feuerlöscher aus einem Fach, von dem ich nicht wusste, dass es existierte. Er warf ihn über meinen Kopf hinweg zu Julian. „Lösch das Feuer, bevor unser Standort kompromittiert wird."

Ich bedeckte mein Gesicht mit meinem Ärmel.

„Was zum Teufel hast du da drin versprüht, Kay?"

„Handdesinfektionsmittel. Ich hab mein Handdesinfektionsmittel auf dem Waschbecken liegen lassen. Das ist alles."

Er öffnete die Badezimmertür und zog am Griff des Feuerlöschers. Weißer Schaum spritzte heraus und bedeckte den Rauch und das Feuer. Ein hochfrequenter Ton durchbohrte meine Ohren, als die quietschenden Bremsen den Schwung des Zuges stoppten und eine Gänsehaut auf meinen Armen verursachten. Julian ließ den Feuerlöscher fallen, und ich flog nach vorne, direkt in seine Arme. Er hielt sich an einem Griff über uns fest und stützte sowohl sein als auch mein Gewicht, während die Kraft uns zusammendrückte. Tristan quetschte sich hinter mir, drückte mich gegen Julian und bildete ein Silver-Sandwich mit mir in der Mitte. Das hatte ich auch mal belauscht.

„Planänderung", sagte er.

„Was für eine Planänderung?" Mein Kopf schnellte zu Tristan hoch.

Er tauschte einen Blick mit Julian, der meine Hand packte und mich zum Ausgang zog. Die Zugtür öffnete sich, und wir drei sprangen ab. Hellrotes Feuer quoll aus dem Panorama-Wagen, wo wir meine Eltern zurückgelassen hatten.

„Oh mein Gott."

Tristan ergriff meine Hand. „Los geht's, Kay. Wir müssen hier raus."

„Sie haben uns gefunden? Oh mein Gott - sie haben uns wegen des Feuers gefunden. Es ist meine Schuld, dass sie uns gefunden haben."

Eine Explosion erschütterte den vorderen Teil des Zuges und den Tunnel. Julian warf sich auf mich und zwang uns in eine Nische. Mein Knöchel knallte gegen die Wand. Ich muss geschrien haben, aber meine Stimme wurde von der Explosion verschluckt. Heißer Wind wehte, und der Boden bebte. Ich öffnete meine Augen und spähte über seine Schultern auf den aufsteigenden dicken Rauch.

Meine Eltern!

Julian packte mich. Zog mich aus der Nische. Warf mich über seine Schulter wie einen Kartoffelsack. Ich hob meinen Kopf und beobachtete, wie sich das Feuer durch die Zugwagen im Tunnel ausbreitete, während Julian mich aus der Dunkelheit brachte. Er setzte mich auf den Boden. Die Brüder stützten mich unter jeder Achselhöhle. Ich hüpfte auf einem Fuß über eine steile Böschung in vergilbende Büsche, landete aber auf einem Haufen Steine und verlor meinen Halt. Ich zog die Brüder zu Boden, und wir purzelten den Hügel hinunter. Steine und Dornenbüsche kratzten an meinen Armen und Beinen entlang. Mein Fuß traf jemandes Kiefer, und ein Ellbogen kollidierte mit meinem Brustkorb. Ich wollte mich übergeben, aber schließlich kamen wir rollend zum Stillstand, wobei ich auf Julian landete.

„Alles klar, Kleines?", fragte er.

Ich blinzelte schnell und versuchte zu verarbeiten, was passiert war. Damals wusste ich es noch nicht, aber es würde Jahre dauern, bis der Schock sich gelegt hatte.

Die Brüder mieteten ein Auto und fuhren uns schweigend zurück nach Hause zu Julians Haus auf Long Island. Marge Silver, seine Mutter, hatte dampfendes Essen auf der Theke hinterlassen, aber ich hatte keinen Appetit.

„Du kannst morgen das Zimmer wechseln, wenn du möchtest. Du kannst dir aussuchen, welches du magst." Julian zeigte mir ein perfekt eingerichtetes Zimmer mit schwarz-weißen Kissen, frischer Bettwäsche und nicht einer Falte in Sicht. Er schaltete die Lampe am Bett an und öffnete die Badezimmertür.

„Danke", sagte ich.

„Das ist das Badezimmer und der zweite Eingang zu einer Bibliothek."

Er zeigte sie, als ob ich nicht jeden Winkel dieses Hauses von den Tagen kannte, an denen wir Verstecken gespielt hatten. Er versuchte, nett zu sein. Ich verstand es, aber die Zugexplosion hatte meine Gefühle betäubt.

„Julian?", hielt ich ihn auf, bevor er ging. „Sind sie tot?"

„Du musst dich ausruhen, Kay. Morgen ist ein neuer Tag, und … Wir werden das durchstehen, okay?"

Ich nickte kurz, und er setzte sich neben mich aufs Bett.

„Deine Hände sind eiskalt." Er umschloss meine Hände mit seinen großen Händen, massierte sie sanft und zog sie dann hoch, um einen warmen Atemzug darauf zu hauchen. „Kay?"

„Ja."

„Es tut mir leid."

„Was?"

„Alles. Es kann nicht leicht sein, die Tochter eines Kongressabgeordneten und einer Kongressabgeordneten zu sein."

„Es war nicht leicht. Ich dachte nicht, dass sie sterben würden; und jetzt sind sie weg." Ich hatte keine Tränen mehr in mir. Ich hatte nichts mehr.

„Es tut mir leid", flüsterte er und zog meinen steifen Körper in eine Umarmung. „Gute Nacht, Kay."

„Gute Nacht."

Er deckte mich in dieser Nacht genauso zu, wie er es getan hatte, wenn meine Eltern für die Arbeit aus der Stadt geflogen waren, und ich hätte nie gedacht, dass ich das Zubettbringen meiner Mutter mehr vermissen würde. Aber dies war nicht mein Bett, und es war nicht mein Zuhause. Es würde es nie sein.

Ich wälzte mich bis weit nach Mitternacht hin und her und

lauschte auf jedes Geräusch und Knacken in dem neuen, aber vertrauten Haus. Was, wenn sie uns fänden? Was, wenn sie wüssten, dass wir geflohen waren? Was, wenn sie Julians Haus entdeckten? Wer waren sie überhaupt? Schließlich schlug ich die Decke zurück und schlich auf Zehenspitzen zu Julians Schlafzimmer, wo er schnarchte. Ich schlüpfte am Fußende seines Bettes unter die Decke, ohne ihn zu wecken, und schlief ein.

Kapitel 3

Julian

Sechs Monate später

Kendras Schrei fegte durch das Haus wie ein Sturm. Ich ließ die Kaffeetasse los, und sie zerschellte auf dem Boden.

„Ich komme!"

Ich rannte die Treppe zwei Stufen auf einmal hoch und in mein Schlafzimmer, wo ich sie zusammengerollt in meinem Bett fand, schluchzend und zitternd. Ich hob sie von den Laken und wiegte sie in meinen Armen. Sie kuschelte sich an meine Brust und dämpfte ihr Wimmern.

„Wisch das Blut weg. Du musst das Blut wegwischen. Es ist überall."

„Da ist kein Blut, Kay."

„Es ist auf den Boden gespritzt."

„Es ist okay, Kay. Ich hab dich."

Ich hielt sie an mich gedrückt und wiegte uns hin und her, bis ihre Tränen versiegten. Ihr langes Haar klebte an ihrem Hals und ihrer Brust. Kendras Albträume waren jede Nacht wiedergekehrt, seit wir in der ersten Nacht nach Hause gekommen waren. Sie schlich sich in mein Bett, weil sie nicht einschlafen konnte, und schließlich ließ ich sie einfach mein Bett benutzen. Ich stellte eine Matratze an die Wand für mich selbst. Ich versuchte, eines der Gästezimmer zu benutzen, die Couch und sogar die Hängematte draußen, aber sie landete immer neben mir für die Nacht. Kay konnte nicht allein sein, und das war die einzige Möglichkeit, wie ich ihr helfen konnte.

Ich strich ihr die Haare aus dem Gesicht. „Alles besser?"

Sie schmiegte sich noch enger an meine Brust.

„Ich hatte einen Traum, in dem ich jemand anderes war." Sie atmete aus und ließ die nächtlichen Schrecken los. „Ich hatte ein anderes Leben. Ich ging ins Kino und spazierte im Park herum. Ich... ich war kein Waisenkind mehr und hatte keine Angst."

Ich wünschte, ich könnte ihr erklären, dass sie in Umständen feststeckte, die außerhalb ihrer Kontrolle lagen, und dass eines Tages das Leben wieder normal werden würde. Nur wusste ich nicht, wann dieser Tag sein würde.

„Das klingt schön, Kay", sagte ich.

„Aber ist es das?" Sie zog sich zurück und sah zu mir auf. „Ist es ein echtes Leben, wenn ich nur davon träumen kann?"

Der Anblick ihrer geröteten Wangen und geschwollenen Augen zerriss mir das Herz.

„Du hast recht. Das ist es nicht. Deshalb habe ich meinen Vater und Tristan gebeten, deinen Fall auf eine Bedrohung hin neu zu bewerten."

Sie setzte sich aufrecht hin und zupfte ihr T-Shirt zurecht. „Was bedeutet das?"

„Es bedeutet, dass sich die Dinge vielleicht ändern können. Vorwärts gehen."

„Kann ich Freunde haben?"

„Ähm... Wir können daran arbeiten, dir neue Freunde zu verschaffen. Keine alten, weil... Nun, jemand könnte dich immer noch erkennen."

Sie wischte sich die Wangen ab, rutschte von meinem Bett und schlurfte in Richtung Badezimmer.

„Ich... ich bin total durch den Wind, oder?"

Ich folgte ihr in mein Bad. Sie hatte ihre Zahnbürste am

zweiten Tag in meinem Becher gelassen. Jedes Mal, wenn ich sie ins Bad neben ihrem Zimmer zurückstellte, fand sie ihren Weg hierher zurück, also hörte ich auf, sie zu bewegen.

„Du bist kein Wrack."

Sie drehte den Wasserhahn auf, befeuchtete die Bürste und gab Zahnpasta darauf. „Natürlich bin ich das. Ich hab Algebra kaum bestanden."

„Wir können für September einen neuen Nachhilfelehrer finden."

„Das ist nicht mein Punkt, Julian. Ich dachte, ich wäre jetzt wieder zu Hause, und jetzt... Jetzt ist mein Leben ein Chaos. Ich werde den Sommer über hier festsitzen, oder?"

Der Plan, den mein Vater und mein Onkel für Kendras Fall gemacht hatten, war der Plan war über alle Berge. Nun, halb aus dem Ruder. Wir brauchten Beweise für Notwehr, und wir konnten sie nicht finden. Unterm Strich hieß das, Kendra würde eine Weile bei mir bleiben. Außerdem hasste Kendra ihren neuen Namen.

„Du steckst nicht fest."

„Wie nennst du es dann?"

„Angepasst?"

Sie verdrehte die Augen. „Der Sommer steht vor der Tür, und du hast nicht mal einen Pool."

„Du kannst bei Wilma und Fred schwimmen."

„Kapierst du's nicht? Es geht nicht ums Schwimmen. Ich will nicht schwimmen, ich will einfach leben, und es fühlt sich an, als würde ich nie frei sein. Sechs Monate, Julian. Ich stecke seit sechs Monaten hier fest. Das sind einhundertdreiundachtzig Tage. Wenn meine Eltern tot sind, warum sollte irgendjemand hinter mir her sein?"

Donaldson hatte eine Million Gründe, einen Auftragsmord auf Kendra zu veranlassen, wenn er wüsste, dass sie am Leben war.

Sie steckte die Zahnbürste in den Mund und putzte ihre

Zähne mit schnellen, harten Strichen, ihr Ellbogen flog wie ein Geigenbogen. Die ersten drei Wochen ihrer Trauer waren die schwersten gewesen. Ich konnte sie kaum fünf Minuten allein lassen, aber seitdem hatten wir Fortschritte gemacht. Ich arbeitete von zu Hause aus, organisierte ihre Arztbesuche und berief ein Silver-Meeting nach dem anderen ein, um Kendras Verlauf zu ändern. Ihr vorgetäuschter „Tod" im Zug hatte uns etwas Zeit verschafft, und hoffentlich würde ihre neue Identität sie sicher halten, bis Donaldson hinter Gittern war.

„Der Therapeut sagte-"

Sie nahm die Zahnbürste aus dem Mund. „Ich gehe nicht zurück zur Therapie."

„Kay-"

„Nur über meine Leiche, verstehst du? Ich hab's kapiert. Ich sitze hier fest. Ich habe kein Leben. Wie lange soll das noch dauern? Noch zwei Monate? Sechs? Ein Jahr? Es ist ja nicht so, als hätte ich eine Wahl."

Sie starrte mich an, aber ich hatte keine Antwort. Leider lag die Entscheidung nicht bei mir. Die Anweisungen ihrer Eltern waren eindeutig gewesen: Halte sie im Haus eingesperrt.

Ich schauderte. Ich hatte nie ein Kind oder einen Teenager gehabt, aber ich konnte mir vorstellen, dass es keine Lösung war, sie hinter verschlossenen Türen zu halten.

„Du weißt es nicht mal, oder?"

„Kay, es ist kompliziert."

„Vielleicht wird's Zeit, es weniger kompliziert zu machen." Sie knallte mir die Badezimmertür vor der Nase zu und schloss ab.

„Kay." Ich klopfte an die Tür. „Kay, mach die Tür auf. Ich will nicht, dass du dich wie im Gefängnis fühlst."

Ich hörte, wie sie die Schublade öffnete und mit etwas hantierte.

„Kay?"

„Privatsphäre! Willst du wissen, wie man mit einem Teenager lebt? Dann gib ihr Privatsphäre."

Ich schlug mit der Faust in die Luft und benutzte ein anderes Bad, um mich für den Tag fertig zu machen. Eine eingehende Nachricht von Stefanie pingte auf meinem Handy.

Stefanie: Freue mich auf heute Abend

Verdammt. Das Date war mir völlig aus dem Kopf gegangen. Mit Kendra im Haus war Dating nicht mehr so einfach wie früher. Ich brachte keine Frauen mehr mit nach Hause, weil Ficken ohne Geräusche unmöglich war. Hotelzimmer waren vielleicht nicht so persönlich, aber viel besser, als einen Teenager auf der anderen Seite der Wand mein Stöhnen hören zu lassen.

Julian: Ich mich auch

Ich ging nach unten, räumte die zerbrochene Tasse weg und goss mir eine frische Tasse Kaffee ein, als Kendra in die Küche geschlendert kam.

„Was zum Teufel hast du gemacht?" Ich bedeckte meinen Mund mit der Hand und stellte den Kaffee beiseite.

Sie stand im Türrahmen, umrissen wie ein perfektes Bild der Verzweiflung. Klobige Strähnen ersetzten ihr langes Haar, alle in verschiedenen Längen, und der pure Schmerz in ihren Augen brach mir das Herz.

„Sieht es so schlimm aus?"

„W...warum hast du dir die Haare so abgeschnitten, Kay?"

Sie zog die Nase hoch und putzte sie dann in ein zerknülltes Taschentuch, das sie in der Hand hielt.

„Weil nichts anderes mehr von meinem alten Ich hier drin ist." Sie drückte ihre Faust gegen ihr Brustbein. „Ich hab nicht mal meinen Namen, und ich will... ich will ins Kino oder ein...einkaufen gehen. Da...damit mich niemand erkennt." Sie stotterte. Kendra stotterte nie. „Ich will keine Aufmerksamkeit erregen, aber jetzt werden mich alle anstarren, weil ich wie ein Freak aussehe."

Sie zeigte auf den missglückten Pixie-Cut und brach zusammen, schlurfte in die Küche. Ich nahm sie in meine Arme, umarmte sie und hielt sie fest, bis das Schluchzen aufhörte.

„Kannst du es reparieren? Du kannst alles reparieren, Julian. Kannst du das hier reparieren?"

Ich ließ sie los und holte die Zutaten aus dem Kühlschrank.

„Ich kann's nicht, aber ich kenne jemanden, der es kann. Ich rufe sie nach dem Frühstück an, damit sie vorbeikommt und... es in Ordnung bringt."

Sie zog ihre Arme eng an ihren Körper. Sie hatte ihre langen Locken in ungleichmäßigen Längen abgeschnitten, und ich hoffte, Grace Wagner könnte etwas Zauberei bewirken.

„Weißt du was? Grace besitzt tatsächlich einen privaten Salon. So für Prominente. Ich fahre dich selbst hin."

Kendra horchte auf. „Moment mal – du meinst, ich komme wirklich raus? In die Stadt?"

Ich nickte langsam und bedächtig.

„Ich muss mitkommen, aber ich denke, es ist sicher genug, einen Haarschnitt zu vereinbaren. Du brauchst ein Leben, Kay. Und du brauchst neue Freunde. Ich weiß nicht, wie man das macht... du weißt schon... dir neue Freunde besorgt. Es ist eine Weile her, dass ich Freunde finden musste."

Ihr Lächeln wurde so breit, wie ich es seit Monaten nicht gesehen hatte. Sie sprang auf, warf ihre Arme um meinen Hals und schlang ihre Beine um meine Taille. Ich ließ sie zu Boden gleiten, ihr zierlicher Körper streifte jeden Teil meines Körpers, der einen Fick nötig hatte, und plötzlich fühlte ich mich unwohl, was mich daran erinnerte, Stefanie anzurufen.

Ich setzte Kendra ab, schrieb Grace eine Nachricht und erhielt sofort eine Antwort.

„Termin um 13 Uhr."

„Ahh", schrie sie, stampfte dramatisch auf der Stelle und drehte sich dann im Kreis. Ich lachte laut, als ich zusah, wie sie eine Melodie sang, die ich nicht erkannte, und in der Küche herumtanzte. Es war ein viel schönerer Anblick, als zuzusehen, wie sie zusammenbrach.

Kendras Knie wippten auf dem Weg zu Graces Salon. Wir

parkten hinten und benutzten den Mitarbeitereingang, ohne dass uns jemand bemerkte.

„Oh." Grace bedeckte ihren Mund, als sie Kendra sah.

„So schlimm?", fragte Kendra.

„Nichts, was ich nicht richten kann. Ich habe mich schon gefragt, wann ihr zwei auftauchen würdet." Sie sah mich direkt an.

„Ach ja?"

Grace blickte zu Kendra hinüber und senkte ihre Stimme. „Man sollte meinen, ein Bodyguard wüsste, dass eine Veränderung des Aussehens jemanden im Versteck sicher halten kann."

„Ich weiß. Es war ..."

Zwischen den Albträumen, dem Homeschooling, meiner Arbeit und dem Elternsein eines Teenagers war ich nachlässig geworden. Ich hätte nicht sechs Monate warten sollen, um das zu tun. „Vergiss es. Danke, Grace. Ich weiß das wirklich zu schätzen. Wie lange brauchst du? Eine halbe Stunde?"

„Na ja, du bist offensichtlich kein Mädchen. Mindestens vier Stunden."

„Für einen Haarschnitt?"

„Nein, aber Kendra hat es verdient, verwöhnt zu werden." Sie zuckte mit den Schultern. Kendras Kopf flog mit einem breiten Lächeln von Grace zu mir, und sie wippte auf den Zehenspitzen. „Also machen wir das. Gesichtsbehandlung, Maniküre, Pediküre, ein Schlammbad, leichte Massage und dann der Schnitt. Es ist ja nicht so, als hätte sie was vor, oder?"

„Hab ich nicht."

Ich seufzte und warf einen Blick auf Kendras immer breiter werdendes Grinsen. Das letzte Mal hatte ich sie so aufgeregt gesehen, kurz bevor wir auf das Karussell im Park stiegen, als sie acht war. „Na gut. Lass uns das Mädchen verwöhnen." Ich stellte meine Uhr. „Ich bin in drei Stunden zurück."

„Vier Stunden", korrigierte Grace.

„Vier."

„Kann ich aufs Klo? Ich war so aufgeregt, dass ich zu Hause vergessen hab zu pinkeln."

„Erste Tür links. Ich komm gleich nach."

Kendra ging hinein und Grace berührte meinen Arm.

„Mach dir keine Sorgen, Julian. Du fühlst dich vielleicht allein damit, aber das bist du nicht. Die Familie arbeitet hart daran, Kendra als deine Nichte wieder in die Gesellschaft zu integrieren."

Meine Augenbrauen zogen sich zusammen. Ich hatte Kendras Fortschritte, oder besser gesagt den Mangel daran, täglich mit Ärzten und der Familie besprochen. Sie konnte sich frei zwischen meinem Haus und dem angrenzenden Grundstück meiner Eltern bewegen, wo sie den Pool nutzte, aber der Raum um die Bucht herum war nicht genug für einen Teenager. Sie hatte keine Freunde, und ich war sicher, dass der Mangel an sozialem Leben sie irgendwann einholen würde.

„Warte – woher weißt du das?"

Sie verdrehte die Augen. „Ich besitze einen Salon, Julian. Die Leute reden."

„Welche Leute? Niemand soll über Kendra reden. Niemand soll wissen, dass sie am Leben ist. Ich habe ihrem Vater versprochen –"

Ihr Griff um meinen Arm wurde fester. „Außer, dass sie am Leben ist und sich wahrscheinlich unsichtbar fühlt. Heute ist ein guter erster Schritt. Du hast das gut gemacht. Und mit Leuten meinte ich Familie. Ich habe letzte Woche Wilmas Haare gemacht, als sie mit deiner Tante Teresa herkam."

Ich atmete zitternd aus und lächelte. „Danke für deine Hilfe, Grace."

„Gern geschehen. Wir sehen uns bald."

Ich ging zurück zu meinem Auto und wählte Stefanies private Nummer.

„Hey, wie läuft's?"

„Nicht so gut. Kendra hat sich die Haare geschnitten. Eigentlich hat sie sie abgehackt. Grace richtet es gerade, aber ich rufe dich wegen der Sache an, über die wir letzte Woche gesprochen haben."

„Sie ist nicht meine Patientin, Julian."

„Ich weiß, aber würdest du dich mit ihr treffen? Nur für einen Spaziergang im Park oder so, um zu sehen, ob sie sich qualifiziert."

„Deine Nichte sollte ihren eigenen Arzt sehen."

„Dem sie nicht vertraut? Demselben, dem sie sich nicht öffnet?"

Ich hörte sie am Telefon seufzen. „Na gut, aber ich bin gerade bei der Arbeit."

„Hast du nach der Arbeit Zeit?"

„Ja, hab ich."

„Ich schreib dir die Details. Bis später."

Ich blieb im Auto, lehnte mich im Sitz zurück und schloss die Augen. Kendras nächtliche Schrecken und mein gestörter Schlaf holten mich ein. Ihren Körper während ihrer Albträume sich winden zu sehen, war die reinste Qual, und manchmal wünschte ich, sie könnte die Vergangenheit vergessen. Ich wünschte, sie könnte sich auf ihre Zukunft konzentrieren. Ein heftiges Klopfen an der Autoscheibe ließ mich aufschrecken, und ich griff nach meiner Waffe.

„Mach auf. Ich bin's, Dummerchen."

Kendras Augen weiteten sich, und ihr Lächeln reichte von einem Ohr zum anderen auf der anderen Seite des Fensters.

Ich öffnete die Tür und stieg aus dem Auto. „Ist das Make-up?", fragte ich, und Grace schüttelte den Kopf.

„Mädchen in meinem Alter tragen Make-up." Kendra zog ihren Mantel zusammen.

„Es ist schön. Du siehst gut aus. Ich mag es."

Ihr Lächeln wurde breiter. „Wirklich? Also... magst du es genug, um mich in ein Einkaufszentrum gehen zu lassen?"

„Langsam, Kay."

„Darum geht's ja, Julian. Ich bin kein Baby mehr, und ich hab die Nase voll von Baby-Schritten, was auch immer das heißen soll."

„Du bist vielleicht noch nicht bereit für einen Einkaufsbummel, aber wir gehen heute Abend essen."

„Echt? Heute? Wohin?"

„Das ist eine Überraschung. Steig ein."

Kendra warf ihre Arme um Graces Hals, und ich war mir ziemlich sicher, dass mein Herz einen Schlag aussetzte. Kendra lief um das Auto herum zur Beifahrerseite, und Grace gab mir eine Tasche. „Ich hab ihr ein paar Produkte zum Mitnehmen gegeben – du weißt schon, weil sie sagte, sie kann nicht einkaufen gehen."

„Danke, Grace."

„Und du kannst jederzeit wiederkommen, Kay. Das meine ich ernst."

„Danke. Hey, Grace?"

„Ja?"

„Ich hab keine Ahnung vom Elternsein. Oder im Umgang mit Teenagermädchen. Ist es okay, wenn sie dich manchmal anruft?"

„Natürlich. Und wenn es was zählt, du machst das großartig."

Kendra schnallte sich an und ich fuhr los. Während der Fahrt hörte ich Kendra zu, wie sie mir alles über ihre Erfahrungen in Graces Salon erzählte, bis ich auf den Friedhof fuhr und sie verstummte.

„Ich... ich wusste nicht, dass du mich hierher bringst."

„Du warst noch nicht am Grab deiner Eltern."

„Ich war auch noch nicht an meinem eigenen Grab."

„Ich denke, es wird dir helfen, mit der Trauer umzugehen und weiterzumachen."

Sie saß regungslos da, und ich fragte mich, ob ich einen Fehler gemacht hatte. Die Stille summte in meinen Ohren, und ich wartete scheinbar stundenlang darauf, dass sie etwas sagte.

„Okay, Julian. Ich vertraue dir. Lass es uns tun."

Wir gingen Hand in Hand zur Grabstätte. Kendras Griff verstärkte sich, als wir vor dem Grabstein standen.

„Alles okay bei dir?"

„Ich bin nicht sicher. Es fühlt sich seltsam an, meinen Namen... dort zu sehen."

„Mit der Zeit wirst du in der Lage sein, herzukommen und mit ihnen zu plaudern."

„Es ist nicht dasselbe", flüsterte sie mit einem Schaudern.

„Woran denkst du gerade?"

„An den Zug. Den Unfall. All die Male, als ich meiner Mutter sagte, wie sehr ich sie hasse, anstatt ihr zu sagen, dass ich sie liebe." Sie unterdrückte ein Schniefen. „Jedes Mal, wenn ich die Sonne aufgehen sehe, erinnere ich mich an unsere Strandspaziergänge. Wenn ich Kaffee rieche, kann ich meinen Vater an der Küchentheke sitzen sehen, und wenn du die gefrorenen Croissants in den Ofen schiebst, sehe ich meine Mutter, wie sie eine frische Portion zubereitet."

„Es tut mir leid, Kay. Ich wünschte, ich könnte mehr tun, um dir zu helfen-"

„Wie kann ich vergessen, Julian? Wie kann ich vergessen, um mich nicht an all diesen Schmerz erinnern zu müssen? Wie kann ich vergessen, was ich getan habe, damit ich diese Leere in meiner Brust nicht spüren muss? Ich bin müde, Julian. Die Alpträume erschöpfen mich. Sie laufen in einer Endlosschleife, und ich fahre immer wieder mit diesem blöden Zug und komme nie am Ziel an. Ich bin nicht sicher, ob es hier jemals aufhören wird, weh zu tun." Sie presste ihre Faust auf ihr Herz, und meine Brust zog sich zusammen. „Ich bin eine Waise, Julian. Eine Waise mit schrecklichen Erinnerungen und ohne soziales Leben."

Das war das Meiste, was Kendra zu mir gesagt hatte, seit ich ihre Vormundschaft übernommen hatte.

„Du bist keine Waise, Kay. Du hast mich und ich habe dich, also bitte. Keine Waise. Und ich habe eine Idee, wie ich dir helfen kann, aber ich bin nicht sicher, ob es der richtige Weg ist."

„Wie?", fragte sie.

„Die Therapeutin, mit der ich ausgehe, ist Hypnotherapeutin. Sie sagte, sie könne die störenden Erinnerungen und Alpträume lindern."

„Du meinst, sie kann mir helfen, den Unfall zu vergessen?"

„Nicht vergessen – unterdrücken, und dir das Leben leichter machen. Du könntest ins Kino oder einkaufen gehen, ohne Angst zu haben. Neue Freunde finden, und-"

„Ich mach's."

„Es gibt Risiken."

„Es ist ja nicht so, als könnten sie mich noch mal begraben."

Ich seufzte. „Kay, es gibt Menschen auf dieser Welt, die zu Schlimmerem fähig sind als Mord."

„Sind das die Leute, vor denen ich mich verstecke?"

Ich nickte einmal und zeigte auf Kendras alten Namen auf dem Grabstein. „Du bist sicher, solange sie der Inschrift glauben."

„Was, wenn sie mich erkennen?"

„Selbst ich konnte dich mit diesen Haaren nicht erkennen, aber wir werden Vorsichtsmaßnahmen treffen. Die Kontaktlinsen helfen auch, aber am wichtigsten ist, dass niemand vermutet, dass du am Leben bist. Das ist genau das, was wir wollten."

Sie starrte weitere vierzig Minuten auf den Grabstein und stand still wie die Engelstatue drei Reihen weiter. Kendra holte tief Luft, ließ sie wieder entweichen und drehte sich auf dem Absatz zu mir um.

„Ich bin dabei. Was auch immer nötig ist, um diese Erinnerungen zu unterdrücken, ich bin dabei. Lass mich hypnotisieren."

Kapitel 4

Kendra

Ein Jahr später

Julian räusperte sich. Ich senkte mein Buch und schaute auf den Schlüsselbund, den er vor meinem Gesicht baumeln ließ.

„Wofür ist der?"

„Du hast jetzt deinen Führerschein-Lernausweis, also dachte ich, wir könnten eine Runde fahren." Er grinste.

„Ich? Fahren?"

„Das ist doch der nächste Schritt nach dem Führerschein, oder?"

„Ja schon, aber ich habe nicht einmal ein Auto."

„Fahren ist eine Lebenskompetenz, ob du nun ein Auto hast oder nicht. Zieh dich an und komm nach vorne. Ich fahre vor die Garage."

Ich schwang meine Beine von der Fensterbank und sprang in seine Arme. „Oh mein Gott!" Julian setzte mich ab und die Realität traf mich. „Ich bringe uns beide um."

„Wirst du nicht."

„Du solltest eine Rettungsweste tragen."

„Es ist ein Auto, Kay, kein Boot."

„Trotzdem, zieh was an. Am besten was Flauschiges. Weißt

du, um dich zu schützen, denn wenn ich einen Unfall baue und dich umbringe, hab ich niemanden mehr."

Sein Atem stockte und er starrte mich an, bis ich mich fragte, ob ich noch Spinat von meinem morgendlichen Omelett zwischen den Zähnen hatte.

„Du wirst schon klarkommen. Ich bin ein ausgezeichneter Lehrer. Komm schon, zieh dich an."

Ich eilte nach oben, flocht meine Haare zu einem Zopf und zog eine bequeme Leggings an, aber als ich nach draußen trat, traf mich ein neues Problem.

„Julian, der Boden ist nass."

„Das passiert normalerweise, wenn es geregnet hat."

„Es ist rutschig. Ich werde dein Auto zu Schrott fahren."

„Dann ist es ja gut, dass du nicht mein Auto fährst."

Ich folgte ihm zur Seiteneinfahrt, wo jemand einen perlweißen Jaguar mit einer roten Schleife auf der Motorhaube geparkt hatte.

„Alles Gute zum vorgezogenen Geburtstag", sagte er.

„Mein Geburtstag ist erst in sechs Monaten."

„Ich dachte, du könntest es früher gebrauchen – weißt du, eine Spritztour machen. Ich weiß auch nicht."

„Julian, ich geh doch nirgendwo hin."

„Genau deshalb brauchst du ein Auto. Hör zu, ich sage nicht, dass du auf der Autobahn fahren sollst. Nur in der Nachbarschaft. Und nochmal, es ist eine Lebenskompetenz."

Ich brauchte keine Lebenskompetenzen, wenn ich Julian hatte. Seit dem Unfall war er mein bester Freund geworden, fuhr mich zur Therapie, beantwortete alle Fragen, die ich stellte, und log nie. Aber er würde nicht für immer mir gehören, und er hatte Recht – Autofahren war eine Lebenskompetenz. Ich nahm ihm mit einem Grinsen die Schlüssel ab.

„Na los, wenn du dich traust."

Es stellte sich heraus, dass ich eine geschickte Fahrerin war:

wie Fahrradfahren. Julian hatte das Dach des Cabrios heruntergelassen, und warmer Wind blies durch mein Haar. Wir fuhren durch die Nachbarschaft, bevor wir die Küstenstraße zum Oyster Cove Park nahmen. Ich parkte am Strand und belegte dabei zwei Parkplätze, setzte zurück und manövrierte das Auto gerade in seine Position.

„Du bist schon mal gefahren. Das muss so sein", sagte er.

Ich zuckte mit den Schultern. „Wenn ja, kann ich mich nicht daran erinnern."

Es gab vieles, woran ich mich von vor einem Jahr nicht mehr erinnern konnte, zum Beispiel, warum wir überhaupt diese verdammte Zugreise gemacht hatten, aber ich versuchte, mich nicht auf Dinge zu konzentrieren, die außerhalb meiner Kontrolle lagen, und meine eigene Geschichte zu erschaffen. Nach meiner dritten Hypnosesitzung hörten die Albträume auf. Eine Sitzung später konnte ich mich nicht mehr an die Schrecken erinnern, nur daran, dass ich sie gehabt hatte.

„Du warst klasse, Kay. Komm, ich möchte dir etwas zeigen."

Wir gingen am Strandende entlang und bogen in den Park ein, wo ein Pferde- und Kutschenkarussell das Zentrum des Parks bildete. Während es sich drehte, jubelten die Kinder zur Musik. Die funkelnden Lichter, das Lachen und der Geruch von Popcorn, Hot Dogs und gebratenen Austern weckten Nostalgie in mir, und ich blieb stehen.

„Erinnerst du dich an diesen Ort?", fragte er.

„Ich glaube schon. Irgendwie, aber von vor langer Zeit."

Julian setzte sich auf eine Bank und streckte die Beine aus. Ich setzte mich neben ihn und warf ihm einen Blick zu.

„Ich habe dich früher in einem Kinderwagen durch diesen Park gefahren, während deine Eltern studierten. Und als sie dann für ein Amt kandidierten, machten wir einen besonderen Ausflug hierher für Hot Dogs. Du hast sie mit der dreifachen Menge Sauerkraut belegt."

„Igitt, wie eklig."

Er lachte, was mich zum Kichern brachte, aber dann wurde sein Gesichtsausdruck ernst.

„Deine Eltern haben dich sehr geliebt, Kay. Du hattest eine gute Erziehung und ein gutes Leben. Was ich damit sagen will, ist, dass die Dinge, an die du dich nicht erinnerst, dich nicht ausmachen. Du machst dich aus, und du wächst zu einer klugen und schönen jungen Frau heran. Ich bin sehr stolz auf dich."

Ich spürte, wie meine Wangen heiß wurden und mein Herz sich erwärmte. Mein Bauch kribbelte und mein Inneres überschlug sich, bevor es sich beruhigte. Ich ergriff Julians Hand und hielt sie fest in meiner. „Ich habe jetzt auch ein gutes Leben mit dir, also danke, dass du dich um mich kümmerst."

Ein Hauch von Rot überzog seine Wange.

„Ich meine, komm schon. Du hast mir ein verdammtes Auto gekauft. Du erfüllst mir meine verrücktesten Wünsche-"

„Um zwei Uhr morgens Pizza zu bestellen, ist nicht verrückt."

„Aber nach Key West zu fliegen und dann die Florida Keys entlang zu fahren, um meine Ängste zu lindern, schon."

„Du hattest einen Albtraum", flüsterte er.

„Und ich habe sie nicht mehr, dank dir."

„Also wünschst du dir nicht, dass du dich an mehr erinnern könntest?"

„Überhaupt nicht." Ich drückte seine Hand. „Ich habe alles, was ich brauche."

Er beugte sich zu mir und flüsterte, sein warmer Atem streifte meinen Nacken. „Das freut mich zu hören, aber weißt du, was ich brauche?"

„Was?" Meine Luftröhre zog sich zusammen.

„Sauerkraut-Hotdogs." Er zeigte auf einen Verkäufer auf der anderen Seite des Parks.

Sauerkraut-Hotdogs?

Ich leckte mir die Lippen.

„Komm schon, Kay. Ich wette, du wirst es lieben."

Er zog mich von der Bank hoch, und ich ließ seine Hand los. Wir gingen durch den Park und bestellten zwei Hotdogs, die wir mit dem eingelegten Kohl garnierten. Ich nahm meinen ersten Bissen und meine Augen weiteten sich.

„Warte, warte. Ich brauche mehr Sauerkraut."

Julian brach in schallendes Gelächter aus. „Hab ich's dir nicht gesagt?"

Ich häufte mehr auf den Hotdog, bis der Geschmack mich an etwas erinnerte, das ich in meiner Vergangenheit geliebt hatte. Das glückliche Gefühl umhüllte mich wie eine Decke.

„Weißt du, woran mich das erinnert? Glücklich zu sein. Das ist alles. Ich möchte einfach glücklich sein." Ich stopfte mir das letzte Stück Hotdog in den Mund und spülte es mit Root Beer hinunter.

Er legte seine Hände auf meine Schultern. „Ich werde dafür sorgen, dass du glücklich bist, Kay."

„Weil du meinen Eltern ein Versprechen gegeben hast?"

„Das, und weil du mir am Herzen liegst."

Ich schmiegte mich an seine Seite und lehnte mich an seinen muskulösen Arm. „Danke für das Auto. Ich hatte das nicht erwartet."

„Das war der Sinn der Überraschung. Außerdem habe ich über das nachgedacht, was du letzte Woche gesagt hast. Lass uns ein paar deiner Freunde aus der Online-Schule überprüfen und sehen, ob sie vorbeikommen können. Einen Filmabend oder ein Lagerfeuer am See machen."

„Meinst du das ernst?"

„Es besteht keine Gefahr, Kay. Wir haben uns ein Jahr lang bedeckt gehalten, und mit den laufenden Vorsichtsmaßnahmen denke ich, dass wir dich wieder ins Leben integrieren können. In eineinhalb Jahren wirst du volljährig sein und Schulen und deine Zukunft wählen."

„Außer, dass ich keine Ahnung habe, was ich machen will."

„Nun, was auch immer du entscheidest, du wirst meine volle Unterstützung haben. Das verspreche ich dir."

„Pädophiler", rief eine männliche Stimme hinter uns, und wir drehten uns beide um, sichtlich verwirrt.

„Ja, ich rede mit dir." Er zeigte mit dem Finger auf Julian.

„Halt's Maul. Du weißt nicht, wovon du redest."

„Ich sehe, was ich sehe, und er schaut dich an wie... nun, ekelhaft."

„Das geht dich einen Scheißdreck an." Ich machte eine wegwerfende Handbewegung, damit er verschwinden sollte, während Julian aufstand und um die Bank herumging. Sein berechneter, selbstsicherer Gang auf den Typen bei den Schaukeln zu ließ mich erschaudern. Er überragte den blonden Kerl mit schulterlangem Haar, der nicht älter als einundzwanzig sein konnte.

„Verpiss dich von hier, du Punk", sagte er.

„Es ist zu spät. Ich habe schon die Bullen gerufen."

„Was?"

Julian drehte sich auf dem Absatz um und kam mit großen Schritten auf mich zu.

„Nimm die Schlüssel und fahr zu meinen Eltern. Nicht zu unserem Haus, verstehst du?"

Ich blinzelte schnell. Die Anspannung um meine Augen verursachte Kopfschmerzen.

„Du schaffst das, Kay. Du kannst fahren."

„Ich habe nur einen Lernführerschein."

„Dann fahr vorsichtig, denn du kannst nicht hier sein, wenn die Polizei eintrifft." Ich warf einen Blick zurück auf den Scheißficker. „Wir wissen nicht, wem wir vertrauen können."

„In Ordnung, in Ordnung. Ich kann das schaffen."

„Ich weiß, dass du das kannst. Ich komme zur Familie, nachdem ich mich um die Polizei und diesen Scheißkerl gekümmert habe."

Er küsste mich auf die Stirn und drehte mich zum Auto.

„Moment mal, wo geht sie hin?", fragte er. „Ich habe die Polizei gerufen."

Ich blickte über meine Schulter zurück zu Julians stampfenden Beinen und entschlossenem Gang. Er kochte vor Wut, sah aber aus der Entfernung ziemlich heiß aus.

„Sie werden hier ankommen und dir einen Strafzettel wegen falscher Anschuldigung und Verschwendung von Polizeiressourcen geben. Danach werde ich dich wegen persönlicher Verleumdung verklagen. Übrigens, sie ist meine Nichte, du Scheißficker."

Ich weiß nicht, was danach passierte, aber ich beeilte mich zum Auto und fuhr zurück zu Wilma und Fred. Die beiden Rottweiler-Welpen rannten im Hof herum, wedelten mit ihren Schwänzen, und Emma quietschte zwischen ihnen beiden.

„Ich sehe, du hast nachgegeben." Ich umarmte Wilma.

„Hast du das Auto hierher gefahren?", fragte Fred.

„Wir hatten Ärger im Park. Ein Typ hat Julian einen Pädophilen genannt und die Polizei gerufen."

„Was?" Wilma nahm mich wieder in ihre Arme. „Oh, Schätzchen, das tut mir so leid."

„Es ist keine große Sache. Julian ist mein Vormund und ein guter Freund. Ich verstehe, wie jemand das falsch interpretieren könnte."

Eine Falte grub sich in Freds Mundwinkel. „Er wird sich darum kümmern, da bin ich sicher."

Julian tauchte eine Stunde später auf und sagte mir einfach, er hätte die Situation geregelt und ich müsste mir keine Sorgen machen, also tat ich es nicht.

Wir blieben bis zum Abend bei seinen Eltern. Seine Tante und sein Onkel kamen dazu, zusammen mit seinen Cousins und deren Freundinnen. Mein Abend voller Lachen und Scharade war schön, bis Stefanie ankam. Julians Freundin, die er nie als Freundin bezeichnete, schlang ihre Arme um seinen Hals und küsste ihn hart auf die Lippen. Er zog sich unbehaglich von ihr zurück, und ich schaute weg, als Stefanie mich beim Starren erwischte. Julian war noch nie ein Fan von öffentlichen Liebesbekundungen. Er reichte ihr ein Weinglas und flüsterte ihr etwas ins Ohr. Sie lachte und fuhr mit ihrem Finger seinen Arm hinunter, während er sich hinunterbeugte und ihre Schulter küsste.

Ich setzte meine Behandlung bei Stefanie alle zwei Monate fort, aber es war seltsam, sie zusammen bei einer Familienfeier zu sehen.

Ich packte Hunter am Ellbogen und zog ihn beiseite. Obwohl Julians Cousin nicht für Silver Securities arbeitete, hatte er sich bereits einen Job bei dem familiengeführten Ermittlungs- und Sicherheitsdienstleistungsunternehmen gesichert.

„Wie ernst ist diese Sache zwischen Julian und Stef?"

„Du bist diejenige, die mit ihm zusammenwohnt. Du solltest es wissen." Er zuckte mit den Schultern.

„Woher soll ich das wissen? Er bringt sie ja nie mit nach Hause, und er sagt mir auch nicht gerade, wann er auf Dates geht."

„Warum interessiert dich das?"

„Ich weiß nicht. Ich will einfach nicht, dass er verletzt oder ausgenutzt wird."

„Sie sind länger zusammen als Gabe und Joanne, und James und Tiffany."

Ich verdrehte die Augen. „Tiff ist so eine Goldgräberin."

„Ja, aber sie gibt James auch immer Arsch, wenn er will."

„Ekelhaft. Also denkst du, das ist der Grund, warum Julian mit Stef zusammen ist? Wegen Sex?"

„Drei Jahre sind eine lange Zeit in seinem Alter. Wenn er mehr empfinden würde, würde er sich nicht mit ihr herumschleichen."

„Woher weißt du, dass er sich herumschleicht?"

„Hat er sie je mit nach Hause gebracht?"

„Nein."

„Das sollte dir sagen, wie ernst oder nicht ernst es ist. Bist du nicht ein bisschen zu jung, um über Sex nachzudenken?"

Er nippte an seiner Bierflasche und seufzte, als würde er einen wochenlangen Durst stillen.

„Du bist sechs Monate älter als ich, Hunter, und ich weiß, dass du keine Jungfrau bist, also hör auf, ein Heuchler zu sein."

„Wer ist ein Heuchler?" Hunters Mutter, Teresa, kam herüber, und ich begrüßte sie mit einem Kuss auf jede Wange.

„Hunter."

„Sie macht nur Spaß, Mom."

„Das hoffe ich, denn ich möchte gerne glauben, dass ich meine Jungs besser erzogen habe."

„Wie war Mr. Silvers Herzoperation?", fragte ich.

„Keine Komplikationen. Er sollte in ein paar Tagen entlassen werden. Hunter, ich dachte, du hättest die Familie über den Fortschritt deines Vaters informiert."

„Ich hatte noch keine Gelegenheit dazu, Mom." Dann wandte er sich mir zu. „Dad geht es gut, Kay."

„Das freut mich zu hören. Bitte richte ihm meine besten Wünsche aus."

„Danke. Ich werde jetzt die Runde machen." Teresa gab mir einen Kuss auf die Wange und ging, um ihr Weinglas nachzufüllen.

„Bis später, Mom." Hunter winkte, aber dann lenkte Grace Wagner meine Aufmerksamkeit auf die Felsen. Sie trug ein sehr freizügiges und sexy Kleid und kam auf uns zu.

Hunter erstarrte und starrte, als sie in ihren High Heels über den Rasen schlenderte. Sie blieb auf ihren Zehenspitzen, bis das Gehen auf dem Gras unangenehm wurde und sie ihre Louboutin-Pumps auszog. Er beobachtete, wie sie erst den einen, dann den anderen Schuh abstreifte. Seine Lippe kräuselte sich und sein Grinsen wurde breiter, als sie barfuß weiterging. Obwohl sie auf uns beide zukam, schien Grace sich auf Hunter zu konzentrieren.

„Hey, ihr beiden."

„Schön, dich wiederzusehen, Grace." Wir tauschten eine kurze Umarmung aus.

Hunter versteifte sich bei diesem Austausch.

„Kommst du bald wieder ins Spa zum Entspannen?", fragte sie. Grace war so nett gewesen, mich alle paar Monate für etwas Spa-Zeit einzubuchen, und sie verlangte nie einen Cent dafür. Sie war ein Vorbild, und eines Tages hoffte ich, eine halb so erfolgreiche Frau zu sein wie sie.

„Natürlich. Ich dachte daran, Emma nächsten Monat zu ihrem Geburtstag mitzunehmen."

„Oh, das habe ich schon arrangiert, ihr seid also alle eingebucht."

„Klingt super."

Sie wandte sich Hunter zu und wickelte sich eine Haarsträhne um den Finger. Anscheinend war ich nicht die Einzige mit geschmeidigen Bewegungen.

„Hunter, ich habe mich gefragt, ob du morgen etwas Zeit hast. Ich brauche Hilfe mit dem Boot. Der Motor macht seltsame Geräusche."

„Ja, ich komme vorbei. Sag den Damen nur, dass sie diesmal nicht so starren sollen."

„Worauf starren?", fragte ich.

„Grace' Nachbarinnen schauen gerne zu, wenn ich Wartungsarbeiten an ihrem Auto durchführe."

„Du reparierst ihre Autos?", fragte ich.

„Es war nur ein Ölwechsel."

„Hunter ist sehr geschickt." Grace fuhr mit ihrer Hand über seinen muskulösen Arm.

„Grace", rief jemand vom Lagerfeuer. „Grace, komm mal und sieh dir das an."

„Scheint, als würde ich woanders gebraucht. Wir sehen uns morgen."

„Ja, bis morgen."

Ich wartete, bis sie weg war, und boxte Hunter gegen denselben Arm, den Grace berührt hatte.

„Nein!"

„Halt die Klappe. Niemand weiß es."

„Du und Grace? Ich dachte, ihr beide hasst euch. Ich glaube, du hast mal gesagt, ihr wärt Erzfeinde. Wie lange geht das schon?"

„Eine Weile, und ich schwöre bei Gott, wenn du irgendetwas über Grace sagst, erzähle ich Julian, dass du in ihn verknallt bist."

„Das wäre gelogen."

„Wirklich?"

Auch wenn ich nie leugnen würde, dass Julian heiß war, hatte ich keinen Crush auf ihn. Er war mein bester Freund und die einzige Person, die nach dem Tod meiner Eltern an meiner Seite war.

„Ich kann nicht glauben, dass du eine Mrs. Robinson-Situation am Laufen hast - du weißt schon, eine Affäre mit einer älteren Frau."

„Nichts für ungut, aber ältere Frauen wissen, was sie wollen."

„Ist sie nicht Familie?"

Er schüttelte den Kopf. „Sie ist eine Wagner."

„Du bist ein Silver."

„Aber meine Mutter ist nicht mit Grace' verwandt, wie Julian und Tristan. Das ist der Unterschied."

„Trotzdem Familie."

„Grace ist ein wahr gewordener Traum. Das ist sie. Ich habe früher davon geträumt, dass eine ältere Frau mich einweiht, aber jetzt habe ich mehr Erfahrung und den Wunsch, meine Partnerin in jeder Hinsicht zufriedenzustellen. Außerdem ist eine starke, unabhängige Frau sexy, egal in welchem Alter."

Er grinste, als hätte er das Leben durchschaut. Das hatte er nicht, denn ich hatte den Klatsch in Grace' Salon gehört, und die Dinge klangen nicht so rosig.

„Wow. Das ist eine Menge zum Verarbeiten."

„Es ist großartig. Denk mal darüber nach – eine Partnerin mit ein paar Jahren zusätzlicher Erfahrung, jemand, der weiß, was er vom Leben will und es im Griff hat, macht mein Leben zehnmal einfacher."

„Wie läuft's in der Schule?", fragte ich.

„Kann ich dir ein Geheimnis verraten?"

Ich beugte mich vor, obwohl niemand in der Nähe war.

„Ich habe aufgehört."

„Du hast die Schule abgebrochen?"

Er nickte. „Ich finde, Lebenserfahrung ist viel besser. Niemand weiß es, also wenn du petzt, weiß ich, dass du es warst."

Ich fuhr mit den Fingern über meine Lippen wie bei einem Reißverschluss, und er lächelte. „Gut."

„Kann ich dich was fragen, was du für dich behältst?", fragte ich.

Er trat zurück, als wüsste er es. Eine warme Windböe wehte vorbei und wirbelte sein schulterlanges, welliges Haar auf. Hunter gehörte an den Strand in Kalifornien, nicht nach New York. Vielleicht hatte er Recht; Lebenserfahrung hatte ihre Vorteile. Aber Grace war nur elf Jahre älter als Hunter. Julian hatte achtzehn Jahre Vorsprung auf mich.

„Also gut." Ich ließ einen angespannten Atem entweichen und schloss meine Augen. „Denkst du, Julian ist zu alt für jemanden wie mich?"

Er prustete sein Bier aus. „Also hatte ich Recht?"

„Ich weiß nicht. Vielleicht ist es nur ein Schwarm, aber woher soll ich das wissen? Es ist ja nicht so, als würde ich mich an Dates erinnern oder... Herrgott, ich weiß nicht mal, ob ich noch Jungfrau bin. Du weißt sicher von meinen Hypnose-sitzungen."

Er räusperte sich.

„Keine Sorge, Hunter. Ich kenne die Wahrheit."

Zumindest einen Teil davon. Ich hatte schnell begriffen, dass ich ein Fall bei Silver Securities war, und Julian hatte es bestätigt.

Die Hypnose mochte meine Erinnerungen verändert haben, aber Julian log nie.

„Wenn du es wissen willst, würde ich dir empfehlen, einen Arzt aufzusuchen. Lass dich untersuchen und du hast deine Antwort. Aber wenn du meine Meinung hören willst, ich glaube nicht, dass du das vergessen würdest, und du bist noch jung, also tippe ich auf Jungfrau. Nicht, dass es mich was anginge."

„War Grace deine Erste?"

Er erlaubte sich ein schmales Lächeln. „Ich küsse und plaudere nicht, Kay. Und muss ich dich daran erinnern, dass Julian eine Freundin hat?"

„Du meinst eine Fickfreundin? Das ist alles, was sie tun, wenn sie auf Dates gehen. Weißt du, er hat sie noch nie mit nach Hause gebracht."

„Ich würde mir darüber keine Gedanken machen. Du hast noch Zeit, und die Welt ist voll von Julians. Du hast deinen nur noch nicht getroffen."

Vielleicht hatte er Recht. Im vergangenen Jahr hatte ich getrauert und Abschied genommen. Ich war zu Hause geblieben, hatte gegen Dämonen gekämpft und geheilt. Ich hatte keine Chance gehabt, meinen Julian kennenzulernen.

Wir kamen an diesem Abend spät nach Hause. Ich duschte zuerst, während Julian all die Reste wegräumte, die seine Eltern eingepackt hatten. Als ich in unserem Bett lag und das laufende Wasser hörte, nutzte ich die Gelegenheit und schlich auf Zehenspitzen ins Bad. Ich öffnete die Tür gerade weit genug, um ihn unter dem Wasserstrahl zu sehen. Der Spiegel war beschlagen, und ich trat weiter ein. Wasser lief über seinen durchtrainierten Rücken und seinen straffen Hintern. Verbotene Gedanken überkamen mich. Schmutzige, die ich nie zugeben würde, denn wenn Julian mein wachsendes Verlangen entdeckte, würde er mich aus dem Haus werfen.

Er legte den Kopf zurück und brachte sein Gesicht unter den Wasserstrahl. Mein Mund öffnete sich mit jedem Zentimeter seiner Drehung weiter, bis er mir zugewandt war und ich ihn mit weit aufgerissenen Augen anstarrte. Seine halbe Erregung war deutlich sichtbar. Er war riesig und absolut atemberaubend. Ich zog mich aus dem Bad zurück, bevor er die Augen öffnete, und kehrte in unser Bett zurück. Ich schlüpfte unter die Laken und fantasierte davon, nackt zu Julian unter die Dusche zu steigen. Er blieb in meinen Gedanken, bis ich einschlief und von ihm als meinem Liebhaber träumte.

Kapitel 5

Julian

Im Club Forever flackerten die Lichter wie Blitze, und die Musik dröhnte so laut, dass man sie in den Knochen spürte. Der Schweiß und das billige Parfüm vermischten sich zu einem betäubenden Cocktail. Scar Wagners Stripclub zog eine Menge wilde Frauen an, die noch wilderes Geld in die G-Strings der Männer stopften. Wir saßen hinter einer Glaswand und beobachteten, wie sie beim Wechsel der Auftritte kreischten. Noch wichtiger war, dass wir beobachteten, wie viele von dem zurückkehrten, was Scar gerne die Halle des Verhängnisses nannte.

Club Forever teilte sich einen Bereich im Gebäude mit dem Geschäft, das Brad und Chad Hartley auf der anderen Seite der Wand betrieben. Rate mal, was für ein Geschäft? Ein Stripclub nur für geladene Gäste im Keller des Gebäudes.

Das Bordell bediente Männer mit allen sexuellen Vorlieben, und da es nur auf Einladung zugänglich war, war es unmöglich, hineinzukommen. Keine Kundenbeschwerden und keine Anhaltspunkte. Die Handvoll Mädchen, die zurückkehrten, sprachen nie über das, was sie gesehen hatten. Die Kunden kamen mit persönlicher Einladung, aber die Frauen im Club Forever waren seit Jahren leichte Beute. Aber wir hatten keine Beweise.

„Da, die da." Tristan zeigte mit dem Finger. „Sie hat eine Karte in der Tasche."

„Das ist eine von unseren Angestellten", grinste Scar breit.

„Tut mir leid."

„Hör zu, ich hab das im Griff. Ich kenne Brad seit der Highschool. Sein Vater mag zwielichtig sein, aber Brad hat nicht den Mumm, Gesetze zu brechen."

„Ich weiß verflucht noch mal genau, was ich gehört habe." Gabe konzentrierte sich auf den Eingang der Halle. Wir hatten einen Türsteher an der Tür stehen, dann einen weiteren in der Mitte des Flurs, wo die Grundstücke aufeinandertrafen. Bei jedem Mädchen, das ging, wurde der Ausweis kontrolliert und registriert. Ich konnte es einfach nicht glauben, dass sein Vater ihm einfach einen Club geschenkt hatte, aber Jeffrey Hartley war zu viel mehr fähig als nur ein Bordell zu eröffnen.

„Seien wir lieber vorsichtig und nehmen an, dass er nicht ganz sauber ist. Scar?", Gabe zeigte durch das Glas. „Wer ist der Typ mit dem schwarzen Zylinder?"

Er war nicht schwer zu erkennen und musste gerade erst hereingekommen sein, jetzt bahnte er sich einen Weg zur Wand. Er steuerte auf eine Nische zu, nahm seinen Hut ab und stellte sich neben einen Typen mit schulterlangem Strandhaar.

„Das ist der Scheißkerl", sagte ich.

„Was?"

„Der Typ, der die Cops auf mich gehetzt hat und abgehauen ist."

„Warum hat er das getan?"

„Er hat mich mit Kay im Park gesehen und mich einen Pädophilen genannt. Die Cops haben den Anruf zu einem Jace Donato zurückverfolgt, und ich werde ihm verdammt nochmal die Fresse polieren."

Ich trat vom Fenster weg, aber James packte meinen Arm. „Warte mal, Cousin. Lass uns sehen, ob wir den Freund deines Scheißkerls identifizieren können."

Der neue Typ im Trenchcoat, mit langem Schnurrbart und Monobraue, setzte sich in die Nische gegenüber von Jace.

„Wir haben vielleicht keine Zeit. Schau. Sie dealen", nickte Tristan in ihre Richtung, als der neue Typ Jace einen Stapel Geld zusteckte.

„Was bedeutet, dass sie nicht lange hier sein werden."

Jace schob etwas über den Tisch zurück.

„Scar, du hast Drogen in deinem Club", sagte ich.

„Okay, okay. Geh und schnapp dir deinen Scheißkerl."

„Ich komme mit dir. Ich schnapp mir den anderen Typen."

Ich nahm die Treppe mit Gabe. Wir quetschten uns durch die Menge betrunkener, geiler Frauen, die uns für die nächste Nummer hielten. Eine zog an meinem Hemd und eine andere rieb sich an meinem Bein.

Ich konnte mir nur das Gelächter der Gruppe von Männern vorstellen, die ich Familie und meine engsten Freunde nannte, auf der anderen Seite des Einwegspiegels. Wir gingen zu Jace, der allein in seiner Nische saß.

„Erinnerst du dich an mich?", fragte ich und setzte mich neben ihn, wobei ich ihn beiseite schob.

Jace blinzelte durch seine blutunterlaufenen Augen und erweiterten Pupillen. Er schwankte auf seinem Sitz und erinnerte sich definitiv nicht an mich, zumindest nicht im Rausch. „Wer war dein Freund?"

„Wer? Martinez?"

„Martinez was?"

„Er nennt sich einfach Martinez. Wir haben uns gerade erst kennengelernt. Fieser Typ." Er strich sich über den Hals und zuckte zurück.

Der Name klingelte in meinen Ohren, als ich den Namen des Killers erkannte, den Donaldson angeheuert hatte, um die Moores zu töten.

„Wofür hat er dich bezahlt?", fragte ich.

„Ich hab ihm etwas Molly besorgt. Das ist alles. Es ist für seinen Boss und deren Mädchen. Das hat er gesagt."

Der verträumte Blick verschwand aus seinem Gesicht.

„Hey, ich erinnere mich an dich." Er zeigte auf mich. „Du bist der Pädophile."

Mein schneller Schlag machte ihn fertig. Er sackte mit einer blutenden Nase in seinem Sitz zusammen.

„Warum zum Teufel hast du das gemacht?", fragte Gabe.

„Wir haben alle Informationen bekommen, die er uns geben würde."

„Das ist der größte Bullshit, den ich je gehört habe, Julian. Ich werde nach Martinez suchen gehen. Vielleicht solltest du lernen, dein Temperament zu zügeln?"

Gabe ging, und ich verdrehte die Augen. Was sollte ich sagen - als der Typ mich einen Pädophilen nannte, tat es weh. Kendra war die Tochter meines besten Freundes, und die Verleumdung hinterließ einen bitteren Geschmack in meinem Mund.

Jace stöhnte auf seinem Sitz und öffnete die Augen, und ich packte ihn am Kragen seines Hemdes. „Wohin ist Martinez gegangen? Wie hat er dich kontaktiert?"

Er öffnete seine Augen weiter und konzentrierte sich auf mein Gesicht. Ein Funken Erkenntnis blitzte in seinen benommenen Augen auf.

„Dein Mädchen war echt scharf. Würde ich auch nicht von der Bettkante stoßen."

Diesmal schlug ich hart genug zu, um ihn für eine Weile länger auszuknocken. Der Knochen gab unter meinen Knöcheln nach. Blut tropfte aus seiner Nase, aber er würde mir später für die Nasenkorrektur danken. Er brauchte sie. Ich entfernte den Scheißkerl aus der Kabine und warf ihn mir über die Schulter.

Tatsache war, dass Kendra zu einer wunderschönen jungen Frau herangewachsen war, und ich hatte die Probleme, die ihr Körper anzog, hautnah erlebt, als sie nackt in meine Dusche stieg. Verdammt! Das Bild ihrer rosafarbenen, spitzen Brustwarzen, straffen Brüste, halb rasierten Muschi und ihres verdammt gut geformten Körpers verfolgte mich in den Nächten. Zum Teufel! Von diesem Tag an konnte ich, egal wie sehr ich versuchte, das Bild ihrer Unschuld zu bewahren, nicht widerstehen und gab stattdessen wie ein Perverser dem Vergnügen meiner Hand nach. Ich masturbierte seitdem zu diesem Fetisch und träumte davon, ihrer Versuchung zu erliegen.

In jener Nacht half ich ihr aus der Dusche. Ihr weicher, trockener Körper an meinem durchnässten und harten Verlangen stellte meine Beherrschung auf die Probe. Ein elektrischer Schock jagte durch meinen Körper und sammelte sich als brennendes Verlangen in meinem Schritt. Ich brachte sie ins Bett, wobei ich mich über sie beugte, und als sie eingeschlafen war, wichste ich, um meinen Appetit zu stillen.

Jace zuckte zusammen, als ich ihn in die Kälte hinaustrug. Schnee fiel zu Boden, und der erste Frost biss in meine Haut. Meine Arme waren voller Gänsehaut, als hätte ich in einem Eisschrank geschlafen, und mir wurde schnell klar, dass ich meine Jacke oben gelassen hatte. Jace stöhnte, und ich setzte ihn im Schnee gegen die Wand.

Ich überprüfte seinen Ausweis, während er im Halbschlaf irgendeinen Scheiß murmelte, den ich nicht verstehen konnte. Hoffentlich hatte ich ihm keine Gehirnerschütterung verpasst.

„Jace Donato aus Oyster Cove auf Long Island." Der Scheißkerl lebte in meiner Nachbarschaft, aber auf der anderen Seite der Bucht. „Wo kriegst du dein Molly her, Jace?"

Er öffnete die Augen, als hätte er die magischen Worte gehört.

„Hier und da. Überall."

Er fiel immer wieder in Bewusstlosigkeit und sackte zusammen. Ich zog ihn hoch, packte ihn am Arm und führte ihn zu meinem Auto. Ich schnallte ihn an und fuhr ins Krankenhaus, wo ich ihn bei einer Krankenschwester in der Notaufnahme abgab.

„Zeig dich nie wieder im Club, hast du mich verstanden?", sagte ich zu ihm, aber ich bezweifelte, dass er sich in seinem

Rauschzustand an heute Nacht erinnern würde. Ich ging zurück zu meinem Auto, und mein Handy klingelte mit Gabes Nummer.

„Martinez arbeitet für die Hartleys. Er ist Jeffs neuer Vertrauensmann."

„Martinez ist der Name des Killers, den Donaldson angeheuert hat, um die Moores umzubringen", sagte ich ihm.

„Kendras Eltern?"

„Ja. Das fühlt sich zu nah an. Sieh zu, ob wir mehr Informationen über den Typen bekommen können."

„Nun, Martinez hat Donaldsons alten Mann ersetzt. Er sondiert bereits die Straßen."

„Wie bringen sie diese Mädchen dazu zuzustimmen?"

„Ich vermute, eine Kombination aus Drogen, Erpressung und Gewalt. Joanne wird versuchen, von innen heraus einzudringen, aber wir brauchen ein paar Tage zur Vorbereitung." Gabes Frau brannte darauf, ihren ersten Fall zu übernehmen, aber ich war nicht einverstanden, dass es Martinez sein sollte.

„Sag Joanne, sie soll vorsichtig sein. Wenn Jack und Ashleys Gesetzgebung posthum verabschiedet wird, wird das Donaldsons Finanzierung kappen. Ihr Netzwerk wird von selbst zusammenbrechen."

„Kendra wäre stolz. Du solltest es ihr sagen. Lass uns im Büro zusammenkommen."

Er legte auf, und ich erkundigte mich bei der Krankenschwester. Jace würde in Ordnung kommen. Sie würden ihn säubern, bevor sie ihn entließen.

Ich setzte mich hinters Steuer, und meine Gedanken kehrten zu der Nacht zurück, als Kendra in meine Dusche gestiegen war. Hatte der Scheißkerl recht, mich einen Pädophilen zu nennen? Wenn nicht, warum konnte ich dann ihre Haut mit den schwachen Bräunungslinien um ihre Brustwarzen und Hüften nicht vergessen? Das letzte Mal, als ich ihr beim Masturbieren unter unseren gemeinsamen Laken und dem Schutz der Dunkelheit zuhörte, kam ich.

Ich hatte Stef nichts von meiner Schlafvereinbarung mit Kendra erzählt. Es ging niemanden etwas an, wenn mein Bett ihr die Sicherheit gab, die sie suchte. Ich hatte angefangen, auf dem Sofa zu schlafen, als ich mir neben ihr einfach nicht mehr trauen konnte. Ich schlief dort immer öfter.

Stefanie war übers Wochenende zu einer Konferenz gefahren und hatte mich mit einem steifen Schwanz zurückgelassen. In der Hoffnung, dass kalte Luft etwas Vernunft in meinen Kopf bringen könnte, beschloss ich, in den Whirlpool zu steigen. Stattdessen fand ich Kendra in der Garage sitzend vor. Sie spielte mit ihren Fingern und starrte das Motorrad an.

„Was machst du hier?", fragte ich.

Sie zuckte mit den Schultern. „Weiß nicht."

„Was heißt ‚weiß nicht'?", lachte ich.

„Mir ist voll langweilig, und wenn du es wirklich wissen willst, ich bin mega scharf und kann kein Auge zumachen."

Ich hustete in meine Hand. Obwohl ich ihre Gefühle teilte, dachte ich nicht, dass ich sie mit ihr teilen sollte.

„Willst du damit fahren?", deutete ich auf das Motorrad, während sie auf meinen Schwanz schaute.

„Sieht gefährlich aus."

Sie strich mit ihrer Hand über den Ledersitz, und ich ging zum Motorrad hinüber.

„Du bist hinten drauf zur High School gefahren. Ich habe dich manchmal auch abgeholt."

„Das klingt nach einer dieser Erinnerungen, die ich mir wünschte, noch zu haben. Die Frauen müssen verrückt geworden sein, dich auf dem Bike vorfahren zu sehen."

„Deine kleinen Freundinnen nannten mich damals einen GILF. Es wurde noch peinlicher, als ihre Mütter wie ein Haufen... Nun, geiler Frauen starrten."

„Ich bin echt kein kleines Mädchen mehr, kapierst du?", sagte sie und starrte mich an. Ihre Brustwarzen drückten sich durch den Pullover, und sie fing meinen gesenkten Blick mit einem Grinsen auf. Nein, sie war definitiv nicht mehr klein.

„Ist das der Grund, warum ich dich anstarre? Weil ich geil bin?", fragte sie.

„Nein, das sage ich nicht. Warum starrst du?", meine Stimme brach.

„Weil du ein GILF bist - also Godfather I'd Like to Fuck', ein Patenonkel, mit dem man gerne schlafen würde," sie zwinkerte.

„GILF?" flüsterte ich.

„Patenonkel, Vormund. Wie auch immer du es nennen willst. Das Motorrad ist definitiv sexy. Du siehst heiß aus. Kein Wunder, dass die Therapeutin darauf abfährt. Wie läuft's denn so?"

Hatte sie gerade die Tatsache umgangen, dass sie angedeutet hatte, sie würde gerne mit mir schlafen?

Ich schenkte mir einen Schluck Tequila ein, den ich in der Garage aufbewahrte, und kippte ihn runter. Ich redete mir ein, dass es dazu diente, mich aufzuwärmen, in der Hoffnung, es würde das plötzliche Testosteron in meinen Adern lindern.

„Sie ist weg, und ich werde für den Rest der Nacht mit Schlaflosigkeit kämpfen", sagte ich.

„Warum bringst du sie nie zu uns nach Hause?"

Sie bewegte sich. Der lose Pullover verdrehte sich um ihre straffen Brüste, und wenn ich wetten müsste, würde ich sagen, sie trug keinen BH. Diesmal versteckte ich meinen Blick nicht. Ich konnte einfach nicht.

„Warte hier. Wir machen eine Spritztour." Ich rannte die Treppe hoch und spritzte mir kaltes Wasser ins Gesicht, bevor ich in eine Hose und einen Pullover wechselte. Ich eilte wieder nach unten, befestigte den Helm auf ihrem Kopf und gab ihr eine der Lederjacken, die ich aus meiner Jugend aufbewahrt hatte. Ihre Augen weiteten sich, als sie ihre Arme in die Vintage-Ärmel schob, erfreut.

Ich rollte das Motorrad aus der Garage, rutschte nach hinten und wartete darauf, dass sie vor mir aufstieg. Sie lehnte sich nach vorne und griff nach den Griffen. Sie blickte zurück, und ihre Augen kräuselten sich zu einem Lächeln. „Bist du sicher, dass ich das kann?"

„Keine Sorge, ich bin direkt hinter dir. Aber du siehst schon ganz natürlich auf dem Bike aus."

Sie grinste, und ich überprüfte ihre Haltung von hinten. Ihr zierlicher Körper verbarg sich in meinem Rahmen, während meine Vorderseite und ihr Hintern zu einer Einheit verschmolzen. Ihre weichen Kurven gaben meinem Halt nach. Meine erfahrenen Muskeln dominierten ihr weiches Fleisch. Sie rutschte nach vorne, und ihr Hintern glitt über meine Erektion. Ich hätte verdammt nochmal fast die Beherrschung verloren, genau wie in der Nacht, als sie sich selbst berührt hatte.

Gott, verdammt nochmal, wenn sie nicht die Tochter meines besten Freundes und mein Pflegekind wäre –

Der Gedanke zwang mich nach hinten.

„Was ist los?" Sie drehte sich mit herausgestreckter Unterlippe um.

„Wir können nicht, Kay."

„Können was nicht?"

„Du kannst dich nicht so an mir reiben."

Ihr Blick senkte sich. „Dir gefällt es offensichtlich. Ich dachte, du wolltest, dass ich vorne fahre, aber du scheinst mich von hinten zu bevorzugen."

„Verdammt, Kay. Hör auf damit."

„Ich mache nur Spaß, Julian. Herrgott, du musst dich entspannen. Wenn du willst, kann ich dir einen Handjob besorgen."

„Kay!"

„Schon gut. Ich höre auf. Tut mir leid. Ich weiß, mein Hintern ist heiß und unwiderstehlich."

Sie wackelte mit ihrem Hintern gegen meinen Schwanz und schaltete die Zündung ein.

„Mache ich es richtig?"

„Bisher ja. Die hintere Bremse ist unter deinem rechten Fuß

und der Hebel unter deiner rechten Hand ist die Vorderbremse. Dreh den Gashebel unter deiner rechten Hand, um zu beschleunigen oder zu verlangsamen. Der linke Fuß steuert den Schalthebel und das ist dein Kupplungshebel. Nervös?"

„Nö. Ich habe dich das schon dutzende Male machen sehen und es fühlt sich vertraut an. Ich glaube, ich hab's."

Ich ließ es gut sein und konzentrierte mich auf die Fahrt, aber wie erwartet war sie ein Naturtalent. Der kalte Wind peitschte uns ins Gesicht, während wir durch die verschneite Landschaft fuhren, aber die Wärme von Kendras Körper vor mir ließ mich die Kälte vergessen. Es hatte den ganzen Tag geschneit, und frischer Pulverschnee bedeckte die Stadt. Wir fuhren durch das Winterwunderland entlang der Küste, vorbei am Park und den funkelnden Lichtern. Kendra manövrierte wie ein Profi, und ich musste annehmen, dass ihr Vater ihr das Motorradfahren beigebracht hatte. Eine halbe Stunde später kehrten wir nach Hause zurück.

Sie sprang in der Einfahrt vom Motorrad und nahm ihren Helm ab, ihre Wangen gerötet und die Haare wild.

„Ich wusste, du würdest es gut machen", sagte ich.

„Woher?"

„Weil du offensichtlich Auto fahren konntest. Ich glaube, deine Eltern haben mir ein paar Dinge verschwiegen."

„Also kann ich Motorrad fahren." Sie zuckte mit den Schultern und wackelte mit den Augenbrauen. „Ich wette, ich kann noch voll krasse Sachen, von denen du gar nichts ahnst."

Ihr verführerischer Ton zwang mich, einen Schritt zurückzutreten. „Es ist spät. Du solltest ins Bett gehen."

„Was ist mit dir?"

„Ich werde mich ein bisschen in die Wanne schmeißen. Wir sollten definitiv deinen Führerscheintest buchen. Ich denke, du bist bereit."

„Klingt gut. Danke für die Fahrt, Julian, und danke für heute Abend."

„Gerne geschehen."

Nachdem Kendra in ihr Zimmer gegangen war, konnte ich keine Ruhe finden. Die Fahrt hatte mich aufgewühlt, meine Nerven lagen blank. Ich lief durchs Haus, der Geruch von Leder und Kendras Parfüm noch in meiner Nase, unfähig, mich zu entspannen oder gar an Schlaf zu denken. Die Erinnerung an Kendras Körper, der sich an meinen presste, ließ mich nicht los. Ich brauchte dringend eine Ablenkung, irgendetwas, um meine Gedanken in geordnete Bahnen zu lenken.

Ihr Blick senkte sich unter meinen Gürtel, was mich aus der Fassung brachte. Ich war mir sicher, dass mein kleiner Freund noch schlummerte, aber ich musste trotzdem nachsehen, ob er nicht doch schon stramm stand. Ich hatte Recht, aber Kendra lächelte, als ob sie vorhatte, mir beim Selbstbefriedigen zuzusehen. Sie drehte sich auf dem Absatz um und ging mit einem Grinsen purer Zufriedenheit in ihr Zimmer.

Was zum Teufel?

Schnell überflog ich meine E-Mails. Badeshorts an, Drink eingegossen. Mit einem Handtuch bewaffnet machte ich mich auf den Weg nach draußen. Als ich den Whirlpool erreichte, schäumte der Schaum über den Rand und ich konnte Kendras Kopf kaum sehen.

„Was zum Teufel hast du gemacht?", fragte ich.

„Ich dachte, du würdest in der Wanne liegen", sagte sie. „Also in der zu Hause. Und ich kann auch nicht wirklich schlafen, also wollte ich hier draußen entspannen."

„Ich meinte den Schaum, Kay. Was hast du da reingekippt?"

„Granatapfel-Eukalyptus ätherische Öle mit einer minzinfundierten Badebombe. Ich wusste nicht, dass es eine schaumige war."

Ich konnte entweder Zeit damit verschwenden zu erklären, dass die auch nicht für den Whirlpool waren, oder ich konnte den entspannenden Duft genießen, solange er anhielt. Ich entschied mich für Letzteres und stieg in den Schaum, mich ihr gegenüber setzend. Die Nacht war dunkel, aber klar und voller Sterne, mit einem Hauch dringend benötigter frischer Luft. Ich atmete tief ein, und der Eukalyptus befreite meine Nasengänge. Draußen in der Bucht überquerte ein Boot die dunklen Gewässer. Kendra bewegte sich und zog meine Aufmerksamkeit auf sich. Ihr Kopf schwebte auf einem Haufen Blasen, und ein Lachen brach aus meiner Brust hervor.

„Weißt du, ich erinnere mich an dich in deinen ersten Schwimmflügeln und mit Schwimmring. Ich pflegte Scotch am Pool deines Vaters zu trinken, während du nach Reifen tauchtest."

Aber mein Lächeln verblasste, als ich sah, wie ihre Augen tellergroß wurden und sich ihre Lippen öffneten.

„Warum dieses bedrückte Gesicht? Was ist los?"

„Manchmal wünschte ich, du würdest nicht so über mich reden, als wäre ich ein Kind. Ich bin echt kein kleines Mädchen mehr, kapierst du?"

„Es tut mir leid, Kay. Ich meinte es nicht böse. Wirklich. Die Wahrheit ist, du bist Teil meines Lebens, und ich bin Teil deines."

Sie starrte mich an, ihre Augen weit geöffnet und die Sommersprossen traten hervor, als ihre Wangen vor Hitze erröteten.

„Ich bin dein Patenonkel. Ich soll auf dich aufpassen."

Sie biss sich auf die Unterlippe, und ich fragte mich, ob sie mich gehört hatte. „Es gibt etwas, das ich dir sagen muss, Julian."

„Was ist es?"

Sie räusperte sich. „Ich wusste nicht, dass du hierher kommst, und ich dachte, ich wäre allein."

„Das haben wir schon festgestellt."

„Was ich dir zu sagen versuche, ist, dass ich nackt bin."

Ich erstarrte. Ihre kleine Enthüllung hatte die Macht, all mein Blut nach unten zu ziehen, als hätte meine Vorstellung von dem, was unter den Blasen lag, meinem Schwanz nicht schon genug angetan.

„Wie bitte?"

„Ich habe keinen Badeanzug, was du offensichtlich nicht sehen kannst wegen der Blasen, aber ich dachte, du würdest im Haus bleiben."

Ich stand auf. „Okay, ich gehe."

„Geh nicht. Ich genieße es, mich mit dir zu unterhalten. Tu einfach so, als wüsstest du nicht, dass ich nackt bin."

„Aber ich weiß es, Kay."

„Nein, bin ich nicht. Ich trage einen Badeanzug."

„Wirklich?"

„Nein, tue ich nicht. Siehst du, was ich meine? Du merkst nicht mal den Unterschied."

„Kay-"

„Ich stehe auf, wenn du aufstehst", platzte sie so schnell wie möglich heraus, und ich ließ mich wieder auf meinen Sitz sinken.

Nackt.

Ich kämpfte gegen den Drang an, mir vorzustellen, wie ihr nackter Körper unter der Wasseroberfläche aussah. Mein Verstand schrie mich an, wegzuschauen, aber mein Körper weigerte sich zu gehorchen.

„Beruhig dich, Julian, okay? Ich werde dich schon nicht beißen. Es sei denn, du willst es. Scherz. Nur ein Scherz." Sie lachte.

Sie würde vielleicht nicht beißen, aber wenn sie mich weiter so neckte, würde ich verdammt nochmal jemanden erwürgen. Oder etwas. Mein Schwanz wäre das erste Opfer.

„Es ist ja nicht so, als hättest du noch nie eine nackte Frau gesehen. Ich weiß, du hast schon viele gesehen und gefickt."

„Kay, ich warne dich zum letzten Mal."

„Was ich sagen will, ist, dass wir Familie sind."

„Ich glaube, das macht es noch schlimmer", knurrte ich.

„Also sind wir keine Familie?"

Das half auch nicht.

„Wechsel das Thema, Kay. Bitte, um der Liebe meines harten Schwanzes willen, wechsle das Thema."

„Du hast einen Ständer?"

Scheiße.

„Habe ich das laut gesagt? Herrgott, Kay. Ich meine, ich sollte nicht. Es tut mir leid-"

„Mir nicht. Es ist irgendwie heiß, weißt du, zu denken, dass ich dich anmache."

„Außer dass du mich nicht anmachen solltest."

„Warum nicht? Du bist ein Mann. Ich bin praktisch eine Frau. Es wäre eigentlich seltsam, wenn du keinen Ständer bekommen würdest. Ich wäre beleidigt."

Ich machte es mir in der Wanne bequem und hörte ihr zu, wie sie über die Meinungen ihrer Freundin zu gegenseitiger Anziehung, Morgenlatten, Masturbation, Jungfräulichkeit und Kays Gefühl plauderte, eine der wunderbarsten Erfahrungen des Lebens zu verpassen. Laut den Geschichten ihrer Freundin war sie die Einzige ohne Erfahrung. Ihr gesprächiger Mund hörte nicht auf, und es war schön, zur Abwechslung mal nicht an die Arbeit zu denken.

„Du wirst noch Jahre haben, um Sex zu haben, Kay. Und es ist nicht immer so toll, wie es hochgespielt wird."

Sie keuchte auf und bedeckte ihren Mund mit der Hand. „Du hattest schlechten Sex?"

„Nun, nein. Das passiert mir nicht."

Sie verdrehte die Augen. „Natürlich passiert das Adonis nicht."

„Adonis?" Ich lachte.

„Du weißt schon – schön und fruchtbar. Das bist du und sag nicht nein, denn ich habe deinen Schwanz gesehen und er ist wirklich so."

„Kay! Wann hast du mich so gesehen?"

„Ich war halb am Schlafen und bin reingeplatzt, als du geduscht hast. Das ist schon lange her. Ich habe es nie erwähnt, weil ich dich nicht in Verlegenheit bringen wollte, wie ich es offensichtlich gerade tue."

Ich seufzte. „Schon gut. Wir leben im selben Haus. Solche Dinge passieren zwangsläufig."

„Wir schlafen auch im selben Bett. Welche anderen Dinge könnten da noch zwangsläufig passieren?"

„Kay-"

„Ich warne dich." Sie ahmte meine Stimme nach, und ich spritzte den Schaum in ihre Richtung. Sie lachte und revanchierte sich mit einer Welle in mein Gesicht. Der Schaum bewegte sich so stark im Whirlpool, dass der größte Teil über den Rand schwappte, und Kays Brüste tauchten frei an der Oberfläche auf.

Ich konnte nicht länger so tun, als hätte ich sie nicht gesehen, und stieg aus.

„Alles in Ordnung, Julian?"

Die kühle Luft biss in meine Haut. Ich griff nach meinem Handtuch und spannte es zwischen uns aus. „Es wird spät, Kay. Wir sollten besser reingehen."

Sie stieg aus, und ich wickelte das Handtuch um sie.

In dieser Nacht schlief ich auf der Couch im Erdgeschoss. Es sollte die erste von vielen Nächten sein, in denen ich mich aus unserem Bett entschuldigte.

Ich joggte die übliche Strecke an der Küste entlang, vorbei am Haus von Julians Eltern und den Jacobs, Julians Nachbarn, und machte mich dann auf den Rückweg die Straße hinunter. Der Sommerwind strich mir über das Gesicht und trug den herrlichen Duft des ersten Tages in Freiheit mit sich. Und ich hatte vor, jeden Tag voll auszukosten. Cami und Megan aus der Online-Schule, zusammen mit ein paar anderen, würden vorbeikommen, um unser Schuljahresende am Pool zu feiern. Noch ein Jahr, dann wäre ich fertig, nur wusste ich nicht, was ich nach der Highschool machen sollte. Früher wusste ich es, aber je mehr meine Erinnerungen an die Zeit vor dem Zugunglück verblassten, desto weniger erinnerte ich mich.

Julian hatte den Pool letzten Sommer anlegen lassen: ein Geschenk zu meinem siebzehnten Geburtstag. Er hatte mich mit den Plänen an Weihnachten überrascht, als wir von unserem jährlichen Familienurlaub in Neuseeland zurückkamen. Julian verstand es, mir zu helfen, Schmerz und Trauer zu vergessen. Es ging nie ganz weg, aber wenn ich mich anstrengte, konnte ich es betäuben. Trotzdem würde ich nie wieder eine Zugfahrt nach Kanada machen.

„Hey, brauchst du eine Mitfahrgelegenheit?", Ich stoppte meinen Lauf, als ein Mustang Cabrio neben mir anhielt. Ich warf einen Seitenblick darauf und beschleunigte mein Tempo.

„Hey, Blondie, ich rede mit dir", rief der Typ. Ich erkannte seine Augen, wusste aber nicht woher, und ich bezweifelte, dass er mich kannte. Julian hatte eine Regel, jeden zu überprüfen, mit dem ich sprach. Meine neue Haarverlängerung von Grace gab mir ein neues Aussehen, also konnte er mich nicht gekannt haben. Und doch war er hier. Ein Außenseiter.

„Nein, danke. Ich laufe gern. Tut einem gut, weißt du."

Er ließ sein Auto neben meinem Lauf rollen. „Glaub mir, es gibt einfachere Sachen, die dir Spaß machen können. Und wenn du es nicht kannst, kann ich es." Er wackelte mit den Augenbrauen, und ich konnte das Lachen nicht zurückhalten.

Krass. Irgendwie gruselig. Aber echt verdammt heiß.

„Ich bin Jace. Kommst du von hier? Fühlt sich an, als hätten wir uns schon mal getroffen", sagte er.

Ich hielt an, und er trat stärker auf die Bremse.

Er kam mir bekannt vor. Seine hellen Augen und sein von der Sonne gebleichtes Haar flatterten im Wind, und all die Dinge, die Julian mir beigebracht hatte, flogen aus meinem Kopf.

Die Überprüfungsregeln, nicht mit Fremden zu reden – was ich offensichtlich gebrochen hatte –, nichts über mein Leben zu erzählen oder jemandem meinen Namen zu geben... Oh ja, und die, niemandem zu sagen, wo ich wohnte. All das war mit dem Werfen einiger Haare verschwunden.

Schwupps.

Der Wind warf sein Haar wieder zur Seite, und ich verstand total, warum die längeren Strähnen bei den Silver-Brüdern so heiß aussahen.

„Ja, ich bin von hier, deshalb brauch ich halt keine Mitfahrgelegenheit."

„Daher?" Er lachte und ließ den Motor aufheulen, blickte in

die Ferne, bevor er sich wieder zu mir wandte. Er lehnte sich im Sitz zurück und streckte seine muskulösen Arme aus. Sie waren nicht so groß wie Julians, aber beeindruckend genug.

„Komm schon, Blondie, lass mich dich mitnehmen. Auch wenn es nur eine kurze Fahrt ist. Ich verspreche, ich bin der Gute."

„Das ist genau das, was der Böse sagen würde. Danke, aber ich fahre nicht bei Fremden mit."

„Vielleicht sollten wir keine Fremden sein."

Ich warf ihm einen Seitenblick zu.

„Du gibst nicht auf, oder?" Ich verschränkte die Arme vor der Brust, und sein verschmitztes Lächeln wurde breiter. „Komm doch später bei mir vorbei. Wenn du mutig genug bist. Ich schmeiße 'ne Party."

Es war eher ein kleines Treffen mit einer Handvoll Freunde, aber Party klang so viel cooler. Ich musste noch nie so tun, als wäre ich jemand anderes. Bis jetzt.

„Was meinst du mit mutig genug?"

„Mein Bodyguard wird dich überprüfen und abtasten. Er ist mein Patenonkel und sehr beschützend."

Jace trommelte mit den Fingern auf dem Lenkrad. „Wie gründlich überprüft er?"

„Stell dir vor, du passierst die Flughafensicherheit, und ein Spürhund setzt sich neben dich. Er ist dieser Spürhund."

Seine Augenbrauen zogen sich für einen Moment zusammen, aber dann grinste er. „In Ordnung. Du hast mich überzeugt, Blondie. Ich komme zur Party."

„Mein Name ist Kendra."

Schwupps.

„Blondie passt besser zu dir." Er gab Gas, ließ den Sportwagen leicht vor und zurück rollen. „Ich bin Jace. Wir sehen uns heute Nachmittag."

Jace griff in ein Fach unter dem Armaturenbrett.

„Vielleicht ist es besser, wenn du das für uns reinschmuggelst." Er warf mir ein Päckchen mit einer Handvoll weißer Pillen zu. Ich fing es mit beiden Händen und versuchte, nicht so zu tun, als würde es mich verbrennen.

„Nächstes Tor?" Er zeigte auf die Einfahrt, und ich nickte.

Er zwinkerte, gab mir einen albernen Daumen hoch und fuhr davon. Herrgott nochmal, warum passte seine Persönlichkeit nicht zu seinem Gesicht und Körper?

Meine Hände fingen an zu zittern, und ich fingerte nervös an dem Beutel herum. Nach einem kurzen Blick erkannte ich den Satz Emoji-Pillen als Ecstasy. Julian würde total durchdrehen, wenn er wüsste, dass ich Jace zu mir nach Hause eingeladen hatte. Ich drehte mich um und joggte zurück zu Wilma und Fred. Ich rannte ihre Einfahrt entlang und versteckte den Beutel unter einem Stein, bevor ich um ihr Haus herumging und zur Hintertür gelangte. Julian würde mich umbringen, wenn er Pillen bei mir finden würde. Direkt nachdem er Jace umgebracht hätte. Schlimmer noch, ich würde für mein letztes Schuljahr wieder zum Online-Unterricht gezwungen werden, und ich konnte nicht wieder allein sein. Ich hatte jetzt Freunde.

„Guten Morgen." Ich hüpfte auf den Frühstückshocker neben Julians achtjähriger Schwester. „Wie geht's, Ems?"

„Ich mache Limonade für meinen Limonadenstand. Mama braucht Geld." Sie wackelte mit den Schultern hin und her, und Wilmas Augen wurden groß.

„Emma Rose Silver, wo hast du das gehört?"

Mein Kichern platzte heraus. Ich könnte den Satz letzte Woche vor Emma gesagt haben, aber die Wahrheit war, ich wollte Unabhängigkeit, was bedeutete, dass ich einen Job brauchte.

Der Blick des kleinen Mädchens rutschte zu mir rüber.

„Es tut mir leid. Das ist meine Schuld", sagte ich. „Julian bringt mir gerade das Autofahren bei, und ich hatte gehofft, etwas

Arbeitserfahrung zu sammeln, aber Julian meinte, ich bräuchte keinen Job, und dann habe ich versucht herauszufinden, was ich machen will und wie ich Geld verdienen kann-"

Wilma stellte ihren Tee auf die Theke. „Julian hat es dir nicht erzählt?"

„Was erzählt?"

„Wilma", Fred räusperte sich. „Das steht uns nicht zu."

„Sie ist siebzehn und verantwortungsbewusst. Es ist Zeit, dass sie es erfährt." Wilma wandte sich mir zu. „Aber es steht auch mir nicht zu, etwas zu sagen."

„Etwas zu sagen worüber?"

Wilma faltete ihre Hände und blickte zu Fred.

„Ich weiß, ich weiß ..."

Wir drehten uns alle zu Emma um.

„Du brauchst keinen Limonadenstand, Kay. Sie redet von deinem Erbe. Geld, dinero, l'argent."

„Was?"

Wilma verschränkte die Arme vor der Brust. „Woher weißt du davon, Emma?"

„Die Leute reden in der Nähe von kleinen Kindern, weil sie denken, wir sind nicht da. So weiß ich das. Willst du meine Limonade probieren, Kay?"

Sie schenkte mir ein Glas ein, ohne auf meine Antwort zu warten.

„Ich habe ein Erbe?"

„Es ist groß. Millionen."

„Emma." Wilma und Fred redeten gleichzeitig auf ihre Tochter ein.

„Na ja, was denn? Ich habe euch doch gesagt, dass die Leute reden, und sie hat gefragt. Ihr wollt doch nicht, dass ich lüge, oder?"

Wilma seufzte, und Fred goss sich eine Tasse Tee ein. Er ging an mir vorbei und drückte sanft meine Schulter. „Du solltest mit Julian reden."

„Danke."

Fred setzte sich ans Fenster, und ich wandte mich Julians kleiner Schwester zu. „Kommst du zu meiner Poolparty, Ems?"

„Ich kann nicht. Heute Reitstunden und um fünf Uhr morgen Schwimmen. Vielleicht nächstes Mal?"

„Klar. Wir sehen uns später. Danke für die Limonade."

Ich küsste Mrs. Silver auf die Wange und ging durch die Hintertür hinaus, überquerte ihren Hinterhof zu Julians Haus. Der neue Pool glitzerte in der Sonne. Julian hatte mich an meinem siebzehnten Geburtstag mit den Plänen überrascht. Ich arbeitete mit einem Designer zusammen, und wir fügten den Betonplatten der Terrasse etwas Glitzer hinzu. Die schicken Holzmöbel, abgeschiedenen Cabanas und eine makellose Landschaft aus Zierbäumen und Rosen verwandelten sein Junggesellenpad in einen Rückzugsort.

Ein Platschen am Ende des Pools lenkte meine Aufmerksamkeit darauf, wo Julian gerade seine Morgenrunden beendete. Er hob sich aus dem Pool wie der Adonis, den ich ihn gerne nannte, und trat unter den Strahl der Außendusche. Die Sommerbräune passte gut zu Wasser. Viel Wasser, das über seine Arme und Bauchmuskeln spritzte und dann seine muskulösen Oberschenkel hinunterlief. Seine Shorts klebten an der dicken Wölbung darunter. Julian war definitiv schöner als Jace. Männlicher. Vielleicht wurden aus Jungs wie Jace Männer wie Julian?

Ich eilte zum Umkleideraum des Poolhauses, zog meine Jogginghose aus und duschte schnell. Ich hatte kaum Zeit und musste zig Entscheidungen treffen, bevor die Party losging. Mensch, das war echt stressig. Julian konnte mir dabei helfen.

Ich zog meine erste Badeanzug-Option für den Abend an - glitzernde Pailletten kreuzten sich über meinen Brustwarzen und liefen in einem V-Ausschnitt nach unten. Ich drehte mich vor dem Spiegel und trat hinaus, als Julian gerade seinen grünen Smoothie von der Saftbar austrank. Er starrte und verschluckte sich an seinem Getränk.

„Was denkst du?", fragte ich.

„Ist das glitzernde Zahnseide?"

„Ach komm schon, Julian. Das ist doch für meine Party."

Sein Blick wanderte zur Seite und vermied mich. „Es sei denn, du planst, dir meine Shorts und mein Hemd zu leihen, das ist ein Nein."

„Okay, warte hier. Ich habe noch einen anderen."

„Kay, schau mal da rüber." Er zeigte auf einen Liegestuhl mit einer Schachtel, auf der eine rote Schleife lag.

„Das ist für mich?"

„Alles Gute zum Schuljahresende. Grace hat es ausgesucht. Ich hoffe, es gefällt dir. Ich... ich muss los. Der Koch sollte bald hier sein."

Er ging rückwärts, stolperte über seine Füße, fing sich aber mit einem unbeholfenen Armschwung wieder.

„Du hast einen Koch engagiert? Julian, ich sagte doch, es sei nur eine kleine Zusammenkunft."

„Weshalb ich auch nur einen Koch statt zwei engagiert habe. Entschuldige mich jetzt."

Er drehte sich auf dem Absatz um und eilte nach drinnen, wobei er ungeschickt über einen dekorativen Flamingo stolperte.

Ich zog meinen Badeanzug von Grace an. Das Strandkleid machte aus dem Bikini ein komplettes Outfit. Ich überprüfte die letzten Details mit Julians angeheuertem Sicherheitspersonal und schmuggelte Jace auf die Gästeliste. Um fünf Uhr war die Poolparty in vollem Gange. Musik dröhnte, und das sommerliche Zimt-und-Gewürz-Thema erfüllte den Garten. Riesige Ballons, flauschige Sitzgelegenheiten und funkelnde Lichter brachten das Innere nach draußen. Die Feuerstelle glühte, und ich reichte meinen Freunden alkoholfreie Mimosas. Julian stand am Grill und beobachtete Oliviers Burger. Und mich.

„Ich hab gehört, dass Julian Silver echt sein soll, aber ich hab's echt nie geglaubt", seufzte Cami. Alle sechs meiner Freunde starrten ihn an, als wäre er unsere Abendunterhaltung, Vorspeise und Hauptgericht in einem.

„Einer der begehrtesten Junggesellen in New York", sagte Meghan.

„Wie kommt man denn zu so einem heißen Bodyguard als Mitbewohner?", stieß Cami mich mit dem Ellbogen in die Rippen.

„Er ist nicht mein Bodyguard. Er ist mein Vormund."

„Er ist nicht dein Onkel."

„Nein, aber er ist mein Patenonkel."

„Also überhaupt nicht blutsverwandt?"

„Du bist eklig."

„Zumindest ist er reich."

„Es geht doch nicht ums Geld, Cam." Wir alle hatten offensichtlich Treuhandfonds, Cami eingeschlossen. Meiner kam nur von toten Eltern. Ich hatte keine Zeit gehabt, Julian nach meinem Erbe zu fragen, weil ich sowieso nicht wüsste, was ich damit anfangen sollte. „Was wir brauchen, ist jemand in unserem Alter zum Spielen, also ist es gut, dass ich jemanden zur Party eingeladen habe."

Cami trat einen Schritt zurück. „Wenn er Julians Überprüfung bestanden hat, ist er ein Nerd."

„Er wird nicht überprüft", sagte ich. „Und an Nerds ist nichts auszusetzen. Obwohl er kein Nerd ist. Ich habe ihn heimlich auf die Gästeliste gesetzt."

„Julian wird ihn eh entdecken und rauswerfen, sobald er ihn sieht."

„Keine Sorge. Ich weiß schon, was ich tue." Ich nahm das Strandkleid von meinen Schultern und enthüllte einen der kleineren Bikinis von Grace. Er war bescheiden, hatte aber einen schönen Ausschnitt über meinem Hintern, und ich hatte einen hübschen Hintern. Der Stoff fiel. Ich drehte mich im Kreis, und Julian verschwand nach drinnen.

„Perfektes Timing, Kendra. Ich glaube, dein Junge ist hier."

Ich drehte mich um und sah Jace. Er stand bei einer Cabana und musterte meinen Körper. Sein Mund verzog sich nach oben, als er mich von oben bis unten betrachtete, und genau in diesem Moment fühlte ich mich nackt. Ich ging in die Hocke und hob das Strandkleid auf, drückte es an meine Brust, während er auf mich zuschlenderte.

„Du bist ja doch gekommen." Meine Stimme zitterte.

„Du hast eingeladen."

„Ähm, keine Probleme am Tor gehabt?"

Er kam direkt vor mir zum Stehen.

„Ich lass euch zwei allein." Cami trat weg, bevor ich sie aufhalten konnte.

„Wo ist dieser Onkel, vor dem du mich gewarnt hast? Ich will sehen, womit ich es zu tun habe." Jace durchbohrte mich mit seinem heißen Blick. Wir zogen Aufmerksamkeit auf uns, und es würde nicht lange dauern, bis Julian uns fand.

„Er ist drinnen. Wir sollten einen Spaziergang machen." Ich nahm seine Hand, bevor er widersprechen konnte, und vor allem, bevor Julian zurückkam. Wir gingen um die dekorativen Büsche herum und in den Rosengarten, wo er mich auf die erste Bank zog, die wir fanden.

„Du musst dich entspannen, Blondie."

„Ich heiße Kendra."

„Kendra ist noch schöner." Er zog einen Plastikbeutel aus seiner Gesäßtasche und nahm eine lächelnde Emoji-Pille heraus, ähnlich denen, die ich früher versteckt hatte.

„Du hast eine Menge davon."

„So viele, wie du willst. Öffne deinen Mund und streck deine Zunge raus. Wir werden etwas Spaß haben."

„Meine Freunde nennen mich Kay."

„Streck deine Zunge raus, Kay. Wir werden sehr gute Freunde werden."

Ich zögerte.

„Es ist Ecstasy. Vertrau mir, du wirst dich echt großartig fühlen. Du hast Familie und Freunde um dich herum."

Es war nur eine Pille. Das war alles. Und Jace war süß, lustig und, wenn ich es zugeben musste, seine gefährliche Ausstrahlung sprach meine Sinne an. Ich legte das Tuch über meine Knie und nahm die Pille aus seinen Fingern, wobei ich alle Alarmglocken ignorierte, die in meinem Kopf läuteten.

„Du machst den Mund auf", flüsterte ich.

Er streckte grinsend die Zunge heraus. Schauer liefen mir über die Arme. Ich legte die Pille auf seine Zungenspitze und beugte mich für einen langen, tiefen Kuss vor. Er schlang seine Hände um meine Taille und nach hinten, fuhr meine Wirbelsäule hoch. Ich strich die Pille beim ersten Zungenschlag von seiner Zunge, als sich hinter uns jemand räusperte.

„Nimm sofort deine Hände von ihr!"

Ich sprang auf und weg von Jace, schluckte die Beweise hinunter, wobei die Pille wie ein Golfball durch meinen Hals glitt. Jace fuhr mit seinen Fingern meine Oberschenkel hinunter, als wolle er Julians Geduld auf die Probe stellen.

„Ich sagte doch, nimm deine Hände von ihr."

Im nächsten Moment flog Jace in einen Busch voller Dornenrosen. Er stieß einen schmerzerfüllten Stöhner aus, stand aber auf.

„Was zum Teufel machst du hier?"

„Aha – jetzt weiß ich, woher ich dich kenne, Blondie."

„Ihr kennt euch?", fragte ich.

„Das ist der Scheißkerl. Der Typ, der mich einen Pädophilen genannt hat."

War er das etwa?

„Du hast mir die Nase gebrochen." Jace zeigte auf Julian, der seine Hand packte und noch einen Schlag ausholte. Jace flog wieder in die Rosenbüsche zurück.

„Heilige Scheiße." Ich bedeckte meinen Mund und stellte mir

Jace ein Jahr jünger vor, mit noch längeren Haaren und definitiv einer anderen Nase.

Julian holte zu einem weiteren Schlag aus, aber ich packte seinen Arm. „Hör auf, Julian! Sieh, was du angerichtet hast. Er ist verletzt."

„Er wird's überleben. Steh verdammt nochmal auf und verschwinde von hier, bevor ich die Bullen rufe. Du setzt keinen Fuß mehr auf dieses Grundstück, verstanden?"

Jace sprang auf die Füße und ging durch die Rosen und Dornen, zerkratzt und blutig, ohne einen Hauch von Schmerz, wie ein Held. Er beugte sich zu mir und gab mir einen schnellen Kuss auf die Lippen, mit einer weiteren Pille auf meiner Zunge, und flüsterte: „Gern geschehen. Wir sehen uns später, Blondie."

Ich schluckte erneut. Diesmal fiel die Pille auf den Boden meines Magens und hallte mit einem ominösen Klang von Ärger wider. Schauer liefen mir über die Haut. „Bis später."

Er zupfte an meinem Badeanzug auf meinem Rücken und schenkte mir ein gefährliches Lächeln.

Ich drehte mich um, als Jace ging, und Julians Aufmerksamkeit wanderte von ihm zu mir. Mein Bikini-Oberteil rutschte meinen Körper hinunter und entblößte mich, aber meine Hände fühlten sich zu schwer an, um sie zu heben und mich zu bedecken. Die Welt verschwamm vor meinen Augen.

„Alle raus. Sofort!", hörte ich Julian schreien. Er zog sein Hemd aus. Die Lichterketten von oben schienen über seine Bauchmuskeln. Ich starrte den Pfad der Perfektion an, bis er näher kam und mir sein Hemd über den Kopf zog. Es hing wie ein Kleid an mir und roch nach Grill und Mann.

Julian hob mich in seine Arme. Meine Sicht verschwamm und die Geräusche um mich herum verblassten. Die Party löste sich auf, und ich konnte nicht verstehen, warum, bis mein Körper in Julians Armen zuckte und ich überhaupt nicht mehr denken konnte. Er rannte die Treppe hoch und in sein Schlafzimmer, wo er mich auf die Seite auf sein Bett legte. Mein trockener Mund füllte sich mit weißem Schaum.

„Ich muss kotzen." Ich sah auf, meine schweren Augenlider flehten um Hilfe. Er hob mich hoch und rannte ins Bad, wo er mich neben der Toilette absetzte.

Boah, mir war so übel. Ich kotzte mir die Seele aus dem Leib und würgte, bis nichts mehr in mir war. Julian hielt meine Haare zurück und stützte mich unter den Armen, da ich keine Kraft mehr hatte. Das Geräusch von fließendem Wasser und der Duft von Lavendel und Eukalyptus holten mich aus dem Dämmerzustand.

Sein beflecktes Hemd verschwand von meinem Körper, und mein Bikini-Slip folgte. Julian schaute weg und setzte mich in die Badewanne. Ich tauchte unter die Blasen, nur mein Gesicht blieb über Wasser.

„Was ist mit der Party passiert?", fragte ich, und er drehte sich zu mir um. Mein Kopf fühlte sich schwer an und meine Erinnerung verschwommen.

„Sie wurde abgebrochen, als Jace dir Drogen gegeben hat. Woher kennst du ihn?", fragte er.

„Aus dem Park." Meine Augenlider fühlten sich schwer an, und ich schloss die Augen. „Als er die Polizei wegen dir gerufen hat."

„Das war vor einem Jahr. Hast du ihn kürzlich gesehen? Hast du ihn eingeladen?"

Ich nickte. Die Enttäuschung in Julians Augen brach mir das Herz.

„Er bedeutet Ärger, Kay. Er hängt mit schlechten Leuten rum. Mit denselben Leuten, die hinter deinen Eltern her waren. Du musst dich von ihm fernhalten."

Jace war kein Ärger. Ich war der Ärger – weil ich ihn eingeladen hatte.

„Es tut mir leid", schmollte ich, und Julians Gesichtsausdruck wurde weicher.

„Warum hast du jemanden mit Drogen eingeladen?"

Ich zog mit meinem Finger eine Linie durch die Blasen und ließ die größeren platzen.

„Mann, ich schwöre, ich wusste nicht, dass er Drogen dabei hatte", log ich. „Er war nett. Er hat mich tief geküsst, mit Zunge, und er hat mich Dinge fühlen lassen, die ich vorher noch nie gefühlt habe."

Julian erstarrte. „Was für Dinge?"

„Die Art von Dingen, über die man nicht mit seinen Paten spricht." Ich biss mir auf die Lippe, und er schaute weg. Ich wollte nicht, dass er wegschaute. Ich wollte, dass er mich so ansah, wie er die Zahnärztin und die Krankenschwester angesehen hatte. Ich war eine Frau mit Bedürfnissen.

„Es waren unartige Gedanken", flüsterte ich und lenkte Julians Aufmerksamkeit wieder auf mich. „Zum Beispiel habe ich mir seine Finger in mir vorgestellt. Seinen Schwanz auch. Ich habe mich gefragt, wie dick er wohl wäre."

Julian hustete in ein Handtuch. „Was zum Teufel, Kay? Ich ... ich wusste nicht, dass du so denkst. Das müssen die Drogen sein. Fühlst du dich benommen?"

„Es sind nicht die Drogen, Julian. Die Wahrheit ist, ich würde gerne wissen, wie es sich anfühlt, die Finger eines Mannes in mir zu haben."

„Scheiße, Kay. Ich glaube, die Drogen-"

„Es sind nicht die Drogen. Ich bin geil, weil ich diese kaputte jungfräuliche Prinzessin bin, die in einem Schloss gefangen ist ...", ich verstummte und wedelte mit der Hand. „Okay, vielleicht sind es ein bisschen die Drogen."

„Hör mir gut zu, Kay. Ein Typ wie Jace will nur eins, und das ist, in deine Höschen zu kommen."

„Genau davon rede ich. Ich werd' doch eh bald achtzehn. Ich kann nicht für immer Jungfrau bleiben."

„Nein, nein. Du hörst mir nicht zu."

Ich griff nach Julians Hand, um ihm zu zeigen, was ich

meinte, und drückte sie auf meine Brust. Sein Mund öffnete sich und seine Augen weiteten sich, als er auf seine Handfläche über meiner Brust und meine Brustwarze starrte, die durch die Blasen und zwischen seinen Fingern hervorragte.

„Du ... du kannst Besseres bekommen als einen bösen Jungen wie Jace", flüsterte er.

„Ich brauche nichts Besseres, Julian. Ich hab dich." Ich führte seine Hand von meiner Brust zum Bauchnabelpiercing und weiter zu meiner Muschi, aber er zog seine Hand weg, bevor er meinen Schoß erreichte.

„Ich ... ich kann nicht, Kay. Du bist ... Du bist Kay, und du stehst unter Drogen." Er stand auf und reichte mir ein Handtuch. „Deck dich zu. Lass uns dich ins Bett bringen, und ich hole dir etwas Tee. Wir reden morgen über Drogen."

Ich wollte nicht reden. Ich wollte Julians Hände wieder auf meiner Haut spüren: schwielig und erfahren, erregend und elektrisierend. Ein Verlangen regte sich tief in meinem Bauch. Ich wusste, dass ich seine Berührung schon vorher gewollt hatte, aber mir war nicht klar gewesen, wie sehr dieses Bedürfnis gewachsen war. Jetzt, da er vor der Wanne stand mit einem ausgestreckten Handtuch und wegschaute, wurde mir klar, dass ich diese Berührung dringend wollte. Sehr dringend.

Als ich mich nicht bewegte, hob er mich aus der Wanne, wickelte mich in das Handtuch und trug mich in mein Zimmer und zu dem Bett, in dem ich nie schlief.

„Es tut mir leid, Kay. Ich hätte das nicht zulassen dürfen. Du bist nicht zurechnungsfähig."

Er zog die Decke bis zu meinem Hals hoch, wickelte mich wie ein Burrito ein, bis ich mich nicht mehr bewegen konnte, und ging.

Das Geräusch von fließendem Wasser weckte mich auf, und ich zog die Laken weg. Ich schlich auf Zehenspitzen in sein Zimmer, wo ich das Handtuch fallen ließ und in eines seiner T-Shirts schlüpfte. Ich schlich mich in sein Bett und unter die

Decke, wo ich so tat, als würde ich schlafen. Er kam aus der Dusche zurück und seufzte schwer, ging aber um das Bett herum auf seine Seite und machte das Licht aus. Ich wartete bis zu seinem ersten Schnarchen und ließ dann meine Hand zwischen meine Beine gleiten. Meine Finger schmerzten und meine Muschi pochte. Sie fühlten sich vielleicht nicht so gut an wie seine es getan hätten, aber sie reichten aus, um mein brennendes Verlangen nach dem Mann zu lindern, der drei Fuß entfernt schlief.

Kapitel 7

Julian

Ich lernte schnell, dass die kleine Kay gar nicht mehr so klein war und ihre Teenager-Hormone mich in den Wahnsinn trieben. In einem Moment kickten wir den Ball im Garten, im nächsten tackelte sie mich, setzte sich rittlings auf meine Hüften und übte all ihre weibliche Macht über meinen Körper aus. Ich hatte echt keinen Plan, wie ich reagieren sollte. Kendra war total witzig und rücksichtsvoll. Sie half Emma, ihr Zimmer neu zu dekorieren, und sorgte dafür, dass meine Lieblingspantoffeln immer am Bettrand warteten. Aber wenn sie einkaufen gehen wollte für flauschige Sachen, sexy Sachen und Dinge, von denen ihre erfahrenen Teenagerfreundinnen versprachen, dass sie ihr Vergnügen bereiten würden, fühlte ich mich hilflos, sie aufzuhalten. Ich zog die Grenze, als Kendra beiläufig am Sexshop vorbeifuhr, während sie für ihren Führerschein übte. Ihre Freundinnen versprachen, der Pleasure V-Bunny 8000, ein hochmoderner Vibrator, könne es besser als jeder Mann.

Ich bezweifelte es, hatte Sexspielzeug aber auch nie als Konkurrenz gesehen. Aber ich konnte mir diese Accessoires nicht in Kendras Händen vorstellen; den gleichen Händen, die früher Kekse gebacken hatten, jetzt aber manikürte Nägel hatten und Schwierigkeiten beim Wählen für Essen zum Mitnehmen.

Dasselbe kleine Mädchen, das früher wegen Albträumen in mein Bett gesprungen war, schlenderte jetzt in ihrem schwarzen Negligé wie eine Verführerin auf mich zu. Ich stellte meine Kaffeetasse ab und erstarrte, aus Angst, ich hätte einen dieser Träume über Kendra, die ich nicht gerne zugab. Ihre straffen Brüste hoben den durchsichtigen Stoff an, ihre rosafarbenen Nippel waren viel hübscher als in meinen Träumen, was bedeutete, dass der Moment real sein musste.

„Was zum Teufel hast du da an?", fragte ich und griff nach dem nächstbesten Küchentuch und warf es in ihre Richtung. Sie fing es absichtlich nicht auf und drehte sich stattdessen im Kreis. Der transparente Stoff zeigte ihren Hintern und den Spitzen-G-String, der sich zwischen ihre Pobacken schnitt, was mich dazu brachte, seinem Weg folgen zu wollen.

„Wie findest du's?", fragte sie und drehte sich im Kreis.

Verdammt noch mal.

Ich schluckte schwer. „Bedecke dich, Kay."

„Falls es was wert ist, ich wusste nicht, dass du zu Hause bist."

„Es ist verdammt nochmal sieben Uhr in der Früh, Mensch. Ich bin auf dem Weg zur Arbeit, wie jeden Morgen." Ich nippte an meinem Kaffee. Zum Glück stand sie hinter der Kücheninsel, die sie von der Taille abwärts verdeckte. Aber ihre fast entblößten Brüste waren immer noch ein Problem für meinen hart werdenden Schwanz. Warum zum Teufel passierte mir sowas überhaupt?

„Ich hab's als Halloween-Kostüm gekauft, aber es ist ein bisschen gewagt, sogar für mich. Denkst du, Jace wird es gefallen?"

Ich hätte mich fast am Kaffee verschluckt. Ich konnte immer noch nicht glauben, dass sie sich mit diesem Scheißkerl traf. Er hatte sich seit dem Tag, an dem ich ihn vor vier Monaten rausgeworfen hatte, nicht mehr blicken lassen, und ich hasste ihn noch mehr.

„Du triffst dich heute Abend mit Jace?", knurrte ich, stellte die

Tasse ab und wich zurück, als sie näher kam. Ich ging rückwärts bis ins Wohnzimmer, wo die Couch mich stoppte.

Ich sah mich im Raum um. Irgendwas stimmte nicht.

„Ich habe die Sitzecke umgestellt", sagte sie.

„Schon wieder?"

„Wir haben einen halben Fuß Platz in der Nähe des Kamins gewonnen." Sie kam näher, ihre rosafarbenen Nippel machten ihr Negligé jeden Cent wert.

Ich streckte meinen Arm nach vorne aus, um sie aufzuhalten, als hätte ich Skywalker-Kräfte.

„Kay, bleib genau da stehen. Wir brauchen nicht mehr Platz in diesem Haus. Was wir brauchen, ist, dir etwas anderes zu geben. Was du brauchst, ist ein Hobby - und nicht nackt durch unser Haus zu paradieren."

„Niemand zwingt dich hinzusehen, Julian, aber ich brauche eine Meinung."

Sie war ein wandelnder, atmender Widerspruch.

„Außerdem will ich keinen weiteren Film ansehen oder Arcade-Spiele spielen. Ich bin ziemlich sicher, dass ich bereit bin für die guten Sachen, und es ist Jace' und mein Vier-Wochen-Jubiläum, also ist es Zeit, dass er mir die Unschuld nimmt. Ich will nicht achtzehn und Jungfrau sein, und das kommt schnell näher."

Manchmal machte ich mir Sorgen, dass ihr achtzehnter Geburtstag nicht schnell genug kommen würde. Zumindest würde ich mich dann nicht wie ein Perverser fühlen, der sie ansah, als wäre sie für mich gemacht, und nur für mich.

„Was zum Teufel, Kay? Warum sagst du das? Warum willst du das?"

„Warum sollte ich es nicht wollen? Die meisten Mädchen in meinem Alter haben es schon zehnmal verloren, und Jace ist nett."

„Du bist Jungfrau?"

Nicht, dass ich je gedacht hätte, sie wäre es nicht. Ehrlich gesagt hatte ich nicht darüber nachgedacht, denn wenn ich wüsste, dass jemand sie angefasst hätte, während sie unter meiner Vormundschaft stand, würde ich ihn umbringen. Und zu hören, wie sie ihre Unschuld bestätigte, ließ mich sie noch stärker beschützen wollen.

„Irgendwelche Ratschläge für ein erstes Mal?", zwitscherte sie.

Oh mein Gott! Diese Unterhaltung fand nicht wirklich statt, oder?

„Tu es nicht", flüsterte ich.

„Was?"

„Tu es nicht, Kay. Er ist nicht der Richtige."

„Wenn er nicht der Richtige ist, wer dann?"

Ich.

„Auf jeden Fall nicht Jace."

„Woher weißt du das?" Ihre Hüfte neigte sich nach außen.

„Liebst du ihn?"

„Ähm, nun, ich bin mir nicht sicher. Er hat es nicht gesagt, und-"

„Da. Das ist der Grund, warum du es nicht tun solltest. Wenn du es zum ersten Mal tust, sollte es mit jemandem sein, den du ohne Zweifel liebst."

„War es bei dir so?"

Nein.

„Ja, so war es bei mir", log ich. Es hatte keinen Sinn, meine Situation zu erklären, in der ich mit meiner Professorin an der Uni geschlafen hatte. Ich hatte Professor Ingram nie erzählt, dass sie meine erste war. Sie wusste es wahrscheinlich und brachte mir gewissenhaft alle Möglichkeiten bei, Freude daran zu finden, Freude zu bereiten. Sie lehrte mich, eine Muschi zu verehren. Kendras reine Muschi brauchte richtige Verehrung und definitiv nicht von jemandem wie Jace. Und warum zum Teufel dachte ich überhaupt an ihre Muschi?

„Oh, dieses Lächeln in deinem Gesicht. Wie hieß sie?" Sie riss mich aus meinen Gedanken.

„Michelle."

Professor Michelle Ingram.

„Du warst wirklich verliebt, oder?"

„Ja, könnte man so sagen", log ich wieder. „Deshalb solltest du dieses Ding, das du trägst-"

„Ein Negligé."

„Zieh dein Negligé aus. Und zieh es erst wieder an, wenn es für einen Mann ist, der es verdient. Jace ist nicht dieser Mann."

„Ich werde für immer Jungfrau bleiben." Sie stieß einen gequälten Seufzer aus, hellte sich dann aber wieder auf. „Wie alt warst du, als du deine Jungfräulichkeit verloren hast?"

„Achtzehn." Diese Lüge kribbelte an meiner Nasenspitze.

„Wow. Warst du ein Loser, wie ich?"

„Nein. Ich war beschäftigt mit der Schule. So beschäftigt, dass ich mir in dem Moment, als ich Professor Ingram einen runterholte, eine Eins für meinen gesamten Master garantiert hatte." Ich unterdrückte ein Grinsen.

„Du hast Professorinnen-Muschi für Noten geleckt?"

Diese Unterhaltung nahm so schnell eine falsche Wendung. Mein Schwanz wurde hart, als ich an meine jüngeren Jahre zurückdachte, als alles, was ich wollte, eine Erfahrung mit jemandem Erfahreneren war. Und jetzt, irgendwo tief in mir drin, drängten mich all die verdienten Jahre des Vergnügens. Professor Ingram hatte mich gut unterrichtet, und ich hatte viel zu teilen. Ich hatte viel, was ich nie teilen würde, und als ich Kendra ansah, mit ihren gespitzten Lippen und naiven Augen, wuchs der Drang, zu ihrer Erfahrung beizutragen.

„War sie gut?" Kendra holte mich aus meiner Benommenheit.

„Sagen wir einfach, ich war nicht Professor Ingrams einziger Spezialstudent. Sie ging auf die gutaussehenden, weil sie wusste, dass sie jeden verdammten einzelnen von uns kriegen konnte. Aber hier geht es nicht um mich und mein Muschi-Lecken-"

„Ich habe mir vorgestellt, wie es ist. Du weißt schon - die Lippen eines Mannes da unten."

„Kendra-"

„Ich kann doch echt nicht mit Jace darüber reden. Ich kenne ihn kaum."

„Genau mein Punkt - warum du nicht mit ihm schlafen solltest."

„Ich würde diese Dinge lieber von jemandem lernen, dem ich vertraue. Jemand mit Erfahrung, und meine Altersgenossen kommen sicher nicht in Frage. Cami dachte, sie könnte während ihrer Periode nicht schwanger werden, bis sie es wurde."

„Cami ist schwanger?"

„Nein. Sie hat die Pille danach genommen."

Wenn ich sichtbar zitterte, ließ sie es sich nicht anmerken. Ich wandte meinen Blick von ihr ab und richtete meine Krawatte, während ich in den Spiegel im Flur schaute. „Siehst du? Das meine ich, Kay. Sex in deinem Alter, du weißt einfach nicht genug. Du-"

„Es gibt immer das Internet, aber ich habe einen Artikel gelesen, der sagt, dass Pornos nicht das echte Leben zeigen. Und das ist es, was ich will. Echtes Leben."

Ich versteckte mich hinter der Theke, damit ich ihre hervorstehenden Brustwarzen nicht sehen musste und sie meine Erektion nicht sehen musste. Mein gemütlicher Morgen hatte sich in ein pochendes Ziehen in meinen Eiern verwandelt.

„Jace ist sicher jemand, der dir kein echtes Leben zeigen wird. Er wird es mit kleinen weißen Pillen vernebeln."

„Das war einmalig. Die Dinge müssen nicht so hart sein."

„Manchmal ist das echte Leben sogar härter, als du denkst. Härter, als du je, je gedacht hättest..." Ich begann, hörte aber auf, als ich ihr Spiegelbild von hinten im Spiegel sah. Sie ließ sich in einen Stuhl sinken und bedeckte sich mit einer Decke. Ich ging auf sie zu.

„Also gut. Was willst du wissen, Kay? Welche Fragen hast du?"

„Tut es weh?"

Ich erstarrte, völlig unvorbereitet auf diese Frage. Ich beobachtete, wie sich ihr Mund langsam zu einer Kurve hob.

„Verarschst du mich, Kay?"

„Ich bin fast achtzehn, Julian, und trotzdem siehst du mich immer noch als unschuldiges Mädchen. Ich mag Jungfrau sein, aber das ist meine Entscheidung, weil ich mich für den richtigen Mann aufspare. Und du hast recht. Dieser Mann ist nicht Jace. Aber ich entscheide, wer mich verdient. Das bedeutet auch nicht, dass ich dumm bin. Meine Freundinnen plappern genug über Sex. Klingt, als wüssten sie meistens nicht, was sie tun, aber ich habe genug Gespräche zwischen dir, deinem Bruder und deinem Cousin belauscht, um zu wissen, was Männer mögen. Ich habe mehr Erfahrung, als du denkst."

Ich trat in den Schatten der Wand.

„Also, tut es weh?", fragte sie erneut. „Ich will nur bei jemandem mit Erfahrung nachfragen."

Ich seufzte. „Wenn der Typ es richtig macht, sollte es nicht wehtun." Ich nahm meine Autoschlüssel aus der Schublade und drehte mich zum Foyer.

„Hattest du schon mal eine Jungfrau?", fragte sie.

Ich drehte mich um. Sie stand in der Türöffnung, in ihrem durchsichtigen Negligé, still wie ein Bild, ihr perfekt gereifter Körper gerahmt vom strömenden Sonnenlicht. Wenn ich ein Gemälde haben könnte, hätte ich gerne eines von ihr, genau so.

Meine Kehle zuckte bei einem harten Schlucken. „Ich küsse und erzähle nicht."

„Was bedeutet, ja. Du hättest nein gesagt, wenn du es nicht hättest."

Meine Hände fanden die Sicherheit meiner Taschen, und ich merkte, dass ich hart wurde.

Scheiße. Nicht jetzt.

Ich erinnerte mich an Kays Kotze auf meinem Hemd, schmutzige Windeln und nervige Trotzanfälle, in der Hoffnung, all das Blut, das sich in meinem Schritt sammelte, nach oben zu ziehen. Es funktionierte nicht.

„Sonst noch was, Kay? Ich weiß, du wirst erwachsen und hast Fragen-"

„Erwachsen werden?" Sie kicherte. „Weißt du, meine Freunde nennen dich einen GILF. Falls du dich nicht erinnerst, das steht für ‚Godfather I'd Like to Fuck'. Wenn meine Freunde von dir fantasieren, warum kann ich das nicht? Wir sind nicht verwandt."

„Die Tatsache, dass wir nicht blutsverwandt sind, ändert nichts daran, dass ich dir beim Windelwechseln geholfen habe."

„Vielleicht kannst du mir jetzt mit meinem Höschen helfen."

Verdammte Scheiße.

Ich drehte mich auf dem Absatz um, hielt aber inne, als ich hörte, wie sie näher kam. Ich wirbelte herum. Sie kam auf mich zu, bis ich nur noch ihr Gesicht sehen konnte. Das war einfacher, als ihren nackten Körper anzusehen, nur dass jetzt ihre Wärme und ihr Duft meine anderen Sinne überwältigten.

„Du magst zwar älter sein als ich, Julian, aber ich weiß, was Männer mögen. Es gibt viele, die auf Mädchen wie mich aus sind und die es lieben zu-"

„Ich bin nicht so." Mein Gesicht brannte, doch mein Schwanz spannte sich an, als mehr Blut durch meine Adern pumpte. Ich würde ihr nie wehtun.

„Ich bin glücklich, mich Jace hinzugeben. Er ist anständig und geduldig, und wir können uns Zeit lassen, um uns all die Dinge beizubringen, die du schon weißt."

Sie fuhr mit ihrem Finger meine Brust hinunter. Sie wusste, wie sie mich kriegen konnte, und das war es. Ich packte ihr Handgelenk. „Wenn Jace dich auch nur anfasst, werde ich ihn wegen Vergewaltigung einer Minderjährigen anzeigen."

Ich sah das verdrehte Lächeln auf ihrem Gesicht. „Kay-"

„Du brauchst mich nicht zu warnen. Ich bin ein großes Mädchen, Julian."

Ich ließ ihr Handgelenk los.

„Ich muss zur Arbeit, und du solltest das besser nicht mehr tragen, wenn ich nach Hause komme."

„Jawohl, Sir", kicherte sie. „Aber ich werde mein Date mit Jace nicht absagen."

Scheiße.

Ich eilte zu meinem Tesla und fuhr mit einem harten Schwanz zur Arbeit. Wenn nicht das Meeting bei Silver Securities angestanden hätte, hätte ich mir einen runtergeholt. Ich umklammerte das Lenkrad den ganzen Weg über so fest, dass meine Knöchel immer noch weiß waren, als ich mich zu meinen Partnern am Konferenztisch gesellte. Zum Glück war meine Erektion verschwunden, aber die nächsten vier Stunden zogen sich ins Unendliche.

Wir hatten ein Update von den Firmenanwälten, schlossen alte Verträge ab und sicherten neue. Die eine Akte, die unsere Familie verfolgte, blieb offen, und sie betraf Kendra. Gerüchte über Kay verbreiteten sich, und die Tatsache, dass ihr aktueller Freund sich mit dem Laufburschen der Mafia angefreundet hatte, bedeutete, dass Ärger nicht weit war.

„Was ist los mit dir?" Tristan warf einen zerknüllten Papierballen in meine Richtung. „Ich sage dir, dass wir Donaldsons Kontakt gefunden haben, und du hast nichts dazu zu sagen? Weißt du nicht, was das bedeutet?"

„Es bedeutet, dass es viele Jahre länger dauern wird, die Organisation zu zerschlagen, als du dachtest, was auch bedeutet, dass Kendra bei mir feststeckt und in Gefahr ist. Vielleicht ist es besser, wenn sie verdammt nochmal keine Ahnung hat, wer sie ist."

„Niemand weiß überhaupt, dass sie am Leben ist."

„Vorerst", knurrte ich, „aber du kennst Kendra. Sie mag Aufmerksamkeit und zieht Ärger an."

Unser Cousin James lehnte sich in seinem Stuhl zurück und warf seinerseits einen Papierballen auf Tristan. „Donaldsons Kontakt ist dein alter Schwiegervater. Das hätte ich dir sagen können."

Mein Bruder stand vom Stuhl auf und stützte sich auf den

Konferenztisch. „Hartley war nicht mein Schwiegervater, und muss ich dich daran erinnern, dass ich Jeff Hartleys Fähigkeiten besser kenne als jeder von euch? Wenn die neuen Informationen stimmen, sind sie zu einem geheimen Club für die Elite geworden. Sie kontrollieren den Sexhandelsmarkt und bedienen die Perversen und Unantastbaren – Regierungsbeamte, Strafverfolgungsbehörden, Adlige, Ärzte, Anwälte. Wenn du Geld hast, hat Infinity das Mädchen. Die Hartleys werden Donaldson bei den Wahlen wieder unterstützen und erstklassige Immobilien für den Mädchenhandel sichern. Niemand spricht offen darüber, aber die Frauen, die überleben und davon erzählen können, wünschen sich oft, sie wären gestorben. Die meisten, die reden, werden ermordet. Es ist der größte Verbrechensring des Landes."

„Warum sind wir nicht dran an der Sache? Wie können wir sie stoppen?"

„Wir sind dran, aber Papierkram und Gesetzgebung brauchen Zeit."

„Ich hasse diesen Bürokratiekram. Das ist genau das, wogegen Ash und Jack gekämpft haben, und schau, was mit ihnen passiert ist. Und schau, was mit Kendra passiert ist. Sie hat beide Eltern verloren. Scheiß auf die Gesetzgebung." Die Worte schlängelten sich den bitteren Pfad auf meiner Zunge entlang.

„Wie geht's Kay?", fragte Tristan.

„Sie wird erwachsen." Ich sackte in den Stuhl. Ich warf das zerknüllte Papier in die Ecke zum Mülleimer und verfehlte beide Male. „Ich wusste nicht, dass sie so schnell zu Frauen werden. Sie wird über Weihnachten achtzehn."

„In Colorado. Wir sollten ihr eine Geburtstagsparty schmeißen."

„Ich glaube nicht, dass sie eine Geburtstagsparty will. Sie will andere Dinge, die ihr nur Jace geben kann."

„Sie wird erwachsen, Julian. Vielleicht ist es Zeit, sie gehen zu lassen? Und hast du nicht eine Therapeutin, um die du dich kümmern musst?"

„Ich habe Kendras Vater versprochen, dass ich mich um sie kümmern würde, falls etwas passiert."

„Und das hast du getan."

Richtig.

„Was, wenn ich das Gefühl habe, dass meine Fürsorge für sie auch beinhaltet, Jace nochmal ordentlich zu verprügeln? Der Typ ist schlechte Nachrichten. Er ist Ärger."

„Hat das nichts damit zu tun, dass du seit Monaten davon fantasierst, in Kendras Höschen zu kommen, und der kleine Scheißer den ersten Anspruch hat?"

„Fick dich. Es ist nicht so mit Kendra. Er ist falsch für sie."

„Und wer hat recht?"

Ich weigerte mich, ihnen die offensichtliche Antwort zu geben, die ich in meinem Kopf hörte: Ich war es. Ich war der Richtige für sie. Es war meine Verantwortung, sie zu beschützen, und dass Jace nicht in ihre Höschen kam, war ein Teil davon.

Ich stand auf. „Ich schlage vor, wir sammeln Informationen über diese Organisation. Namen, Kontakte und Möglichkeiten, hineinzukommen. Wenn sie so eng verbunden sind, wie diese Unterlagen zeigen, wird es Zeit brauchen, in Infinity einzudringen. Entschuldigt mich jetzt. Ich habe heute Nachmittag eine Verabredung."

„Du vögelst immer noch die Therapeutin?"

Ich zuckte mit den Schultern. „Stefanie ist intelligent, sexy, unabhängig und erfahren. Sie weiß, was ich mag und umgekehrt. Warum ändern, was funktioniert?"

Die Worte überzeugten mich selbst nicht, und es war mir scheißegal, ob sie meinen Bruder und meine Cousins überzeugten. Obwohl meine abendliche Verabredung noch Stunden entfernt war, verließ ich die Besprechung überstürzt.

Kendra lag am Pool, telefonierte per Video mit einigen Freunden, surfte im Netz, und eine Minute bevor ich losfuhr, um Stefanie für unser Abendessen in der Marina abzuholen, erinnerte sie mich daran, dass sie eine Verabredung mit Jace hatte.

„Mach dir keine Sorgen. Wir gehen nur essen. Ich schätze unser Gespräch heute Morgen wirklich, und ich werde die Dinge mit Jace langsam angehen. Ich lasse ihn um mich werben."

„Um dich werben? Ja, ich denke, Werben ist gut, solange es nicht dazu führt, dass er... Nun, darüber haben wir schon gesprochen. Überstürze einfach nichts, okay? Vergewissere dich, dass der Typ der Richtige ist."

Sie nickte einmal. „So wie du. Ich habe beschlossen, dass ich jemanden will, der Muschi mag. Wie nennt ihr das? MZM-Pflege?"

„Das habe ich nicht gesagt, Kay."

„Das hast du genau so gesagt. Erinnerst du dich an Professor Ingram? Ich wette, du bist Spitze in Mund-zu-Muschi-Pflege."

Sie hatte die Nerven, meinen Blick einzufangen und den letzten Teil ihrer Frage zu betonen.

„Es fühlt sich unangemessen an, dass du mich so aufziehst, Kay. Ich... Ich habe deinem Vater versprochen, dich zu beschützen. Ich bin dein Vormund."

Sie grinste selbstgefällig und schlenderte auf mich zu. Ihre Brüste wippten frei unter ihrem Tanktop.

„Nun, wenn ich es mir selbst besorge, stelle ich mir dich als meinen heißen Vormund vor, dessen Hirn ich ficken will."

„Kay-"

„Ich stelle mir deinen harten Schwanz in meiner engen Muschi vor, denn das macht mich an. Und meine Vorstellungskraft ist so gut." Sie schloss die Augen und neigte ihren Hals zur Seite. Ich starrte auf ihre Halslinie und den sichtbaren Teil ihres Dekolletés. Ihr Top bedeckte kaum ihre Nippel und fesselte meinen Blick auf den Stoff, der ihre Brüste umhüllte. Der verdammte Jace würde sie den ganzen Abend anstarren.

Als ich nicht antwortete, sah sie auf und klimperte mit den Wimpern.

„Gehst du schon?", fragte sie, oh so unschuldig, doch ich konnte sehen, wie sich in ihren Augen ein Plan formte. Alles, was

Kendra gesagt hatte, sie sich vorgestellt habe, würde sie heute Abend tun. Mit Jace.

Ich drehte mich auf dem Absatz um und ging direkt zur Garage. Sie folgte mir. „Viel Spaß, und sag diesem Scheißkerl, wenn er dich anfasst, hacke ich ihm den Schwanz ab." Ich winkte und sprang in meinen Bentley.

Ich holte Stefanie ab, änderte aber den Plan und holte unsere Bestellung in der Marina ab, um den Abend zu Hause zu verbringen.

„Wohin fahren wir?", fragte sie.

„Ich dachte, wir könnten nach Hause fahren. Zu mir nach Hause. Wir können das Feuer im Garten anzünden."

„Es regnet."

„Dann können wir uns drinnen am Kamin unter eine Decke kuscheln. Es wird der perfekte Abend." Ich beugte mich vor und küsste sie.

„Klingt perfekt." Sie lächelte gegen meinen Mund. Ich konnte es kaum erwarten, dass sich ihre Lippen um meinen Schwanz wölbten. „Ich war noch nie bei dir zu Hause."

„Nein? Nun, dann wird es vielleicht Zeit, dass du öfter kommst. Über Nacht bleibst?"

„Das klingt schön. Aber ich habe meinen Schlafanzug nicht dabei."

„Den wirst du nicht brauchen."

Ich legte den Gang ein und fuhr nach Hause zurück, und die Szene, die wir vorfanden, gab mir beinahe einen Herzinfarkt. Die Temperatur in mir stieg mit jedem Atemzug, als ich Jace auf Kendra sah, auf dem Sofa im Wohnzimmer, wie er seine Hand unter ihr Tanktop schob.

„Was zum Teufel macht ihr da?" Die Spannung vibrierte in meiner Brust mit einem glaszersprengenden Knurren. Beide sprangen auf und vom Sofa, richteten ihre Kleidung.

„Ich dachte, du gehst aus."

Kendra beeilte sich, ihr Hemd zuzuknöpfen und ihren Rock

zu richten. Ich konnte ihr kaum vorhandenes Höschen vom Flur aus sehen.

„Ich habe meine Meinung geändert, und es sieht so aus, als wäre das eine gute Sache gewesen."

„Damit du mich davon abhalten kannst, Sex zu haben? Schon wieder? Sieh es ein, Julian, es wird passieren, ob es dir gefällt oder nicht."

„Ich weiß, dass es passieren wird, aber nicht heute Abend. Nicht in meinem Haus. Und nicht mit diesem Scheißkerl."

„Was?"

„Verpiss dich, Jace, bevor ich dir eine neue Nase verpasse." Ich zeigte auf die Tür, und der Junge beeilte sich, seine Hose anzuziehen, stolperte dabei zur Hälfte. Er fuhr in seinem schrottreifen Mustang davon, und ich schloss die Tür.

„Ich hasse dich!", schrie Kendra und stampfte die Treppe hinauf.

Stefanie stand mit verschränkten Armen im Flur. „Soll ich gehen?"

„Nein. Warte hier. Ich kümmere mich darum, und wir können unser Date in einem Moment fortsetzen, ich verspreche es. Bitte mach es dir bequem."

Ich schenkte Stefanie ein Glas Wein ein und ging nach oben. Ich klopfte an Kendras Zimmertür, aber sie war nicht da. Ich ließ die Schultern sinken und ging in mein Schlafzimmer, wo sie auf unserem Bett saß. Ich ging auf sie zu und stellte mich ans Bett, und ihre Beine schwangen über die Kante. Ich teilte ihre Knie und trat näher, hob ihr Kinn an. Ihre Augen füllten sich mit Tränen, als ich sie in eine Umarmung zog.

„Hat er dich angefasst?", fragte ich, und sie schüttelte den Kopf.

„Gut. Aber du wolltest, dass er dich anfasst? Und du hast mich heute Abend angelogen."

Sie nickte. „Du kannst mich nicht ewig als Jungfrau behalten."

„Ich versuche nicht, dich als Jungfrau zu behalten, Kay."

„Dann hör auf, es zu versuchen." Sie senkte ihre Hand zu meiner Hose und legte ihre Handfläche über meine Erektion. „Julian, du bist hart."

Ich wusste, dass ich verdammt hart war, in dem Moment, als ich sie in diesem tiefen Ausschnitt und dem kurzen Saum sah, ohne BH und wahrscheinlich nur mit einem Faden als Höschen.

„Du bist sehr hart." Sie schaute hoch, und ich schaute runter. Sie biss sich auf die Lippe, und mein Schwanz zuckte. Die Kraft ihrer Hitze stieg zusammen mit ihrem Duft auf. Der leichte Ton eines Wimmerns trieb mein Verlangen auf eine neue Höhe, und meine Erregung pochte hart durch meine Jeans, spannte sich und bettelte um Erlösung. Ich schloss meine Augen. Das Bild ihrer kleinen Hand, die sich um meinen harten Schwanz wickelte und den Druck nahm, blitzte in meinem Kopf auf. Als ich meinen Blick senkte und sah, wie sie mit ihrer Hand über meine Erektion strich, gab ich dem Druck nach.

„Oh mein Gott, Julian."

Oh, das war peinlich. So verdammt peinlich.

„Bist du gerade in deine Hose gekommen?"

Ich senkte meinen Mund zu ihrem Ohr und flüsterte, was ich wusste, dass sie schon lange hören wollte. „Siehst du, was du mit mir machst, Kay? Der Gedanke an dich lässt mich kommen. Du bist auf die verdammt appetitlichste Art und Weise böse. Das ist nur ein Grund, warum Jace dich nicht verdient. Er sieht nicht, was ich sehe, und er kann nicht haben, was ich nicht haben kann."

„Warum?", hauchte sie. „Warum willst du mich nicht anfassen?"

„Ich habe deinem Vater ein Versprechen gegeben. Er war mein bester Freund, Kay. Und ich bin doppelt so alt wie du."

Ihre Augenbrauen zogen sich zusammen, und sie packte beide meine Arme, zog mich auf das Bett und über ihren Körper.

„Mein Vater war in seiner Bitte nicht explizit, aber lass mich es sein. Ich glaube, sich um mich zu kümmern bedeutet, sich um alles von mir zu kümmern. Das schließt meinen Körper und meine Bedürfnisse ein. Alle meine Bedürfnisse, Julian, die du heute ruiniert hast, als du so unhöflich mein Date unterbrochen hast. Jace sollte mich befriedigen, und jetzt... Jetzt poche ich vor Verlangen nach dir."

Ihr warmer Atem umhüllte mein Gesicht. Wenn ich nicht schon vorher gekommen wäre, wäre es jetzt passiert. An einem normalen Tag wäre es nicht verrückt gewesen, dass sie hier auf meinem Bett war, aber ihr kleiner Körper jetzt unter mir auf demselben Bett, das wir jede Nacht teilten, fühlte sich anders an. Es fühlte sich falsch an... und richtig. Ihre tiefen Atemzüge hoben ihre Brust gerade so weit, dass ich wusste, dass rosafarbene Brustwarzen knapp unter dem Saum lauerten.

Ich packte sie am Handgelenk und zog sie vom Bett, aber sie widersetzte sich.

„Es ist Zeit, dass du in deinem Zimmer schläfst, Kay."

„Nein. Ich bleibe in meinem Bett."

„Das ist nicht dein Bett."

„Dann bleibe ich in deinem Bett." Sie riss ihre Hand aus meiner, und ich wich zurück, leicht verwirrt von der Macht des Mädchens.

„Gut. Wie du willst. Aber du wirst hier alleine schlafen."

Ich ließ Kendra in meinem Bett zurück und duschte schnell. Als ich fertig war, lag sie zusammengerollt unter den Laken. Ich zog eine zusätzliche Decke über ihren Körper und ging nach unten, um nach Stefanie zu sehen, die bei ihrem dritten Glas Wein war.

„Tut mir leid deswegen. Kendra kann anstrengend sein."

Sie ließ ihre Hand über meine Brust gleiten. „Sie ist ein Teenager. Vielleicht braucht sie ein Ventil?"

„Wie Sex?", fragte ich.

„Nein, wie zu etwas zurückkehren, das ihr vertraut ist. Wie Schießen."

„Sie könnte sich daran erinnern, was ihr passiert ist."

„Sie könnte auch Freude an etwas finden, das sie in der

Vergangenheit getröstet hat. Sie war eine Olympia-Kandidatin. Vielleicht wäre es gar nicht so schlecht, sich an etwas zu erinnern, das ihr Freude bereitet?"

„Ich werde darüber nachdenken. Was ich jetzt wirklich brauche-"

Ich hielt inne, als sie nach dem Handtuch griff. Sie fasste den Rand, und es glitt zu Boden. Stef umfasste meinen sich aufbäumenden Schwanz mit ihrer Hand. „Ich bin kein siebzehnjähriges Mädchen. Ich weiß genau, was du brauchst, Julian."

Sie glitt auf ihre Knie und senkte ihre Lippen über meine Eichel. Ich schloss meine Augen. Kendras schmollende Lippen blitzten durch meinen Kopf. Ich fickte Stefanies Mund und Muschi reichlich in dieser Nacht. Einmal auf der Couch, zweimal gegen die Wand, auf der Treppe von hinten und am Kamin, und löschte das Bild von Kendras enger jungfräulicher Muschi und Jaces flohverseuchtem Schwanz aus meinem Gedächtnis. Ich fickte Stefanie, bis all diese Bilder in einer Welle der Ekstase nach der anderen weggewaschen wurden. Sie schlief in meinem Gästezimmer ein und ging am frühen Morgen mit einem Lächeln im Gesicht zur Arbeit.

Ich duschte wieder und setzte einen Topf Kaffee auf, während ich darauf wartete, dass mein geiles Trouble in ihren flauschigen rosa Pantoffeln, Top und Bademantel die Treppe herunterkam.

Kapitel 8

Kendra

Der Duft von Leben und Erlösung zog mich aus dem Bett. Ich warf mir meinen Morgenmantel über und folgte dem Kaffeearoma nach unten, in der Hoffnung, dass Frau Nicht-Genug gegangen war. Julian hatte sie letzte Nacht gefühlte mindestens achtzig Milliarden Mal kommen lassen. Er stieß zu, und sie stöhnte. Er drückte härter, und sie schrie lauter. Ich war mir sicher, dass ihm die Energie ausgegangen sein müsste und er heute Morgen ausschlafen würde, aber Julian saß an der Theke und nippte wie ein Adonis an seinem schwarzen Wachmacher, sein Grinsen wurde durch das Nach-dem-Sex-Leuchten noch verstärkt.

„Du bist ein Heuchler, Julian." Ich goss mir eine Tasse Kaffee ein und setzte mich neben ihn.

Seine Augenbraue hob sich. „Ach ja?"

Er nippte an seinem Kaffee, als wäre er nicht das größte Arschloch der Welt.

„Ich habe dich neulich Nacht mit Stefanie gehört", platzte es aus mir heraus. „Du hast mir gesagt, ich soll mit Jace warten, aber du hast sie hinter meinem Rücken gefickt."

„Was? Das war nicht hinter deinem Rücken. Ich bin-"

„Schon gut - ich habe gesehen, wie du sie gegen die Wand

gefickt hast. Außerdem hast du sie auf einer Treppe geleckt und all diese MTP-Pflege (Mund-zu-Pussy-Pflege) betrieben, von der du mir erzählt hast. Hast du das mit Absicht gemacht? Wolltest du mich eifersüchtig machen? Ich habe Dinge gesehen, die ich nicht mehr ungesehen machen kann."

Wie sein prachtvoller Schwanz in Stefanies Fotze rammte. Wie sein Mund zwischen ihren Schenkeln und seine Finger in ihrem Arsch waren. Allein der Gedanke daran ließ mich kribbeln.

„Du hast uns gesehen?"

Ich rutschte vom Hocker, ging zur Treppe und setzte mich auf die dritte Stufe. „Ich habe euch beobachtet."

„Was?"

Ich zeigte nach oben zum Geländer im zweiten Stock. „Das Oberlicht fällt genau auf die Treppe, und bei Vollmond braucht man kein Licht zum Sehen."

„Du hast mich-"

„Vor vier Nächten habe ich alles gesehen, was ich wollte, dass Jace mit mir macht. Na ja, ich bin mir noch nicht sicher, was das mit den Fingern im Arsch angeht, aber nach den Geräuschen zu urteilen, die Stef gemacht hat, muss es sich gut angefühlt haben."

Er zuckte zusammen, sein Gesicht eine Mischung aus Schmerz und unterdrückter Lust. Tja, die hatte ich auch, als ich mir später in der Nacht im Bett einen runterholte. Ganz allein, während ich an all die Ohs und Ahs dachte, die ich nicht von mir gab.

„Scheiße, Kay. Es tut mir leid."

Tat es ihm das? Er musste gewusst haben, dass ich ihn hören würde.

„Also mir nicht. Ich weiß endlich, was ich verpasse, und das sind eine Menge Orgasmen. Aber es klang, als hätte Stef es genossen. Ich bin nicht viel kleiner als die Therapeutin, und Jace ist deutlich kleiner als du, also werde ich schon klarkommen. Ich kann ihn aufnehmen-"

„Hör auf damit, Kay. Du weißt nicht, wovon du redest."

„Doch, das weiß ich. Ich habe gesehen, was du mit ihr gemacht hast, und ich will, dass das ich bin. Ich will mit geschlossenen Augen und gekrümmten Zehen zum Orgasmus kommen. Jace sollte heute Abend besser Gas geben."

„Was?"

„Ich habe darüber nachgedacht, Julian. Ich verstehe es. Du bist zu beschützend mir gegenüber, also ist es besser, meine Unschuld früher als später zu verlieren. Sieh es ein; wir wissen beide, dass ich nicht für immer Jungfrau bleiben kann. Ich komme in das Alter, wo es peinlich ist, noch Jungfrau zu sein, also... Was, wenn ich es mit jemandem verliere, dem du vertraust?"

Ich biss mir auf die Lippe und fragte mich, ob er den Köder schlucken würde.

„Wie zum Beispiel? Jace? Weil ich ihm nicht vertraue, also fällt er raus."

„Nein. Ich meine dich."

„Mich?" Er wartete, und ich wartete, wahrscheinlich einen Tick zu lang. „Das wird nicht passieren, Kay."

Ich runzelte die Stirn und stampfte mit dem Fuß auf. Wenn Julian den Mut hatte, eine Frau in dem Haus zu ficken, in dem ich lebte, sollte er auch den Mut haben, mir zuzuhören, wenn ich darüber sprach, meine Jungfräulichkeit zu verlieren. Ich würde ihn zuhören lassen, bis ihm die Ohren bluteten, denn ich war auf einer Mission, eine Frau zu werden. Ich wollte Julian, und ich wollte ihn unbedingt. Ich wollte, dass er so willig war wie Jace - aber vor allem wollte ich, dass er derjenige war, der mir den Weg zeigen konnte zu... Nun, Vergessen wäre ein guter Anfang.

„Du weißt, was du tust. Du könntest mir alles zeigen, was du Stef gezeigt hast. Und du könntest es mir beibringen, Julian. Du, anstatt Jace."

„Nein, nein. Du verstehst das falsch. Ich kann nicht... Und du kannst nicht, was Stef und ich... Zumindest nicht beim ersten

Mal. Ich meine, wir können nicht... Jesus... Dein erstes Mal muss sanft und besonders sein. Verdammt noch mal, es muss mit jemandem sein, der dich sehr mag. Sehr sogar." Er zog an seinen Haaren und rieb sich den Nacken.

„Genau. Und wer mag mich am meisten auf dieser Welt? Wer ist es, Julian?"

„Verdammt nochmal, warum reden wir überhaupt darüber?" Er runzelte die Stirn. „Du willst mich aufs Glatteis führen."

„Ich sage nur das Offensichtliche. Du und ich sind ein perfektes Match. Ich habe eine Muschi und du hast einen Schwanz. Wir leben bereits zusammen, und egal wie oft du die Patenonkel-Karte spielst, wir sind nicht verwandt. Du kaufst meine Tampons, und ich tue so, als würde ich dich nicht nackt aus der Dusche kommen sehen. Ich tue so, als würde ich nicht hören, wie du dir in unserem Bett einen runterholst, und ich warte, bis du schnarchst, um mich selbst zu berühren."

„Kay, ich warne dich-"

„Betrachte mich als Kunstwerk. Eine frische Leinwand, die noch niemand erkundet oder berührt hat. Du kannst mir zeigen, wie man richtig fickt und liebt."

„Kay, du gehst zu weit ..."

„Und wenn ich zu weit gehe? Was wirst du dann tun, Julian? Mich bestrafen? Denn wenn du im Schlaf schmutzig redest, gefällt mir das auch. Ich vermisse dich in unserem Bett, Julian. Wirklich."

Er hatte die letzten paar Tage auf der Couch unten geschlafen, und ich hatte ihn vermisst. Ich sehnte mich nach seiner Nähe.

Er stellte seinen Kaffee beiseite und warf die Hände in die Luft. „Du bist unglaublich."

„Nein." Ich schlug meine Beine übereinander, mir voll bewusst, wie der Bademantel rutschte und den schwarzen durchsichtigen Slip zeigte, den er liebte. „Du weißt nicht, wie unglaublich ich sein kann, und eines Tages bald wirst du dir wünschen, du wärst es, der zwischen meinen Beinen ist, tief in meiner

Muschi, und in Besitz nimmt, was ohnehin schon dir gehört. Du bist schon hart, nur weil du daran denkst." Ich zeigte auf seinen Schwanz.

Julian stand unbehaglich von seinem Stuhl auf und kam schamlos näher zu mir, drückte seine Erektion gegen mein Knie. Er war größer aus der Nähe, dicker und einladend. Mir lief das Wasser im Mund zusammen bei dem Angebot.

„Wenn du jemanden willst, der weiß, was er tut, dann ist das nicht Jace", sagte er.

Ich rieb mein Knie über seine Länge, strich in die eine Richtung, dann in die andere, aber er rührte sich nicht. Ich sah auf, als er die Augen schloss und zwischen den Zähnen knirschte. „Im Moment bin ich mir nicht sicher, ob es überhaupt ein anderer Mann ist, aber ich weiß auch, dass du die Tochter meines besten Freundes bist, und du bist verboten." Er trat zurück. „Zumindest jetzt. Egal, wie oft wir heimlich masturbieren."

Er beobachtete mich, als ich meine ungeweinten Tränen herunterschluckte.

Hat er gerade zugegeben, dass er an mich als Frau denkt?

Ich hatte das letzte anderthalb Jahr versucht, ihm zu zeigen, dass ich eine Frau bin. Ich dachte, nichts hätte funktioniert, und ich wäre verrückt zu glauben, er würde mich je als mehr als ein kleines Mädchen sehen.

„Du wichst und denkst dabei an mich?", fragte ich.

Julian trat wieder näher und strich mit seinem Handrücken über meinen Hals und hoch zu meinem Kinn, neigte meinen Mund in den perfekten Winkel. Er beugte sich herunter, bis seine Lippen über meinen schwebten.

„Ich träume von dir, ja – aber offensichtlich ist unsere Beziehung kompliziert. Ich schulde dir eine Vormundschaft, deinen Eltern ein Versprechen, und du bist ... du bist einfach ein Kind."

Ich griff nach seiner Hand, entfernte sie von meinem Kinn und schob sie beiläufig unter meinen Bademantel, dann unter mein Tanktop, und legte sie auf meine Brust. Er schloss die

Augen und wollte sich wegziehen, aber ich hielt seine Hand über mir fest.

„Kay, bitte."

Ich erhöhte den Druck ein wenig, ließ ihn zudrücken und fühlen, bevor ich losließ.

„Drei Wochen, Julian. Ich werde über Weihnachten achtzehn."

Er zögerte, bevor er seine Handfläche langsam über meine Brustwarze gleiten ließ und sie zwischen seinen Fingern streifte, als er sich zurückzog. Pure Erregung regte sich zwischen meinen Beinen.

„Selbst wenn ich wollte, ich könnte dir das nicht antun, Kay. Ich könnte dich niemals nehmen."

Ich sah auf. „Warum? Jace will mich. Gott, die Freuden, die er mir verspricht."

„Du musst aufhören, diesen Scheißkerl und Vergnügen im selben Satz zu erwähnen. Vergiss ihn. Ich werde es nicht noch einmal sagen."

„Ich lebe im selben Haus mit dem Traummann jeder Frau, und ich muss mich selbst befriedigen und fantasieren, weil er mich als Mädchen sieht. Der Mann, dem ich vertraue und den ich will, weist mich zurück-"

„Das ist, weil ich dich als meine Tochter sehe, Kay."

Ich rutschte vom Stuhl und stellte mich ihm gegenüber, Körper an Körper. „Sag mir das, wenn dein Gesicht zwischen meinen Beinen ist."

„Kay! Du kannst solche Sachen nicht zu mir sagen."

„Warum nicht? Macht es dich hart, wenn ich über meine Muschi rede?"

„Frustriert", schrie er, und ich zuckte zusammen. „Wenn du über deine Muschi und Jace redest, macht mich das frustriert, weil ich deinem Vater und deiner Mutter ein Versprechen gegeben habe. Und ich habe vor, mein Versprechen zu halten, dich zu beschützen, also hör auf damit. Wenn du willst, dass wir unsere Freundschaft behalten, hörst du auf. Ich meine es ernst, Kay."

So sehr mich seine Worte auch schmerzten, in den letzten drei Jahren war Julian mein bester Freund geworden. An den Wochenenden aßen wir bei seinen Eltern zu Abend. Wilma und Fred hatten alle Hände voll zu tun mit einer zwölfjährigen Tochter, die ich wie eine Schwester liebte, und sie arbeiteten beide Vollzeit. Julian auch. Mit ihm auszukommen war einfach. Ich stellte mir vor, dass ich seine Beziehungen schwierig machte, aber wir waren alle Familie. Außer dass es einfacher wäre, wenn Julian zugeben würde, dass ich nicht sein Kind bin.

„Okay, ich verstehe. Wir sind Freunde, aber das ändert nichts daran, dass ich geil, aufgewühlt und emotional bin. Ich meine, wie viele feuchte Träume kann ein Mädchen haben?"

„Ich weiß, es ist schwierig, aber tone es bitte runter, denn wenn du mir die Chance gibst, würde ich dich gerne morgen Abend ausführen."

Ich erstarrte. „Wie zu einem Date?"

„Kein Date, aber es werden nur wir beide sein. Wir müssen reden."

„Es kann nicht sein, um mit mir Schluss zu machen, denn du kannst nicht mit mir Schluss machen."

„Ich würde dich niemals abservieren, aber ich muss deine Illusionen leider zerstören, Kay. Mein einziges Ziel morgen Abend wird sein, dir zu zeigen, warum Jace nicht der Richtige für dich ist."

„Spielst du mit mir?"

Er neigte seinen Mund zu meinem Ohr. „Ich spiele keine Spielchen, Kay. Ich will nur nicht, dass dein Herz gebrochen wird, und solange Jace da ist, wird genau das passieren."

„Du konzentrierst dich auf die falsche Person, also werden wir uns da wohl uneinig bleiben." Ich lächelte. „Lass dich von mir nicht aufhalten. Ich gehe zu Grace zum Waxing. Meine Freundinnen sagen, Jace mag seine Mädchen wahrscheinlich glatt."

„Warte - du triffst dich immer noch mit diesem Scheißkerl? Nach all unseren Gesprächen?" Julians Gesicht verzog sich schmerzhaft.

„Heute Abend ist es soweit, wenn du verstehst, was ich meine."

Er knurrte und murmelte etwas über Schurken, bevor er zur Garage ging. Die Tür knallte zu und ich sprang auf. Julian hatte sein Date gestern Abend und am Abend davor abgesagt. Er hatte an seinem Motorrad in der Garage herumgebastelt, bis ich zu Graces Salon aufbrach. Julian putzte immer sein Bike, wenn er gestresst war.

Eine Stunde später lag ich neben Cami in einem Schlammbad mit Gurkenscheiben auf den Augen. Tropische Klänge spielten im Hintergrund und unterstrichen die entspannende Atmosphäre. Während die Tiefenmassage mich fast einschlafen ließ, zerrte das Waxing an jedem meiner Nerven, und meine Muschi brannte. Sie war empfindlich und geschwollen, und ich zweifelte daran, ob ich Jace heute Abend an mich ranlassen würde.

„Gibt es noch etwas, das ich zur Vorbereitung tun sollte?", fragte ich. „Wie Kegel-Übungen?"

„Die sind für, wenn du alt und locker bist. Du bist Jungfrau. Du bist so eng, wie du nur sein kannst."

„Was, wenn ich zu eng bin? Was, wenn er nicht reinpasst?"

„Er wird reinpassen, aber er sollte dich zuerst fingern - weißt du, für eine gute Dehnung sorgen. Aber mach dir keine Sorgen, wir sind dafür gemacht, sie aufzunehmen."

„Woher wusstest du, wer dein Erster sein würde?", fragte ich sie.

„Bei mir war's einfach. Kevin aus der High School."

„Ich kenne keinen Kevin."

„Genau mein Punkt. Es spielt keine Rolle, wer es ist, solange er weiß, was er tut. Du brauchst viel Gleitmittel und viel Liebe."

„Ich bin ziemlich sicher, dass er weiß, was er tut... oder?"

„Na ja, Jace ist ein Glückspilz."

Ich stieß einen zittrigen Atem aus und entfernte die Gurken von meinen Augen. Cami tat dasselbe, als könnte sie meine Gedanken lesen.

„Jace macht Spaß, aber wenn ich an mein erstes Mal denke, ist er nicht derjenige, der mir vorschwebt."

Die Paste auf ihrer Stirn bekam Risse. „Wer dann?"

Ich rümpfte die Nase und sah zur Seite, um den Flur zu überprüfen, aber Cami kam mir zuvor.

„Oh mein Gott. Es ist der Bodyguard."

„Halt die Klappe. Weißt du noch, wie wir alle am Pool von ihm fantasiert haben? Ich fantasiere schon seit langer Zeit. Ich meine, er ist offensichtlich heiß und zum Ficken gebaut. Jesus, Cami. Du solltest ihn mal ficken sehen."

Sie setzte sich in der Wanne auf wie eine Statue, mit offenem Mund und mehrmals blinzelnd.

„Komm schon, Cami. Sag was."

„Du hast ihn ficken sehen?"

Ich nickte.

„Erzähl mir mehr."

Ich erzählte Cami, wie Julian mich zu Hause überrascht und dann in mein Zimmer verbannt hatte, während er die Therapeutin fickte. In dieser Nacht hatte ich so stark gepocht.

„Mann, du hast es echt schlimm erwischt."

Ich sackte zusammen. „Ich weiß. Ich schlafe mit dem Mann, den ich liebe, außer dass ich nicht wirklich mit ihm schlafe." Ich seufzte. „Jede Nacht liege ich in seinem Bett und träume von seinem Schwanz. Ich habe seine Latte so oft gesehen, Cami. Er ist groß, dick und wunderschön. Es ist die Art von Schwanz, die einen Preis gewinnen würde, und ich habe andere gesehen, weil ich Jace einen runtergeholt habe. Er wird nicht so groß, wenn er hart wird... Viel kleiner als Julian. Also ist meine Frage, was soll ich tun? Es mit Pinky-Winky hinter mich bringen oder warten, bis Julian meinen Versuchungen nachgibt und ich kataklysmische Orgasmen erlebe?"

„Die Kataklysmus klingen wunderbar." Sie konnte kaum sprechen.

„Jace wäre einfach. Ich bin sicher, ich würde keine Schmerzen spüren, aber was, wenn ich Schmerzen will? Ein bisschen Schmerz wäre schön, wenn es durch Julians Hände kommt."

Sie blinzelte, bis ich sie am Arm anstieß.

„Dein Leben klingt wie eine Telenovela aus den Neunzigern. Du kannst mit keinem von beiden falsch liegen, also wähle den, den du mehr willst. So, das ist mein Rat."

„Das ist ein beschissener Rat."

„Na ja, bist du sicher, dass du alles getan hast, um den Bodyguard zu überreden? Wie, deinen Fuß unter einer Decke über seinen zu schieben, während ihr einen Film schaut? Seinen Schwanz zu reiben, während er schläft?"

Ich hustete. „Das muss illegal sein. Übergriff oder so? Wir respektieren einander."

„Ihr schlaft im selben Schlafzimmer. Ich bin sicher, du kannst dich zumindest in seine Dusche schleichen." Sie wackelte mit den Augenbrauen.

Das hatte ich schon versucht, und es lief nicht gut.

„Julian ist nicht so. Ich will die Dinge nicht falsch angehen."

„Du machst etwas viel zu kompliziert, was sehr einfach sein sollte; er ist ein Mann."

Cami war nicht hilfreich. Ich legte die Gurkenscheiben über meine Augen und sank tiefer in den Schlamm. „An Julian Silver ist nichts einfach."

Der lange Nachmittag der Verwöhnung ließ mich haarlos und so weich wie einen Babypopo zurück, aber auch sehr wund und geschwollen. Grace hatte mein Make-up und meine Haare gemacht, und jetzt drehte ich mich in einem brandneuen, perfekten kleinen schwarzen Kleid. Ich blieb vor dem Spiegel stehen, als ich Julians Stimme von der Treppe hörte.

„Heilige Scheiße." Er stand auf der dritten Stufe von unten und stieg langsam herab, den Blick auf mich gerichtet. Er hustete in seine Hand, bevor er sich räusperte. „Du siehst unglaublich aus, Kay." Das enge schwarze Kleid mit tiefem Ausschnitt und einem Spitzenüberwurf betonte jede meiner Kurven. Ein langer Reißverschluss verlief vom Hals bis zum Saum. Julian trat näher.

„Denkst du, Jace wird es gefallen?", fragte ich.

„Das ist für den Scheißkerl?"

„Hör auf, ihn so zu nennen. Es wird ziemlich ernst."

„Ich habe eine Frage. Wer fährt?"

„Ich natürlich. Ich bin jetzt eine unabhängige Frau." Ich baumelte mit den Schlüsseln meines Jaguars: ein Geschenk meiner verstorbenen Eltern. Julian hatte diese Geschenke jedes Jahr erfunden, um den Schmerz zu lindern. Manchmal war er so voller Scheiße, aber wie konnte ich ein brandneues Auto ablehnen? Das Geld, das ich von meinem Nebenjob zurückgelegt hatte, summierte sich. Vielleicht hätte ich eines Tages genug, um ein Geschäft zu eröffnen. Ich wusste nicht, was für ein Geschäft, aber sicher ein fantastisches.

„Gut. Und wohin bringst du den Scheißkerl?"

„Ich treffe Jace bei ihm zu Hause, und er bringt mich irgendwohin Schönes."

Julian war mit dieser Antwort nicht zufrieden, aber es war das Beste, was ich ihm sagen konnte, weil ich selbst nicht wusste, wohin wir gingen. Wenn Jace es richtig machte, würde es hoffentlich mit einer teuren Präsidentensuite enden.

„Hör zu, ich schreibe dir eine Nachricht, wenn wir dort sind, okay?"

„Okay. Sei vorsichtig, Kay."

„Julian?"

„Ja?"

„Ich werde wahrscheinlich spät dran sein. Wenn alles gut läuft, bin ich vielleicht erst am Morgen zurück, und ich möchte nicht, dass du dir Sorgen machst."

Er schloss die Augen und verzog das Gesicht, als hätte ich seine schlimmsten Träume wahr gemacht.

„Hast du Pläne für die Nacht?", fragte ich.

Er überlegte kurz. „Meine Pläne haben sich gerade geändert."

„Was?"

„Ich meine, ich habe mich erinnert, dass ich Papierkram habe, also bleibe ich zu Hause."

„Oh, alles klar. Nun, gute Nacht." Ich winkte.

Ich startete den Motor mit zittriger Hand, kaum in der Lage, meine Atmung und das Hämmern in meiner Brust zu kontrollieren. Die Nervosität ließ nach der dritten Kurve nach, und ich entspannte mich in den Fahrersitz. Heute Abend war eine gute Nacht. Jace hatte versprochen, mich einem neuen Kunden vorzustellen, damit ich alles verkaufen konnte, was ich gebunkert hatte. Ich hatte alle Pillen gesammelt, die er mir gegeben hatte, und hatte einen beträchtlichen Vorrat. Die wenigen reichen Partys, die ich besucht hatte, als Julian die Nacht bei Stefanie verbrachte, waren Drogenhochburgen. Reiche Leute aßen und teilten Pillen wie Bonbons. Ich lehnte nie ein Angebot ab, nahm aber selbst nie etwas. Das war meine Regel, nachdem Jace mir meine ersten beiden Mollys untergejubelt hatte.

Ich hoffte, das Treffen würde im selben Hotel stattfinden, das er für die Nacht reserviert hatte. Mein Herz raste bei dem Gedanken. Ein Teil von mir war aufgeregt, endlich erwachsen zu werden, während ein anderer Teil sich nach Julians starken Armen und seiner Sicherheit sehnte.

Er empfing mich draußen auf der Veranda seines Hauses, in Boxershorts und Pantoffeln.

„Jace? Warum bist du nicht fertig?", fragte ich. „Bist du high?"

Mein Gott, war der high. Aber wir trafen auch jemanden Wichtiges, und ich konnte diese Gelegenheit nicht verpassen.

„Ich gehe nirgendwo hin, wenn du dich nicht umziehst." Ich zeigte nach oben. Er ging, und ich lief im Wohnzimmer auf und ab. Direkt in der Mitte des Tisches starrten mich fünf Beutel mit mindestens fünfzig Happy Pills an. Drei weitere lagen verstreut auf der Couch und noch ein paar auf dem Zweisitzer.

Ich stopfte so viele wie möglich in meine Handtasche, rannte dann zum Auto und versteckte ein paar unter den Sitzen. Als ich zurückkam, ging Jace gerade die schwebende Treppe in einem Anzug mit Fliege herunter. Mein Gott, war der verfickt high.

„Ich fahre", sagte ich ihm. „Wohin?"

„After Eve, Manhattan."

Ich hatte noch nie von dem Club gehört, aber tippte schnell den Namen ins Navi ein.

„Es ist neben einem Stripclub." Ich zeigte auf Club Forever.

„After Eve ist ein privater Club nur für Eingeladene, für all die schönen Frauen, die nach Eva kamen." Er grinste und zog eine quadratische Plastikkarte aus seiner hinteren Hosentasche mit etwas, das wie ein mieses Bild von meinem Gesicht aussah.

„Klingt nobel. Ist das ein gefälschter Ausweis, Jace?"

Er drehte die Karte zwischen seinen Fingern. „Das ist die Einladung. Ich werde all deine Träume wahr machen, Kay."

Er hob sein Kinn und streckte seine Brust heraus, trommelte darauf mit seinen Fäusten wie ein Gorilla. Gut, dass er niedlich war. Ich trat aufs Gaspedal und steuerte Richtung Manhattan.

⌒o

JACE HIELT MEINE HAND, zeigte seine Karte vor, und der Türsteher ließ ihn durch die Tür von After Eve, ohne meinen gefälschten Ausweis zu kontrollieren. Sanfter Jazz spielte im Hintergrund, als wir einen sanft beleuchteten Gang entlanggingen, der mit Samttapeten ausgekleidet war. Der süßliche Geruch von Parfüm und Schweiß hing schwer in der Luft. Sanfter Jazz mischte sich mit dem Geruch von teurem Parfüm und Zigarrenrauch. Die gedämpfte Beleuchtung ließ die Haut der vorbeigehenden Frauen schimmern. Wir bogen links an einer Treppe vorbei ab und steuerten auf die Bar zu, wo Jace sich neben einen älteren Mann in Hut und Trenchcoat setzte. Er sah ganz anders aus als die anderen Anzugträger, die ihren teuren Whiskey tranken und Schokoladenzigarren rauchten.

Der Raum war groß genug für hundert Leute, mit Tischen und privaten Nischen. Eine Frau mit Pasties über ihren Brustwarzen walzte vorbei, und mir wurde klar, dass ich in einem Stripclub war. Eine um ihre Hüften gebundene Schürze bedeckte ihre Vorderseite, und eine weiße Schleife, die am unteren Rücken gebunden war, schmückte ihren Hintern.

„Ist das ein Stripclub, Jace?"

„Es ist mehr als ein Stripclub, Blondie. Unten gibt's 'ne À-la-carte-Speisekarte für jede Männerfantasie."

Ein Schauer lief mir über den Rücken. „Ist das hier, wo wir den Käufer treffen?", fragte ich. „Ist er das?"

„Ja, klar", sagte er und drehte sich zu mir. Der Mann neben ihm musterte meinen Körper, und eine zweite Welle von Schauern überkam meine Haut.

„Schön, Sie kennenzulernen." Ich räusperte mich. „Also, was möchten Sie kaufen?"

„Hier ist die Sache, Kay. Ich hab 'nen Weg gefunden, viel mehr zu verdienen, und wir müssen keine Drogen verkaufen. Das ist Mr. Martinez."

Mr. Martinez roch nach Zigaretten und Alkohol.

„Also, wie viel für die Blonde?", fragte er. „Es ist 'ne einmalige Sache mit 'ner Jungfrau, also mach's zählbar."

„Jace? Wovon redet er?"

„Wir verbringen die Nacht zusammen, Baby. Nur 'n bisschen anders."

Ich mochte naiv gewesen sein, wie Julian sagte, aber ich brauchte nichts mehr aus Jace' lügendem Mund zu hören, um zu verstehen, dass ich in großen Schwierigkeiten steckte.

Oh Gott, was habe ich mir nur dabei gedacht? Ich muss hier raus, sofort!

„Das klingt gut, Schatz. Ich bin für alles zu haben, worauf du stehst. Muss mich nur kurz frisch machen. Bin gleich wieder da."

Ich rutschte vom Sitz und steuerte direkt auf die Toiletten zu, außer dass ich im letzten Moment zum Ausgang abbog. Ich eilte den leeren Gang entlang, bis ich vor dem Sicherheitsmann stehen blieb, der mir den Weg versperrte. Er sah mich an, als hätte er noch nie ein Mädchen gesehen.

„Ich bin siebzehn, und mein Vater ist Polizist. Sie können mich durchlassen oder ihm erklären, warum Sie ein minderjähriges Mädchen in ein Bordell gelassen haben."

Er trat beiseite.

Ich eilte zu meinem Auto, schaute ständig über meine Schulter und stolperte über meine eigenen Füße. Als ich den Parkplatz erreichte, zitterten meine Hände und Tränen fielen wie von selbst.

Julian hatte Recht. Er hatte die ganze Zeit Recht gehabt. Wie konnte ich nur so dumm sein?

Ich fühlte mich so naiv, so verletzlich. Alles, was ich wollte, war zu ihm nach Hause zu gehen, mich in seine Arme zu werfen und um Verzeihung zu bitten.

Ich startete das Auto und fuhr aus der Parklücke, zitternd und schluchzend. Ich fuhr hinter einem Wasserfall von Tränen, bis ich in unserer Einfahrt parkte, aber Julian kam nicht heraus, um mich zu begrüßen. Er war wahrscheinlich doch losgegangen, um Stefanie zu ficken.

Warum konnte ich nicht jemandes Stefanie sein? Ich putzte mir die Nase mit einem Taschentuch und nahm eine Pille aus einem Beutel. Ich legte sie auf meine Zunge und schluckte, bevor ich es mir anders überlegen konnte. Eine halbe Stunde später war Jace, der Scheißkerl, nicht mehr wichtig, aber die Leere in meinem Herzen blieb.

Kapitel 9

Julian

Ich schenkte mir ein Glas Scotch ein und streckte meine Beine dahin aus, wo Stefanie eigentlich hätte knien sollen. Das Fehlen ihrer Lippen um meinen Schwanz quälte mich mit Gedanken an Kendra, die auf dem Weg zu diesem Scheißkerl war. Ich hatte diesen Monat schon mein viertes Date mit Stefanie abgesagt. Sie hatte auch keine Ahnung, dass ich Kendra und den Flohpimmel ausspioniert hatte, als wir fünf Reihen hinter ihnen im Kino saßen. Wenn sie das Ausmaß meiner Besessenheit, die beiden auseinanderzuhalten, entdecken würde, würde sie unsere Beziehung mit Vorzügen überdenken. Aber Kays Sicherheit ging über alles. Ich kippte das Glas für einen kräftigen Schluck zurück und öffnete die Tracking-App, die mit Kendras Handy verbunden war.

Was war aus den Tagen geworden, als sie es liebte, Abende zu Hause zu verbringen und Wiederholungen zu schauen? Was war aus den einfachen Zeiten geworden, als ich in der Bequemlichkeit meines Bettes masturbieren konnte, ohne mich wie ein Pädophiler zu fühlen? Kendra war innerhalb weniger Monate aus ihrem jugendlichen Kokon geschlüpft, und der Umgang mit der kleinen Frau, die in meinem Haus lebte, hatte seine Herausforderungen. Sie hatte mir von dem Vibrator erzählt, den ihre Freundinnen ihr zum letzten Geburtstag geschenkt hatten, und mich in den letzten sechs Monaten dreimal die Batterien wechseln lassen. Ich rechnete nach und fand dann eine erleichternde Lösung unter meiner Dusche.

Fakt war, Kendra war nicht mehr jung, und sie war auf einer Mission, flachgelegt zu werden. Der Tracker zeigte, dass sie Jace' Wohnung verließ. Ich schaltete mich in die Autonavigation ein. Sie fuhr zum After Eve.

Scheiße.

„Ich bring den Jace um."

Ich knallte mein Glas so hart auf die Theke, dass es einen Riss bekam. Die schnelle Reaktion beruhigte sich, als ich meine Gedanken sammelte. Vielleicht war das alles gar nicht so schlecht. Kendra würde sofort abhauen, sobald sie sah, dass er sie in einen Stripclub mit Einladung gebracht hatte, und hoffentlich würde sie sich nicht im Keller wiederfinden, bevor ich dort ankam. Sie hatte mindestens eine halbe Stunde Vorsprung.

Das Auto schnurrte unter meiner Berührung, während ich mich auf die Straße konzentrierte, aber meine Probleme begannen fünf Minuten nach der Fahrt auf der Autobahn, als ein Unfall den Weg blockierte.

„Verdammt!" Ich schlug auf das Lenkrad und umklammerte es, bis meine Hände schmerzten. Die endlose Autoschlange stand still. Es fühlte sich wie eine Ewigkeit an, bis sie die Straße räumten, aber Kendras Navigation änderte sich, und sie fuhr nach Hause. Ich nahm die erste Ausfahrt und kehrte um. Als ich zu Hause ankam, fand ich Kendra bewusstlos in ihrem Auto in unserer Einfahrt vor.

Ich öffnete die Tür und rüttelte sie wach. „Kay? Wach auf, Kay."

Sie sog die Luft ein, als hätte sie die letzten zwei Minuten die Luft angehalten. Ihre Arme flogen hoch, und sie schoss nach oben. „Mir geht's gut. Alles ist in Ordnung."

„Ist es das? Was ist los? Was ist im After Eve passiert? Bitte sag mir, dass du nicht reingegangen bist."

Sie blinzelte dreimal und schauderte. Ihr Blick traf meinen. „Dieser Scheißkerl kann sich verpissen."

Ich umklammerte die Seite des Sitzes. „Hat er dir wehgetan?"

Ihr Kopf machte eine scharfe Bewegung nach links und rechts.

„Was hat Jace getan?"

Ihre Augenbrauen zogen sich zusammen, und ihre Augen füllten sich mit Tränen. „Ich ... ich glaube, er wollte mich verkuppeln."

„Ich bring ihn um."

Sie schwankte auf ihrem Sitz, und ich überprüfte noch einmal ihre geschwollenen Augen; dann sah ich ein Päckchen Pillen auf dem Beifahrersitz. Ich hatte jetzt ein größeres Problem als den Scheißkerl.

„Wie viele hast du genommen?"

Sie hob einen Finger in die Luft. Log sie?

„Okay, lass uns reingehen."

„Wenn du mich küsst, geb ich dir noch ein Päckchen, Julian."

Ich erstarrte. Sie war high.

„Was?"

„Küss mich, wie du Stefanie küsst, und ich geb dir noch ein Päckchen. In jedem sind fünfzig."

„Kriegst du die von ihm?"

„Ich krieg sie überall her. Also?"

„Also?"

„Kuss?"

Ich senkte meine Lippen zu ihrem Ohr und flüsterte: „Wenn du denkst, du kannst dich in einen der wundervollsten Momente deines Lebens erpressen, dann denk nochmal nach. Nicht bei mir, Kay. Du solltest wissen, dass ich alles finden kann, was du versteckst."

„Was, wenn ich die Pillen in meinem Höschen verstecke?"

„Kay-"

„Ich warne dich", äffte sie nach. „Komm schon, Julian, es ist nur ein Kuss. Es ist ja nicht so, als würde ich dich bitten, mich zu ficken. Jace wollte mich ja offensichtlich nicht, also warum solltest du mich wollen?"

Ich wette, andere Vormünder und normale Väter haben diese Probleme nicht. Nicht, dass ich mich je als Vater gesehen hätte. Mit Kay war es anders.

Ich hob ihren zierlichen Körper aus dem Auto. Sie schlang ihre Arme um meinen Hals und kuschelte sich in meinen Halt.

„Weißt du, was das Beste daran ist, Jungfrau zu sein, Kay?", flüsterte ich.

Sie neigte den Kopf und die Linien ihres Halses bewegten sich, als sie schluckte. „Was?"

„Vorfreude. Dieses Kribbeln, wenn du auf etwas wartest, das du so sehr willst, dass es fast schmerzt. Und wenn du dann bekommst, wonach du gestrebt hast, scheint es nicht mehr so besonders. Es sei denn –"

„Es sei denn was?" Ihre Lippe zitterte.

„Es sei denn, du verlängerst den Moment: stellst sicher, dass der Körper weiter vor Lust bebt und der Körper weiter gibt."

Was zum Teufel tat ich da? Warum erzählte ich ihr das? Wenn das Glück auf meiner Seite wäre, würde sie sich nicht an das Gespräch erinnern.

„Komm schon. Lass uns dafür sorgen, dass es dir besser geht."

Ich trug sie hinein und nach oben, wo ich sie vor der Dusche absetzte.

„Zieh dich aus und dusch dich. Ich warte hier."

Ich drehte den Knauf und wandte mich um, während ich hörte, wie sie unbeholfen an ihrer Kleidung herumfummelte. Ich hörte, wie sie unter den Duschstrahl trat und schloss meine Augen. Leider floss die Vorstellung klar durch meinen Kopf, und ich konnte die schöne nackte Frau, die hinter mir duschte, nicht aus meinen Gedanken verbannen.

Das Wasser wurde abgestellt, und ich reichte ihr das Handtuch.

„Okay, ich bin anständig, aber ich bin gerade an einem guten Punkt, Julian. Vermassele es nicht."

Ich folgte ihr aus dem Badezimmer.

„Was meinst du damit, du bist an einem guten Punkt?"

„Es ist ganz einfach. Wenn ich high bin, muss ich nicht nachdenken. Es ist einfach leer da drin." Sie zeigte auf ihren Kopf. „Das ist schön."

Ich entspannte meine Schultern und drehte meinen Hals zur Seite. „Komm, lass uns dir einen Tee machen und auf der Couch entspannen."

„Gehen wir nicht ins Bett?"

„Was auch immer du genommen hast, muss erst nachlassen."

Wir gingen nach unten. Kendra rollte sich auf dem Sofa zusammen, und ich deckte sie mit einer Decke zu, dann machte ich uns Tee. Wir schauten Zeichentrickfilme, bis sie auf der Couch einschlief. Ich überprüfte ihren Puls und Blutdruck über die nächsten Stunden. Die Pillen würden eine Laboranalyse benötigen, da ich an ihrem Inhalt zweifelte.

Ich streckte meine Beine auf der Couch aus und schlief in den frühen Morgenstunden ein. Als ich die Augen öffnete, war es zehn Uhr, und Kendra saß mit einer dampfenden Tasse Kaffee im Schneidersitz auf der Couch.

„Guten Morgen", sagte sie.

„Hey, wie fühlst du dich?"

„Besser. Danke für letzte Nacht, Julian."

Ich setzte mich auf und bedeckte die Erektion in meiner Jogginghose mit einer Decke. Ich stützte meine Ellbogen auf die Knie und fuhr mit den Händen durch mein Haar. Sie spielte nervös mit dem Becher. Ihre Arme und Schultern spannten sich an und ihre Lippen pressten sich zusammen.

„Es tut mir leid. Ich ... Ich wusste nicht, was ich tun sollte, und, na ja, ich habe keine Entschuldigung. Es tut mir leid."

Ich zog beide Augenbrauen hoch und wartete auf eine Antwort. Ich wollte ihr helfen, wusste aber nicht wie.

„Ich möchte dich irgendwohin mitnehmen, Kay. Ich möchte dir zeigen, wie ein Date aussehen sollte, damit du nie wieder einen Scheißkerl in Betracht ziehst."

Ihre Augen weiteten sich. „Also gehen wir auf ein Date?"

„Nein, das ist nur ein Beispiel für ein Date. Ein Beispiel, Kay. Zieh dich gut an. Wir nehmen mein Motorrad, und es wird kühl werden."

„Was auch immer. Wir gehen auf ein Date." Sie hüpfte von der Couch und rannte nach oben, um sich umzuziehen.

Eine halbe Stunde später sauste der Wind vorbei und der erste Hauch des Winters biss in die unbedeckte Haut. Kendra schlang ihre Arme von hinten um mich und hielt sich fest, während ich an der Küste entlangfuhr. Sie drückte sich fest an meinen Rücken und hielt mich sicher. Die Vibration des Motorrads ging durch unsere Körper. Wir lehnten uns in die Kurven und sie folgte den Bewegungen meines Körpers wie ein Profi. Jake und Ash hatten mir nie erzählt, dass sie so gut fahren konnte.

Ich rollte zu einem Park am Strand. Die Wellen des Ozeans schlugen ans Ufer. In den Wintermonaten war der Park größtenteils leer.

„Hast du den Platz räumen lassen?", fragte sie.

„Ich hab 'nem Typen gesagt, er soll 'n paar Hütchen strategisch platzieren. Es ist sowieso ein ruhiger Nachmittag, und ich brauche Ruhe."

Ich nahm meinen Helm ab, dann ihren, und setzte sie auf den Sitz.

„Du bist hier, weil deine Eltern dort drüben zu lernen pflegten." Ich zeigte auf eine Bank. „Ich bin mit deinem Kinderwagen herumgelaufen, während sie sich gegenseitig über Gesetze und Recht abfragten."

„Falls du's noch nicht gerafft hast, ich bin längst kein Kleinkind mehr." Freude strahlte in ihrem Lächeln. Manchmal verstand ich nicht, warum sie es so eilig hatte, erwachsen zu werden.

„Ich habe es bemerkt. Glaub mir, ich habe es bemerkt – und das ist das ganze Problem. Früher habe ich dir Eis vom Gesicht gewischt, und jetzt... Jetzt stelle ich mir vor, andere Dinge von deinen Lippen zu wischen."

Ihr Mund fiel auf, was meine Aufmerksamkeit auf seine vollen Kurven lenkte.

„Du bist zu einer wunderschönen Frau herangewachsen, Kay, und du verdienst jemanden, der das zu schätzen weiß. Nicht einen alten Knacker wie mich, und nicht Jace. Definitiv nicht Jace."

„Hörst du bitte auf, dich selbst als alt zu bezeichnen?"

Ich senkte den Kopf. „Ich kann diese Grenze nicht mit dir überschreiten, sonst müssen wir dir einen neuen Wohnort suchen. Deine eigene Bleibe. Du wirst nicht mehr in meinem Zimmer schlafen, sondern auf der anderen Straßenseite oder irgendwo in der Nachbarschaft."

„Moment mal – sagst du mir gerade, dass es tatsächlich eine Möglichkeit gibt, dass du die Grenze mit mir überschreiten würdest?"

„Ist das alles, was du aus meinen Worten mitgenommen hast?" Ich nahm ihre Hand in meine und schüttelte enttäuscht den Kopf, konnte aber nicht verbergen, dass ihre Gedanken mich immer wieder zu dem einen Ort zogen, den ich mir zu wollen verweigerte.

„Ich hab alles verstanden, was du gesagt hast." Schelmerei funkelte in ihren Augen.

„Komm schon. Es gibt noch etwas anderes, das ich dir zeigen möchte." Ich ergriff ihre Hand und zog sie von der Bank. Wir gingen händchenhaltend den Bürgersteig entlang, mehr weil es kühl war – oder zumindest redete ich mir das ein. Wir bogen um die Ecke zum Zentrum des Parks. Die Karnevalsmusik dröhnte aus den Lautsprechern des Karussells, als es langsam zum Stehen kam.

Ich half ihr auf die runde Plattform und wählte eine Pferdekutsche voller Decken aus. Der Mann an den Kontrollen lächelte und setzte das Karussell in Bewegung. Sie kuschelte sich an meine Seite, und ich zog die Decken hoch.

„Hast du das arrangiert?", fragte sie.

„Möglicherweise."

Ich hatte dem Karussellbetreiber ein großzügiges Trinkgeld gegeben, damit er mit einem Korb voller Decken und heißem Tee auftauchte. Mindestens ein Monatsgehalt. Die Lichter flackerten, Musik spielte, und die Welt drehte sich um uns. Ich blickte nach unten und hob ihr Kinn mit meinem Finger.

„So sollte sich ein Date anfühlen, Kay. Sicher und geborgen. Du solltest dir beim richtigen Mann nie Sorgen um deine Sicherheit machen müssen."

„Das sagst du so leicht, wenn du der richtige Mann bist."

War ich das?

Ich räusperte mich. „Deine Eltern kamen früher oft hierher. Sie saßen genau hier auf diesem Platz und redeten über politische Kampagnen. Du hast den ganzen Mist verschlafen."

„Sie waren klug."

„Sehr klug. Richtig außergewöhnlich klug. Und sie kämpften darum, Mädchen in deinem Alter zu retten."

„Vor wem?", fragte sie.

„Ist es klischeehaft, wenn ich sage, vor den Bösen?"

Sie lachte. „Vielleicht. Aber ich verstehe es. Es gibt viele böse Menschen auf der Welt."

„Deine Eltern hofften, du würdest in ihre Fußstapfen treten und in die Politik gehen."

„Politik? Auf keinen Fall."

„Gott sei Dank."

„Du bist froh darüber?"

„Solange du keinen Job annimmst, bei dem du ständig im Rampenlicht stehst, bin ich total cool damit."

„Ich weiß nicht, was ich mit meinem Leben anfangen will. Manchmal habe ich Angst, dass die Hypnose etwas in meinem Gehirn ausgeschaltet hat."

„Wir können es rückgängig machen."

„Nein. Können wir nicht."

„Du bist dir da so sicher?"

„Ich meine, ich weiß, dass es möglich ist, aber ich habe mir vor meinem ersten Termin in einem Tagebuch eine Notiz gemacht, es nie rückgängig zu machen. Ich will mich nicht an dieses Leben und den Schmerz erinnern. Ich will nicht mehr traurig sein. Dieses Leben, mit dir, ist viel besser." Sie nahm meine Hand und kuschelte sich noch enger an mich. Tief in meinem Inneren stimmte ich zu. Dieses Leben, mit ihr, war viel besser.

„Da du bald achtzehn wirst, habe ich ein Geschenk für dich."

Ich holte eine kleine Schachtel aus meiner Jackentasche. „Dein Vater hat einen Schlüssel zu einem Bankschließfach in unsere Obhut gegeben. Er sagte, falls ihm etwas zustoßen sollte, solltest du es öffnen, nachdem du achtzehn geworden bist."

„Davon habe ich gehört."

„Von wem?"

„Emma. Keine Sorge. Ich brauche das Geld nicht."

Ich lehnte mich zurück und hob die Augenbrauen.

„Ich meine, warum muss alles Gute erst passieren, wenn ich achtzehn bin? Und noch wichtiger, machen zwei Wochen wirklich einen Unterschied?"

Sie rutschte zur Mitte des Sitzes.

„Für mich schon. Und hör auf, zu weit in die Zukunft zu blicken, sonst verpasst du die Gegenwart."

„Was würdest du tun, wenn ich älter wäre? So achtzehn. Könntest du mich lieben, wenn ich älter wäre?", fragte sie.

„Du verstehst das völlig falsch, Kay. Ich liebe dich bereits. Ich liebe dich, seit du an dem Tag grüne Erbsen über mein Nintendo gekotzt hast. Aber wir leben in zwei verschiedenen Welten: Erwachsener und Kind. Patenonkel, Patentochter. Alter Junggeselle, verbotene Jungfrau."

„Du könntest diese Geschichte ändern, weißt du." Sie blickte auf, und ich blickte hinunter.

„Was?"

„Ganz einfach. Ändere einfach die Geschichte. Deine Erwachsener-Kind-Analogie wird zu Mann-Frau." Sie deutete zwischen uns hin und her. „Das Gleiche gilt für Patenonkel-Patentochter, und wenn du die Wahrheit wissen willst, Julian, bin ich die Einzige, deren Erlaubnis du brauchst. Das Einzige, was hier verbietet, ist dein Wille, denn niemand urteilt außer dir. Das ist alles."

Wenn sie nur ahnte, was sie in mir auslöste und wie sehr ich mich nach ihr verzehrte. Gott, wie ich für sie brannte.

„So wie ich das sehe, Julian, leben wir in identischen Welten, aber du bist nicht bereit, die Schwierigkeiten zu akzeptieren, die damit einhergehen, mich zu haben. Du hast Angst, dass du mich tatsächlich mögen und genießen könntest, weil ich jünger bin. Ich habe mir vorgestellt, wie du mich nimmst und mich auf die richtige Art küsst, weil du mir Dinge zeigen könntest, die kein Junge kann. Du hast es selbst gesagt, und trotzdem lehnst du ab, was ich dir freiwillig geben möchte. Warum?"

Ich wusste, dass ich sie genießen würde. Ich würde ihren kleinen Körper nehmen, um jeden Zentimeter von ihr zu lieben und zu schätzen, aber ich hatte mir nicht vorgestellt, dass sich dieses Gespräch so schnell wenden würde.

„Du bist zu jung, Kay. Du bist die Tochter meines besten Freundes."

„In Ordnung. Wenn du einen Kalender brauchst, spiele ich dein Spiel mit. Ich werde über Weihnachten in Colorado achtzehn. Wenn drei Wochen für dich wirklich so einen großen Unterschied machen, kann ich bis dahin auf dich warten. Aber ich verspreche dir, ich werde nicht als Jungfrau nach Colorado fahren, mit oder ohne deine Hilfe."

Ich rutschte unbehaglich hin und her, und das Karussell kam langsam zum Stehen.

„Warte – du denkst doch nicht wieder an Jace, oder? Denn gestern Abend hast du gesagt, du wärst fertig mit diesem Scheißkerl."

„Ich war high. Und jeder verdient eine zweite Chance."

„Er hat versucht, dich zu verkuppeln. Du kannst dich nicht an Jace verschenken, Kay."

„Ich schwör dir, bis Colorado bin ich meine Jungfräulichkeit los. Dann, wenn ich jemand Neues kennenlerne, werde ich nicht wie eine Verliererin wirken."

„Ich werde es tun."

„Was?"

„Wenn du versprichst, diesen Scheißkerl nie wieder zu sehen oder mit ihm zu sprechen, werde ich dich in Colorado nehmen."

„Meinst du das gerade ernst? Ist das ein Mitleidsangebot?"

Ich schluckte schwer. Ich wusste nicht, was mich dazu trieb, aber das verzehrende Feuer in meiner Brust sprach Bände. „Es ist kein Mitleidsangebot. Solange du dich von Jace Donato fernhältst, schwöre ich dir, in Colorado wirst du mein sein. Und wenn wir nach Neujahr zurückkommen, bleibst du mein, hier und überall."

Kapitel 10

Kendra

Der SUV fuhr mit gutem Grip über die schneebedeckte Straße. Dicke Flocken schwebten zu Boden und der Vollmond spiegelte sich im weißen Pulver. Ich liebte es über alles, Weihnachten mit den Silvers in ihrem Familienresort zu feiern, und dieses Jahr würde keine Ausnahme sein. Jacob und Fred Silver hatten zusammen mit den Wagners das Anwesen in den späten Siebzigern gekauft. Sie hatten es zehnmal renoviert, um Platz für die wachsenden Familien und Freunde zu schaffen. Die riesige Berghütte mit privatem Skilift hatte alles, was sich ein Milliardär vorstellen konnte, einschließlich eines Kinos, eines Spielzimmers und eines Spas, aber es war die von den Besitzern geschaffene familiäre Atmosphäre, die es besonders machte.

Mein Herz hämmerte in meiner Brust und meine Knie wippten, bis Julian seine Hand auf mein Bein legte. Er blickte vom Fahrersitz herüber, und das Zittern hörte auf. Ich hatte mein Versprechen gehalten und Jace mit allen Mitteln aus dem Weg gehalten, während Julians Versprechen in meinem Hinterkopf vor sich hin köchelte. Julian hatte uns der Familie gegenüber noch nicht offiziell als Paar vorgestellt, aber ich war sicher, er würde es tun. Bald. Sie liebten mich sowieso. Mein Handy piepste mit einer stündlichen Countdown-Benachrichtigung zu meinem Geburtstag.

„Ist das, was ich denke?", fragte er.

„Ein Geburtstags-Countdown. Ich habe einen zusätzlichen Anreiz, achtzehn zu werden."

Seine Aufmerksamkeit kehrte zur Straße zurück, und ich beobachtete, wie sich sein Mund zu einem verschmitzten Lächeln verzog.

„Teresa sagte, sie hätten die Fichtensuite renoviert." Die wunderschönen Zimmer teilten sich einen Innengang. Hallenbad-Freibad und jede Menge Privatsphäre.

„Wann hast du mit meiner Mutter gesprochen?", fragte er.

„Ich spreche jeden Tag mit ihr."

„Wir bleiben dieses Jahr nicht in der Fichtensuite."

„Warum nicht? Ich liebe die Fichtensuite. Sie hat die Verbindungstür zwischen den Schlafzimmern."

Er hustete in seine Hand. „Ich habe die Berghütte gebucht."

„Die private, die mit dem Resort verbunden ist? Mit der Außen-Thermalquelle? Für uns?"

„Sie hat zwei Schlafzimmer, Kay."

„Und ein Kingsize-Bett, in dem du mich an meinem Geburtstag ordentlich durchvögelst? Ups. Hab ich das gerade laut gesagt?"

Sein Gesichtsausdruck schwankte zwischen Vergnügen und Schmerz. „Ich werde dich nicht an deinem Geburtstag ficken, Kay."

Ich runzelte die Stirn, und er verstärkte seinen Griff über meinem Knie, lehnte sich vor und flüsterte: „Aber ich bin es auch leid, mich zu fragen, wie es wäre, in dich einzudringen."

Erregung flutete sanft durch meine Adern, und ich erstarrte. Er fuhr mit seiner Hand über meinen Oberschenkel, die Wärme entspannte mich in den Sitz.

Wir kamen am Abend im Resort an. Weihnachtsmusik spielte in der gemütlichen Lobby. Rote, grüne und silberne Dekorationen glitzerten, und warme Lichter funkelten. Eine vier Meter hohe Tanne stand in der Mitte der Eingangshalle, darunter quollen Geschenke hervor.

Ich zog meine Jacke aus, und Julian legte sie über seinen Arm.

„Warum trägst du heute diese Schärpe?", fragte er.

„Das ist meine Geburtstags-Schärpe."

„Ich sehe das. Aber dein Geburtstag ist erst in-"

„Zwei Tagen, Julian. Was ändern zwei Tage daran, dass du mich jetzt haben könntest? Heute sogar? Ich werde in diesem schwarzen Negligé warten, das du mochtest, und wir können es als vorgezogenes Geburtstagsgeschenk betrachten."

Er grinste, und mein Magen flatterte vor Hoffnung. Er schob mich sanft von der Familie weg.

„Du weißt das noch nicht, aber die guten Dinge sind es wert, darauf zu warten, und für die schlechten Dinge lohnt es sich zu kämpfen. Und du bist absolut alles wert."

Mein Mund wurde trocken und meine Lippen öffneten sich. Seit wann war er ein Poet? Ich richtete die Schärpe über meiner Schulter und hob mein Kinn.

„Ich würde sie gerne tragen, bis ich Geburtstag habe. Wenn das für dich in Ordnung ist."

Er grinste. „Um mich daran zu erinnern, dass du achtzehn wirst?"

Ich verdrehte die Augen. „Natürlich ist es, um dich daran zu erinnern, dass ich achtzehn werde."

„Glaub mir, Kay. Ich werde es nicht vergessen."

Mein Körper erhitzte sich, und das Verlangen zwischen meinen Schenkeln erwachte.

Er beugte sich näher an mein Ohr. „Macht dich das an?"

Ich nickte.

„Gut."

Ich wurde wieder ganz heiß, dieses Versprechen verließ nie meinen Geist. Das würde wirklich passieren.

Julian brachte unser Gepäck in unser Cottage. Die Silvers

arbeiteten über die Feiertage mit einer Mindestbesetzung, um neunzig Prozent der Mitarbeiter eine wohlverdiente Auszeit zu gönnen.

Ich überquerte den gläsernen Verbindungsgang zu unserem neuen Zuhause und zog einen kleineren Koffer hinter mir her. Dieser Ort hatte eine der schönsten Aussichten auf einen winterlichen Wasserfall, der den Bach in zwei Teile spaltete. Ich blickte hinunter auf die rauschenden Wasser.

„Wie sicher ist diese Brücke?", fragte ich und hüpfte auf das Glas.

„Ich bin ziemlich sicher, du bist die Erste, die auf einer Glasbrücke hüpft."

„Das wird doch nicht brechen, oder?"

Ich wartete nicht auf Julians Antwort und eilte von der Plattform. Die Hütte umhüllte uns mit einer verführerischen Wärme. Ich stellte meinen Koffer ab und kickte meine Stiefel von den Füßen. Holzböden, -wände, -decken und -möbel, ergänzt durch Kissen, Überwürfe und Decken, verliehen dem Raum eine weiche Note. Ein Holzofen prasselte im hinteren Teil. Ich zog meine Jacke aus, dann meinen Pullover.

„Jemand hat hier ordentlich eingeheizt." Julian öffnete ein Seitenfenster. Die kühle Brise sog etwas von der heißen Luft nach draußen. Dann schloss er das Fenster wieder. „Daran müssen wir uns wohl gewöhnen. Es sollte sich abkühlen, wenn das Holz heruntergebrannt ist."

Ich bezweifelte, dass in dieser gemütlichen Hütte irgendetwas kühl bleiben würde. Ich schlenderte durch die Räume. Lichterketten waren um die Balken gewickelt und hingen an der Rückwand. Balken verliefen quer über die Decke, und der Mond schien durch das Oberlicht. Der offene Grundriss, zusammen mit einer Wand aus zum Wald gerichteten Fenstern, brachte die Natur ins Innere. Warme Decken bedeckten das Sofa und die Stühle und lagen verstreut auf dem flauschigen Teppich am Boden. Ich zog meine Socken aus und lief vor dem Kamin entlang. Der dicke Teppich kitzelte meine Zehen. Ich drehte mich um und bemerkte, dass Julian mich die ganze Zeit beobachtet hatte.

„Gefällt es dir?", fragte er.

„Ich liebe es."

Sein Kopf drehte sich wie in Zeitlupe, und ich folgte seinem Blick zur offenen Scheunentor. Dahinter stapelten sich Dutzende von Kissen auf einem Kingsize-Bett. Transparente Vorhänge hingen um die Eckpfosten und drapierten sich darüber. Julian hielt den Kopf hoch und die Schultern zurück. Ich fand sein Selbstvertrauen sexy, weil ich meines irgendwo zwischen meiner dritten und vierten Sorge über den heutigen Abend verloren hatte. Er betätigte einen Schalter und erhellte Tausende von Lichtern, die um die Bettpfosten gewickelt waren. Mein Mund klappte auf, und sein Mundwinkel hob sich.

Ich rannte zum Kingsize-Bett, sprang in die Mitte und stützte mich auf meiner Seite auf, eine Pose einnehmend.

„Okay, Julian. Ich bin bereit. Nimm mich!", sagte ich dramatisch, und er lachte.

„Ich habe heute ein Treffen mit meinen Partnern."

„Es ist acht Uhr."

„Ich werde eine Weile weg sein, Kay."

„Warum arbeitest du im Urlaub?"

„Wir arbeiten immer. Das weißt du doch."

Ich schwang meine Beine über die Bettkante und setzte mich auf, schmollend. „Ich habe von diesem Ort gehört, aber ich hätte nie gedacht, dass ich mal hier sein würde, und jetzt musst du gehen."

„Ich wollte, dass unser Aufenthalt etwas Besonderes wird, und wir sind über zwei Wochen hier, Kay."

Er schritt zum Bett, auf dem ich saß. Ich spreizte meine Knie, und Julian trat direkt an die Matratze heran. Er hob mein Kinn und senkte seinen Mund zu meinem Ohr. „Falls du das nicht mitbekommen hast, Kay, das sind zwei Wochen, in denen ich jede

Sommersprosse auf deiner Haut entdecken, lernen werde, welche Berührung dich zum Lachen, Weinen und Kommen bringt. Du glaubst, du willst mich, aber du hast keine Ahnung, wie sehr ich dich begehre."

Gänsehaut überzog meine Haut, als ich zitterte.

Er richtete sich auf und justierte die Erektion hinter seinem Reißverschluss. „Herrgott, wenn du mich weiter so ansiehst, werde ich nicht laufen können."

Ich biss mir auf die Lippe und rutschte unruhig auf meinem Sitz hin und her. Er küsste meinen Scheitel. Der Duft seines Aftershaves brachte meine Sinne durcheinander und ließ meinen Kopf sich drehen.

„Genieße deinen Aufenthalt, Kay. Ich sehe dich später heute Abend."

„Bis später."

Ich schloss meine Augen, um den Klang der Unbeholfenheit loszuwerden, aber das funktionierte nicht. Julian ging, und ich erkundete die gemütliche Berghütte.

Ich schwamm im Innenpool in der Nähe der Sauna. Eine kleine Tür verband den Bereich mit einem Außenschwimmbad unter freiem Himmel. Es war atemberaubend und traurig, dass ich hier allein war. Ich stieg kurz nach Mitternacht aus dem Wasser und entschied mich für eine wärmere kurze Hose und ein langärmeliges Oberteil für die Nacht. Ich putzte mir die Zähne, flocht mein Haar, und Julian war immer noch nicht zurück. Was war der Sinn der Hütte, wenn wir beide sie nicht nutzten?

Die Uhr zeigte drei Uhr morgens, als er meine Laken zur Seite zog und versuchte, über mich zu seiner Seite des Bettes zu kriechen.

„Autsch. Du bist auf der falschen Seite, Julian."

Ein schwacher Geruch von Whisky hing in der Luft. Er stützte seine Ellbogen an meinen Seiten ab und schwebte über mir, seinen Körper über meinen streichend. Er war viel wärmer als die Decke. Meine Brustwarzen verhärteten sich unter seiner

Haut, weil Julian natürlich nur seine Boxerbriefs trug und sonst nichts. Boxerbriefs und Muskeln sahen nie besser aus.

„Für mich fühlt es sich ziemlich richtig an."

Er atmete über mir und ließ sein Gewicht weiter sinken. Er fühlte sich verdammt gut für mich an. Seine harten Muskeln, dominanten Oberschenkel und eine Erektion, die über meinen Venushügel strich, überwältigten mich, aber der Moment war genauso schnell vorbei.

„Scheiße, es tut mir leid, Kay." Er hob sich und rollte auf die andere Seite.

„Bist du betrunken?", fragte ich.

„Ein bisschen. Ich habe meinem Vater von uns erzählt, also hat er sich betrunken, und ich habe ein paar Gläser mit ihm getrunken. Dann kam mein Bruder und... ja. Ich glaube, ich bin ein bisschen betrunken."

Ein beißender Geruch breitete sich im Zimmer aus. Ich sprang aus dem Bett und öffnete das Fenster einen Spalt.

„Julian, dein Vater weiß schon seit einer Weile von uns. Er war einer meiner größten Unterstützer." Ich ging zurück zum Bett und zog an seiner Hand.

„Was machst du da?"

„Komm schon. Du brauchst eine Dusche. Ich schlafe nicht mit deinem stinkenden Hintern."

Ich drehte den Duschknauf und als ich mich umdrehte, stand Julian nackt hinter mir, seine Boxershorts lagen beiseite. Ich starrte auf seinen atemberaubenden Körper, meisterhaft gemeißelt und glänzend im sanften Kerzenschein. Er war erregt und sah mich an, als wäre dies der Moment.

Ich schob die Glastür auf und er ging an mir vorbei unter den Wasserstrahl. Ich atmete aus und ging in die Küche, um Tee aufzusetzen. Allerdings wusste ich nicht, welchen Tee ich wählen sollte. Es gab Pfefferminz und Kamille, aber vielleicht hätte Julian lieber heiße Schokolade? Da Schokolade ihm Übelkeit bereiten konnte, entschied ich mich für die Ingwer-Kamille-Honig-Vari-

ante, aber als ich sie fertig hatte und ins Schlafzimmer zurückkehrte, schnarchte er bereits.

ICH SETZTE MICH zum Frühstück zur Familie und ließ Julian
ausschlafen. Er tauchte fünfzehn Minuten zu spät auf,
benommen und verwirrt, setzte sich neben Tristan und James
und winkte mir am anderen Ende des Tisches zu.

„Du magst meinen Bruder sehr, oder?", fragte Emma, und ich
nickte, während ich meine Gabel in einen Pfannkuchen steckte.

„Ich liebe ihn, Ems. So einfach ist das."

„Aber du bist wie meine Schwester."

„Julian ist nicht wie mein Bruder-"

„Nein. Er ist wie dein Daddy."

Ich zuckte zusammen und sah, wie Wilma verschluckte sich
an ihrem festlichen gewürzten Eierlikör, den sie gerade trank. Sie
tupfte sich mit einer Serviette die Lippen ab und tat so, als hätte
sie nichts gehört.

„Er war immer ein Freund, weißt du. Er war für mich da,
nachdem meine Eltern gestorben waren, und er beschützt mich.
Julian ist der Traum jedes Mädchens."

„Bäh. Ich mag lieber Pferde und Cowboys."

„Weißt du, Ems, in ein paar Jahren wirst du es nicht mehr
eklig finden."

„Ich glaube, James hat jemand Neues." Sie seufzte. „Was ist nur
aus der Unabhängigkeit geworden?"

Ich unterdrückte ein Kichern. Emma war die beste Quelle für
Familiengerüchte. „Tiffany ist nicht gekommen?"

„Nein, sie haben sich vor einer Weile getrennt. Das Mädchen
da drüben – das ist James' Neue. Sie will Polizistin werden."

„James hat sie mitgebracht? Sie sieht jung aus."

„Sie heißt Laura und war Teil der festlichen Willkommensde-
koration, die Hunter organisiert hat."

„Wer hat ihn denn damit beauftragt?" Hunter und Dekorieren passten noch nie gut zusammen.

„Er hat sich freiwillig gemeldet." Sie sackte in ihrem Stuhl zusammen.

„Ich finde, du solltest nächstes Jahr die Dekoration übernehmen, Ems."

„Wirklich?" Sie richtete sich wieder auf. „Denkst du, ich könnte das?"

„Ich weiß, dass du das kannst. Du bist schon elf."

„Fast zwölf."

„Siehst du? Und ich kann dir natürlich immer helfen."

„Du bist die beste Schwester, die ich nie hatte." Sie umarmte mich von der Seite.

„Dito."

Wilmas Augen füllten sich mit Tränen und Fred schniefte. Ich war total Feuer und Flamme für Weihnachten.

Julian verschwand gleich nach dem Frühstück zu einem weiteren Meeting. Ich nahm Emma mit ins Spa, wo wir die Düsen genossen und uns gegenseitig eine kurze Massage gaben. Das reduzierte Personal bedeutete, dass es keine Vollzeit-Masseurin gab. Grace Wagner gesellte sich zu uns in den Salzbädern und half uns beim Auftragen von Gesichtsmasken. Es war ein wunderbarer Nachmittag.

Am Abend füllte sich der Gemeinschaftsraum mit dem zentralen Kamin mit Familie. Musik spielte, Lachen erfüllte den Raum und ich schmuggelte mir ein Glas gewürzten Eierlikör. Von der Decke hängend drehten sich funkelnde Schneeflocken. Lichter waren um die Fenster und Balken gewickelt, während Tannenzweige, Ornamente und Bänder den Kaminsims schmückten.

Hunter unterhielt seine Ascot-Zwillinge an der Bar und ich konnte Julian immer noch nicht finden. Jenga und Scrabble beschäftigten uns bis zum frühen Nachmittag und dann das

Buffet-Dinner, bis James als Weihnachtsmann verkleidet herauskam und anfing, Wünsche anzuhören.

Mein Wunsch saß in der Nähe des Baumes. Julian sah mich von der anderen Seite des Raumes an, als wäre er bereit, sich auf mich zu stürzen. Ich überprüfte meine Benachrichtigungs-App und wir hatten noch ein paar Stunden bis zu meinem Geburtstag. Ich gähnte und ging zur Kaffeestation für einen doppelten Espresso.

„Planst du, die ganze Nacht wach zu bleiben?", hörte ich hinter mir und drehte mich um, um Julian gegenüberzustehen. Er stand nah genug, dass seine kräftigen Oberschenkel meine streiften.

„Wenn du deine Karten richtig ausspielst." Ich wackelte mit den Augenbrauen und seine hoben sich amüsiert.

Er nahm mir die dampfende Tasse aus der Hand und nahm einen Schluck. „Ich bin mir ziemlich sicher, dass ich auch die ganze Nacht wach sein werde. Die Weihnachtsmann-Stunde ist vorbei. Was hast du dir gewünscht?"

Ich stellte eine frische Tasse unter die Espressomaschine und drückte den Autoknopf. Die Maschine mahlte hinter mir Bohnen und ich wartete, bis sie fertig war.

„Wenn ich dir meinen Wunsch verrate, geht er nicht in Erfüllung."

„Ich glaube nicht, dass der Weihnachtsmann wie ein Geburtstag funktioniert."

„In meinem Kopf schon."

Der Espresso tropfte und ich warf ihm einen schmalen Blick zu. „Du hast etwas vor."

„Weißt du, wie spät es ist, Kay?"

Ich schaute auf meine Uhr und den Countdown bis zu meinem Geburtstag.

„Sechzehn Stunden bis zu meinem Geburtstag."

Aber Julian schüttelte den Kopf. Die rechte Seite seines Mundes verzog sich zu einem langsamen Lächeln. In meiner

Brust entfachte ein Funke. Er stellte seinen Espresso auf die Theke und ich senkte meinen.

„Nein, ist es nicht." Die bodenlose Tiefe seines Blicks weckte mich mehr als der Kaffee es konnte. „Hast du vergessen, dass du in Auckland geboren wurdest? Der Zeitunterschied bedeutet, dass du bereits achtzehn bist. Alles Gute zum Geburtstag, Kay."

Er hob mein Kinn mit seinem Finger und senkte seinen Mund auf meinen. Ich schloss die Augen. Es war genau wie in den Filmen: Meine Lippen verschwanden in seinen, als seine Zunge zwischen sie glitt. Er küsste mich hart und tief und führte meine Sinne zur Ekstase. Geräusche verblassten, die Welt drehte sich um uns, und meine Knie wurden weich. Julian fing meinen schlaffen Körper auf und hielt ihn an sich gedrückt.

Als er sich zurückzog, war ich mir nicht sicher, ob ich auf seinen schönen Mund, das funkelnde Verlangen in seinen Augen oder den ungeduldigen Griff seiner Finger, die auf meiner Haut verweilten, starren sollte. Ich blickte zur Decke, auf die er zeigte.

„Du hast mich wegen des Mistelzweigs geküsst?", fragte ich.

„Nein, Kay. Ich habe dich geküsst, weil ich es wollte, und jetzt werde ich dich wegen des Mistelzweigs küssen."

Seine Arme schlangen sich enger um mich, und seine Lippen nahmen meinen Mund erneut in Besitz, seine Zunge fegte all die verbotenen Versprechen, die zwischen uns gemacht worden waren, hinweg.

Ich zitterte, und er hob mich in seine Arme. Ich schlang meine Hände um Julians Nacken, als er mich mit erhobenem Kopf durch die Lobby trug. Jemand pfiff, aber Julian war es verdammt egal, wer uns sah.

Julian ging weiter den langen Flur entlang und trug mich dann in seinen Armen über die Glasbrücke zu unserer Kabine. Er trat die Tür zurück, um sie zu verschließen, und ihr Echo ließ mich erschaudern. Meine Absätze rutschten von meinen Füßen und trafen mit einem Bums, Bums auf den Boden. Ich lauschte seinem schweren Atem, der meine Haut streifte und wartete auf seinen nächsten Zug.

Sein lüsterner Blick hielt alle Antworten auf meine Fragen bereit.

„Wie wäre es, wenn wir deine Geburtstagsfeier damit beginnen, dass mein Schwanz in dir steckt?"

Ich wimmerte und tropfte an meinem Oberschenkel herunter. Der hauchdünne Slip, den ich trug, war längst zu einer feuchten Erinnerung geworden.

Kapitel 11

Julian

Ich betrat unser Schlafzimmer mit Kendra in meinen Armen. Die Schwelle so zu überqueren fühlte sich heute anders an. Sie hatte sich glücklich in meinen Armen eingerichtet, als ich sie über das Resort zu unserer Hütte getragen hatte. In ihren Augen schwamm Verwunderung, und es trieb mich in den Wahnsinn. Wenn sie wüsste, was ich alles mit ihr anstellen wollte, würde sie ihren Wunsch, ihre Jungfräulichkeit zu verlieren, überdenken. Aber ich war besser als Jace und besser als jeder andere Mann. Ich kannte sie und sorgte mich um sie, und ich würde ihr nie wehtun.

Sie spielte mit meinen Haaren, kratzte mit ihren Nägeln über meine Kopfhaut und brachte mich aus dem Gleichgewicht. Ich vergrub meine Nase in ihren Locken und atmete tief ein. Ihr Duft war schärfer, und zum ersten Mal in meinem Leben fühlte es sich endlich richtig an, sie so zu halten, sie so zu berühren, als wäre sie die einzige Frau, die ich berühren wollte, und ihr zu zeigen, wie verdammt verzweifelt ich danach war, sie zu haben. Ich konnte ihr endlich sagen, dass ich für sie brannte.

Ich küsste sie hart und langsam, schlängelte mich durch ihren willigen Mund, so wie ich mir vorstellte, dass sie geküsst werden wollte. Sie glitt an meinem Körper herab, ohne meinen Mund loszulassen, und stand auf Zehenspitzen. Ich hielt ihren winzigen Hintern in meinen Händen und schluckte ihre sanften Seufzer. Mein Schwanz wurde in der Enge meiner Hose extrem unbequem. Sie umklammerte meine Arme und presste sich an meinen Körper, bis sie sich schwer atmend löste und aufblickte.

„Du musst mich kneifen. Passiert das wirklich, Julian?"

Ihre Augen waren sanft wie ein Flüstern und erinnerten mich daran, behutsam zu sein. Die Frage war, konnte ich das? Ich senkte meine Lippen zu ihrem Ohr. „Ich werde etwas Besseres tun als dich zu kneifen, meine süße Kay. Ich werde dich stattdessen nehmen."

Sie wich zum Bett zurück und ich trat vor, gab ihr nur einen Ausweg. „Ich habe mir diesen Moment vorgestellt und davon geträumt."

Ihre Augen weiteten sich und sie bedeckte ihren Mund mit ihrer Hand. „Ich auch", flüsterte sie.

„Nichts kann mich heute Nacht davon abhalten, deine Muschi zu vernaschen. Jetzt rauf aufs Bett."

Sie erschauderte und ihre Haut errötete in einem wunderschönen Ton. Ich wollte mehr von diesem Ton sehen, also hob ich sie hoch. Sie quietschte in meinen Armen, beruhigte sich aber, sobald ich sie auf die Bettkante setzte. Ich lehnte mich auf die Matratze und strich ihr Haar beiseite, entblößte ihren Nacken. Ich wählte die Stelle hinter ihrem Ohr als perfekten Ort zum Anfangen, aber sie hielt mich auf.

„Du willst meine Muschi, aber ich will dich auch."

Sie spreizte ihre Knie und hob ihr Kleid, lenkte meine Aufmerksamkeit auf den kaum vorhandenen Slip und die feuchten Lippen, während ihre kleinen Finger über die Knöpfe meines Hemdes spielten. Sie öffnete sie alle bis nach unten, lenkte mich ab und glitt herab, um das Hemd von meinen Schultern zu streifen. Ihre Finger tanzten durch den Flaum meiner

Brusthaare, und ich schloss die Augen. Noch nie hatte sich die Hand einer Frau so gut auf meiner Haut angefühlt.

„Ich kenne dich schon die Hälfte meines Lebens, Kay", hauchte ich, und ihre Hand glitt über meinen Bauch und meinen Haarstreifen, neckte mich, bevor ihre Hände den Weg zurück zu meinen Haaren fanden und sie glatt strichen.

„Ich kenne dich mein ganzes Leben lang." Sie stellte sich auf dem Bett auf und strich mein Haar zurück, führte mein Kinn zu ihrem Bauch. Ich ließ meine Hände an ihren Beinen hochgleiten, unter ihr Kleid und direkt zu ihrem Hintern, umfasste beide Backen und ertastete sie um den G-String herum. Ihr Körper gab meiner Berührung nach.

„Ich möchte mit dir Liebe machen, Kay", flüsterte ich.

„Dann mach Liebe mit mir, Julian. Ich wollte schon lange mit dir Liebe machen und habe lange über diesen Moment nachgedacht, aber ich weiß nicht wirklich, was ich tun soll, also musst du mir sagen, was du magst ... weil ich es nicht weiß." Sie holte Luft. „Bring es mir bei, damit ich dich gleich beim ersten Mal richtig befriedigen kann, und jedes Mal danach."

Gott, sie war so verdammt süß. „Es ist okay, nervös zu sein."

„Ich bin nicht nervös. Ich will dich einfach so sehr. Ganz und gar."

Die Tatsache, dass ich dieser Frau so lange widerstanden hatte, war ein Wunder, aber es hatte mich auch stolz gemacht. Ich hatte meine Eltern vor heute Abend um ihren Segen gebeten, und jetzt konnte ich Kendra frei daten. Außer dass wir die Dating-Phase längst hinter uns hatten. Ich packte ihre Knöchel und zog ihre Füße unter ihr weg. Sie flog lachend aufs Bett, der Klang hallte durch den Raum und hob die Stimmung. Ich fuhr mit meinen Fingern ihre Oberschenkel hinauf und kletterte über ihr aufs Bett, schob dabei ihr Kleid hoch. Sie biss sich auf die Lippe und ich schob ihr Kleid weiter hoch, entblößte das durchsichtige schwarze Dreieck an der Vorderseite ihres G-Strings. Sie war darunter rasiert, oder zumindest gewachst. Ich strich mit meinem Finger über ihren Venushügel, schob meine Hand in den G-String und glitt über ihre feuchte Muschi.

Ihre Knie spreizten sich weiter, entspannt, ihre Muschi pochte und ihre Augen waren geschlossen.

„Ist das für mich?", fragte ich, und sie umklammerte meine Hand.

„Du darfst mir jetzt keine Fragen stellen. Natürlich ist es für dich. Ich brauche dich, Julian. Ich brauche dich, um mich wie eine Frau zu nehmen."

„Ich werde nichts weniger tun, Kay, das verspreche ich dir. Was ich nicht verspreche, ist Schnelligkeit." Ich zog ein langsames Lächeln. „Also lehn dich zurück und entspann dich. Wir haben Zeit."

Sie löste ihren Griff von meiner Hand, und ich zerrte an ihrem Höschen. Der Stoff riss über ihrer Hüfte und sie stieß einen lauten Seufzer aus. Ein freches Lächeln breitete sich auf ihrem Gesicht aus. Das gefiel ihr, und ich genoss es, herauszufinden, was sie mochte. Ein weiteres Lächeln folgte, also wusste ich, dass ich auf dem richtigen Weg war.

Ich küsste mich wieder ihren Körper hinauf zu ihrem Ohr, griff nach dem Reißverschluss unter ihrer Achsel und zog ihn bis zum Saum. Ich mochte das Kleid mit dem einfachen Zugang noch mehr. „Zieh das Kleid aus, Kay. Ich will dich nackt sehen."

Der Stoff öffnete sich und enthüllte ihre weiße Haut, ihre straffen Brüste und sehr rosafarbenen Brustwarzen. Sie wand sich aus dem Stoff, während ich aus meiner Hose und den Socken schlüpfte. Ich befreite meinen pochenden Schwanz aus der Boxershorts. Kendra starrte, als er in Position sprang.

Sie zeigte darauf. „Wie soll das jemals in mich passen?" Die bessere Frage war, wie schnell ich in ihr sein konnte?

Ich umfasste meinen Schwanz und strich zweimal darüber, während ich ihren viel kleineren Körper musterte. „Es wird passen, aber wir werden vorher noch etwas Spaß haben."

Ich ließ meinen Schwanz los und senkte mich zu ihrem

Ohrläppchen, von wo aus ich mich über ihren Mund küsste, ihre Lippen streifte und zum anderen Ohr wanderte. „Ich werde jeden Zentimeter deiner Haut küssen und kosten, bevor ich in dir bin, Kay."

„Oh mein Gott... Du... du wirst mich foltern."

„Nein, Kay. Ich werde dir Lust bereiten und dich dann so überwältigen, dass du jedes Mal an meinen Schwanz denkst, wenn du sitzt, gehst, läufst oder Ski fährst."

Ich strich mit meiner Zunge ihren Hals entlang und über ihre Brust. Ihr Wimmern hallte vor Verlangen wider. Meine Hand spielte mit jeder Brust, streifte über ihre harten Brustwarzen. Kay drückte ihre Brust an meinen Mund und ihre Muschi fest gegen meinen Oberschenkel. Ich schloss meine Lippen um ihre Knospe und zog an dem Fleisch. Ihr Körper wand sich unter mir. Es war wunderschön. Sie spreizte ihre Knie und meine Hand glitt hinunter zu ihrer durchnässten Muschi.

Ich küsste mich ihren Körper hinunter, begierig darauf, sie zu kosten. Sie wand sich unter mir, strich mit ihrem Fuß über meinen pochenden Schwanz, während ich zwischen ihre Beine tauchte und über ihre rosafarbenen Lippen und das erhitzte Fleisch küsste. Sie umklammerte die Laken und hielt sich fest. Ich blickte von zwischen ihren Beinen auf, über ihren Bauch und durch das Tal zwischen ihren Brüsten. Jesus, sie sah so wunderschön aus.

Sie hob den Kopf. „Was ist los?"

„Nichts. Ich sauge nur den Moment in mich auf. Du bist verdammt köstlich und unwiderstehlich."

Sie lächelte und ein Grübchen erschien in ihrer Wange, und ich kehrte zu ihrem glänzenden Fleisch zurück. Sie erschauderte und schloss die Augen. Ich zog meinen Finger durch den Schlitz und umkreiste ihre Öffnung, bevor ich ihn hineinschob. Ich wusste, dass sie Tampons benutzte und dies nicht wehtun würde, also fügte ich einen weiteren Finger hinzu und dehnte sie. Kay rutschte weiter nach unten und bettelte um mehr, bis ich meinen

Mund um sie schloss. Sie gab sich meiner Berührung und meiner Zunge hin. Ich strich um ihre Klitoris, flatterte hin und her. Ihre Beine streckten sich und ihre geschwollene Muschi pulsierte in meinem Mund, als sie schrie: „Oh mein Gott! Julian!"

Sie bebte unter meinen Händen. Ich leckte durch ihren Orgasmus, schloss meinen Mund fest um ihre Klitoris. Die Knospe pulsierte zwischen meinen Lippen, während Erregung durch ihren Körper bebte. Sie spannte sich an und entspannte sich wiederholt, und als sie dachte, sie sei fertig, krümmte ich meine Finger in ihr und rieb über ihren Punkt, saugte härter. Ihre Muschi verengte sich um meine Finger, als ich ihren Orgasmus wiederbelebte. Diesmal hielt ich fest und strich mit meiner Zunge über ihre Klitoris, bis sie schlaff aufs Bett fiel.

Ich blickte von zwischen ihren Schenkeln auf und küsste mich ihren Körper hinauf zu ihrem Mund. Sie öffnete ihre Lippen und verwandelte den Kuss in einen erotischen Moment, als mir klar wurde, dass sie das Festmahl kosten wollte, das ich gehabt hatte. Mein Schwanz drängte an ihren Eingang und sie öffnete die Augen.

Ich strich ihr die Haare aus der Stirn. „Bist du bereit, Kay?"

Ihre Lippen verzogen sich zu einem Lächeln.

„Sag mir, was du willst, dass ich tue, Kay. Sag mir, wenn es zu viel ist."

„Liebe mich, Julian. Mach mich zur Frau."

Ich stützte meine Arme auf dem Bett ab und schwebte über ihr, schob mich vorwärts, bis die Spitze meines Schwanzes am Rand ihrer Öffnung ruhte. Ihr Mund öffnete sich ehrfürchtig, als sie zusah, wie ich einen Zoll in sie eindrang.

„Warte." Sie umklammerte das Laken und ich hielt inne. „Du brauchst kein Kondom? Ich meine, nach all den Gesprächen, die wir über sicheren Sex geführt haben?"

„Ich habe seit Monaten mit keiner anderen Frau geschlafen und ich wurde getestet, Kay, also weiß ich, dass ich sauber bin. Und du bist Jungfrau. Außerdem hast du schon deinen Eisprung gehabt und bekommst in drei Tagen deine Periode, also kann ich in dir kommen, bis mein Sperma aus deiner Muschi tropft."

„Heilige Scheiße."

„Wenn das für dich in Ordnung ist."

Sie schluckte hart und stieß einen langen Atemzug aus, während sie meinen Blick hielt. Sie unterdrückte ein Grinsen und rutschte weiter auf meinen Schoß. Ich war fünf Zentimeter drin, als sich ihre Lippen öffneten und die Augen schlossen, und es gab keine Möglichkeit, jetzt herauszuziehen, also drang ich weiter ein. Sie verengte sich um mich und ihre Augen flogen auf. Meine Güte, es würde schwieriger sein, als ich dachte. Ich beobachtete, wie sie mich beobachtete, wie ich tiefer in sie eindrang, ihre Augen wurden immer größer. Sie umklammerte die Laken und hielt still, bis ich ihre Tiefe erreicht hatte und dort verweilte. Ich senkte meinen Mund auf ihren und küsste sie. „Hat das wehgetan?"

„Ein wenig. Es ist sehr ... ausfüllend. Aber ich mag es. Ich mag es, dich in mir zu spüren."

Ich genoss es auch, in ihr zu sein. Wie könnte ich es verdammt nochmal nicht genießen? Sie küsste mich und bewegte ihre Hüften quälend langsam auf und ab. Ihr offener Mund und ihre vollen Lippen zwangen mir ein Bild auf. Bei dem Gedanken stieß ich härter zu, und sie rutschte höher auf dem Bett.

„Ja, genau so, Julian."

Ihre Beine fielen wieder auseinander und öffneten sich für meine Hüften. Ich kniete mich vor sie und packte ihre Taille, während ich tief in ihr war und sie festhielt. Mein nächster Stoß drückte sie gegen das Kopfende. „So?"

„Ja", keuchte sie.

„Wenn du dich mir so hingibst, werden wir diese Hütte tagelang nicht verlassen, Kay."

„Wir werden noch verhungern." Sie lachte.

„Alles, was ich brauche, bist du."

Ich stieß wieder und wieder vor und fand den perfekten

Rhythmus zu ihrem willigen Körper, den wippenden Brüsten und den singenden Stöhnen. Ich versank in ihrer Wärme, als gehörte ich dorthin. Laken zerknitterten, Kissen fielen zu Boden, und ich dachte, ich würde viel länger durchhalten ... bis Kay ihre Beine anhob und ihre Füße auf meine Brust legte. Sie umfasste ihre Brüste, kniff in ihre Brustwarzen, und meine Muskeln spannten sich an.

Ich stützte meine Arme an ihren Seiten ab. Ihre enge Umarmung hielt mich fest, als ich mich zurückzog, und zog mich wieder in sie hinein. Ich dehnte sie und beobachtete, wie sie mich beobachtete. Sie glänzte vor Schweiß und Verlangen, während ich ein- und ausglitt. Ich folgte ihren kreisenden Fingern über ihre Brüste, und pure Ekstase zuckte durch meine untere Wirbelsäule. Ich zog mich heraus und ergoss mich über ihren Bauch.

Sie gehörte endlich mir, und es war erst neun Uhr abends.

Ich senkte ihre Beine aufs Bett. Ihre gerötete Haut, die wilden Haare und die verträumten Augen, zusammen mit diesem leichten Lächeln, waren ein Bild, das es wert war, gemalt zu werden.

Ich machte mit meinen Fingern einen quadratischen Rahmen und umriss ihre Form. „Wenn ich ein Porträt aufhängen wollte, wärst du es."

Sie grinste von einem Ohr zum anderen. „Ich wusste, es würde gut sein, aber dass es so umwerfend sein würde, hätte ich nicht gedacht."

„Fantastisch? Ich schätze, das ist ein guter Anfang."

„Anfang? Das war nur ein Anfang?"

Ich kratzte mich am Kinn. „Du weißt nicht, was auf dich zukommt, oder?"

Sie stützte sich auf ihre Ellbogen. „Dann zeig es mir. Ich will alles mit dir machen, Julian. Bring mir alles bei."

Ich war kaum zur Ruhe gekommen, da regte sich schon wieder etwas.

„Bewahre dir diese Begeisterung für später auf. Lass uns

dich waschen gehen." Ich wackelte mit den Augenbrauen, aber sie blieb still und sah mich an, als wäre ich der goldene Trophäe.

So gern ich auch diese offene Lücke zwischen ihren Lippen gefüllt hätte, verdrängte ich das Bild und konzentrierte mich auf das Notwendige. Wir würden uns später um ihren Mund kümmern. „Falls ich mich nicht klar ausgedrückt habe, Kay, komm mit mir, damit ich dich waschen kann. Ich werde sehr gründlich sein."

Ich nahm sie auf meine Arme, und sie quietschte vor Vergnügen, als ich sie zur übergroßen Dusche trug. Ich setzte sie ab, ließ das warme Wasser laufen und seifte einen Schwamm ein. Der Schaum schäumte über ihre Arme und Brust. Ich ging um sie herum und wusch ihren Rücken, ganz hinunter zu ihrem Hintern und durch ihren empfindlichen Spalt. Sie stellte ihre Füße auseinander und blickte über ihre Schulter zurück. „Willst du meinen Hintern?"

Ihre Bereitschaft für alles war einer der vielen Gründe, warum ich selten eine Pause hatte.

„Ich will alles, Liebling, aber zu gegebener Zeit."

Ich trat wieder vor sie und kreiste mit dem Schwamm über ihre Brust und hinunter zu ihrem Bauch.

„Warum lächelst du so?", fragte sie.

„Wie denn?"

„Du siehst aus wie die Katze, die den Kanarienvogel gefressen hat."

Ich konnte das Vergnügen nicht leugnen.

Ich ließ den Schwamm auf die Bank fallen und senkte meine Hand ihren Bauch hinunter zu ihrer Muschi, umfasste sie – „Ich habe gerade mit einer Frau geschlafen, die halb so alt ist wie ich. Ein Mann muss darauf schon ein bisschen stolz sein."

Ich zog meine Finger zwischen ihre Falten, und sie zuckte zusammen.

„Tut es weh?"

„Wund. Auf eine gute Art. Darauf solltest du definitiv stolz sein."

Meine Augenbrauen zogen sich zusammen.

„Und nicht so wund, dass ich mich nicht auf deinen Schwanz setzen kann. Denn ich bin bereit für die nächste Runde. Ich verspreche es."

Diese Begeisterung half meinem Schwanz auch nicht gerade.

„Wir haben Zeit. Und ich bin voll und ganz dabei, deine Wünsche zu erfüllen."

Ihr kleines Stirnrunzeln verschwand, sobald ich fortfuhr, sie zu waschen. Ihre nackte Muschi fühlte sich ein wenig geschwollen an, aber definitiv nicht geschwollen genug. Sie schloss die Augen und hob ihr Gesicht zur Dusche. Die Nacht war jung, und unser Spaß in dieser privaten Hütte hatte gerade erst begonnen.

„Glaubst du, meine Eltern würden mich mit dir ausgehen lassen?", sagte sie wie aus dem Nichts.

„Darüber habe ich nie nachgedacht."

„Warum nicht?"

„Weil ich nie daran gedacht habe, mit dir auszugehen, als sie noch am Leben waren, und jetzt ist es sowieso gegenstandslos."

„Du meinst wohl, es ist eine Muh-Sache", verbesserte sie mich.

Meine Augenbrauen zogen sich zusammen. „Ich wusste gar nicht, dass du ‚Friends' magst. Das ist Joeys Spruch. Joey sagt ‚Muh'."

Sie kicherte. „Das ist süß."

„Was?"

„Du, wie du muhst." Sie neigte den Kopf. „Warum bist du so überrascht, dass ich ‚Friends' schaue?" Sie drehte ihr Haar zu einem Knoten und wrang das Wasser aus, bevor sie aus der Dusche stieg. „Es ist ein Klassiker. Ich liebe offensichtlich alles Ältere … Dinge … Männer eingeschlossen."

„Mann", korrigierte ich sie. „Du stehst nur auf einen älteren Mann."

Sie stieg aus der Dusche und schlenderte aus dem Badezimmer. Ich beobachtete, wie ihr runder Hintern bei jedem Schritt hin und her wippte, und mir wurde klar, dass ich gerade den feuchten Traum eines jeden Mannes erlebte. Nur dass ich wollte, dass dieser Traum viel länger als nur ein paar Nächte dauerte. Ich wollte das für immer.

Ich trat aus unserem Schlafzimmer in den offenen Bereich. Der Tee dampfte in der Kanne auf dem Tisch, und Julian hatte etwas in der Küche gegenüber dem Wohnzimmer zubereitet. Ich bewunderte die perfekt geformten Muskeln auf seinem Rücken, bis hinunter zu seiner Boxershorts, und lächelte. Ich zog den Gürtel meines Bademantels fest und schlich mich hinter ihn, wobei ich meine Hände um seinen Oberkörper schlang.

„Ich hab frisch bezogen", sagte er, als ich ihn auf den Rücken küsste. „Wir haben die Laken ganz schön in Mitleidenschaft gezogen."

Er drehte sich um und legte mir eine Erdbeere zwischen die Lippen. „Hungrig?"

Ich warf einen Blick auf die Obstplatte auf der Küchentheke und drückte meinen Oberschenkel gegen seinen halbharten Schwanz. „Keine Aubergine?"

„Ich nehme an, das soll ein Witz sein, denn alles, was ich habe, ist Schwanz." Er legte das Messer beiseite und packte mich an den Hüften. Ich quiekte in seinem Griff. Wir drehten uns in einem Halbkreis, und er hob mich auf die Tischkante. „Aber ich werde weder deine Muschi noch deinen Pfirsich ablehnen."

Er küsste mich hart auf die Lippen und hielt mich fest, bis ich nicht mehr atmen konnte und mich zurückzog.

„Julian, hier essen wir."

„Genau." Er grinste von einem Ohr zum anderen und küsste mich alle paar Atemzüge. Seine Lippen schmeckten nach Wassermelone und Minze. „Ich bin bereit, zum Hauptgang überzugehen."

Seine Hand strich an meinem Oberschenkel entlang und ich spreizte meine Beine, gab ihm vollen Zugang an der Tischkante. Er griff nach einem Stück Wassermelone und platzierte es zwischen unseren Lippen. Ich saugte an der Frucht, dann an seiner Zunge, und zog mich widerwillig zurück.

„Ich hab nachgedacht-"

„Weißt du, das endet normalerweise damit, dass ich dich warne."

„Ich mag es, wenn du mich warnst, also ist das nicht wirklich eine Drohung, aber ich hab darüber nachgedacht, wie du in dieser Nacht deinen Finger in Stefs Arsch gesteckt hast."

„Oh, Kay. Müssen wir andere Frauen erwähnen, wenn ich dich küsse?"

„Ich will das von dir. Ich will, dass du mich auf jede Art nimmst, Julian. Ich will alles von dir erleben. Deinen Schwanz und deinen Finger in mir. Ich will dich auf diesem Tisch, auf dem Boden, im Pool, auf der Treppe-"

„Es gibt keine Treppe in dieser Hütte."

„Wir können es auf unsere Bucket List setzen."

„Wir haben eine Bucket List?"

Ich grinste ihn breit an und wackelte mit meinem Hintern. „Natürlich haben wir das. Die Küchentheke steht auch auf der Liste."

Er senkte seine Hand zwischen meine Beine. „Und der Tisch?"

Ich schob meine Finger in Richtung seiner Erektion. „Alles steht auf der Liste."

„Du bist geschwollen und brauchst eine Pause."

„Droht dein altes Herz aufzugeben?"

Ich wickelte meine Haare um meinen Finger, die Bewegung, mit der ich sein Verlangen wie einen Zauber bearbeitete.

„Also der Tisch, ja?" Sein Lächeln wurde schief, und ich rieb meine Hand über seinen gespannten Schwanz.

„Rutsch zurück." Seine Brust grollte.

Ich rutschte auf den Holztisch zurück. Er packte meine Knöchel, beugte mich an den Knien und zwang mich, mich zurückzulehnen. Der Bademantel teilte sich zu den Seiten und entblößte mich. Er küsste von meinem Zeh nach oben, über mein Knie und entlang meines Oberschenkels. Sein Mund hinterließ eine brennende Spur bis zu meiner Mitte. Er schaute zwischen meinen Beinen zu mir auf.

Ich stützte mich auf meine Ellbogen. Ich würde das Bild seines Kopfes zwischen meinen Beinen einrahmen, wenn ich könnte.

„Ich hab davon geträumt, deinen Mund dort zu haben. Ich hab mir dabei auch ein paar Mal einen runtergeholt und dabei gedacht- ahh..."

Seine Zunge strich über meine Falten und zauberte magisch heiße Erregung hervor. Er schloss seinen Mund um meine Klitoris und schaltete meine Sinne aus. Die sanften Striche spannten mich wellenartig an, bis der Eiswürfel auf meiner Haut mich aufspringen ließ. Er hielt ihn zwischen seinen Lippen und zog ihn über meine Hitze, fügte meinem Verlangen Zündstoff hinzu. Meine Muschi pulsierte vor Ungeduld, und ich zitterte in seinem Griff. Ich drückte auf seinen Kopf und zwang seinen Mund fester gegen mich. Er leckte um den Punkt herum, an dem ich wollte, dass er mich saugt.

„Julian, bitte."

Seine Lippen schlossen sich um meine geschwollene Klitoris.

„Ahh ..." Ich schloss meine Augen. Seine Zunge flatterte mit süßen Versprechungen über die Knospe. Er schob seine Finger in mich und pumpte in einem köstlichen Rhythmus. Ich drückte auf seinen Kopf, und seine zarten Striche wurden stärker. Ich verlor irgendwann zwischen dem achten und neunten Fingerfick die Kontrolle. Dieser Orgasmus war stärker und länger und ließ mich keuchend auf dem Tisch zurück.

Ein zufriedenes Lächeln breitete sich auf seinem Gesicht aus. „Du siehst verdammt schön aus, Kay."

Ich wackelte mit den Augenbrauen und konzentrierte mich auf seinen stehenden Schwanz, als er aufstand. „Die Aussicht von hier ist auch nicht schlecht."

Er schob seine Schultern zurück und spannte seinen Kiefer an, um den Schalk zu unterdrücken. „Ich möchte dich noch eine Weile für mich allein haben."

„Was?"

„Wie wäre es, wenn wir es nach Neujahr offiziell mit der Familie machen?"

„Ich bin ziemlich sicher, dass unsere Familie es schon weiß, Julian."

„Wir haben diese Hütte bis nach Neujahr. Es gibt genug Essen hier bis dahin."

Ich zählte im Kopf nach. „Das gibt uns zehn geheime Tage für uns allein-"

„Sex in dieser Hütte haben."

Er zog an meinen Knien, brachte meinen Hintern an die Tischkante und beugte sich runter, um mich zu küssen. „Nur du und ich", murmelte er in meine Halsbeuge. Seine Lippen vibrierten auf meiner Haut.

„Ich will keinen Blümchensex, Julian. Ich will, dass du mich richtig durchnimmst."

„Kay-"

Ich legte meine Handfläche auf seine Brust. „Ich werde kein Nein akzeptieren, bis du mich fickst. Ich will wissen, wie es sich anfühlt, wenn Julian Silver die Kontrolle verliert."

„Wenn du nicht aufhörst, so zu reden, werde ich die Kontrolle verlieren."

„Ach ja? Und was würdest du tun, wenn-"

Er verschloss meinen Mund so schnell mit seinem, dass ich keine Zeit hatte, Luft zu holen. Seine Zunge bahnte sich mit einladenden Bewegungen zwischen meine Lippen, und mein Körper wurde schlaff. Er hatte definitiv Erfahrung darin, sich von seiner besten Seite zu zeigen.

„Ich will dich wieder tief in mir haben, Julian. Ich ... ich kann nicht warten."

„Geduld war noch nie deine Stärke, oder?"

Er packte mich an den Hüften und zog mich vom Tisch, während er mich küsste. Der Bademantel rutschte von meinen Schultern und ließ mich nackt zurück. Er drehte mich um und beugte mich über den Tisch, während er mit seiner Hand über meine Pobacke strich. Ein Luftzug wehte zwischen meine Beine und kühlte meine Hitze. Julian positionierte sich hinter mir und drang in mich ein, füllte mich aus.

Ich lächelte und blickte über meine Schulter zurück. Er stand an der Tischkante. Seine Augen waren geschlossen, während er seinen Schwanz in mir hielt und den Moment genoss. Er sah unglaublich aus. Die breiten Schultern, die harte Brust, die gestackten Bauchmuskeln und eine verführerische V-Linie mit einem feinen Streifen Körperbehaarung waren ein Bild, das reines Gold wert war.

„Ich werde nicht lange durchhalten, wenn du mich weiter so ansiehst."

Ich kicherte. „Das nehme ich als Herausforderung an. Wie schnell kann Julian in meiner Muschi kommen?"

„Die Antwort darauf ist: sehr schnell."

Aber wie konnte ich ihn nicht ansehen, wenn er so wunderschön von hinten in mich stieß? Ich umklammerte den Tisch und machte mich bereit. Das Geräusch von klatschender Haut und schweren Atemzügen erfüllte die Hütte. Der Geruch von brennendem Holz, uns und Sex vermischte sich zu einer Euphorie. Der Druck unterhalb meines Gürtels näherte sich einem weiteren Höhepunkt. Ich sog kurze Atemzüge ein, während Julian meine Hüften packte und auf meinen unteren Rücken drückte, meinen Hintern anhob.

„Jesus, du siehst so wunderschön aus. Perfekt."

Ich beobachtete, wie er zusah, wie sein Schwanz in meine Muschi glitt und wieder heraus, und Erregung durchflutete meine Adern. Seine Hände glitten zu meinen Pobacken, und er spreizte sie. Die Spitze seines Fingers umkreiste mein noch jungfräuliches Loch, und ich erstarrte. Die empfindliche Haut um meinen Po kribbelte vor Vergnügen, aber er zog sich zurück.

„Mehr", bettelte ich. Stattdessen führte er seine Hand nach unten zu meiner Muschi. Seine Finger und meine Haut entzündeten die Lunte und versetzten mich in einen Rausch. Ich verlor es bei der ersten Berührung. Julian stieß noch einmal zu und fand seine Erlösung, während er mich zum Höhepunkt rieb.

Ich lag erschöpft auf dem Tisch, meine Brust und Wangen flach gegen die Oberfläche gedrückt, bis Julian sich zurückzog und mir aufhalf.

„Alles in Ordnung?", fragte er.

„Noch nie besser." Mein Atem entwich auf einer Welle der Zufriedenheit.

Julian ging in die Hocke und zog seine Boxershorts hoch. Er hob meinen Bademantel vom Boden auf und legte ihn mir um die Schultern. „Ich habe Hunger. Zeit zum Essen."

„Ich muss mich waschen. Du tropfst meine Oberschenkel runter."

„Perfekt." Er unterdrückte weiterhin sein Grinsen. „Das Essen sollte fertig sein, wenn du fertig bist. Ich benutze das andere Bad."

Ich küsste ihn noch einmal und duschte eilig. Als ich fertig war, wehte ein köstlicher Duft von gebratenem Gemüse und Fleisch ins Badezimmer. Ich zog meinen Badeanzug an und gesellte mich zu Julian in die Küche.

„Sind das Fajitas?", fragte ich auf die Platte mit gebratenem Gemüse und Rindfleisch zeigend.

„Ja, das sind sie."

„Ich wusste gar nicht, dass du so gut kochen kannst."

„Weil du mich nur Essen bestellen gesehen hast?"

„Nein, weil Olivier deinen Kühlschrank mit vorgekochten Mahlzeiten vollstopft."

„Stimmt. Nun, wie du sehen kannst, erstrecken sich meine Talente über das Ficken hinaus."

Ich kicherte. Wir aßen die Fajitas und spülten sie mit alkoholfreiem Sekt hinunter.

„Findest du es nicht seltsam, dass ich keinen Alkohol kaufen darf, aber Sex haben kann?"

„Darüber habe ich nie wirklich nachgedacht. Aber nur weil man etwas kaufen kann, heißt das nicht, dass man es auch haben sollte."

Er stellte die Teller in die Spülmaschine und räumte den Tisch ab.

Ich runzelte die Stirn. „Ich nehme keine Drogen mehr."

„Kay, ich wollte nicht andeuten, dass du es tust. Ich wollte dich nicht verärgern."

„Nein, schon gut. Ich bin nicht verärgert."

„Das würde ich bestreiten."

„Ich verspreche dir, ich bin es nicht. Julian?"

„Ja?"

„Was wird passieren, wenn wir nach Hause kommen?"

„Ich werde dich in unser Schlafzimmer bringen und endlich das Bett einweihen, in dem wir geschlafen haben, und dann jeden einzelnen Raum in diesem Haus."

„Also werden wir ein Paar sein? Zusammen?"

„Es gibt keinen anderen Weg. Du bist jetzt an mich gekettet, ob's dir passt oder nicht."

Ich biss mir auf die Lippe. „Das ist gut."

Er füllte mein Glas nach und setzte sich zu mir auf den Teppich vor dem Kamin. Ich schob die Kissen zur Seite und legte meinen Kopf auf seinen Schoß. Das Holz knackte und die Flammen flackerten mit orangenem Funkenflug.

„Aber ich habe ein paar Regeln, Kay."

Ich blickte auf. „Ich will sie hören."

„Warum bist du so erpicht darauf, sie zu hören?"

„Damit ich weiß, welche ich als erstes brechen kann."

„Wenn du eine Regel brichst, werde ich ... dich bestrafen?"

„War das eine Frage oder ein Versprechen, Julian? Denn wenn es eine Frage war, dann ist meine Antwort: ja, bitte. Das Gleiche gilt, wenn es ein Versprechen war."

„Ich meine das ernst, Kay, und ich werde nicht dulden, dass diese Regeln gebrochen werden."

Mein Gesicht wurde ernst. „In Ordnung. Was sind das für Regeln?"

„Kein Jace."

„Erledigt. Weiter?"

„Keine Drogen."

Mein Herz raste los. „Auch erledigt. Siehst du, wir kommen bisher super mit den Regeln klar. Ich muss keine Regeln brechen. Definitiv nicht die Drogenregel."

Seine Augenbrauen zogen sich zusammen. Julian hatte mir zwar Colorado versprochen, aber da ich nicht sicher war, ob er es durchziehen würde, hatte ich einen Ersatzbeutel mitgebracht. Aber ich würde ihn bei der nächsten Gelegenheit wegwerfen.

„Kay-"

„Du musst mich nicht warnen, Julian. Die einzige Droge, die ich jetzt brauche, bist du."

Er stürzte sich auf mich, drückte mich aufs Sofa und dann auf den Boden. Ich rollte mich in seinem sicheren Griff, und wir liebten uns vor dem Kamin. Ich verlor die Zählung, wie oft er mich diese Nacht nahm. Ich wusste nur, dass ich wund war und jeden Moment davon liebte.

Ich wachte auf, als die Sonne mir ins Gesicht schien. Julian lag neben mir, in die Laken verheddert. Sein Mund war leicht geöffnet und nach oben gebogen. Das Beste daran, im selben Bett einzuschlafen, war das Einschlafen in seinen Armen. Ich ließ meinen Blick über seinen durchtrainierten Körper wandern. Er lag nackt unter den dünnen Laken wie ein Bild der Perfektion. Ich beobachtete ihn beim Schlafen und wollte mich nicht bewegen, bis mir die Beule unter dem Laken auffiel. Mir lief sofort das Wasser im Mund zusammen.

Ich rutschte tiefer und schlängelte meine Hand unter die Laken und hinunter zu seiner Morgenlatte. Ich umschloss seine Länge mit meinen Fingern und strich mit meinem Daumen über die dicke Ader in seinem Schwanz. Verdammt, war er heiß! Kein Wunder, dass ich ihn von gestern Nacht noch in mir spüren konnte. Er hatte mich als seine markiert, und ich war bereit, das zu beanspruchen, was meins war. Ich senkte meinen Mund zu seiner Eichel.

„Ahh." Sein Seufzen synchronisierte sich mit seinem zuckenden Schwanz in meinem Mund. „Guten Morgen", murmelte er. „Das fühlt sich fantastisch an."

Ich ließ ihn mit einem leisen Plopp los. „Morgen."

„Bitte hör nicht auf."

Er starrte auf meine Lippen, als wären sie der Schlüssel zum Himmel. Ich senkte meinen Mund und zog meine Zunge um seine Eichel, während ich beobachtete, wie er die Laken packte. Schließlich schloss er die Augen, und ich glitt an seinem Schwanz hinunter, drückte meine Lippen gegen die erhitzte Haut und verstärkte meinen Griff. Meine Pussy pochte, als ich ihn streichelte. Seine Adern verdickten sich unter meinen Lippen, und ich erhöhte das Tempo. Der Drang, ihn zu berühren und mit ihm zu spielen, verwandelte sich schnell in das Bedürfnis, ihn zu befriedigen. Ich wollte ihn befriedigen, so wie er mich befriedigt hatte.

Er griff nach mir, und ich verschob mich, damit er mich berühren konnte, aber als ich mich auf seinen Schwanz konzentrierte, schwang er mein Bein über seine Brust und brachte meine Knie in die Nähe seiner Schultern, sodass mein Schritt über seinem Gesicht ausgerichtet war. Ich nahm die neue Position an, schloss meine Lippen fester um ihn und nahm ihn bis in meinen Rachen. Sein Mund bedeckte meine Pussy, kostete mich und neckte, bis ich die perfekte Stelle gefunden hatte. Ich griff nach seinen Hoden. Seine sofortige Antwort, quälend langsame Zungenbewegungen auszuüben, war sehr willkommen, aber sehr ablenkend für meinen Blowjob, weil ich mehr wollte. Mehr von ihm in meinem Mund und von mir in seinem. Er glitt in meinen Mund hinein und wieder heraus, während die Erregung in meiner Körpermitte anschwoll. Meine Knie wackelten, und das Bett schwankte.

„Julian, der Boden bebt."

Er saugte härter, und ich pumpte schneller, bis ich wie ein Vulkan ausbrach. Julian ergoss sich in meinen Mund, als ich durch meinen Höhepunkt zitterte. Inzwischen rumpelte die Luft um uns herum, der Boden bebte, und Geschirr klirrte von den Regalen. Ich schoss von Julian herunter, sobald er fertig war. Er packte mich in seine Arme und zog mich an seinen Körper, während das Rollen dröhnte, bis es aufhörte.

„Ist es vorbei? War das ein Erdbeben?"

Er nahm sein Handy vom Nachttisch und überprüfte seine Nachrichten.

„Lawine. Sie ist bis zum Resort heruntergekommen. Ich muss los, Kay. Es läuft eine Rettungsaktion. Scar war mit dem Hubschrauber unterwegs, und sie befürchten, dass die Lawine ihn und seine Freundin mitgerissen hat."

Julian sprang aus dem Bett und zog sich eilig an. Ich schlüpfte in eine warme Strumpfhose und einen Pullover. „Du solltest dich der Familie im Gemeinschaftsraum anschließen. Ich möchte nicht, dass du hier allein bist", sagte er.

„Das mache ich, sobald ich hier aufgeräumt habe. Sei vorsichtig. Wir sehen uns bald."

Draußen boten der klare Himmel und der sonnige Tag eine

perfekte Sicht auf den Berg und die Folgen der Lawine, die das Resort erreicht hatte. Ich machte unser Bett, räumte das Geschirr weg und ging zum Hauptgebäude, wo ich den Tag mit den Silvers verbrachte, während sie eine Suchmannschaft organisierten. Emma lief zum Fenster und wieder zurück, wann immer sie glaubte, einen Fortschritt oben am Berg sehen zu können. Als sie mich am frühen Nachmittag anstieß, dachte ich, die Rettung sei abgeschlossen.

„Wer ist das?", fragte sie. Sie zeigte auf die Haustür, und ich drehte mich gleichzeitig mit Wilma um.

Eine Frau in einem bodenlangen Pelzmantel nahm ihre Sonnenbrille ab. Der Mann an ihrer Seite ging zu Fred Silver und schüttelte ihm die Hand.

„Oh mein Gott", flüsterte ich.

„Oh mein Gott", wiederholte Wilma.

„Das sind meine Eltern", sagte ich, und meine Knie wurden weich.

Kapitel 13

Julian

„Schatz, ich bin zu Hause!", rief ich und schloss die Tür hinter mir ab. „Du wirst nicht glauben, was für einen Tag ich hatte. Scar und Jules sind in Sicherheit, die Hauptstraße ist frei, und ich kann es verfickt nochmal kaum erwarten, wieder in dich einzudringen."

Ich zog meine Jacke aus und ging weiter in die Hütte hinein, wo Kendra mit weit aufgerissenen Augen und offenem Mund mitten im Raum stand.

Ich erstarrte. „Ist alles in Ordnung?"

„Nein. Ist es nicht." Die männliche Stimme von der Seite kam mit einem kräftigen rechten Haken an meinen Kiefer.

„Papa!"

„Jake!"

„Was zum Teufel?" Ich drehte mich um, nur um einen Schlag von links zu erhalten, der näher an meiner Nase landete.

Ich schüttelte den Schmerz ab und wich hinter die Küchentheke zurück, von wo aus ich mit offenem Mund die beiden Personen anstarrte, die ich nie wieder zu sehen erwartet hatte. Ashley bedeckte ihren Mund mit ihrer Hand. Dunkle Ringe unterstrichen ihre Augen. Sie war dünner und zerbrechlicher, als ich sie in Erinnerung hatte. Die neuen Falten passten gut zu der Sorge in ihren Augen. Jakes Nasenflügel bebten, und Wut tropfte mit Schweiß von seiner Stirn.

„Was zur Hölle treibst du mit meiner Tochter?" Sein Gesicht lief puterrot an, und seine Augen quollen hervor wie die eines Wahnsinnigen. Er trat vor und versuchte, mich wieder zu erreichen, aber ich wich in den Essbereich zurück und stellte sicher, dass ein Tisch zwischen uns war.

Was zum Teufel ging hier vor?

„Ihr ... ihr seid hier."

„Du wusstest es nicht?" Kendras tellergroße Augen würden auch gleich herausspringen. Das war der reinste Alptraum. Es war die Realität. Ashley und Jake waren am Leben, was gut war – aber auch ein verdammt schlechtes Timing.

„Natürlich wusste ich es nicht", sagte ich.

„Was zum Teufel geht hier vor, Katherine? Du hast gesagt, Julian hätte gut auf dich aufgepasst. Ihr ... ihr hattet getrennte Schlafzimmer."

„Mama, ich heiße jetzt Kendra." Sie verließ die Seite ihrer Mutter und kam zu mir, um meine Hand zu nehmen. Ich verschränkte meine Finger mit ihren.

„Ich habe versucht, es geheim zu halten", flüsterte sie.

„Ich verstehe."

„Was ist das?" Ashleys Absätze klackerten über den Boden. „Was geht hier vor?"

„Wir sind zusammen." Kendra straffte die Schultern und hob ihr Kinn.

Ich verstärkte meinen Griff um ihre Hand, teilweise um ihr Zittern zu stoppen, aber auch um meines zu stabilisieren. Ich hätte mir diesen Moment nicht einmal vorstellen können, wenn ich es versucht hätte. Wie zum Teufel waren Ashley und Jake am Leben? Ich meine, ich war froh, sie zu sehen, und auch völlig verblüfft. Ich kniff mir in den Nasenrücken. Eine lähmende, ekelerregende Reue fraß sich durch meine Brust, denn genau in diesem verdammten Moment konnte ich nicht leugnen, dass ich mich viel besser fühlen würde, wenn ich nicht die Tochter meines besten Freundes gefickt hätte.

„Du bist vom Fall abgezogen." Jake warf die Hände in die Luft. Er lief die Länge des Raumes auf und ab und fuhr sich mit den Fingern durch die Haare.

„Welcher verdammte Fall?"

Ich ließ Kendras Hand los und trat um den Tisch herum, aber sobald sich Jakes Blick mit meinem traf, zog ich mich zurück.

„Der meiner Tochter, du Arschloch."

„Papa!"

„Jake!"

„Du hast verfickte Eier ... sie anzufassen. Wir ... wir haben dir vertraut. Du solltest auf sie aufpassen, und du ... Oh mein Gott, ich kann mir nicht einmal vorstellen, was du getan hast."

„Dann hör auf, es dir vorzustellen, Papa."

Schweiß tropfte reichlich von Jakes Stirn und Gesicht. Sein Hemd war über der Brust und unter den Armen durchnässt. Sein Griff blieb am Stuhl vor ihm, die Augen kalt und die Lippen fest zusammengepresst.

„Wie seid ihr hier?"

Ashley verschränkte ihre Arme trotzig. „Wir haben Kath... Kendra vermisst. Wir brauchen sie zurück."

„Nach drei Jahren? Ihr habt drei Jahre gewartet? Donaldson ist immer noch stark, und die Hartleys-"

„Wir hatten damals keine Wahl-"

„Sie ist eure Tochter. Sie hätte nie eine Wahl sein dürfen."
Stille.

Ich fuhr mir nervös durch die Haare. Ein Stück Schnee bröckelte vom Dach und fiel zu Boden.

Ashley wandte sich ihrer Tochter zu. „Baby, wir haben einen Fehler gemacht. Einen großen Fehler, und ich kann dir gar nicht sagen, wie leid es uns dafür tut. Aber wir wollen die Dinge besser machen."

„Das könnt ihr nicht. Sie braucht Schutz, sie braucht-"

„Ihre Eltern."

„Wo wart ihr, als sie schluchzte, nachdem wir ihr gesagt hatten, ihr wärt tot? Wo wart ihr, als sie sich nach unzähligen Albträumen zusammengerollt im Bett verkroch?"

Ich schlug mit der Faust auf den Tisch, und Ashley sprang zurück.

„Tut mir leid." Ich hob die Hände in die Luft. „Das ist einfach zu viel."

Kendras Blick wanderte von mir zu ihren Eltern und wieder zurück zu mir. Ich musste nachdenken, und das konnte ich hier nicht.

„Sie haben keine Ahnung, was wir für die Sache geopfert haben."

Ich hob meinen Blick. „Doch, das weiß ich. Sie haben Ihre Tochter geopfert."

Jake ließ den Stuhl los und kam auf mich zu, aber Ashley hielt ihn körperlich zurück.

„Nein, Jake. Keine Gewalt."

Er entfernte die Krawatte von seinem Hals und glättete sein gebügeltes Hemd. Er fuhr mit den Fingern durch sein Haar und drehte seinen Hals zur Seite.

„Wir sind jetzt hier, und wir gehen nicht ohne Kendra."

„Sie kommt mit uns nach Hause."

Das kommt gar nicht in Frage.

„Nein, tue ich nicht." Kendra ließ meine Hand los. Der plötzliche Verlust ihrer Berührung verunsicherte mich. „Ich habe bereits ein Zuhause", sagte sie.

Mein Kopf hämmerte vor Schmerz. Wie konnte das passieren? Wie konnten sie sich vor uns versteckt halten? Das war nicht richtig.

„Kendra bleibt unter meinem Schutz." Ich hob mein Kinn.

„Wir kennen Donaldson besser als jeder andere. Bei uns ist sie am sichersten."

„Wer ist Donaldson?", fragte Kendra, und ich drehte mich zu ihr.

„Du erinnerst dich nicht?", Ashley berührte ihre Lippen.

Ich beugte mich vor, und meine Brust fiel ein.

„Kendra unterzog sich nach dem Unfall einer Hypnose, um ihre Albträume zu stoppen."

„Oh, Schätzchen-"

„Mir geht's gut, Mum. Wirklich. Julian war fantastisch."

„Das glaube ich gern." Jakes Nasenflügel bebten. „Sie haben meine Tochter ausgenutzt."

„So ist es nicht, Sie Heuchler. Sie waren die ganze Zeit am Leben und hatten nie den verdammten Anstand, derselben Firma zu vertrauen und sie anzurufen, die Sie angeheuert haben, um auf Ihre Tochter aufzupassen?"

„Sie nennen es Fürsorge, wenn Sie sie ficken?"

„Also gut, hört auf, ihr beiden." Ashleys Stimme prallte von der Wand ab. Sie stellte sich zwischen uns. „Wir sind hier alle Erwachsene. Ich bin sicher, wir können das klären. Jake, setz dich." Sie zeigte auf die Couch, und er gehorchte wie ein Hund. Ihre Selbstsicherheit und Autorität erinnerten mich an Kendra.

Wir gingen um den Tisch herum ins Wohnzimmer, wo wir uns auf die halbmondförmige gepolsterte Couch setzten. Der quadratische Hocker in der Mitte bot keine Barriere. Ich konzentrierte mich auf Jake, und er konzentrierte sich auf mich.

„Ich werde nicht hier sitzen und diskutieren, wie er meine Tochter ruiniert hat." Er hob die Hand, um unseren Protest zu stoppen. „Wir nehmen Kendra mit nach Hause, wo sie hingehört, und wir werden eine andere Sicherheitsfirma finden, die sich um unsere Bedürfnisse kümmert."

Warum ließ er das wie eine Geschäftstransaktion klingen? Und Silver Securities war die Beste in der Branche. Niemand konnte sie besser beschützen als ich. Außerdem war Kay kein Stück Vieh. Ich wusste, dass sie das nicht wollte.

„Was also? Jetzt sind Sie zurück und wollen sie, weil Sie wissen, was das Beste für sie ist?" Ich stand auf. „Nun, Sie können sie nicht haben."

Kays glücklicher Aufschrei kitzelte in meinen Ohren. Sie war mehr wert, als ihr Vater je respektieren konnte. Doch die Angst, dass ich derjenige sein würde, der ihr das Herz bricht, schnürte mir fast die Luft ab.

„Ich habe Sie beide immer für tolle Eltern gehalten, aber nach dem, was Sie abgezogen haben, ist es mir scheißegal. Ich war mehr Elternteil für sie als Sie beide. Ein Elternteil verlässt sein Kind nicht."

„Ein Elternteil fickt es auch nicht, Sie Pädophiler."

Ich zuckte zusammen. Die Anschuldigung riss mich mitten entzwei und traf einen Nerv. Ich stürzte mich nach vorne und über den Hocker. Mit perfekter Zielgenauigkeit trafen meine Knöchel Jakes Nase. Der Knochen knackte und vibrierte durch meine Hand.

„Jake!"

„Julian!"

Jakes Hände flogen zu der Stelle, wo das Blut hervorquoll. Kendra und ihre Mutter eilten zwischen uns, beide zogen mich von ihm weg. Ich erhob mich, und Jake flog in meine Seite. Leider wurde mein Ex-Freund aus dem Kongress seinem gebügelten Anzug mit Hemd und Krawatte gerecht und kämpfte wie ein fünfjähriges Mädchen. Ich rammte ihm das Knie sanft genug in den Magen, dass er die Luft verlor, und die ganze Luft entwich keuchend aus seinen Lungen. Er krümmte sich, fiel auf die Couch und zog die Knie an die Brust.

Der Raum wurde still. Jake sammelte sich mit einem Stöhnen und stand auf. Der neue Winkel seiner Nase ließ mich zusammenzucken. Er war die zweite Person, deren Nase ich gebrochen hatte. Er richtete sein Hemd, drehte seinen Hals zur Seite und näherte sich mir, wobei er einen Abstand von einem Meter einhielt.

„Ich habe genug von diesem Scheiß, Julian. Wenn Sie wollen, dass Silver Securities überlebt, dann fassen Sie meine Tochter nie wieder an."

„Aber Dad-"

„Er hat dich verführt, Schätzchen, und das ist nicht deine Schuld." Jakes Blick blieb auf meinem Gesicht, mit einem festen Versprechen von Vergeltung in seinen Augen.

„Er hat mich nicht verführt. Ich habe ihn verführt."

„Ich habe darüber gelesen, Schätzchen." Kay zuckte bei der Berührung ihrer Mutter zurück. „Es ist das Stockholm-Syndrom, aber wir können dir helfen, Baby."

„Es ist kein Stockholm-Syndrom." Kays Augen füllten sich mit Tränen. Sie umklammerte meinen Arm und hielt sich fest, als hinge ihr Leben davon ab.

„Es ist mir scheißegal, wie du es nennst. Sie kommt mit uns nach Hause. Du bist nicht mehr am Fall beteiligt, Silver."

Seit wann war ich für ihn nur noch 'Silver'?

„Ich bin kein Fall", rief Kendra aus.

Ich stellte mich schützend vor Kendra, bevor sie zu nahe herantrat. Ich traute Jake nicht. Das übermäßige Schwitzen und die unkontrollierbare Wut waren neu. Obwohl ich die Zwickmühle sah, in die ich uns gebracht hatte, würden wir das irgendwann überwinden. Oder etwa nicht?

„Wenn du meine professionelle Meinung hören willst, ich kann Kay beschützen", sagte ich.

„Sprichst du als Profi oder als Mann, der seinen Schwanz in meiner Tochter hatte?"

„Jake!"

„Es stimmt doch, Ash."

Kay schluchzte, während ihre Mutter mit gesenktem Blick nervös blinzelte. Sie beobachtete ihren Mann aus dem Augenwinkel, als hätte sie Angst, dass er sie dabei erwischen könnte. Ich spürte Jakes hitzigen Blick auf mir. Seine Wangen glühten knallrot, und wenn ich mir Satan vorstellen müsste, käme mir zuerst Jakes höllisches Gesicht in den Sinn.

„Das ist alles, was er will, Ash. Er will eine Frau, die halb so alt ist wie er, um mit ihr zu schlafen und damit vor seinen Freunden anzugeben. Und das werde ich nicht zulassen. Ich werde nicht zulassen, dass er meine Tochter so entehrt."

Oh, so war es ganz und gar nicht. Aber ich konnte mich nicht gegen einen emotional instabilen Mann wehren. Ich musste ihn aufhalten, bevor er etwas Dummes sagte oder tat.

Seine Lippen wurden schmal und sein Kiefer spannte sich an. „Fass sie noch einmal an und ich ziehe den Stecker bei allem, was ich über Silver Securities weiß."

Genau so etwas.

Ashley keuchte: „Jake-"

„Ich habe in meinem Leben noch nie leere Versprechungen gemacht." Sein Kinn hob sich und sein Fokus richtete sich allein auf mich. „Ich werde dich in einen Rechtsstreit verwickeln, der dich und deine Familie in den Bankrott treiben wird. Wenn du mir nicht glaubst, lies den verdammten Vertrag, den Silver Securities unterschrieben hat."

Ich hatte vielleicht nicht gegen das Gesetz verstoßen, aber das gebrochene Versprechen gegenüber Jake Moore lastete schwer auf mir. Es reichte aus. Langsam löste ich Kendras starre Finger von meinem Arm. Sie sah zu, wie ich jeden Finger einzeln löste, ihr Mund öffnete sich weiter und ihre Augen füllten sich mit Tränen. Ich schluckte schwer, bevor ich Kendras Hand losließ. Ihr leises Keuchen zerriss mein Herz in Stücke und machte mich zu einem kompletten Feigling. Aber Jake wäre kein Kongressabgeordneter geworden, wenn er leere Drohungen aussprechen würde. Es ging nicht mehr darum, was einer von uns wollte.

„Kay-"

„Ich warne dich, Julian. Tu das nicht." Tränen rannen in Strömen über ihr Gesicht, als hätten sich alle Schleusen auf einmal geöffnet. Der unaufhaltsame und nicht enden wollende Fluss wurde von dem schrillen Geräusch begleitet, das sie bei jedem Atemzug machte und mein zerfetztes Herz in Matsch verwandelte.

Ich senkte den Kopf. „Ich habe keine Wahl."

„Aber du hast eine Wahl. Wähle mich. Nimm mich, denn ich gehöre dir."

„Siehst du den Wahnsinn, den du ihr in den Kopf gesetzt hast?", schrie Jake. „Sie ist von dir besessen."

„Ich bin nicht von ihm besessen. Ich liebe ihn. Ich liebe Julian, und ich weiß, dass er mich auch liebt."

Mein Kopf war wie vernebelt, jeder klare Gedanke entzog sich mir. Beide Möglichkeiten erschienen mir in diesem Moment falsch, und ich musste all die Leben bedenken, die Jakes Drohung ruinieren würde.

Ich drehte mich zu ihr und nahm ihre Hände in meine. „Vielleicht ist das die Chance, auf die du gewartet hast, um dein Leben zurückzubekommen, Kay-"

„Nein", weinte sie. „Julian, ich flehe dich an."

„Das wird gut für dich sein. Du bist jung und brauchst deine Familie. Deine Eltern wollen nur das Beste für dich."

„Ich dachte, wir wären eine Familie." Ihre Schultern krümmten sich nach vorn und ihre Brust fiel ein, aber dann blickte sie auf, schniefte und schlang ihre Arme so schnell um mich, dass ich sie kaum aufhalten konnte.

„Bitte, Julian", flehte sie.

Jake versteifte sich, während Ashley wegschaute. Sein unnachgiebiger Blick bohrte sich durch mein Innerstes, und ich löste langsam Kendras Arme von mir.

„Es tut mir leid, Kay. Es ist das Beste so."

„Nein, bitte", weinte sie, und Ashley nahm ihre Tochter in die Arme.

„Es ist okay, Schätzchen. Wir sind für dich da, und ich habe Xanax, falls du es brauchst-"

„Keine Drogen", knurrte ich. „Sie darf kein Xanax nehmen."

Ich zog mich zurück und Kay zitterte in den Armen ihrer Mutter. Kendra sah mir direkt in die Augen, bevor ich ging, und mein Inneres verkrampfte sich. Eine halbe Stunde später fuhr ich allein nach Hause, das Gefühl der absoluten Feigheit wie Blei in meinen Adern und eine erdrückende Leere in meiner Brust.

Kapitel 14

Kendra

Ich zog in das neue Haus meiner Eltern in einer sicheren Nachbarschaft, das ironischerweise in der Nähe von Jace' Haus lag. Wir fuhren jeden Morgen auf dem Weg zum Café an dem kantigen Gebäude vorbei. Sechs Monate waren vergangen, seit Jake und Ashley Moore beschlossen hatten, Familie zu mimen. Sechs schmerzlich einsame Monate.

Die neue Vorliebe meiner Mutter für Perücken grenzte an eine Obsession. Sie wechselte sie täglich und wiederholte nie einen Look. Die Kombination aus Sonnenbrillen, Schals und ihren blöden Hüten zog mehr Aufmerksamkeit auf sich, als sie ohne sie gehabt hätte. Es schien, als wäre die Paranoia, dass jemand sie finden und sich rächen könnte, schneller gewachsen als die Inflation. Währenddessen lief mein Vater mit einem Drink und einer Zigarre in der Hand durch die Flure und telefonierte mit geheimen Personen, die niemand kannte. Gabriel Silver wusste wahrscheinlich Bescheid. Als der neu ernannte Silver für meinen Fall war Julians Cousin derjenige, der mit meinem Vater in Kontakt stand. Julians Cousin leitete jetzt das Team, um einen Kampf zu führen, an den ich mich nicht einmal erinnern konnte.

Ich hatte mich mit einem Buch auf einer Fensterbank zusammengerollt, als meine Mutter ins Zimmer kam. „Es ist heute ein wunderschöner Tag, Schatz. Warum gehst du nicht schwimmen?"

Meine Mutter hatte recht. Es war ein perfekter Tag zum Schwimmen, aber der Pool erinnerte mich an Julians heißen Körper, von dem kaltes Wasser tropfte.

„Gehen wir nicht zur Grillparty der Silvers?", fragte ich.

Sie verlagerte ihr Gewicht von einem Fuß auf den anderen. „Dein Vater meinte, du solltest wahrscheinlich zu Hause bleiben."

„Habt ihr beide nicht schon genug getan?" Ich ließ meine Füße von der Bank auf den Boden gleiten. „Die Silvers sind wie Familie für mich, und ich vermisse sie. Ich gehe zu der Grillparty, ob es Vater gefällt oder nicht. Und ich bringe eine Begleitung mit."

„Eine Begleitung?"

„Keine Sorge, Mama, er ist in meinem Alter."

Ich hatte Julian wochenlang angerufen und endlose Nachrichten hinterlassen. Er hatte ein paar Mal geantwortet, aber unsere Kommunikation bald darauf abgebrochen. Wochen vergingen, und mein zerschmettertes Herz wurde zu Brei und ließ mich gebrochen zurück, bis ich eines Morgens im Café auf meine liebenswerte Therapeutin Stefanie traf. Sie hielt an meinem Tisch an und betonte, wie sehr sie sich darauf freue, mich bei der Familien-Grillparty zu sehen. Offensichtlich vögelte Julian sie wieder, und die Zeit, sich wieder zu verbinden, war dringender denn je. Ich hatte auf eine Gelegenheit gewartet, mit ihm zu sprechen, aber meine Eltern erlaubten mir nicht, dem Mann auch nur nahe zu kommen. Ich hatte über einen Weg nachgedacht, seine Aufmerksamkeit zu erregen, und plante daher, zwei Fliegen mit einer riesigen Klappe zu schlagen: Jace.

„Ein Junge in deinem Alter?", fragte meine Mutter.

„Er ist drei Jahre älter. Das ist alles. Und er ist im Geschäftsleben."

Die Augenbraue meiner Mutter hob sich.

„Er heißt Jace, und er ist sehr süß. Er interessiert sich für

Wirtschaft und internationale Politik." Den zweiten Teil hatte ich erfunden und ließ die Art von Geschäft, das Jace betrieb, weg. „Aber ich bin nicht sicher, ob Vater ihn mögen wird."

„Ich glaube, zu diesem Zeitpunkt würde jeder andere als Julian deinen Vater glücklich machen." Sie seufzte.

Die Wahrheit war, dass es mir am wenigsten darum ging, meinem Vater zu gefallen, aber Unheil über seine Prioritäten zu stiften, pumpte mein Herz mit reiner Entschlossenheit. Ich musste Julian daran erinnern, was wir waren, und wenn jemand gleichzeitig Chaos und Freude stiften konnte, dann war es Jace.

Meine Eltern hatten in drei Jahren so viel verpasst. Drei Jahre klangen kurz, aber es war lang genug für mich, um mich in eine neue Frau zu verwandeln. Ihre Unwissenheit war meine beste Waffe gegen sie. Meine Mutter hatte nicht gefragt, ob ich meinen Abschluss gemacht hatte, und seit ihrer Rückkehr vor sechs Monaten hatte mein Vater zweieinhalb Stunden in meiner Gegenwart verbracht. Ich erinnerte mich nicht an diese egoistische Seite von ihnen, und manchmal wünschte ich, sie wären nie zurückgekommen.

Silver Securities führte weiterhin meinen Fall, weil sie tatsächlich die Besten waren, was bedeutete, dass es unvermeidlich war, in naher Zukunft Zeit mit Julian zu verbringen. Je mehr Zeit verging, desto größer wurde der Drang, mich an all den Ärger zu erinnern, den ich verursacht hatte. Ich hatte Stefanie mehr als einmal fast gebeten, meine Hypnose rückgängig zu machen. Ich war bereit, Frieden mit meinem alten Leben zu schließen, damit es in der Vergangenheit bleiben konnte, aber sie erwähnte ihr Date mit Julian, und ich kniff.

„Also, dieser Jace-Junge. Erzähl mir mehr über ihn", fragte meine Mutter, und mein rechter Mundwinkel hob sich.

Wenn sie es nur wüssten, würden sie mir einen Schlüsselbund zu Julians Haus geben und dankbar sein. Julian mochte älter gewesen sein, aber er war sicherer. Die ständige Erinnerung daran, wie er mein Leben verändert hatte, hielt mich aufrecht, die Momente, die wir geteilt hatten, hatten sich in mein Gedächtnis eingebrannt. Er hatte mich zur Frau gemacht, und ich konnte nie aufhören, ihn zu lieben.

Ich vermisste ihn. Ich verzehrte mich nach ihm mit Leib und Seele, und heute, wenn ich meine Karten richtig ausspielte, würde er mich für immer von hier wegbringen.

⚭

WILMA BEGRÜẞTE MICH mit einer riesigen Umarmung. Ihre mütterliche Umarmung übertraf jede, die ich von meiner Mutter erhalten hatte. Ich wollte nicht loslassen.

„Wie geht es dir, Schätzchen?", gurrte sie in mein Ohr.

„Mir ging es schon besser. Ist Julian hier?", fragte ich, und Wilma musterte mich. „Ich habe heute eine Verabredung, ich wollte nur-"

„Im Hinterhof, Kay. Er ist hinten. Ich werde deinen Vater ein paar Minuten lang beschäftigen."

„Danke, Wilma." Ich küsste ihre Wange.

Ich eilte durch die Hintertür, wo ein köstlicher Grillduft den Garten erfüllte. Ich steuerte schnurstracks auf die Sofas zu, wo Julian mit verschränkten Beinen saß. Er stellte den orangen Likör und die Eiswürfel beiseite und stand auf. Ein unbehaglicher Moment verging zwischen uns, als ich spürte, wie die Welt uns beide anstarrte. Ich trat näher und er auch, bis wir uns schließlich in einer langsamen und quälend sanften Umarmung trafen. Er sah nicht nur gut aus, er roch auch gut. Ich nahm einen längeren Atemzug, bevor ich mich zurückzog. Das hauteng T-Shirt und die Caprihose versprachen lustvolle Sünden. Sein Bart war frisch gestutzt, und seine Haare hatten extra Produkt und Volumen. Gott, er sah verdammt gut aus. Ich nahm noch einen Atemzug von ihm. Das heftige Pochen in meiner Brust ließ die Welt um mich herum ins Trudeln geraten.

Ich holte tief Luft und fasste mich. „Ich habe dich vermisst."

171

„Du bist hier", sagte er. „Ich wusste nicht, dass du kommst."

„Hast du mich vermisst?"

„Ja, natürlich hab ich dich vermisst, aber ich wusste nicht, dass du kommst", wiederholte er, und ich spürte, wie sich meine Stirn runzelte.

„Ich auch nicht, und ich weiß nicht, wie viel Zeit ich habe, weil mein Vater so pingelig ist und er würde ausflippen, wenn er mich mit dir reden sehen würde."

„Kay, ich bin nicht allein."

„Was?" Mein Kopf schnellte zu den Seitensitzen, um zu prüfen, ob ich jemanden übersehen hatte. Ich war so auf ihn fokussiert gewesen, seit ich die Schwelle überquert hatte, dass ich ein paar seiner Anwaltsfreunde am Feuerkorb nicht bemerkt hatte.

„Ich habe Stefanie eingeladen", sagte er.

Ach ja, richtig.

„Meine Therapeutin?"

„Sie ist nicht mehr deine Therapeutin."

„Aber sie bleibt deine Fickfreundin?"

Sein Blick glitt über meine Schulter, und er räusperte sich. Der Duft von stechendem Flieder wehte von hinten zu mir. Ich drehte mich um und begegnete Stephanies aufgesetztem Lächeln und erkannte, dass die Chance, dass sie mich nicht gehört hatte, wie ich sie als Fickfreundin bezeichnete, gleich null war.

„Hallo, Kendra. Wie geht es dir?"

„Toll. Perfekt. Tatsächlich habe ich gerade erfahren, dass mein Ex-Freund wieder mit meiner Therapeutin schläft."

Julian rutschte unbehaglich hin und her.

„Kendra-"

„Schon gut. Kein Grund mich zu warnen, Julian. Ich kann sehen, dass ich nicht in dein Bild passe, aber du passt auch nicht mehr in meins, also ist alles gut."

Sein Kopf neigte sich und gab mir den Was-machst-du-da-

Blick, und Stephanie fragte: „Geht es dir gut, Kay? Wie ist die neue Therapeutin?"

Manchmal war ich überzeugt, dass Stef nur deshalb intelligent aussah, weil sie ihm ihren Hintern gab.

„Alles ist gut. Sie sagte mir, der beste Weg, meine Ängste zu überwinden, sei, sich wieder ins Zeug zu legen." Ich schlug durch die Luft. „Also habe ich einen neuen Freund und ein neues Leben, und ich habe über Rückhypnose nachgedacht."

Julians Aufmerksamkeit flog von mir zu Stef und zurück, aber als dann keine von uns sprach, wusste er nicht, wohin er schauen sollte.

„Du bist bereit, dich deiner Vergangenheit zu stellen. Das ist toll", sagte sie schließlich. „Ich bin sicher, ich könnte dabei helfen."

„Sie ist nicht bereit", knurrte Julian, und Stefanie setzte sich auf die Couch und zog ihn neben sich. Sie legte ihre Hand auf sein Knie und rieb sie an seinem Bein auf und ab. Der Anblick machte mich krank.

„Du bist nicht mein Arzt, Julian."

Jetzt war es Stefanie, die unbeholfen zwischen mir und Julian hin und her schaute.

„Was ist mit deinen Albträumen?", fragte er.

„Keine Albträume mehr. Mein neuer Freund ist sehr zärtlich und fürsorglich."

„Welcher Freund?", bellte Julian. Zu sehen, wie sein Zorn an Fahrt gewann, ließ Adrenalin durch meine Adern rauschen.

„Er müsste bald hier sein. Ich sollte besser gehen. Meine Eltern mögen dich immer noch nicht besonders, Julian. Nichts für ungut, Stef, aber ich sollte dich bald anrufen. Um meine Hypnose rückgängig zu machen."

Es fühlte sich gut an, ihn auf seinem Sitz herumrutschen zu sehen. Ich bezweifelte, dass er Stef von uns erzählt hatte, aber sie war auch nicht dumm. Sie würde es nicht lange ertragen, Julians zweite Wahl zu sein.

Ich eilte zurück zum Haus und ging ins Gästebad, wo ich einen Anruf tätigte. Eine halbe Stunde später tauchte Jace an der Veranda auf. Ich stellte ihn Wilma und Fred vor, dann meinen Eltern, und versicherte ihnen, dass Jace überprüft worden war. Außer dass er es nicht war, weil ich ihm einen Hinterweg um die Sicherheitskontrollen gezeigt hatte. Er hatte seine Haare zu einem Dutt zurückgegellt, und der Überwuchs in seinem Gesicht ließ ihn älter wirken. Aber er war immer noch jünger als Julian, und das war meiner Mutter am wichtigsten.

Ich spähte aus dem Fenster zu der Stelle, wo Julian Stefanie etwas bei den Weinstöcken erklärte. Sie hatte die Arme vor der Brust verschränkt und tippte mit dem Fuß.

„Kendra? Willst du uns nicht vorstellen?", fragte meine Mutter.

Mein Vater durchquerte den Raum und behielt Jace scharf im Auge. Am Ende würde es sowieso keine Rolle spielen, denn mein Vater würde Jace immer für einen besseren Mann als Julian halten. Er lag so falsch.

„Ja. Entschuldigung. Mom, Dad, das ist ein Freund von mir, Jace."

Jace küsste die Hand meiner Mutter, und ihre Wangen wurden knallrot. Der feste Händedruck meines Vaters brachte Jace sofortige Zustimmung ein.

„Was machst du beruflich, Jace?"

„Handelsmanagement, Sir."

Zum Glück hatte Jace sich vorbereitet.

„Handelsmanagement", wiederholte mein Vater, als wüsste er alles über Jaces Beruf, dabei hatte er keine Ahnung, was mein Drogendealer-Freund wirklich tat. Verbundenheit hatte meinen Vater zu einem ausgezeichneten Kongressabgeordneten und gleichzeitig zu einem selbstgerechten, ignoranten Arschloch gemacht.

„Du kannst ihn später grillen, Dad. Wir verhungern." Ich zog Jace zur Tür hinaus und führte ihn über die Terrasse zum hinteren Garten. Julians erhitzter Blick folgte uns, aber ich war sicher, dass Jaces neuer Bart und der straffe Haarknoten uns ein paar Minuten erkauften.

„Handelsmanagement?", kicherte ich.

„Ich dachte, sie würden mich nicht mögen, wenn ich Drogen sage."

„Gute Entscheidung. Ich hab mich schon gefragt, was aus dir geworden ist."

Das war eine Lüge, denn ich hatte seit meinem Versprechen an Julian nicht mehr an Jace gedacht; aber heute Abend brauchte ich Jace für einen höheren Zweck.

„Familienangelegenheiten. Was hast du so getrieben? Immer noch auf Molly?"

„Sie ist mein bestes Mädchen", zwinkerte er. „Aber ich suche auch nach Immobilien für einen Nachtclub."

„Moment – du eröffnest einen Nachtclub?"

„Ja, wenn ich einen Investor finde. Muss das Geld waschen. Hey, du wärst 'ne perfekte Kellnerin."

Kellnern war nicht gerade das, was ich mir unter Arbeit vorstellte, aber das musste Jace nicht wissen. Außerdem hatte ich kein Interesse daran, Geld zu waschen. Heute Abend war er nur aus einem Grund hier: um Julian Silver eifersüchtig zu machen.

„Klar, gerne. Komm, lass uns draußen ein paar Burger holen."

Ich nahm seine Hand und führte ihn die Terrassenstufen hinunter, mir Julians erhitztem Blick, der uns folgte, voll bewusst. Er hatte Jace wohl nicht sofort erkannt, aber als er es tat, donnerten seine Schritte über die Terrasse. Er sprang auf den Rasen und Jace huschte hinter mich.

„Was zum Henker macht der hier? Wer hat ihn durchgelassen?", Julian ragte über uns beiden auf.

Ich hob mein Kinn. „Er ist mein Gast."

„Das kannst du vergessen."

Ich verschränkte die Arme vor der Brust. „Mein Vater hat zugestimmt."

„Ich. Nicht." Sein Blick bohrte sich in meinen in einem Show-down und noch etwas anderem. Sein Kiefer spannte sich an und seine Schultern verhärteten sich.

„Das spielt keine Rolle. Er ist zugelassen-"

Julian packte meinen Arm und führte mich die Stufen hinunter in den Garten.

„Bin gleich wieder da", rief ich Jace zu und riss meinen Arm aus Julians Griff. „Was glaubst du, was du da tust?"

„Ich stelle sicher, dass du diesen Dreckskerl nie wieder zu Gesicht bekommst."

Wir bogen um eine Ecke nahe dem Garten, wo der Obstgarten uns vor der Party verbarg.

„Was? Du kannst Stefanie mitbringen und ich darf Jace nicht einladen?"

Seine Nasenflügel bebten und ich wich zurück gegen einen Apfelbaum. Julian stand einen Fuß von mir entfernt, vor Hitze und Wut dampfend. Sein Verlangen durchströmte mich wie flüssiges Feuer und weckte die Erinnerungen, die ich aus Colorado hatte. Schmerzhafte Lust folgte. Er muss es bemerkt haben, denn die Konturen seines Mundes wurden weicher. Er strich mit seinem Handrücken über meine Wange. „Das hat nichts mit Stefanie zu tun. Kay-"

„Pass auf, Julian. Du solltest Jace akzeptieren, wenn du-"

„Wenn ich was will?"

Er trat näher und seine Erektion drückte sich gegen meinen Bauch. Sein Duft traf mich wie eine Droge und meine Sehnsucht nach ihm schoss in die Höhe.

„Du weißt genau, was du willst." Ich holte zitternd Luft und führte seine Hand unter mein Kleid, an meinen Innenschenkeln entlang und über meine durchnässte Muschi.

„Wo ist dein Slip, Kay?"

„Zu Hause", flüsterte ich.

„Typisch", brummte er. „Warum benimmst du dich die Hälfte der Zeit wie ein Balg und die andere Hälfte will ich dich übers

Knie legen, und die andere Hälfte will ich dir alles geben, worum du bittest? Alles, was du brauchst."

„Das sind drei Hälften."

„Was?"

„Man kann keine drei Hälften haben, um ein Ganzes zu machen."

„Warum kommst du mit Mathe, wenn ich dir gerade sage, dass ich dich verflucht nochmal vermisst habe?" Sein heiserer Atem ließ Gänsehaut auf meinen Armen entstehen. Er stützte sich mit seiner freien Hand gegen die Rinde, und ich öffnete meine Beine, damit sein Mittelfinger über meinen Eingang gleiten konnte, als er sich zwischen meinen Falten zurückzog. Gott, wie sehr ich ihn auch vermisst hatte.

„Du hast mich vermisst?"

Er senkte seine Stirn auf meine.

„Natürlich habe ich dich vermisst."

„Als ob du mich nicht überwacht hättest?", fragte ich.

Ich hatte mir ein Wegwerfhandy gekauft, für wenn ich mich aus dem Haus schlich, also wusste ich, dass er nichts von Jace wusste.

„Verfolgen ist nicht dasselbe wie ficken. Ich vermisse dich, Kay." Seine Hand hielt an meinem Oberschenkel inne. Schnell führte ich seine Hand höher. Seine Lippen pressten sich fest gegen meine Stirn, als fürchtete er, meinen Mund zu nehmen.

„Was tust du, Kay?" Seine raue Stimme vibrierte an meiner Haut.

„Ich will dich."

„Dein Vater wird uns finden."

„Na und? Halt mich auf, wenn du kannst, aber ich schlage vor, wir verschwenden nicht die wenige Zeit, die wir haben."

Sein Finger glitt in mich hinein. Ich zog mich um ihn zusammen und griff nach seinem Reißverschluss, befreite seinen harten Schwanz in einer Komma drei Sekunden. Mein Verlangen schoss in die Höhe, als ich meine Finger um ihn schloss und zweimal strich. Eigentlich wollte ich mich umdrehen, damit er mich ficken konnte, aber ich konnte seinem Schwanz nicht widerstehen. Ich ließ seinen Finger aus mir gleiten und ging auf die Knie. Meine Lippen bedeckten seine erhitzte Eichel mit zarten Küssen und Zungenschlägen. Ich zog die Spitze unter seinem Rand entlang, bevor ich seine Länge hinunter leckte, dann wieder hoch und ihn ganz aufnahm.

„Verdammt, Kay." Seine Knie zitterten.

Ich sah auf. Er muss es gemocht haben, wie ich so tief ging, dass er den Rachen traf, denn er legte seine ganze Handfläche an die Seite meines Kopfes und hielt mich fest. Ich spürte, wie er in meinem Mund wuchs, und hob seine Hoden mit der anderen Hand, strich mit dem Finger über sein Skrotum.

„Scheiße, Kay..."

Ich verstärkte meinen Griff und beschleunigte meine Bewegungen, bis seine Stöße innehielten und er sich in meinem Mund ergoss, wobei er einen angestrengten Atemzug ausstieß.

„Kendra? Bist du hier bei ihm?" Wir hörten die Stimme meines Vaters.

Meine Augen weiteten sich, und ich zog mich zurück. Julian glitt aus meinem Mund, und er beeilte sich, sich zu sammeln, während ich meine Lippen verschloss. Mein Vater bog um die Ecke, gerade als ich schluckte.

„Was macht ihr zwei hier?"

Das breite Grinsen der Befriedigung auf Julians Gesicht war alles, was mein Vater brauchte.

„Ich breche Julian das Herz", platzte ich heraus.

„Du tust was?"

„Ich breche ihm das Herz."

Die Stirn meines Vaters runzelte sich, als er auf meine Beine zeigte.

„Du hast Grasflecken auf deinen Knien. Fickst du sie schon wieder? Was muss ich tun, um das zu stoppen?"

„Die Wahrheit ist, Papa, ich liebe Julian."

„Und das ist mir scheißegal." Er wandte sich an Julian. „Ich habe dich einmal gewarnt, sie nicht anzufassen, und ich werde es nicht noch einmal tun."

„Keine Sorge, Jake. Du hast dich vollkommen klar ausgedrückt. Ich werde sie nicht anfassen, solange der Fall offen bleibt, und ich werde dafür sorgen, dass er bald abgeschlossen wird."

In diesem Moment, mehr denn je, wollte ich Einzelheiten über meinen Fall wissen. Ich wollte mich erinnern. Warum beschützten sie mich, und vor wem?

„Ich brauche dich, damit du mich anrufst, Julian. Wir müssen reden."

„Ich kann nicht. Ich stehe unter einer Vereinbarung, und..."

„Ist das alles, was ich für dich bin? Eine Vereinbarung?" Er schloss die Augen bei meinem Wimmern.

„Bitte, halt dich von Jace fern." Er küsste meinen Kopf, sammelte sich und ging weg, an meinem Vater vorbei, und ließ mich wieder einmal zurück. Ich starrte ihm nach, bis er anhielt, sich umdrehte und sagte: „Keine Sorge, Jake. Ich habe dich nicht zum Großvater gemacht. Nicht heute." Dann zeigte er direkt auf mich. „Wisch dir den Mund ab, Kay. Du hast noch was von mir am Kinn."

as endlose Klingeln des Telefons weckte mich um zehn Uhr morgens. Ich stöhnte genervt und rieb mir die Augen. Die letzten drei schlaflosen Nächte ohne Kendra, während ich plante, wie ich von hier wegkommen könnte, waren eine Qual gewesen. In der Nacht nach dem Grillfest war ich in ihr Zimmer geschlichen und hatte ihr beim Schlafen zugesehen. Der Drang, unter die Decke zu kriechen und sie direkt unter Jakes Dach wild zu vögeln, trieb mir das Blut in den Unterleib, aber ich tat es nicht. Stattdessen beobachtete ich, wie sie sich hin und her wälzte, und ging, bevor die Sonne aufging.

Jake hatte am Montag ein Treffen mit meinem Vater, Gabe und Julian, und seitdem hatte ich nichts mehr gehört.

„Morgen. Was gibt's?"

„Was zum Teufel ist letztes Wochenende zwischen dir und Jake passiert?"

Ich rümpfte die Nase. „Er hat Kay dabei erwischt, wie sie mir einen geblasen hat."

„Verdammt, Julian. Er hat die ganze Sache auffliegen lassen."

„Was?"

„Er hat bei After Eve herumgeschnüffelt, und die Überwachungskameras haben ihn in Scars Stripclub erwischt, wo er mit

Martinez geredet hat. Wenn er das für uns vermasselt, wird Kay nicht die Einzige sein, die in Schwierigkeiten gerät."

„Ich weiß, ich weiß. Wird Gabe heute aktiv?"

Mein Cousin hatte zusammen mit seiner Frau Joanne den Fall gegen Martinez und Donaldson übernommen. Nach dem, was mir erzählt wurde, rekrutierte Martinez Frauen mit der Absicht des Menschenhandels, und Donaldson zahlte ihm zusammen mit Hartley das große Geld dafür. Gabe hatte einen Haftbefehl gegen Martinez erwirkt.

„Sie sind schon im Einsatz. Sie haben endlich eine Zelle gefunden. Dreißig Frauen."

„Braucht ihr meine Hilfe?"

„Nein, du bist zu sehr involviert."

„Ich weiß. Ich weiß."

„Julian, Jake hat auch Silver Securities gefeuert."

Ich hatte Jakes Vergeltung erwartet, aber ich hätte nie gedacht, dass er die Sicherheit seiner Tochter gefährden würde. Wenn er so tief sinken würde, würde er als Nächstes meine Familie angreifen, was bedeutete, dass ich es mir nicht leisten konnte, Kendra wiederzusehen.

„Hast du die Dateien doppelt gesichert?", fragte ich.

„Du weißt, dass ich das getan habe."

„Gut. Ich will die Überwachung bei ihr aufrechterhalten. Und stell sicher, dass sie nicht mit Jace zusammenkommt."

„Er ist derjenige, der uns zu der Zelle geführt hat."

„Was?"

„Er kam nach dem Grillfest zu mir, um mit mir zu reden. Er ist kein schlechter Kerl, aber er hängt mit den falschen Leuten rum."

„Was genau der Grund ist, warum Kendra nicht in seiner Nähe sein sollte."

„Wir werden unser Bestes tun. Fliegst du immer noch nach Neuseeland?"

„Ich fliege heute Nachmittag." Ich warf einen Blick auf meinen

Koffer. „Ich habe keine andere Wahl. Hier zu bleiben, mit ihr so nah und nicht in der Lage zu sein, sie zu berühren, ist zu schwer. Und ich habe einen neuen Fall, also wird Neuseeland mich beschäftigt halten."

„Wir werden dich vermissen."

Die einzige Person, von der ich mir Sorgen machte, dass sie mich vermissen würde, war Kay.

„Danke. Vielleicht haben Jake und Ash recht. Sie braucht ein normales Leben. Wir werden Martinez kriegen, und sobald Donaldson hinter Gittern ist, wird sie frei sein."

„Wir suchen immer noch nach Wright. Er wird für Kendra und gegen Donaldson aussagen. Wir müssen ihn nur finden."

„Wie verliert man einen Zeugen?"

„Jake hat ihn aufgeschreckt, und er ist untergetaucht."

„Sollte er nicht unter dem Radar bleiben? Was zum Teufel macht er?"

„Ich weiß es nicht, aber deshalb habe ich angerufen. Du musst mit ihm sprechen, bevor du abreist. Er kann nicht weiter über Silver Securities plappern."

„Ich werde vor meiner Abreise bei ihnen vorbeischauen. Wir sprechen uns bald."

„Bis dann."

Wir legten auf. Ich duschte, sammelte meinen Pass und meine Dokumente, packte das Auto und fuhr zu Jake und Ashleys Haus. Sie ließen mich herein und warteten entschlossen auf der Veranda.

„Was zum Teufel machst du hier?", fragte Jake.

„Ich bin hier, um dich zu bitten, deine Ermittlungen einzustellen."

„Ich sammle Informationen für den Fall meiner Tochter."

„Informationen, die wir bereits haben."

„Du hättest daran denken sollen, bevor-"

„Ich habe bereits gesagt, dass ich sie nicht anfassen würde."

„Trotzdem hast du es getan."

„Hör zu, es sollte nicht um mich gehen. Es sollte um Kay gehen und die Tatsache, dass sie ohne angemessene Sicherheit verletzlich ist – und ihr auch."

„Kay ist nicht länger dein Problem, und wir sind es auch nicht."

„Ashley, du weißt, dass ich nur das Beste will."

Sie blickte von mir zu Jake und wieder zurück zu mir, blieb aber stumm. Sie sah auch nicht aus, als hätte sie eine gute Nacht Schlaf gehabt.

Ich schüttelte den Kopf, gerade als Kendra ihren Kopf aus der Tür steckte. „Julian?"

Jake drehte sich um. „Geh wieder rein, Kay."

Sie ignorierte ihren Vater und warf sich in meine Arme. „Bitte, nimm mich mit."

Jake warf mir einen tödlichen Blick zu, und ich löste ihre Arme von meinem Hals. Ihre Augen füllten sich sofort mit Tränen, als ich sie aus meiner Umarmung in Ashleys übergab.

„Es tut mir leid", flüsterte ich und sah wieder zu Jake. „Stell sicher, dass sie überall, wo sie hingeht, einen Bodyguard bei sich hat. Jace ist nicht vertrauenswürdig."

„Julian, nein!", rief Kendra.

Mein Handy klingelte mit Tristans Nummer. „Entschuldigt mich."

Ich trat beiseite, aber ich war nicht auf die Nachricht am anderen Ende der Leitung vorbereitet. Ich beobachtete Jakes selbstgefälliges Gesicht, während mein Bruder mir erzählte, wie Jake sich letzte Nacht mit Martinez getroffen und einen Deal mit dem Verbrecher für Kendras Sicherheit im Austausch für Informationen gemacht hatte. Nur hatten die Informationen, die er ihm gab, Martinez aufgeschreckt. Gabe und Joannes Operation war gescheitert, und die Frau meines Cousins war tot.

„Du verdammter Mistkerl hast das verursacht."

Ich stürzte mich wie von Sinnen auf Jake. Kay und Ashley schrien, während ich ihn zu Boden brachte und zuschlug, bis meine Fäuste und seine Nase bluteten.

„Julian, hör auf!" Kendra zog an meinem Arm, aber ich konnte nicht aufhören.

„Du wirst ihn umbringen", rief Ashley.

„Er hat verdammt nochmal Joanne getötet! Du hast die Frau meines Cousins umgebracht."

Ich stieg von ihm runter und trat zurück. Mein Blut kochte vor Wut und meine Hände zitterten unkontrolliert. Ich fuhr mir mit den Händen durch die Haare.

„Wovon redest du?", fragte Kendra.

„Dein Vater hat einen Deal mit einem Teufel gemacht, der keine Deals macht. Er hat Martinez von der Operation erzählt. Er hat Joanne getötet."

„Ich weiß nicht, wovon du redest", murmelte Jake, während er sich vom Boden aufrappelte.

„Du hast versucht, einen verdammten Deal für Kendras Sicherheit zu machen."

„So wie du es schon vor langer Zeit hättest tun sollen. Ich habe getan, was richtig war, um sie zu schützen."

„Du hast sie getötet!" Ich stürzte wieder vor, aber Ashley und Kendra hielten mich zurück. „Du wirst dafür bezahlen, Jake. An deiner Stelle würde ich umziehen, denn jetzt wird Donaldson erfahren, dass du am Leben bist."

Ich warf die Hände in die Luft und ging. Ich verschob meine Reise um eine Woche und nahm den Flug nach Neuseeland mit Gabe und Joannes Sarg. Sie hatten sich dort während des Trainings kennengelernt, und er brachte ihren Leichnam zurück nach Hause. Nach der Beerdigung schloss er sich ein, während ich seine Überwachungsarbeit auf der Insel übernahm.

Kendra rief mich drei Wochen lang täglich an, aber ich ging nicht ran. Die Familie war wieder einmal im Verborgenen, aber ich konnte nicht riskieren, dass Jake erneut zurückschlagen würde, also brach ich jeden Kontakt ab.

Sie zogen an einen anderen Ort in Oyster Bay Cove. Die neue Sicherheitsfirma, die Jake engagiert hatte, gab ihnen neue Namen und Identitäten, und so sehr ich mir auch Sorgen um Kendras Wohlergehen machte, die Situation lag nicht mehr in meinen Händen.

Ich rief sie zu ihrem neunzehnten Geburtstag an, aber sie ging nie ran. Vier Monate später flog ich nach Österreich, wo der Winter wie im Flug verging, ebenso wie der Frühling und der Sommer. Die ersten Nachrichten über Kendras Probleme mit Jace erreichten mich letzte Woche. Dann kam eine wachsende Fehde zwischen Donaldsons Marionette Martinez und Jakes neuem Bodyguard. Jakes Sicherheitsfirma ließ sie fallen, und er kam wie ein Hund angekrochen. Silver Securities setzte die Suche nach Informationen für Kendras Fall fort, und Martinez vermasselte alles auf dem Weg und zwang mich zur Rückkehr.

Ich war vor zwei Stunden gelandet und stand nun in meinem Flur und betrachtete ein eingepacktes Gemälde, das an meiner Wand lehnte. Ich ging an seiner Länge entlang und schätzte seine Höhe auf 2,4 bis 2,7 Meter.

„Was ist das?", fragte Stefanie und erinnerte mich daran, dass sie da war, angeblich um mich zu Hause willkommen zu heißen. Sie klebte an mir wie eine Klette, sobald ich gelandet war. Mit einer Frau Schluss zu machen, war nie ein Problem gewesen, weil ich vor Stefanie nie mit derselben Frau mehr als einmal geschlafen hatte. Kendra war natürlich eine Ausnahme. Kendra war auch außergewöhnlich. Als Stefanie Kendras Therapeutin wurde, gaben uns die ständigen Termine beiden einen Vorwand, ein gegenseitiges Bedürfnis zu erfüllen. Es war einfacher als zu daten, als ich einen problembeladenen Teenager zu Hause hatte, aber jetzt lebte ich allein. Keiner von uns beiden wollte sich binden, also profitierten wir beide von dieser lockeren Freundschaft. Der anhängliche Teil, bei dem sie zum Mittagessen bei der

Arbeit auftauchte oder vorbeikam, um mein Hemd abzugeben, nicht so sehr.

Ich vermisste Kendra so sehr, dass es körperlich schmerzte. Ich vermisste ihren Geist und den Trost ihres Körpers in meinem Bett. Meine problematische Kay steckte in Schwierigkeiten, und ich konnte nicht aufhören, an sie zu denken. Und von diesem Moment an konnte ich auch nicht aufhören, an dieses Gemälde zu denken.

Ich ging durch den Flur und zog an der Abdeckung. Der Stoff fiel von der Leinwand und enthüllte gemalte Pinselstriche einer Frau von hinten. Ich erkannte den wunderschönen Körper sofort, und es war nicht der der Therapeutin. Mein Schwanz wurde hart. Der durchsichtige schwarze Stoff des Negligés, der ihre Haut umschmeichelte, und ihr perfekter Hintern im String-Tanga ließen mein Blut in Wallung geraten. Die Tatsache, dass sie dieses Geschenk für meine Rückkehr arrangieren konnte, war nur ein Teil des perfekten Puzzles, das Kendra war. Das Gemälde war eine schmerzhafte Erinnerung an alles, was ich verloren hatte und jetzt vermisste. Es war Perfektion, und ich konnte nicht glauben, dass sie Scar verdammten Wagner erlaubt hatte, sie so live zu malen.

Stefanies hörbares Keuchen brachte mich zurück ins Zimmer, und ich räusperte mich. „Das ist Scar Wagners Werk."

„Scar Wagner? Ist das nicht dieser Anwaltsfreund von dir?"

Ich nickte. Der einzig Wahre, und ich konnte die Details des Gemäldes kaum fassen. Ich hob die Abdeckung an und drapierte sie wieder über den Rahmen, während ich mir vorstellte, welche meiner Schlafzimmerwände dem Kunstwerk gerecht werden würde.

Ich drehte mich um. „Hör zu, Stef. Ich bin müde und habe morgen früh ein Meeting."

Sie schlenderte auf mich zu und zupfte an meiner Hose. „Es sind Monate vergangen, Julian. Du kannst mir nicht erzählen, dass du nicht an mich gedacht hast."

Sie fuhr mit ihrer Hand an meiner Erektion entlang. Natürlich hatte ich an sie gedacht. Ich hatte auch an die Praktikantin bei der Arbeit gedacht, die mich an Kendra erinnerte, an die Skilift-Bedienung in Österreich und an die Reiseleiterin in Neuseeland. Sie alle erinnerten mich an Kendra und wie sehr ich sie vermisste, nicht Stef. Ich dachte an mein schwieriges Mädchen vom Moment des Aufwachens bis durch die schlaflosen Nächte. Sie war bei mir am Morgen, wenn ich duschte, und nachts, wenn ich allein unter meinen Laken lag. Verdammt, ich vermisste sie so sehr, dass es schmerzte!

„Was möchtest du, dass ich tue, Julian? Betteln? Ich kann betteln-"

„Nein, bitte, Stef. Bettle nicht."

Mein Handy klingelte mit einer privaten Nummer und rettete vorübergehend meinen Verstand und meinen Schwanz. Ich konnte nicht mit Stef ficken und dabei an Kendra denken. Es fühlte sich nicht richtig an.

„Julian Silver."

„Julian, hier ist Julia Blakely. Dr. Blakely. Ich rufe aus dem Krankenhaus wegen Kendra an, weil du als Kontakt in ihrer Akte stehst."

„Geht es ihr gut?"

„Ich bin mir nicht sicher. Wir haben Naloxon verabreicht."

„Was? Sie hat konsumiert?" Ich ging zur Treppe und setzte mich auf die unterste Stufe.

„Ich habe ihre Eltern angerufen, aber niemand ging ran. Ich dachte, du solltest kommen, weil dies nicht ihr erster Besuch hier ist, und ich mag deine Familie. Dieses Mädchen hat viel durchgemacht."

Nicht das erste Mal?

Ich sprang auf die Füße und schnappte mir meine Autoschlüssel vom Tisch, zusammen mit meiner Jacke. „Wie geht es ihr jetzt?"

Binnen Sekunden war ich aus der Tür und in meinem Auto. Ich stellte Julia auf Lautsprecher und drehte den Zündschlüssel.

„Es geht ihr besser als vorher, aber sie wiederholt ständig deinen Namen. Es ist auch ein junger Mann bei ihr, Jace, und er ist nicht in guter Verfassung."

„Hast du sonst noch jemanden angerufen?"

„Nein. Mir ist bewusst, dass Silver Securities gerne ein niedriges Profil wahrt, aber ich bin auch nur Praktikantin, also bin ich mir nicht sicher, wie lange ich es geheim halten kann."

Ich fuhr aus der Einfahrt und direkt zum Krankenhaus. „Mach dir keine Sorgen deswegen. Ich werde einen unserer Ärzte übernehmen lassen. Danke. Ich weiß das zu schätzen. Du bist diejenige, die in der Lawine eingeschlossen war, oder?"

„Das stimmt. Kannst du bald kommen?"

„Ich bin in fünfzehn Minuten da, Jules. Danke."

„Gern geschehen."

Ich legte auf.

„Scheiße... Stefanie." Ich hatte vergessen, dass ich sie in meinem Haus zurückgelassen hatte, und wählte ihre Nummer, während ich auf die Autobahn fuhr. Es ging direkt auf die Mailbox. Ich hinterließ keine Nachricht, also wählte ich nicht noch einmal.

Sie rief mich sofort zurück.

„Es tut mir so leid, Stef. Es war ein Notfall."

„Schon gut. Ich wollte dir nur sagen, dass ich mich selbst rausgelassen habe. Ist alles in Ordnung?"

„Es sieht so aus, als hätte Kendra eine Überdosis genommen, also bin ich auf dem Weg ins Krankenhaus."

„Lass es mich wissen, wie es ihr geht. Und Julian?"

„Ja?"

„Auf der Rückseite des Gemäldes ist eine Notiz mit dem Namen des Models."

Verdammt.

Dafür würde ich Scar Wagner eine reinhauen.

„Ich muss los, Stef. Ich rufe dich zurück, sobald ich kann."

Meine Chance auf Sex verblasste mit dem Klicken ihres Telefons. Aber die Sache war, ich wollte keinen Sex. Zumindest nicht mit Stef. Schnee häufte sich auf den Scheibenwischern, und ich schaltete sie ein, während ich alle Geschwindigkeitsbegrenzungen brach. Ich parkte das Auto vorne und eilte zur Notaufnahme.

„Sie schläft jetzt." Julia zog mich von der Krankenstation weg. „Julian, die Leute, mit denen sie zu tun hat ... Die sind nicht gut."

„Woher weißt du das?"

Ihr Gesicht wurde blass, und ihr Kiefer verkrampfte sich, bevor sie sich wieder fasste. „Ich arbeite in einem Krankenhaus. Ich sehe viel und ich höre viel."

„Was hast du gehört?"

„Donaldson und die Hartleys? Sie stecken hinter den Drogen ... und ... dem Menschenhandel. Halt sie von ihnen fern, sonst bringen sie sie in Schwierigkeiten."

„Und Jace hat sie mit der Gruppe in Verbindung gebracht?"

Sie nickte und zeigte auf die andere Trage, wo Jace bewusstlos lag, an Monitore und Infusionen angeschlossen.

„Niemand ist gekommen, um ihn zu besuchen?", fragte ich.

„Er hat keine angegebene Familie."

Ich wusste nicht, ob ich das als gut oder schlecht bewerten sollte, denn wenn man keine Familie hatte, schuf man sich eine – und ich hatte Jace' noch nicht kennengelernt.

„Danke, Jules." Ich setzte mich in den Ecksessel in Kendras Zimmer. Die Zeitumstellung machte mir zu schaffen, und ich döste ein, bis jemand mich an der Schulter antippte. Ich schreckte hoch und sprang wie von der Tarantel gestochen auf die Füße.

„Jake, Ash, schön, euch zu sehen." Ich fuhr mir mit der Hand über die Augen. „Ich wünschte, es wäre unter besseren Umständen."

„Was zur Hölle hast du hier verloren?"

„Ich war als Kendras Kontaktperson eingetragen. Sie haben euch zuerst angerufen, aber ihr seid nicht rangegangen."

Das Paar tauschte einen wissenden Blick aus.

„Wie geht es ihr?", fragte Ashley. Dunkle Ringe zeichneten sich unter ihren Augen ab, und ihre Haarwurzeln waren nachgewachsen. Sie trug kein Make-up und sah aus, als wäre sie gerade aus der Hölle zurückgekehrt. Wir gingen nach draußen und fanden eine ruhige Ecke.

„Sie haben ihr den Magen ausgepumpt, und sie ist stabil. Der Arzt sagte, sie können sie heute entlassen, also könnt ihr sie mit nach Hause nehmen."

Ashley holte tief Luft und fasste sich. „Wir können uns den Ärger, den sie mit sich bringt, nicht leisten."

„Wovon redest du?"

„Jace sagte, er könne helfen, als sie das erste Mal krank nach Hause kam, aber dann passierte es öfter-"

„Ihr zwei habt sie mit einem Drogendealer rumhängen lassen? Das ist das Ergebnis. Genau davor hatte ich Angst." Ich zeigte auf Kays Zimmer.

Jake rutschte unbehaglich hin und her. „Jace war im Handelsmanagement-"

„Ist das heutzutage die Bezeichnung für Drogenhandel? Wusstet ihr verdammt nochmal, dass er für Donaldsons Leute dealt? Wir haben Jace mit Martinez in Verbindung gebracht. Verdammt, erinnerst du dich an ihn?"

„Umso mehr ein Grund, uns zu trennen."

„Was meinst du mit trennen?" Dieser leere Blick in ihren Augen war mir nur zu vertraut. „Du meinst, sie wieder im Stich lassen?"

Wann zum Teufel hatten sie ihre Prioritäten verloren?

„Sie ist nicht mehr dieselbe Kendra, die wir in deine Obhut gegeben haben. Sie nimmt Drogen und macht Ärger."

„Und warum zum Teufel glaubst du, ist das so?"

„Du hast kein Recht und keine verdammte Ahnung, was passiert ist." Jakes Nasenflügel bebten.

„Gabe hat mich auf den neuesten Stand gebracht, und ich kann dir die Kurzversion geben: Ihr habt es total vermasselt, und jetzt, wo eure Tochter euch braucht, entscheidet ihr, dass sie den Ärger nicht mehr wert ist?"

Jake schwitzte stark, und unter seinen Achseln bildeten sich feuchte Flecken. „Sie muss auf eigenen Füßen stehen und lernen, mit dem Ärger zu leben, den sie sät. Wir können uns die Aufmerksamkeit, die sie auf sich zieht, nicht mehr leisten. Wenn wir jetzt nicht loslassen, war unser Kampf gegen Geldwäsche und Menschenhandel umsonst. Du solltest dich darauf konzentrieren, die richtigen Schlachten zu schlagen, anstatt in die Höschen meiner Tochter zu kommen."

„Ich sag dir was, Jake. Ich bin ihr schon längst an die Wäsche gegangen. Unzählige Male. Und auch wenn es dich nichts angeht, Kendra bevorzugt es ohne Unterwäsche."

Ashley hielt ihn zurück. Es reichte, um seinen Ausfall zu stoppen, denn so wenig kümmerte er sich wirklich um seine Tochter. Oder vielleicht wollte er sich nicht wieder die Nase brechen lassen.

„Stell einfach sicher, dass es ihr gut geht, und wir werden sie bald sehen."

„Moment mal. Wer wird sich um sie kümmern?"

„Kendra ist zwanzig, mit einem gut gefüllten Bankkonto. Sie kann allein leben."

Ich trat einen Schritt vor. „Geld wird sie nicht vor Martinez retten. Wenn ihr sie jetzt verlasst, werde ich dafür sorgen, dass ihr sie nie wieder seht."

Jake schnaubte und blieb standhaft. „Was auch immer. Komm, Ash. Wir gehen."

Ashley flüsterte: „Bitte kümmere dich um sie, Julian."

Kendras Eltern drehten sich um und gingen. Ich saß an ihrem Bett und blieb Wache, bis der Arzt sie am Nachmittag entließ. Ich brachte sie zu meinem Haus und legte sie in unser Bett, deckte sie mit Decken zu. Sie zitterte, und ich holte die flauschige Decke, die sie mochte.

Sie bewegte sich. „Julian?"

„Ich bin hier, Kay. Ich bin hier und halte dich fest." Sie schmiegte sich an meinen Körper, nachdem ich mich von hinten an sie gekuschelt hatte. Meine Nervosität ließ nach. Sie war endlich da, wo sie hingehörte.

Kapitel 16

Kendra

Ich fand Julian in der Bibliothek. Er schlief in einem Sessel, beide Füße auf einem Hocker hochgelegt. Ein leeres Glas und eine halbvolle Flasche Whiskey standen mitten auf seinem Mahagonischreibtisch. Ich nahm wahllos ein Buch aus dem Regal und setzte mich seitlich in einen freien Sessel. Meine Beine baumelten hin und her, während ich die Seiten umblätterte und so tat, als würde ich lesen. Der Mann, dem ich in den letzten achtzehn Monaten nachgeweint hatte, war zurück, und ich war in seinem Haus. Seit einer Stunde saß ich hier, starrte ihn an und hoffte inständig, dass er nicht sauer sein würde.

Er regte sich und rieb sich die Augen, konzentrierte sich auf mich.

„Hey", sagte ich. „Ich wollte dich nicht wecken."

Er stellte seine Füße auf den Boden und setzte sich im Sessel auf, wobei er sich unauffällig zurechtrückte. Gott, wie sehr ich auch das vermisst hatte.

„Morgen." Er sah auf seine Uhr. Die Sonne schien durch das Bibliotheksfenster über seine Beine.

„Du bist gekommen, um mich aus dem Krankenhaus zu holen", sagte ich.

Er erstarrte, bevor er mein Lächeln erwiderte. „Ich stand wohl noch als Notfallkontakt im Krankenhaus." Er rieb sich erneut die Augen. „Tut mir leid, ich habe Jetlag."

„Sie haben mich verlassen, oder?"

Sein Kopf schoss hoch, und er nickte widerwillig. Mir sank das Herz in die Hose. Ich hatte meine Eltern wieder verloren.

„Es tut mir leid." Seine Stimme brach quer durch den Raum.

„Sie sind gegangen, weil es ihnen egal ist. Mom und Dad wollen ihre Haut retten, weil irgendwie ihre Probleme zu meinen wurden. Nicht dass ich geholfen hätte." Meine Schulter zuckte. So viel war schiefgelaufen, seit meine Eltern von den Toten zurückgekehrt waren, ich konnte kaum noch mitzählen, und mein Glaube an eine hoffnungsvolle Zukunft war geschrumpft. „Sie sagten, sie würden mich lieben, aber man verlässt diejenigen nicht, die man liebt."

„Nein, das tut man nicht. Sie werden zurückkommen, Kay, und ich werde immer hier sein. Wir werden das klären."

„Warum bist du heute Morgen nicht bei mir im Bett geblieben?" Ich sackte in den Sessel.

„Ich bin geblieben. Bis zu dem Punkt, als dein süßer Hintern beschloss, auf meinem Schwanz zu parken."

Ich zog meine Unterlippe nach innen. „Tut mir leid."

„Du brauchtest Ruhe, und ich hatte keine Kraft, der Versuchung zu widerstehen. Du hast mir gefehlt."

Da war es. Der Hoffnungsschimmer, den ich brauchte, leuchtete in seinen Augen.

„Du hast mir so gefehlt. Ich wünschte, du wärst im Bett geblieben. Es ist ein wunderschöner Morgen, und ich wollte nicht aufstehen."

Er nahm seine Füße von der Fußstütze und klopfte auf den Sitz.

Ich legte das Buch beiseite und schwang meine Beine so schnell von der Armlehne, dass es fast umkippte. Ich fasste mich und ging durch den Raum, setzte mich vor ihn. Sein Dreitagebart war neu, aber die Sorge in seinen Augen war die alte. Sein Geruch traf mich als Nächstes und weckte meine Sinne. Als ich ihn aus zwei Fuß Entfernung anstarrte, regten sich meine unterdrückten Begierden. Ich trauerte um all die verlorenen Monate, aber jetzt, da er hier war, war die Vorstellung, ihn in mich aufzunehmen, verlockender als der letzte Keks in der Dose.

„Warum wolltest du nicht aufstehen?" Sein Mundwinkel bog sich nach oben und milderte seine gemeißelten Wangen und rauen Kanten.

„Ich hatte Schiss, dass dieser wunderschöne Tag wie eine Seifenblase platzen würde, wenn ich aufwachte. Ich brauche diesen Morgen länger; weißt du, damit du vielleicht vergisst, dass du sauer auf mich bist wegen der Überdosis." Meine Nase kribbelte, als ich schmollte.

„Stimmt. Das." Er seufzte und kratzte sich am Kinn. „Was ist passiert, Kay? Wie bist du im Krankenhaus gelandet?"

Ich griff nach seiner Hand. Die Berührung elektrisierte meine Haut, aber er ließ nicht los. Ich beugte mich vor und schob seine Handfläche unter das T-Shirt und hoch zu meiner Brust.

„Was machst du da, Kay?" Sein rauer Atem verriet ihn.

„Dich ablenken, offensichtlich."

Er sog scharf die Luft ein und ließ sie dann wieder aus. Meine Brustwarze fand ihren Platz zwischen seinen Fingern. Das Zwicken schoss hinunter zu der Stelle, wo ich ihn am meisten brauchte.

„Funktioniert es?"

„Möglicherweise. Ich kann nicht leugnen, dass ich dir am liebsten den Slip herunterreißen und dich auf meinem Schwanz reiten lassen würde."

Ich biss mir auf die Lippe. „Ich kann diesen Wunsch wahr werden lassen."

„Aber ich kann nicht, Kay." Er zog seine Hand unter meinem Shirt hervor. „Nicht nach der Art, wie ich dich gestern Nacht gefunden habe."

Ich sprang von seinem Schoß und ging zum Fenster. Die letzte Nacht war nicht meine Schuld, und wie konnte ich ihm begreiflich machen, dass wir einfach besser zusammen waren? „Verstehst du es nicht? Haben dich die letzten achtzehn Monate nicht gelehrt, dass wir zusammengehören? Nachdem du gegangen bist –"

„Es tut mir leid, Kay, aber dein Vater ist seinem Wort treu geblieben. Er ist gegen meine Familie vorgegangen, weil ich dich berührt habe. Ich musste gehen, bevor noch mehr Menschen starben. Du fühlst dich vielleicht, als hätte ich dich verlassen, aber es war der einzige Weg, ihn davon abzuhalten, weiteren Schaden anzurichten."

Er trat hinter mich und ich wandte mich ihm zu. Wir standen am Fenster, von Angesicht zu Angesicht. Er hob meine Hände an seinen Mund und küsste sie.

„Ich gebe dir keine Schuld, und es tut mir leid wegen Joanne."

„Danke."

„Bleibst du hier?", fragte ich.

Er nickte.

„Gut."

„Unter einer Bedingung."

Ich schloss meine Augen.

„Du gehst in die Reha."

„Ich bin kein Süchtiger, Julian."

„Der Krankenhausbericht sagt etwas anderes."

Reue kroch mir wie ein Kloß den Hals hoch. „Das war ein Fehler."

„Es ist immer ein Fehler. Es bist nie du, Kay, aber wenn du weiterhin mit Jace rumhängst, wird dich dieser selbe Fehler eines Tages umbringen. Genau wie ein Fehler Joanne getötet hat."

Ich war in Therapie gegangen, nachdem ich von ihrer Entführung und ihrem brutalen Tod erfahren hatte. Es half nicht. Sein schmerzerfüllter Ausdruck traf mich mitten in die Brust. Ich hatte keine Entschuldigung mehr für den Ärger, den ich verursacht hatte.

„Ich wollte nie, dass es so weit kommt. Ich glaube nicht, dass mein Vater wusste, was er tat."

„Nein, das wusste er nicht, aber es ist zu spät für alles andere."

„Aber ich nehme keine Drogen, Julian, ich schwöre es dir bei" – ich blickte nach oben – „ich schwöre es dir bei uns. Ich bin mit Jace auf eine Party gegangen, und ... ich kann mich wirklich nicht erinnern, was passiert ist."

Ich senkte meinen Kopf, und er hob mein Kinn mit seinem Finger wieder an.

„Ich glaube dir."

Meine Augen füllten sich mit Tränen. „Wirklich?"

Niemand hatte mir je zuvor geglaubt.

Er streckte die Hand aus und zog mich an sich. Ich schlang meine Arme um ihn, schloss meine Augen und genoss den Moment, in dem mein Körper sich an jeden seiner Muskeln erinnerte. Ich kuschelte mich in seine Umarmung und legte meinen Kopf an seine Brust, während er mein Haar zurückstrich und meine Schläfe küsste.

„Ja, wirklich. Wir werden das alles klären, Schatz. Ich werde eigenhändig dafür sorgen, dass diese Mistkerle dich nie wieder belästigen. Ich möchte, dass du hier bei mir bleibst."

„Nein." Ich ließ los und trat ein paar Schritte zurück. „Ich glaube nicht, dass ich das sollte."

„Kay –"

„Es liegt nicht an dir, Julian. Es ist mein Leben. Ich glaube, ich bin bereit, die Zügel in die Hand zu nehmen." Ich zog mich zurück und ging zum schicken Mahagonischreibtisch, an den ich mich mit dem Rücken lehnte. „Dieses Mal möchte ich auf die richtige Art anfangen."

Seine Stirn runzelte sich.

„Ich habe ein Apartment drei Blocks von hier mit Blick auf die Bucht gekauft. Ich möchte das Leben auf eigene Faust versuchen; ohne meine Eltern, offensichtlich. Ich möchte mit dir ausgehen wie eine normale Frau. Dass du mich zu Hause abholst und mich ins Kino oder in ein Restaurant bringst."

„Wie hast du ein Apartment gekauft?"

„Mein Erbe. Ich habe die Hälfte des Geldes aus dem Bankschließfach für das Apartment und die andere Hälfte für mein Geschäft verwendet."

„Warum bleibst du nicht hier bei mir?", bot er an, aber ich blieb standhaft. Ich musste das auf meine Weise machen.

„Es gibt nichts, was ich lieber täte, aber ich muss mein Leben in den Griff bekommen, so wie du deins im Griff hast. Außerdem bin ich Ärger."

„Das ist weit von der Wahrheit entfernt." Er lachte und trat näher, seine Finger streiften über meine Hüften. „Und ein bisschen Action schadet nie. Hält mich jung und frisch. Hält mich auf Trab."

Ich strich mit meiner Handfläche über seine Brust. „Ich will auf eigenen Beinen stehen, aber lass uns in ein paar Monaten nochmal drüber reden, okay?"

„Du klingst wie ein anderer Mensch." Er lächelte und ließ seine Hand über meine Hüfte und meinen entblößten Oberschenkel gleiten. Meine Haut kribbelte überall. Gott, ich hatte seine Berührung vermisst.

„Ich möchte auch nicht dein Ärger sein. Eines Tages möchte ich einfach nur dir gehören."

„Du gehörst mir schon seit langem, Kay, und das wird sich nie ändern." Er beugte sich herunter, um mich zu küssen, hielt aber auf halbem Weg inne. „Warte – hast du gerade gesagt, du hast ein Geschäft gekauft?"

Ich lächelte langsam. „Das habe ich."

„Du meinst das ernst?"

Ich nickte.

„Wann? Wie?"

„Vor nicht allzu langer Zeit. Es gab eine Marktchance, und ich konnte den Deal nicht ausschlagen. Immobilien sind eine ausgezeichnete Investition."

„Immobilien? Ich würde gerne einen Blick auf den Kaufvertrag werfen."

„Klar, aber bevor du das tust, solltest du wissen, Jace steht mit auf dem Titel."

„Was?"

Julians Hände fielen von meinen Hüften, und er trat zurück.

„Es war eine schnelle Entscheidung, und wir mussten handeln, bevor sich der Markt veränderte und die Gelegenheit verschwand."

„Ist es das, wie er dich da reingezogen hat?"

„Er hat mich in gar nichts reingezogen." Ich verdrehte die Augen.

„Jace ist kein geeigneter Partner. Du musst dich von ihm fernhalten. Was ist das für ein Geschäft, das du gekauft hast? Wo ist das Grundstück?"

„Es ist ein altes Gebäude, das wir zu einem Club umbauen."

„Wo ist das Grundstück?"

Da war es. Der Moment der Wahrheit. Würde er wirklich hinter mir stehen?

„Gegenüber vom Club Forever." Als ich seinen Gesichtsausdruck sah, sagte ich: „Was?"

„Du weißt genau, was. Ich bin sicher, keiner von uns macht sich so sehr Sorgen um den Club Forever auf der anderen Straßenseite wie um After Eve."

„Das wird völlig anders sein. Mein Plan ist es, diese Frauen von After Eve für mich arbeiten zu lassen. Vielleicht hören sie dann auf, Sexsklavinnen zu sein."

„Woher weißt du, was da unten vor sich geht?"

„Dort hat Jace versucht, mich zu verkaufen."

„Und du denkst immer noch, es sei eine gute Idee, dort zu eröffnen? Ganz zu schweigen davon, mit ihm Geschäfte zu machen?"

Ich rutschte näher. „Es ist eine großartige Idee. Es wird helfen, Frauen von der Straße zu holen, denn jeder braucht eine Chance, und es würde mir die Welt bedeuten, wenn du mich dabei unterstützen würdest."

Seine Stirn runzelte sich wieder. Das machte er heute Morgen ziemlich oft.

„Und auf diese Idee bist du durch Jace gekommen?"

„Wir haben beide an der Idee gearbeitet und sind beide finanziell beteiligt. Wir sind jetzt Partner, und daran kann ich nichts ändern."

„Ich schon. Und die Drogen? Wie lange nimmst du schon?"

„Ich habe dir schon geschworen, ich nehme nichts. Letzte Nacht ... ist etwas schiefgelaufen. Jemand hat mein Getränk manipuliert. Die Krankenschwestern sagten mir, Jace hätte mich bewusstlos ins Krankenhaus gebracht, bevor er selbst zusammengebrochen ist."

„Und davor? Das war nicht dein erster Krankenhausaufenthalt, Kay."

„Es ist einmal zuvor passiert, und Jace war nicht dabei. Ich habe verkauft, aber ich verkaufe nicht mehr ... Was ich sagen will, Julian, ist, dass ich ein neues Leben brauche und dich darin. Dringend. Hilf mir, mein Leben in Ordnung zu bringen."

Er kratzte sich am Kinn. „Ich bin es auch leid, vor dir davonzulaufen, also mache ich dir ein Angebot."

Ja!

„Lass Jace fallen, und ich bin bereit, es mit dem Daten zu versuchen."

Er griff in seinen Schritt, holte seinen Schwanz heraus und streichelte sich. Ich sah ihm mit offenem Mund zu, während alle Schmetterlinge der Welt in meinem Bauch flatterten.

„Ich werde Jace persönlich fallenlassen, aber er gehört irgendwie zum Club dazu."

„Lass mich mich um den Club kümmern."

Er beugte sich vor und nahm mein Kinn zwischen seine Finger, führte seinen Mund zu meinem. Seine verlangenden Lippen und seine bestimmende Zunge ließen ein Stöhnen tief aus meiner Brust aufsteigen und brachten mich aus dem Gleichgewicht, ebenso wie die deutliche Erregung unter seiner Hose. Er ging rückwärts zum Stuhl und zog mich auf seinen Schoß, küsste meinen Mund wie ein Verrückter, aber der Stuhl kippte unter unserem Gewicht nach hinten, und ich fiel lachend in seine Arme.

„Ich habe dich vermisst, Kay." Er küsste meine Nasenspitze. „Und wir werden alles klären."

„Ich habe dich auch vermisst."

Er hielt mich in seinen riesigen Armen fest, und wir rollten küssend auf dem Boden. Es war das beste Gefühl der Welt. Zum ersten Mal seit Monaten spürte ich, wie mein Herz vor Hoffnung überlief.

„Ich werde noch vor Ende des Tages die Papiere für den alleinigen Besitz des Clubs aufsetzen lassen. Wenn du einverstanden bist, engagierst du Silver Securities für die Überwachung und Sicherheit des Clubs."

„Das würdest du für mich tun?"

„Ich würde für dich sterben, Kay."

Konnte das wirklich passieren? Es schien fast zu gut, um wahr zu sein. „Ich will mein Leben umkrempeln, Julian. Richtig umkrempeln. Ich mag Jaces Freunde nicht, also werde ich Kompromisse eingehen."

Er lag auf dem Boden, und ich setzte mich rittlings auf ihn. Sein Schwanz pochte gegen meine Hitze.

„Kompromisse?"

„Du wirst mit mir ausgehen und mich umwerben. Ich will den perfekten Anfang, den wir nie hatten."

Er bewegte sich unter mir. „Umwerben in diesem Sinne bedeutet keinen Sex."

Ich beugte mich hinunter, umfasste sein Gesicht mit meiner

Hand und flüsterte: „Ich bin sicher, wir können die Bedingungen ein bisschen aufwerten."

Er zog an meinem Shirt und schob den Saum nach oben. Ich hob meine Arme, als er mich auszog. Er ließ seinen Blick über meinen Körper wandern und hinterließ eine brennende Spur auf meiner Haut.

„Kein Höschen?"

Die Spur brach in Flammen aus und brannte durch meine Adern.

„Perfekt." Seine Brust vibrierte. „Und wenn du Scar Wagner je wieder so malen lässt, bringe ich ihn um."

Er senkte seinen Mund zu meiner harten Brustwarze, und seine Hand schob sich zwischen meine Oberschenkel, ließ sich an meiner Öffnung nieder. Er glitt mit seinen Fingern durch meine Falten, bevor er meine Muschi fingerte. Ich schloss mich um ihn. Gott, wie sehr ich seine Finger vermisst hatte!

Mein Kopf fiel zurück. „Magst du das Porträt?"

„Ich bin völlig hin und weg davon." Er pumpte langsam, in einer rhythmischen Bewegung und bearbeitete mich so gut.

„Hast du schon dazu gewichst?", fragte ich.

„Nein. Ich mag das Original viel lieber."

Er zog seine Finger zurück, zielte mit seinem Schwanz und bewegte sich vorwärts. Ich nahm ihn in voller Länge auf, und als Freude und Erleichterung durch meinen Körper rollten, fühlte ich mich zum ersten Mal seit Monaten wieder vollständig.

Kapitel 17

Julian

Meine Büro-Gegensprechanlage summte.

„Herr Silver, Frau Shepherd ist hier, um Sie zu sehen."

Stefanie war zehn Minuten vor unserem geplanten Mittagessen eingetroffen.

„Schicken Sie sie rein."

Ich schloss meinen Laptop und stand hinter meinem Schreibtisch auf, um herumzugehen. Sie kam herein, ihre hohen Absätze klackerten, das Essen zum Mitnehmen in der Hand. Sie stellte das Essen beiseite und trat seitlich vor mich.

„Hallo, Julian." Verführung schlängelte sich über ihre Zunge und zog meine Aufmerksamkeit auf ihren talentierten Mund.

„Schön, dich zu sehen, Stefanie. Danke, dass du dich hier mit mir triffst."

„Ich hab mich schon gefragt, wann du anrufen würdest." Sie ließ ihre Hand in einer kurvenförmigen Bewegung links neben meinem Reißverschluss gleiten und ich wünschte, ich hätte mehr Zurückhaltung.

„Ich habe dich wegen deiner professionellen Dienste angerufen."

„Ich bleibe immer professionell."

Ich entfernte ihre Hand von meinem Reißverschluss und führte sie zum Sitzbereich. Ich nahm die zwei Kartons mit Shrimp Pad Thai vom Tisch und reichte ihr ein Paar Essstäbchen.

„Lass es dir schmecken."

„Ich hatte gehofft, dass heute dein Mund auf meinem mich zum Schweigen bringen würde, aber sei's drum." Sie lächelte, als wüsste sie schon um meine Absichten. „Bietest du mir keinen Drink an?"

„Möchtest du etwas trinken?"

„Champagner wäre schön."

„Was feiern wir?" Ich stand auf, ging zur Eckbar und öffnete eine Flasche.

„Dass du endlich erkannt hast, dass du sie nie hättest verlassen sollen? Ich nehme an, du hast wegen Kendra angerufen."

Ich seufzte. Sie war eine kluge Frau.

„Ich respektiere dich zu sehr, um nicht zuzugeben, dass wir unsere Freundschaft neu entfacht haben."

Sie hustete in ihre Hand.

„Na gut, mehr als eine Freundschaft."

„Darauf trinke ich." Sie stieß ihr Glas gegen meines und nahm einen Schluck. „Danke, Julian. Sie hat definitiv einen ganz Besonderen gewählt."

Ich nippte am Champagner und stellte das Glas beiseite.

„Womit kann ich dir helfen?", fragte sie.

Ich senkte meine Ellbogen auf meine Knie und knackte mit den Knöcheln.

„Ich möchte wissen, ob es einen Weg gibt, Kendra dabei zu helfen, ihre Vergangenheit zu überwinden. Sie ist ausgezogen und hat hart gearbeitet, aber sie hat keine Ahnung, vor was oder wem sie sich versteckt. Ich glaube, sie ist reif genug, um mit allem umzugehen, was sie vergessen wollte, und falls es je dazu kommt, einem dieser Bastarde gegenüberzustehen, wäre es mir lieber, sie wäre bereit."

„Du hast dir das gut überlegt."

„Hab ich."

„Wenn ich in den letzten Jahren eines gelernt habe, dann, dass man Kendra nicht bitten kann, etwas zu tun, was sie nicht will."

Ich senkte den Kopf.

„Aber ich stimme dir zu. Sie wäre sicherer, wenn sie den Feind kennen würde, dem sie vielleicht gegenübersteht."

„Wie mache ich das?"

Sie zuckte mit den Schultern. „Nimm sie mit auf einen Schießstand und sieh, was passiert."

„Ich kann dir genau sagen, was passiert. Sie wird jedes Ziel treffen."

„Nein, ich meine – sieh, ob sie sich erinnert. Sie hat für die Olympiade trainiert und ihre Leidenschaft völlig aus ihrem Leben verdrängt. Wenn sie sich an ihre Talente erinnert, besteht die Chance, dass sie sich auch an den Mord erinnert."

„Woher weiß ich, ob sie bereit ist?"

Sie winkte ab. „Man ist nie bereit für so einen Scheiß. Vertrau deinem Bauchgefühl. Sorge dafür, dass sie clean und aus Schwierigkeiten bleibt, aber bereite sie vor."

Ich setzte mich gerade hin. „Alles klar. Dann also Schießstand."

„Du hast Glück, dass sie dir genug vertraut, um vorher einer Paartherapie zugestimmt zu haben."

„Wovon redest du?"

„Sie hat dich schon vor langer Zeit als mehr als nur ihren Vormund angegeben, Julian. Sie spricht von dir, als wärst du ihr Partner, und sie hat mir die Erlaubnis gegeben, offen darüber zu sprechen."

„Du weißt also schon seit einer Weile Bescheid?"

Ihre Schultern hoben sich in einem gleichgültigen Achselzucken. „Ich habe es seit einiger Zeit vermutet. Du hast es offensichtlich genug gemacht."

Ich grunzte ein Lachen. Mein Herz schlug so stark, dass ich befürchtete, es würde mir aus der Brust springen. Es gab so viel, das ich in Ordnung bringen musste, und ich wusste nicht, wo ich anfangen sollte. Aber Kendra zu einem Date auszuführen, schien das Richtige zu sein. Ich würde diese Beziehung in ihrem Tempo angehen – nun ja, abgesehen von all dem Sex, den wir bereits hatten.

„Danke, Stef. Ich weiß das zu schätzen."

Wir beendeten unser Mittagessen und sie ging zurück zur Arbeit. Ich lockerte meine Krawatte, setzte mich an Kendras Akte und blätterte durch die Seiten. Tristan hatte einen Zeugen für Kendra und gegen Donaldson gefunden. Zum ersten Mal seit Langem hatte ich das Gefühl eines hoffnungsvollen Ausgangs.

Kendras Klingelton ertönte: das Geräusch von platzendem Kaugummi. Ich wischte mit dem Finger über den Bildschirm.

„Julian? Mein Vater ist hier, und er ist betrunken."

„Er ist in deiner Wohnung?"

„Nein, er ist bei dir zu Hause. Ich wollte dein Hemd vorbeibringen, und er kam rein, und... Julian, ich hab keine Ahnung, was los ist, aber es geht ihm echt beschissen. Er ist völlig durchnässt und redet davon, mich aus dem Land zu bringen, weil es eine Bedrohung von Donaldson gibt. Das ist doch dieser Kongressabgeordnete, oder?"

Ich überprüfte mein Laptop auf Benachrichtigungen, aber es gab keine. Ich dachte, Jake und Ashley hätten den Staat schon verlassen, aber anscheinend war Kendra nicht die Einzige, die von ihrer Vergangenheit heimgesucht wurde. Meine Brust blähte sich auf und meine Hände zitterten.

„Raus durch die Hintertür und ab zu meinen Eltern. Sofort."

„Nein, es ist okay. Er bittet mich nicht zu packen."

Ich hörte am anderen Ende das Klirren von Gläsern.

„Er schenkt sich gerade einen von deinen Whiskys ein", flüsterte sie.

Warum hörte sie nicht auf mich?

„Kannst du mir bitte einen großen Gefallen tun und das Haus verlassen, um an einen sichereren Ort zu gehen? Ich traue Jake im Moment nicht."

Ihre fünfsekündige Pause fühlte sich wie der längste Moment meines Lebens an.

„Okay, ich werde gehen. Ähm, ich schalte ein Footballspiel ein oder so, und er wird schon klarkommen." Die Sorge in ihrer Stimme beunruhigte mich.

„Lass den Fernseher aus. Er wird schon klarkommen. Geh einfach da raus, Kay. Bitte." Ich fuhr mit quietschenden Reifen aus der Garage von Silver Securities. „Lass dein Handy an. Ich komme."

Ich hörte, wie sie über den Hof eilte, ihr Atem so schwer wie meiner, und mein Herz schlug wahrscheinlich genauso heftig wie ihres. Wenn Jake Kays Aufenthaltsort preisgegeben oder irgendetwas getan hatte, um ihre Sicherheit zu gefährden, würde ich ihn verdammt nochmal umbringen. Und wie zum Teufel war er überhaupt auf das Grundstück gekommen?

Ich hörte über das Telefon zu, wie Kendra nach Hause rannte. Mein Vater rief Tristan an, der näher dran war, und als die beiden nach Jake sahen, hatte er Krampfanfälle und schäumte aus dem Mund. Es fühlte sich wie eine Ewigkeit an, bis ich ankam. Der Krankenwagen war viel schneller da und brachte den nicht ansprechbaren Jake ins Krankenhaus.

Ich stellte sicher, dass Kendra außer Hörweite war, und sprach einen Sanitäter an. „Wie lange war er bewusstlos?"

„Etwa zehn Minuten ab dem Zeitpunkt, als wir hier ankamen. Wir fanden ihn ziemlich blau vor."

„Danke. Stellen Sie sicher, dass wir die toxikologischen Ergebnisse bekommen."

„Ja, Sir."

Tristan kam mit den Händen in den Hüften nach draußen. Er hatte die Ärmel bis zu den Ellbogen hochgekrempelt, und sein Hemd war schweißdurchtränkt.

„Was denkst du?", fragte ich.

„Ich vermute, er wurde vergiftet."

„Kay erwähnte Donaldson am Telefon. Wir sollten unsere Sicherheit überprüfen; ein paar Gesundheitschecks in der Firma durchführen."

„Ich bin schon mit Gabe dabei. Er wird für ein paar Monate von Österreich aus arbeiten."

„So sollte es sein."

„Trauer kann verdammt hart sein." Mein Bruder senkte den Kopf. Es fühlte sich an, als wäre es erst gestern gewesen, dass seine Verlobte bei einem Autounfall gestorben war, während er lebend aus dem Unfall hervorgegangen war.

„Danke für deine Hilfe."

„Kein Problem."

Ich umarmte meinen Bruder fester als sonst und hielt die Umarmung länger. Es war gut, einen Bruder zu haben, der einer deiner besten Freunde war. Tristan und mein Vater gingen kurz darauf. Ich fand Kay zusammengerollt in unserem Bett. Sie bewegte sich kaum, als ich die Decke zur Seite zog. Ihre Augen waren geschwollen und ihre Lippen leicht geöffnet. Ich zog ihre Leggings, ihren Pullover und BH aus und streifte ihr eines meiner T-Shirts über den Kopf, so wie sie es mochte.

Sie bewegte sich und wischte sich die Augen, bevor sie sie öffnete. „Julian?"

„Ja?"

„Ist er tot?"

Ich strich sanft über ihren Arm. „Ja, das ist er, Schatz. Es tut mir leid."

Sie schloss die Augen und fuhr sich mit der Hand über die Stirn. „Man sollte meinen, es wäre dieses Mal einfacher, aber das ist es nicht."

„Was?"

„Das wird für mich seine zweite Beerdigung sein. Das zweite Mal Trauern, wenn ich eigentlich nicht wirklich trauern möchte."

„Hattest du beim ersten Mal das gleiche Gefühl?"

„Nein, dieses Mal ist es anders. Dieses Mal glaube ich, dass es mich nicht so sehr kümmert. Nichts Gutes ist passiert, seit sie zurückgekommen sind."

„Es tut mir leid."

„Warum konnte es nicht einfach der Zug gewesen sein?"

„Du erinnerst dich noch an den Zug?"

„Ja. Es ist all das Zeug davor, das verschwommen ist."

Sie gähnte und drehte sich auf die Seite, ihre Hüfte ragte nach oben.

„Würdest du jemals in Erwägung ziehen, dich daran zu erinnern, was vor dem Zug passiert ist? Vieles hat sich seit dem Zugunglück verändert."

„Ich weiß nicht, was ich an diesem Punkt tun soll. Ich dachte, das Leben würde einfacher werden, aber es wird mit jedem Jahr schwieriger."

„Ich weiß genau, was du meinst." Ich beugte mich hinunter und verteilte eine Reihe von Küssen von ihrer Stirn über ihre Nase bis zu ihren Lippen.

Sie setzte sich auf, hielt den Kuss aufrecht, und ich zog mich zurück. „Du solltest schlafen, Kay."

Sie schüttelte den Kopf. „Ich sollte nach Hause gehen."

„Ich sage nicht, dass du das nicht solltest, aber nicht heute. Heute bleibst du hier, bei mir."

„Weiß meine Mutter Bescheid?"

„Noch nicht. Wir versuchen, sie zu finden."

„Sagst du mir Bescheid, wenn du es tust?"

„Natürlich. Morgen früh unterschreibst du für den alleinigen Besitz deiner Immobilie, dann unterschreibt Jace, und du distanzierst dich von ihm und dem Club. Ich habe mit Scars Anwaltsteam gesprochen, und wir werden einen Verkauf inszenieren und die wahren Geschäftseigentümer verbergen. Jede Arbeit, die du machst, wird von zu Hause aus erledigt, und wenn du das Innere sehen musst, bringen wir dich verkleidet und mit Sicherheitspersonal hinein."

„Du kannst das alles machen?", fragte sie.

Sie schloss erleichtert die Augen, nachdem ich genickt hatte. Ich deckte sie zu und wartete, bis sie eingeschlafen war, bevor ich nach unten ins Büro ging. Ich öffnete den Computer und begann, an einem Plan zu arbeiten, um Kendra in Sicherheit zu bringen.

⚭

UM ACHT UHR morgens gesellte sie sich zu mir in die Küche. Ihre kleinen Füße tapsten über den Holzboden, und sie trug ein weißes Handtuch um ihre frisch gewaschenen Haare gewickelt. Ihr Lavendelduft traf mich wie ein Aphrodisiakum.

„Guten Morgen", sagte sie, als sie sich auf die Zehenspitzen stellte.

Ich fasste sanft ihr Kinn und zog ihren Mund zu meinem. Es wäre so viel einfacher, wenn sie hier bleiben könnte, aber Kendra brauchte ein Stück Normalität in ihrem Leben. Ich musste meinen verrückten Wunsch, dass sie wieder bei mir einzieht, vorerst beiseite schieben.

„Guten Morgen", murmelte ich an ihren Lippen. „Wie fühlst du dich?"

„Besser. Ich habe geschlafen wie ein Stein."

Sie senkte sich wieder, und ich zog einen Hocker an der Theke heraus. „Setz dich und iss. Wir fahren nach dem Frühstück eine Runde."

„Wohin fahren wir?"

„Es ist eine Überraschung."

Sie quietschte. „Ich mag Überraschungen."

„Ich weiß."

Sie griff nach ihrem Teller und nahm die Augenbinde, die ich dort platziert hatte. „Wofür ist das?"

„Nicht wofür du denkst." Ich zwinkerte, und ihre Unterlippe kräuselte sich enttäuscht. „Aber wir können sie für später aufheben."

„Ich mag beide Optionen. Versuchst du, mir zu helfen, zu vergessen, dass mein Vater gestern gestorben ist?"

„Ich glaube nicht, dass ich dazu in der Lage bin, aber ich hoffe, dich heute von allem ablenken zu können."

„Klingt perfekt."

Sie verschlang die Pfannkuchen und Spiegeleier mit Appetit, föhnte sich die Haare, und ehe man sich's versah, waren wir schon aus dem Haus. Ich half ihr mit der Augenbinde im Auto. Sie quietschte, sobald wir losfuhren, aber es dauerte nur wenige Minuten, bis wir am Ziel ankamen.

Ich parkte auf dem privaten Parkplatz, schaltete die Zündung aus und ging um das Auto herum, um Kays Tür zu öffnen.

„Wo sind wir?"

Ich nahm ihre Hand und half ihr auszusteigen. „Geduld."

Sie ließ ihren Kaugummi knallen und kicherte dann. „Weißt du nicht, mit wem du redest?"

„Ich verspreche, es wird sich lohnen." Ich führte sie zum Aufzug und in das Penthouse-Apartment und gab ihren privaten Code ein. Wir traten ein, und ich schloss die Tür ab.

„Julian, du machst mich nervös. Wo sind wir?"

„Nimm deine Augenbinde ab."

Sie trat von einem Fuß auf den anderen, bevor sie ihre Augenbinde entfernte. Ihre wunderschönen braunen Augen öffneten sich funkelnd.

„Hast du eine neue Wohnung gekauft?"

„Ja, das habe ich."

Sie trat vor. „Moment mal. Ist das mein Tisch?" Sie eilte weiter hinein. „Und das sind meine Sofas. Julian, was machen meine Möbel hier?"

„Diese Wohnung gehört dir."

Sie drehte sich auf dem Absatz um. „Was?"

„Wir werden deine alte zum Verkauf anbieten. Die ist nicht sicher genug."

„Ich kann mir das nicht leisten."

„Aber ich kann es, und ich will, dass du sicher bist. Es ist näher an meinem Haus, und im Gegensatz zu deiner alten Wohnung hat diese erstklassige Sicherheit. Du wirst nicht weit von mir entfernt sein und deine Unabhängigkeit haben, sodass ich dich zu Dates abholen, dich an Filmabenden besuchen und donnerstags Essen mitbringen kann. Und..." Ich trat näher, nahm sie bei den Hüften und zog sie an meinen Körper.

„Und?"

Ihr süßer Atem umhüllte mein Gesicht. Es reichte aus, um mein Verlangen ganz nach unten in meinen Schwanz zu treiben.

„Und jede Ecke dieser Wohnung einweihen."

Ich senkte meinen Mund auf ihren und verstärkte meinen Griff. Ihre zarten Lippen öffneten sich, und ihre Hände schlangen sich um meinen Nacken, ihre Finger strichen entlang meines Haaransatzes. Ich hob sie in meine Arme und trug sie zur nächsten Theke.

Sie öffnete ihre Augen und zog sich zurück. Ihre schmachtenden Lippen glitten an meinem Kiefer entlang. „Da ist eine Treppe. Es ist ein zweistöckiges Penthouse?"

Ich nahm wieder ihren Mund und zog mich zu schnell zurück. „Ja, und ein King-Size-Bett hinter diesem Geländer." Ich zeigte auf die zweite Etage.

„Du hast mir ein größeres Bett besorgt?"

„Das ist nur fair, da ich oft hier übernachten werde."

Ihr Bauch vibrierte mit einem Anflug von Lachen. „Das gefällt mir."

„Das freut mich. Ich hoffe, dieses Zuhause wird dir zumindest einen Hauch der Normalität geben, die du suchst. Ich will einfach nicht, dass du Angst hast, Kay. Wir werden das hinkriegen."

„Wir werden das hinkriegen", flüsterte sie.

Ihr Kopf neigte sich zurück, und ich senkte meinen Mund auf ihren.

„Wofür sind die Unterlagen?", murmelte sie, während sie meine Lippen liebkoste, und ich zog mich zurück.

„Alleinige Eigentumspapiere für deinen neuen Club, Kissed. Scar hat sie vorhin vorbeigebracht."

Sie nahm ein Taschentuch aus einer Box und spuckte ihren Kaugummi aus. „Wir müssen Jace finden, damit er sie unterschreibt."

Ich war mir sicher, dass dieser Scheißkerl früher oder später auftauchen würde, und meine Leute würden ihn aufspüren, bevor er sich von selbst blicken ließ. Ich hingegen hatte ein Kingsize-Bett und eine wunderschöne Frau in meinen Armen.

„Wie schaffst du es, mich mit Kaugummi im Mund zu küssen, und abgesehen von dem süßen Geschmack spüre ich nie etwas davon?", ich senkte meine Hände zu ihren Hüften und zog sie näher.

„Das ist ein Talent." Sie zuckte mit den Schultern.

„Mach dir keine Sorgen um Jace. Ich werde ihn finden, aber jetzt habe ich Wichtigeres zu tun. Bist du dabei?"

„Die Treppe ist verlockend, aber dieses Kingsize-Bett sollte der perfekte Ort sein, um mich wie eine Stoffpuppe herumzuwerfen."

Ihr verführerisches Flüstern berauschte meine Sinne, und ich verlor mich darin, sie zu berühren, zu küssen und zu liebkosen. Sie kam in meinem Mund, um meinen Schwanz und - was am wichtigsten war - in ihrem eigenen Bett zum Höhepunkt.

Kapitel 18

Kendra

Ich zog die Vorhänge auseinander, und die Sonne schien in mein Penthouse-Apartment. Der Blick auf den Hafen von Oyster Bay war jeden Cent wert, den Julian ausgegeben hatte. Mit einem guten Fernglas würde ich von hier aus Julians Haus sehen können, also war es vielleicht ganz gut, dass ich keins hatte. Es war ein wunderschöner Morgen, und ich fürchtete mich davor, das Bestattungsunternehmen wegen kurzfristiger Vorkehrungen anzurufen. Mein Vater war vor einer Woche gestorben, und sie hatten seinen Leichnam in der Leichenhalle aufbewahrt, während wir darauf warteten, meine Mutter zu finden.

Ich putzte mir die Zähne und zog kurze Jeans an. Das Thermometer auf der Terrasse zeigte angenehme 31 Grad an, und es war erst neun Uhr morgens. Früher verbrachte ich meine faulen Morgen und sonnigen Tage damit, Julian beim Bahnenziehen im Pool zuzusehen, aber das Leben auf eigene Faust gab mir das Selbstvertrauen und die Unabhängigkeit, die mir mein ganzes Leben lang gefehlt hatten. Es gab mir auch ein Gefühl von Sicherheit, aber trotzdem ließ Julian mich selten allein, was schön war.

Unsere neue Beziehung, ohne ausgesprochene Regeln oder

Verpflichtungen, linderte mein ständiges Verlangen nach dem Mann. Er hatte mich zweimal mit wunderbarem Sex überrascht, ohne Vorwarnung. Einmal nachts in meinem Schlafzimmer, ich wachte mitten in der Nacht auf, als sein Mund auf meinem lag und seine Hand in meinem Slip war. Als ich realisierte, dass es Julian war, der mich festhielt, verwandelte sich die Panik über jemanden in meinem Bett in Lust und Erregung. Er vögelte mich in dieser Nacht in meinem Bett, bis ich mich nicht mehr bewegen konnte, und verschwand dann ohne ein Wort.

Meine zweite Überraschung kam, als ich duschte. Danach konnte ich tagelang nicht laufen und rächte mich, als wir zum Abendessen in die Marina gingen. Ich kroch unter den Tisch und die Tischdecke; ich blies ihm mitten beim Abendessen einen. Danach versohlte er mir den Hintern zur Strafe, aber sein Schwanz in meiner Muschi, während er das tat, fühlte sich definitiv eher wie eine Belohnung an.

Ich goss mir eine Tasse Kaffee ein und holte einen Schuhkarton vom obersten Regal meines Kleiderschranks. Ich hob den Deckel an und betrachtete die Geldbündel. Zweihunderttausend nahmen weniger Platz ein, als ich erwartet hatte. Das Geld aus dem Bankschließfach meiner Eltern war praktisch gewesen, als ich Jace bestochen hatte, mich in den Deal aufzunehmen. Anscheinend gingen Immobiliengeschäfte in Manhattan mit einem Haufen Gefälligkeiten von allen Seiten einher, und in einem Jahr würde ich meinen eigenen Nachtclub, Kissed, leiten. Wenn Jace die Eigentumsdokumente wirklich unterschrieben hatte. Ich rief ihn täglich an, aber er erwiderte keinen meiner Anrufe.

Die Sonne stieg höher, zusammen mit der Temperatur, und am frühen Nachmittag hatte ich Lust, Fred und Wilma für einen Sprung in den Pool zu besuchen. Ich schnappte mir meinen Badeanzug, und als ich an der Haustür vorbeiging, wurde ein Zettel unter dem Rahmen durchgeschoben.

Ich hob das weiße Papier auf und drehte es um.

Triff mich in dreißig Minuten am Karussellpark. Jace.

Ich schickte Julian schnell eine Guten-Morgen-SMS, warf mein Handy in meine Handtasche und eilte aus der Tür.

Ich klemmte meine Tasche unter meinen Arm und hastete durch den Park. Ein unangenehmer Schauer lief mir über den Rücken. Jace ging nicht ans Telefon, als ich anrief, und als ich den Park absuchte und ihn nicht finden konnte, breitete sich ein ungutes Gefühl in meinem Bauch aus. Ein leises Pfeifen ertönte zu meiner Rechten, und ich drehte mich um. Martinez lehnte an einer ausgewachsenen Kastanie, Jace neben ihm. Dunkle Ringe lagen unter den Augen meines Freundes. Er schwitzte stark, während er zitterte, und konnte sich kaum aufrecht halten. Seine zerzausten Haare, das zerrissene Hemd und die verschmutzte Jeans machten die Sache nicht besser.

„Jace? Ist alles in Ordnung? Ich versuche seit Tagen, dich zu erreichen."

Er blickte auf, und sein leerer Blick erschütterte mich.

„Warum hast du meinen Anruf nicht erwidert, Jace?"

Jace verlor das Gleichgewicht, und Martinez packte seinen Arm, um ihn zu stützen.

„Was ist los mit ihm?", fragte ich.

„Nichts. Stimmt es, was er über dich sagt? Dein Vater denkt, du bist etwas Besonderes." Martinez spuckte aus und zielte auf den Boden.

„Ich habe keinen Kontakt zu meinen Eltern." Im Nachhinein hätte ich besser den Mund gehalten, denn der zufriedene Blick auf dem Gesicht des Arschlochs raubte mir den Atem.

„Was geht dich das an?"

Martinez ließ Jace los, und mein Freund fiel zu Boden. Ich rannte zu Jace und ließ mich auf die Knie fallen, während Martinez über mir knurrte. „Ich bekomme immer, was mir zusteht."

Jaces Muskeln zogen sich zusammen, und seine Gliedmaßen verkrampften sich, als er krampfte.

„Oh mein Gott. Oh mein Gott." Ich griff nach meinem Handy und wählte den Notruf, während ich Jace auf die Seite rollte. Ich schob meine Handtasche unter seinen Kopf und hielt ihn still.

„Ja, ich brauche Hilfe im Oyster Cove Park. Halt durch, Jace. Hilfe ist unterwegs."

Sein Mund schäumte, und er hörte auf zu atmen.

„Scheiße."

Ich drehte ihn flach auf den Rücken und begann mit der Wiederbelebung, während ich auf das Eintreffen des Krankenwagens wartete. Die verstreichenden Minuten fühlten sich wie Stunden an. Die Sanitäter übernahmen die Wiederbelebung und baten mich, ihnen ins Krankenhaus zu folgen, aber als wir ankamen, war Jace kalt, blau und tot. Ich stand da und beobachtete, wie sie seinen Leichnam aus dem Krankenwagen holten, unfähig, mich zu bewegen.

Ich schlurfte in das Krankenhauscafé und ließ mich an einem Tisch zusammensacken. Meine Hände waren schmutzig, meine Knie schmerzten und meine Finger juckten. Ich konnte mir nicht erklären, warum meine Finger juckten. Zumindest war ich nicht tot, wie Jace. Ich stand wieder auf und ging zur Toilette. Schmutziges Wasser lief von meiner Haut. Ich nahm Seife dazu und wusch sie erneut, während ich an meinen Nägeln herumkratzte, als ein leises Schluchzen aus der Kabine hinter mir ertönte.

Die Toilette wurde gespült, und eine elegante Frau mittleren Alters trat heraus. Ihre Augen waren geschwollen, als sie sich die Nase putzte und zum Waschbecken schlurfte. Sie warf das Taschentuch in den Mülleimer und begann erneut zu schluchzen. Sie blickte in den Spiegel.

„Es tut mir leid. Das mache ich normalerweise nicht. Ich bin normalerweise ruhig und gefasst, aber wie bleibt man gefasst, wenn der eigene Vater stirbt?"

„Es tut mir leid für Ihren Verlust. Ich wünschte, ich wüsste, wie sich das anfühlt." Ich deutete mit dem Finger auf sie, merkte dann aber schnell, wie dumm das aussah, und versteckte meine Hand hinter meinem Rücken.

„Sie wünschen sich, zu wissen, wie es sich anfühlt, einen Vater zu verlieren? Sie wissen nicht, was Sie sich da wünschen."

„Ich meine das nicht respektlos. Mein Vater ist tatsächlich vor einer Woche gestorben, und weil wir keine enge Beziehung hatten, trauere ich nicht so um ihn wie Sie. Ich wünschte, ich könnte es aber. Ich wünschte, ich könnte fühlen, was ich verloren habe. Sie müssen Ihrem Vater sehr nahegestanden haben."

„Er war mein Vorbild, und ich war seine Welt."

„Wow."

Sie zeigte auf meine Knie. „Was ist da passiert?"

„Ich habe versucht, das Leben eines Freundes zu retten. Aber er ist gestorben. Heute. Ich bin Kendra."

Sie schüttelte meine Hand. „Mila. Mein Gott. Ein Vater und ein Freund in so kurzer Zeit? Das ist eine heftige Serie. Es tut mir so leid."

Sie putzte sich noch einmal die Nase, fasste sich, spritzte etwas Wasser in ihr Gesicht und deutete zur Tür. „Möchten Sie draußen einen Kaffee oder Tee trinken?"

„Gerne. Das klingt gut. Und es tut mir wirklich leid für Ihren Verlust."

Wir gingen in die Cafeteria, und ich setzte mich an einen runden Tisch. Sie zog einen Stuhl heraus und setzte sich neben mich. Ich fuhr mit dem Finger über eine mit Kugelschreiber gekritzelte Linie, während meine neue Freundin zwei Cappuccinos bestellte.

„Werden Sie okay sein, um nach Hause zu gehen?", fragte sie.

„Ich komme klar. Mir geht's gut."

„,Mir geht's gut' ist genau das, was jemand sagt, dem es nicht gut geht. Ist jemand hier bei Ihnen?"

„Mir wird's gut gehen, solange ich nicht wie mein Freund sterbe."

Sie beugte sich vor. „Darf ich fragen, wie er gestorben ist?"

„Vergiftet."

Sie zuckte zurück.

„Was bringt Sie darauf?"

„Es ist Spekulation, aber ich bin sicher, der toxikologische Bericht wird wild sein."

„Und warum sprechen Sie nicht mit der Polizei?"

Ich wusste, dass Martinez Jace getötet hatte, aber ich hatte keine Beweise, und ich konnte mir keine Aufmerksamkeit leisten.

„Die Polizei kann mir nicht helfen. Mein Freund hat sich in mehr Schwierigkeiten gebracht, als er bewältigen konnte." Ich schluckte schwer. „Er muss sich mit jemandem angelegt haben."

„Klingt kompliziert", sagte die Frau. „Mein Rat wäre, diese Gelegenheit zu nutzen, um Ihr Leben zu vereinfachen."

Ich zog ein Taschentuch aus meiner Tasche und putzte mir die Nase. „Sie verlangen von mir, aus Wasser Wein zu machen. Ich würde alles dafür geben, in der Zeit zurückzugehen und wieder einfach zu sein. Ich dachte, ich wäre heute Morgen auf dem Weg dahin, aber dann starb Jace und, nun ja... Jetzt bin ich hier."

Ich bin ausgezogen, um neu anzufangen. Ich habe mein altes Leben hinter mir gelassen, und ich wollte einen einfachen Freund, Julian, aber ich bekam einen toten Jace dazu. War das eine Warnung von Martinez?

Die Frau sah auf die Uhr ihres Handys, nahm eine Visitenkarte aus ihrer Handtasche und legte sie auf den Tisch. „Sieht so aus, als müsste ich in der Verwaltung Papiere unterschreiben. Ich muss los, aber Sie klingen genau wie ich in Ihrem Alter."

„Inwiefern?"

Sie stemmte die Hand in die Hüfte. „Haben Sie jemals das Gefühl, dass Ärger Ihnen folgt und das Schicksal Sie verhöhnt?"

Ich neigte den Kopf zur Bestätigung.

„Deshalb sorge ich dafür, dass das Karma es richtig macht. Danke für Ihre freundlichen Worte auf der Toilette, Kendra. Ich hoffe, wir können uns bald wieder auf einen Kaffee treffen."

„Das wäre schön."

Ich winkte ihr zum Abschied, als sie wegging, und sank in meinem Sitz zusammen. Über die Krankenhauslautsprecher wurde ein Notfall ausgerufen. Vielleicht war ich der Sensenmann? So fühlte ich mich jedenfalls. Ich stand auf, um zu gehen, und stieß mit einem übel riechenden Mann zusammen. Der beißende Zigarrengestank kroch mir bis in die Lungen, bevor ich ihn sah.

„Unser Freund hat es nicht geschafft?"

Martinez drückte mich auf den Stuhl und setzte sich dorthin, wo vor einem Moment noch die ehrenwerte Richterin Mila Curtis gesessen hatte. Ich schob ihre Visitenkarte in meine Handtasche und ignorierte die eingehende Nachricht.

Dieser Arsch war für Jaces Tod verantwortlich und wahrscheinlich auch für den meines Vaters, und ich würde keine Gelegenheit versäumen, meine Antworten zu bekommen.

Ein Auto hupte draußen, und ich sprang auf. Martinez grinste hämisch.

„Was hast du Jace gegeben?", fragte ich.

„Nichts, was er nicht schon selbst genommen hat."

„Aber definitiv etwas, von dem du wusstest, dass es ihn hätte töten können."

Martinez beugte sich vor, sein stinkender Atem überwältigte mich, und ich wich in meinen Stuhl zurück.

„Ich bin nicht hier, um über Jaces Fehler mit Fentanyl zu reden. Ich bin hier, weil Jace mir was schuldet."

„Du meinst schuldete. Er schuldet dir nichts mehr, weil er tot ist."

Martinez rückte bedrohlich näher, seine Augenbrauen zu einem finsteren Blick zusammengezogen. Reihen von unerbittlichen Falten zogen sich über seine Stirn. „Sie haben mich richtig verstanden, Schätzchen. Jace schuldet mir was, und da Sie Partner waren, werden seine Schulden zu Ihren."

Ich wünschte, jemand würde diesen Kerl abknallen, und eine

Erinnerung, wie ich selbst einen Abzug betätigte, blitzte durch meinen Kopf. Ich schüttelte das Bild ab.

„Um wie viel geht es hier? Wie viel schuldet er Ihnen? Denn ich habe etwas Geld."

„Ich weiß, dass Sie Geld haben, aber unser Deal ging nicht ums Geld. Als ich ihm den Immobiliendeal von Hartley besorgt habe, versprach er, mir ein Mädchen zu bringen, gerade so voll-jährig. Jemanden wie Sie. Also wenn die Zeit zum Eintreiben kommt, werde ich eintreiben."

„Worauf sind Sie aus?" Kaum hatte ich die Frage gestellt, wurde mir klar, wie dumm sie war.

„Die Zahlung wird fällig, wenn Sie den Betrieb aufnehmen."

„Wer zum Teufel sind Sie? Eine gute Fee, die eine sinnlose Zukunft vorhersagt? Sie müssen ja völlig durchgeknallt sein, wenn Sie glauben, ich würde für ein krankes Versprechen von Jace geradestehen."

„Und Sie müssen naiv sein, wenn Sie denken, ich würde nicht eintreiben. Ich treibe immer ein, und es ist nicht das erste Mal, dass ich den Silvers etwas wegnehme. Sie müssen sich erinnern, Schätzchen - Leute, die mich abweisen, verschwinden."

Er sprach von Joanne. Schauer überzogen meine Arme. Er stand auf, ragte über mir auf, und meine Muskeln verloren ihren Willen. Glücklicherweise drehte sich Martinez auf dem Absatz um und ging. Ich sah zu, wie der lange Trenchcoat zur Tür hinaus verschwand und atmete endlich wieder. Die zusätzliche Luft linderte den Druck hinter meinen Augen und ich ließ los, schluchzte hemmungslos. Die Leute sahen mich an, vermuteten wahrscheinlich, ich hätte jemanden verloren. Und das stimmte. Ein Freund war vor meinen Augen gestorben. Aber was mich noch heftiger weinen ließ, war das Wissen, dass ich eine Drohung erhalten hatte, gegen die ich keine Ahnung hatte, wie ich mich wehren sollte. Vielleicht wussten meine Eltern, was sie taten, als sie mich schließlich verließen. Vielleicht konnte ich Ärger nie wirklich entkommen.

Ich zitterte unkontrolliert, bis plötzlich vertraute Arme mich vom Sitz hochzogen. Ich kuschelte mich an Julians Brust, und er setzte sich auf einen Stuhl und gurrte mir ins Ohr.

„Alles wird gut werden, Kay. Ich verspreche es." Seine Stimme senkte sich zu einem tröstlichen Ton.

„Du wirst es kaum glauben, aber Jace ist tot."

„Es gibt nichts Erfreuliches am Tod, wenn er zu früh oder ungerecht kommt. Also nein, Kay, ich bin nicht froh über seinen Tod."

Ich zog mich ein wenig zurück und sah ihm in die Augen. Was versuchte er mir zu sagen? Meine Nase tropfte, und ich wischte sie an seinem Hemd ab.

„Jace hat sich sein Bett selbst gemacht", brummte er, und ich zuckte zurück.

„Ich glaube, Martinez hat seine Drogen gestreckt. Er war da, als Jace eine Überdosis nahm, und er hat uns einfach zurückgelassen. Dann kam er hierher, ins Krankenhaus, um mir zu drohen. Ich sehe ihn überall." Ich konnte das Zittern nicht unterdrücken.

„Martinez war hier?" Julian sprang auf die Füße, stellte mich auf den Boden und ergriff fest meine Hand.

Ich unterdrückte mein Schniefen, putzte mir die Nase und wischte meine Tränen weg. „Ich sollte nicht heulen, sondern kämpfen, aber ich will nicht. Martinez hat Jace Drogen gegeben, damit er bekommen konnte, was Jace ihm nicht geben wollte."

„Was denn?"

Ich erschauderte. „Mich."

„Wir gehen." Er führte mich aus dem Krankenhaus zu seinem illegal geparkten Auto.

„Jace hat mich beschützt, Julian, und jetzt ist er tot. Martinez wird nicht aufhören. Wenn ich nicht freiwillig gehe, wird er mich mit Gewalt holen."

Julian blieb vor seinem Auto stehen und entfernte den Strafzettel unter dem Scheibenwischer. „Nun, er kann dich nicht haben. Niemand kann das."

Ich rutschte auf den Beifahrersitz, und Julian setzte sich ans Steuer.

„Wie hast du mich gefunden?", fragte ich und drehte mich zu ihm um.

„Ich habe dein Handy geortet. Ich versuche den ganzen Tag, dich zu erreichen."

„Ach ja? Was ist so wichtig, dass du mich orten musstest?"

Seine Lippen wurden schmal. „Ich hatte gehofft, es dir zu sagen, wenn wir zu Hause sind, weil ich nicht einmal sicher bin, wie ich es sagen soll."

„Sag es einfach, Julian. Mein Leben kann kaum noch schlimmer werden."

Aber es würde schlimmer werden. Ich wusste es nur noch nicht.

⌒⊙⊙

„GUTEN MORGEN."

Ich lag auf der Seite nahe Julians Füßen und betrachtete ihn von unten. Der Anblick seiner gesunden Erektion verdeckte sein Gesicht. Er stützte sich auf die Ellbogen und lächelte.

„Guten Morgen."

„Von hier sieht es auf jeden Fall gut aus." Ich wackelte mit den Augenbrauen. Ich dachte, ich wäre in seinen Armen eingeschlafen, aber ich musste mich bewegt haben. „Wann hören wir auf, so zu schlafen?"

Er runzelte die Stirn. „Wir haben doch schon immer so geschlafen."

„Was, wenn ich auf der anderen Seite des Bettes sein möchte?" Ich zeigte darauf. „In deinen Armen... Oder auf deinem Schwanz?"

Er brach in Gelächter aus, und ich stützte mich ebenfalls auf meine Ellbogen.

„Komm her." Er zwinkerte, aber ich blieb an meiner Stelle.

„Was, wenn ich dich für immer will, Julian? Denn... was genau sind wir?"

„Hast du letzte Nacht über das Leben gegrübelt?"

„Ein bisschen."

„Ich verstehe. Du brauchst eine Zusage." Er streckte die Hand zur Seite aus und klopfte auf das Kissen neben sich. „Komm her, mein Liebling."

Gänsehaut überzog meine Haut. Ich kroch unter der Decke hervor in meinem üblichen Julian-T-Shirt-und-Slip-Nachthemd, krabbelte über das Bett und schlüpfte wieder unter die Decke, kuschelte mich an seine Seite. Er legte seinen Arm um mich, und ich bettete meinen Kopf in die Kuhle zwischen seiner Schulter und Brust.

„Ich verlange keinen Ring, ich will nur... Ich möchte mehr sein als dein Fickfreund. Ich will mehr sein als eine weitere Stefanie."

Er küsste meine Schläfe.

„Du hast Recht, Kay. Du verdienst mehr als das, was ich dir geboten habe. Ich hätte das schon in Colorado sagen sollen, als ich mit dir geschlafen habe, und es tut mir sehr leid, dass ich es nicht getan habe. Du warst für mich nie nur ein Fickfreund, weil ich dich liebe. Ich liebe dich schon sehr lange."

„Das weiß ich doch, Dummerchen. Ich liebe dich auch."

„Nein. Ich meine, ich liebe dich so, wie ein Mann eine Frau liebt, und ich möchte mein Leben mit dir teilen."

Ich erstarrte. Was bedeutete das?

„Ich liebe dich genauso stark, Julian", flüsterte ich. „Und ich werde nie aufhören, dich zu lieben."

Er zog mich fester an sich und streichelte meinen Arm.

„Du hattest letzte Nacht einen Albtraum. Du hast Martinez erwähnt."

Die Erinnerung an das Gespräch mit dem Erpresser im Krankenhaus blitzte in meinem Gedächtnis auf, und ich erschauderte. Er hatte deutlich gemacht, dass er hinter mir her war.

„Er hat Jace getötet."

„Jace hat sich sein eigenes Grab geschaufelt."

Seine Worte trafen mich tief in der Brust und ich schloss die Augen. „Ich habe mir mein Grab auch selbst geschaufelt. Ich habe der falschen Person vertraut." Ich senkte den Kopf. „Wenn Jace ein wahrer Freund gewesen wäre, hätte er gewollt, dass ich mich von Martinez fernhalte, also verdiene ich, was auch immer auf mich zukommt."

Er küsste meinen Scheitel. „Du kannst dich nicht mit Jace vergleichen. Sie haben dich ausgenutzt. So einfach ist das. Und es tut mir leid wegen deines Vaters."

„Sie sind auf die gleiche Weise gestorben, Julian."

„Wenn es dich beruhigt, wir haben der Polizei einen Tipp über Martinez gegeben. Sie sollten ihn beschäftigt halten und von dir fernhalten. Mit etwas Glück werden sie ihn verhaften."

„Aber sie sind weg. Es fühlt sich immer noch nicht real an."

„Trauer trifft jeden anders."

Ich holte zitternd Luft. „Ist es schlimm, wenn ich mich erleichtert fühle, dass sie weg sind? Weißt du, als müsste ich mir keine Sorgen mehr um sie machen und könnte vielleicht mein Leben zurückbekommen?"

„Das ist nicht schlimm."

„Sollte ich überhaupt eine Beerdigung planen? Ich meine, will ich überhaupt, dass mein Vater eine richtige Beerdigung bekommt? Und was, wenn wir meine Mutter bis dahin nicht finden?"

„Wir können immer eine private Zeremonie beantragen und seine Asche dort platzieren lassen, wo sie angeblich vorher lag."

Ich wusste nicht, was ich tun sollte und ob es das gewesen wäre, was er gewollt hätte, und ich machte mir Sorgen um meine Mutter. Julian griff nach meiner Hand und verschränkte seine Finger mit meinen.

„Weißt du was? Du musst dich jetzt nicht entscheiden. Wir haben Zeit. Ich muss heute ein paar Anrufe machen, und ab jetzt haben wir auch Pläne für heute Abend. Du musst dich für eine Fahrt anziehen."

„Auf deinem Motorrad?"

Er bewegte sich und griff in meinen Slip, seine Finger wanderten zwischen meine Falten und über meine Öffnung.

„Fühlt sich an, als sollten wir damit anfangen, auf meinem Schwanz zu reiten", flüsterte er.

Sofortige Erregung schoss durch meine Adern. Ich kletterte über seinen Körper, streifte meinen Slip ab, zog mein T-Shirt aus und setzte mich rittlings auf ihn.

„Klingt nach einem verdammt guten Anfang." Ich lächelte.

„Rutsch tiefer." Die Aufforderung vibrierte durch seine Brust wie ein Versprechen. Ich hielt meine Beine um ihn geschlungen und glitt an seinem Körper hinunter und auf seinen Schwanz. Der herrlich langsame Eintritt verwandelte sich schnell in ein rollendes Feuerwerk. Ich hob mich und ritt seinen Schaft in einem unerbittlichen Tempo und brachte ihn zu einem schnellen Höhepunkt. Ich ließ mich auf seine Brust sinken und blieb dort, bis Julians Telefon seine Aufmerksamkeit zurück in die Realität holte. Er küsste mich hart, bevor er ging, um in seinem Büro zu arbeiten, und ich wickelte die Decke wie einen Kokon um meinen Körper. Während sich Jaces Tod und der Mord an meinem Vater ein bisschen wie Freiheit anfühlten, konnte ich das Gefühl nicht abschütteln, dass die Zielscheibe auf meinem Rücken immer noch hellrot leuchtete.

Kapitel 19

Julian

Ich drehte den Zündschlüssel, und das Dröhnen des Motorrads erfüllte die Garage. Ich spielte mit dem Gashebel in meiner rechten Hand. Die Kraft des Motors schnurrte mit meinen Handgelenkdrehungen, bis ich den Schlüssel umdrehte. Ich hatte den Großteil des Tages damit verbracht, Anrufe zu tätigen und die private Beerdigung für Kendras Vater zu organisieren. Der Abend konnte nicht früh genug kommen. Sie hatte den Tag im Hinterhof verbracht, zusammengerollt auf einem Sitz und ins Leere starrend. Die Nachricht vom Tod ihres Vaters war an die Öffentlichkeit gelangt, und das neu entfachte Interesse an der Familie Moore war sprunghaft angestiegen. Silver Securities tauchte tief in die Schadensbegrenzung ein.

Draußen war die Sonne untergegangen und der Himmel glühte in orangenen und rosa Tönen. Ich legte die Motorradhelme beiseite und wischte die Wasserflecken vom Tank. Kendra kam in die Garage, in ihrer engen Leggings, Stiefeln und einem Sweatshirt. Ich nahm ihren Helm von der gestapelten Säule aus Ersatzreifen und reichte ihn ihr.

„Fertig?", fragte ich.

Sie stellte sich auf die Zehenspitzen und streifte mit ihren

Lippen über meine. „Hast du etwa eine Spritztour ohne mich gemacht?"

„Ich hatte noch eine Besorgung vor unserem Date zu machen." Ich bückte mich und griff nach der großen Schachtel hinter dem Motorrad. „Ich dachte, dir gefällt dieser hier vielleicht besser als der alte."

Ihre Augen wurden groß und sie strahlte. „Für mich?"

Sie zog an der schwarzen Schleife, die um das Paket gebunden war, und hob den Deckel. Meine Brust trommelte vor Ungeduld, als sie die Leder-Motorradjacke und die passenden Handschuhe herausnahm.

„Oh mein Gott, Julian. Sie ist wunderschön. Danke." Sie sprang in meine Arme und spitzte die Lippen für einen langen Kuss.

„Dachte mir, eine neue könnte dir gut stehen."

„Ich liebe sie", sagte sie an meinem Mund und glitt an meinem Körper herunter.

„Zieh sie an. Wir machen eine Spritztour."

Sie zog ihre Jacke, den Helm und die Handschuhe an und kletterte hinter mir aufs Motorrad. Ihre Arme schlangen sich um meinen Oberkörper.

„Wie aus dem Effeff." Ich warf einen Blick über meine Schulter und schaltete die Zündung ein. Die Vibrationen des Motors wanderten meine Wirbelsäule hinauf. Kendra verstärkte ihren Griff und ich fuhr aus der Garage.

Wir fuhren entlang der Küste, die Kraft des vorbeiziehenden Windes umhüllte uns. Zu unserer Linken schaukelten eine Handvoll Boote auf dem schwarzen Ozean. Die salzige Luft wich zurück, als wir uns von der Küste entfernten und ich in die Stadt einbog. Sie drückte ihre Brust an meinen Rücken und lehnte sich in jede Kurve, folgte dem Schwung des Motorrads. Vor uns erleuchtete das verführerische Leuchten der Stadt den Himmel. Ich bog links ab und fuhr über die Stadtgrenzen hinaus zu einem Schießstand. Ich hatte hier oft mit meinen Brüdern geübt.

Ich parkte das Motorrad und wir nahmen unsere Helme ab. Ich sicherte sie am Motorrad und nahm ihre Hand. Cameron, der Besitzer, empfing uns in der Halle und schloss die Tür hinter uns ab.

„Es gehört ganz euch." Er zeigte mir die Tür und ich führte Kendra hindurch.

Wir betraten einen Raum mit einer Wand voller Pistolen und Gewehre. Kendra ging an der Wand entlang und blieb bei einer Glock 19 mittlerer Reichweite stehen. Sie wählte die Waffe, um die sie mich einmal gebeten hatte, umfasste den Griff und über- prüfte das Magazin.

„Es ist leer."

„Die Kugeln sind auf der anderen Seite." Ich zeigte quer durch den Raum.

„Ich habe das Gefühl, diese Waffe schon mal gesehen zu haben."

„Das hast du auch."

Sie ging am Tresen entlang, bis sie die richtige Kugel fand und lud die Waffe.

„Verdammt! Woher weiß ich das alles?"

„Das sagst du mir."

Sie dehnte ihre Finger, drehte ihren Hals zur Seite und grinste. „Ich will schießen."

„Ich hatte gehofft, dass du das sagst."

Ich schnappte mir ein paar Paare geräuschunterdrückender Kopfhörer und setzte ihr einen auf die Ohren, während ich auf die Tür hinter ihr zeigte. Ich folgte ihr in den Schießbereich. „Du kannst dir jedes Ziel aussuchen."

Kendra trat an die Linie, als hätte sie das schon hunderte Male gemacht. Tatsächlich hatte sie das auch schon hunderte Male gemacht. Sie war ein Profi.

Sie nahm eine feste Haltung ein, hob die Waffe und zielte. Drei Sekunden später drückte sie ab und traf dreimal ins Schwarze am Ende der Halle.

Sie drehte sich zu mir um. „Verdammt nochmal!" Ihr Brustkorb hob und senkte sich in einem gleichmäßigen Rhythmus.

„Ich weiß. Mach weiter."

Sie kam wieder zu Atem, drehte sich um und leerte das Magazin, einen Schuss nach dem anderen, und traf jedes Mal ins Ziel.

Sie senkte ihre Waffe und wandte sich mir zu. „Ich bin mir ziemlich sicher, dass ich auch mit den anderen Waffen schießen kann."

„Dann tu es." Ihr Mundwinkel zuckte, als ich an der Schnur zog, um die Zielscheiben zurückzuholen. „Lass uns sehen, ob du diese hier triffst." Ich zeigte in die Richtung.

Sie lud die Waffe, zielte und beendete die Runde, jede Kugel traf ins Schwarze.

Sie streckte ihren Zeigefinger aus, als wäre er ein Lauf, und blies einen Lufthauch darüber. „Wie aus dem Effeff."

„Hat dir das gefallen?"

„Es war einfach." Ihre Nase kräuselte sich. „Wie eine zweite Natur."

„Ich dachte mir schon, dass es so sein würde."

„Okay, jetzt bin ich wirklich bereit dafür, dass du mir sagst, was ich gerade gemacht habe."

„Bist du sicher?"

„Ja, ich bin sicher. Woher weiß ich so viel über Waffen?"

Sie gab die Waffe an Cameron zurück, ich nahm ihre Hand, und wir gingen zurück zum Parkplatz.

„Du warst eine olympische Kandidatin und hast Biathlon trainiert. Schießen war dein Ding."

„Eine olympische Kandidatin?"

„Jap. Du bist auch eine ausgezeichnete Skifahrerin."

„Wow."

„Ich weiß. Weckt das irgendwelche Erinnerungen?"

Sie schien in sich zusammenzusinken.

„Ist schon okay. Es kann eine Weile dauern, bis du dich erinnerst."

Ich zog sie zu einer langen Umarmung heran. Wir standen am Ende des Parkplatzes unter der Straßenlaterne, als sich ein Verkäufer mit einem kleinen, rollenden Hotdog-Wagen näherte. Ich beobachtete, wie ihre Augen groß wurden, und der Moment war jeden Cent wert, den ich ausgegeben hatte, um ihn anzuheuern.

Sie zupfte an meinem Arm. „Wir sollten einen holen."

„Das sollten wir auf jeden Fall."

Wir eilten zu dem Mann und der Reihe perfekt gegrillter Hotdogs.

„Schau, da ist Sauerkraut."

„Ja, das stimmt."

„Oh nein." Sie hielt auf halbem Weg inne, als sie nach dem Behälter griff. „Ich sollte wahrscheinlich auf den Hotdog warten."

„Das solltest du wahrscheinlich."

„Warte mal – hast du das alles geplant?"

Ich zuckte mit den Schultern. „Könnte sein."

Ich hob meine Hand zum Mann und zeigte ihm zwei Finger. Er legte zwei lange Brötchen auf den Grill zum Toasten.

Kendras Lächeln wurde breiter. „Ich liebe es. Danke, dass du mich von ... nun ja, eigentlich von allem abgelenkt hast."

„Gern geschehen. Ich freue mich, dass dir unser Abend gefallen hat."

„Was gibt's da nicht zu mögen? Motorradfahrt, Schießen, Hotdog und Schwanz. Das perfekte Date."

„Wann hattest du denn Schwanz?"

„Darauf freue ich mich noch." Sie zwinkerte, und der Mann hinter dem Wagen kicherte. Er reichte uns die Hotdogs, und wir belegten sie mit Zutaten, wobei wir mehr Sauerkraut aufschöpften, als legal sein sollte.

„Ich bin eine verdammt gute Schützin", sagte sie, bevor sie abbiss.

„Ja, das bist du. Wir können jederzeit hierher zurückkommen."

„Werden die Hotdogs hier sein?", murmelte sie kauend.

„Ich bin sicher, das lässt sich einrichten."

Sie neigte den Kopf. „Du würdest alles für mich tun, oder?"

„Ich glaube, das haben wir schon vor langer Zeit festgestellt."

Sie stopfte sich den Rest ihres fußlangen Hotdogs in den Mund, als ich noch nicht einmal zur Hälfte mit meinem fertig war. Der Zug beeindruckte und erschreckte mich gleichzeitig. Dieser Mund war verdammt unwiderstehlich.

Wir spülten das Essen mit Root Beer hinunter, sprangen wieder aufs Motorrad und fuhren nach Hause. Ich parkte in der Garage und stieg ab, während Kendra auf ihrem Platz blieb.

Ich nahm eine kleine Schachtel von einem Regal und hielt sie vor sie hin, ihre Augen weit aufgerissen und ihre Haare wild.

„Was machst du da?"

Ich lachte. „Mach sie auf."

Vorsichtig hob sie den Deckel und enthüllte einen Satz Autoschlüssel. Sie baumelte sie zwischen ihren Fingern.

„Du hast mir einen Beamer besorgt?"

„Ich habe gehört, du hast den Jaguar zu Schrott gefahren, während ich weg war. Ich bin sicher, du wirst wieder in den normalen Alltag zurückkehren wollen, mit etwas Zuverlässigem. Ich wollte dir einen Bentley besorgen, aber ich weiß, dass du BMWs mehr magst. Er steht in der Garage am Gästehaus."

„Julian, das ist zu viel." Sie legte die Schlüssel in meine Handfläche.

„Warum?"

„Ich kann mir mein eigenes Auto kaufen, weißt du – sobald der Club läuft. Außerdem habe ich mein eigenes Geld."

„Drogen?"

„Nein. Aus dem Bankschließfach, das mein Vater mir beim ersten Mal hinterlassen hat, als sie starben."

„In Ordnung, aber kannst du das Geschenk nicht einfach annehmen? Dieses Modell hat einen GPS-Tracker, sodass ich immer weiß, wo du bist."

„Das klingt gruselig und beruhigend zugleich. Danke für das Auto. Ich weiß es zu schätzen."

Sie packte mein Hemd und zog mich zu einem Kuss heran.

„Hast du dich noch an etwas anderes vom Schießstand erinnert?", fragte ich, aber sie küsste mich erneut. Sie schmeckte nach salziger Meeresluft und wildem Wind, und ich konnte nicht genug davon bekommen.

„Vielleicht erinnere ich mich nicht an alles – sie küsste meine Oberlippe, dann die Unterlippe und streifte verlockend mit ihren Lippen über meine – aber ich erinnere mich daran, wie sehr ich dich will. Ich habe dich schon immer gewollt."

Sie sprang vom Motorrad, hob ihr Bein über den Sitz und setzte sich rittlings darauf, mir zugewandt. Ich stand hinter dem Motorrad und hielt ihren Blick fest. Ihre Augen verdunkelten sich vor Lust und ihre Hände glitten an meiner Brust hoch. Sie zog den Reißverschluss der Jacke langsam herunter. Ich streifte das Leder von meinen Schultern und zog meine Arme heraus. Die Jacke fiel zu Boden. Kendra entledigte sich ihrer eigenen, mit einem schelmischen Funkeln in den Augen. Sie lehnte sich vor, packte meinen Nacken und zog mich zu ihrem Mund. Ihre Zunge traf meine, umkreiste sie mit einem überraschenden Versprechen. Sie war wie ein Hurrikan, ruhig im Inneren, aber außen die Welt zerrüttend. Sie schmeckte gefährlich verführerisch, und ich zog mich zurück.

„Was machst du da, Kay?"

„Hoffentlich dich."

„Das wird nur auf eine Art enden, wenn du mich so reizt."

Sie küsste mich erneut, während ich ihren Pullover packte und nach oben zog. Sie hob ihre Arme und half mir dabei.

„Das ist die Idee."

Ich ging nach vorne, legte die Kleidungsstücke über den Tachometer zwischen den Lenkern, wo sie ihren Kopf ablegen konnte, und kehrte zu ihrem Mund zurück, aber sie zog sich zurück. „Julian?"

„Ja?"

Ihr Lächeln strahlte von einem Ohr zum anderen, und Verlangen kräuselte sich in ihrem heißen Atem.

„Falls ich es vergesse, danke für alles, was du für mich getan hast. Ich verdiene nicht –"

Ich raubte ihr erneut den Mund und lehnte mich vor, zwang sie, sich auf den Rahmen zurückzulegen und nahm ihr die Kontrolle. Ich wollte und brauchte ihren Dank nicht. Wenn ich meinen Job beim ersten Mal richtig gemacht hätte, hätte Kendra weniger gelitten. Sie hatte das Recht, in Frieden zu leben, ohne Angst auf der Straße zu gehen und für ihre eigenen Fehler geradezustehen, nicht für die ihrer Eltern. Sie verdiente viel Besseres als ihre Eltern, aber das hatte ich für mich behalten.

Ich zog meine Finger entlang ihrer Halsbeuge, bevor ich an ihrer Brust hinabglitt. Ihre Brüste hoben und senkten sich mit jedem Atemzug, und ihre Brustwarzen drückten sich durch ihren BH. Ich streifte über die harten Spitzen, und sie erschauderte.

„Ich halte es nicht bis zum Schlafzimmer aus, ohne dich zu haben, Kay." Die besitzergreifende Stimme überraschte mich selbst. Ich senkte meinen Mund zu ihrer Brust und umschloss mit meinen Zähnen die steinharte Brustwarze, rollte sanft meine Zunge über die Spitze, bevor ich sie hochzog und losließ. Sie drückte ihre Brust höher. Der Helm, der am Lenker des Motorrads hing, fiel zu Boden und erschreckte sie.

„Ganz ruhig, Baby." Meine Finger spielten über ihren Hosenbund und zogen dann langsam die dehnbare Leggings von ihren Hüften. Ich entfernte ihre Stiefel und streifte den Stoff von ihren Beinen. Das Motorrad wackelte bei der Bewegung.

„Besser, du behältst dein Gleichgewicht, Silver, sonst kippen wir um."

„Nein, werden wir nicht." Ich ließ meinen Blick von oben über ihren Körper schweifen. Sie sah in ihrem spitzenbesetzten BH und Höschen wie eine absolute Göttin aus. Für mich war sie eine Göttin.

Eine Windböe fegte durch die Garage und ließ ihre Haut prickeln. Mondlicht fiel durch das Türfenster und tauchte den Raum in Grau- und Weißtöne.

Ich hob ihre Hüften an und zog ihren Körper sanft nach vorne, sodass ihr Rücken flach auf dem Motorrad lag. Ich kauerte mich hinter das Motorrad, wo ihr Hintern an der Kante balancierte und ein Fuß an der Seite baumelte. Ich hob diesen Fuß an meinen Mund und strich mit meinen Lippen über ihre Zehen, langsam aufwärts über ihre Wade bis zu ihrem Oberschenkel. Ich legte ihr Bein über meine Schulter und zog meine Nase entlang ihres Höschens, ihr Verlangen einatmend.

Ihr leises Stöhnen machte mich hart. Ich strich mit meinem Finger über den durchnässten Stoff und griff nach einem Cuttermesser in der Nähe. Der Stoff gab beim ersten Zug der Klinge nach.

Ich fuhr mit meinen Fingern ihre Spalte hinunter. „Du bist so verdammt nass, Kay."

Sie hob ihre Hüften, und mein Daumen strich über ihre pulsierende Klitoris. Ich schob zwei Finger in sie, während ich den empfindlichen Bereich rieb. Sie verengte sich um mich, ihr Körper bewegte sich im Rhythmus meiner Stöße. Ich fingerte härter und schneller, bis meine Finger nicht mehr genug für sie waren, und auch nicht für mich. Ich krümmte den Mittelfinger und rieb gegen ihre innere Wand. Sie drückte sich um meinen Finger, und ihre Hände flogen zu ihren Brüsten, formten das Fleisch und griffen nach den Brustwarzen. Ich senkte meinen Mund zu ihrer Pussy und leckte um die Stelle, an der ich gepumpt hatte.

„Oh mein Gott." Ihre Stöhner hallten durch die Garage und schürten meinen Hunger.

Ich zog meine Finger heraus und packte ihren Hintern, fixierte sie an einer Stelle. Ich leckte durch ihre Pussy, wirbelte nahe an ihrem Verlangen. Sie schmeckte nach Gefahr und Vergnügen. Ich strich mehrmals mit meiner Zunge über ihre pulsierende Klitoris, bevor ich mich über die empfindliche Stelle schloss. Das abwechselnde Saugen und Lecken verstärkte ihre Erregung. Sie schwoll zwischen meinen Lippen an. Mit einem Stöhnen packte sie meinen Kopf und drückte meinen Mund fester auf ihre pulsierende Mitte.

„Bitte, Julian. Bring mich zum Kommen", bettelte sie und ließ meine Haare los. Acht Zungenschläge später zitterte sie in meinem Griff und explodierte in meinem Mund. Sie schrie, als ich an ihrem Höhepunkt saugte und die Schauer über ihre Haut fließen sah. Ich leckte durch ihren abklingenden Orgasmus, bis ihre Beine sich senkten und ihre Arme zur Seite fielen.

Ich verteilte sanfte Küsse entlang ihres Bauches, durch das Tal zwischen ihren Brüsten, über ihren Hals bis zu ihrem Mund. Ihr Geschmack war eine berauschende Mischung aus Hitze und Süße. Ich kreiste mit meiner Zunge über ihr Zahnfleisch, genauso wie ich es zwischen ihren Beinen getan hatte. Das leise Wimmern aus ihrer Kehle machte mich auf meinen harten Schwanz aufmerksam. Ich zog mich zurück und stand neben dem Motorrad. Sie griff nach meiner Jeans und wölbte ihre Hand über die Beule unter meinem Reißverschluss. Ihr Mundwinkel hob sich, als sie meinen Blick erwiderte.

Sie setzte sich auf und packte meine Jeans. Aber bei einer Erektion dieser Größe würde es eine Herausforderung sein, sie auszuziehen. Sie zerrte zweimal an der Jeans und arbeitete sie mit mehr Geduld herunter. Ich zog meinen Bauch ein, was nicht viel half. Der Reißverschluss und dann der Bund rutschten an der Beule vorbei, ohne die Ware zu beschädigen.

„Konntest du heute Morgen keine Unterwäsche finden?", fragte sie.

„Beschwerst du dich etwa?"

„Nö-ö." Sie schüttelte den Kopf, und meine Jeans fiel mir bis zu den Knöcheln.

Ich beobachtete, wie sie auf das glänzende Präejakulat starrte, und reichte ihr ein Kondom.

„Du magst doch keine Kondome." Sie blickte auf.

„Du hast Eisprung, und ich warte nicht, bis du keinen mehr hast. Willst du die Ehre haben?"

Aber sie wartete nicht. Stattdessen umschloss sie meinen Schwanz mit ihren Fingern und streichelte von der Basis nach oben, während sie mir direkt in die Augen sah. Ich sog scharf die Luft ein, meine Bauchmuskeln spannten sich an. Der erste Schub Vergnügen kam mit der ersten Berührung ihrer warmen Hand. Aber es war die Wärme ihrer Muschi, nach der ich mich sehnte.

Sie rollte das Kondom über meinen Schwanz und zog das Latex bis zur Basis.

„Steh auf, Kay. Und dreh dich um." Ich half ihr vom Motorrad, und sie stützte ihre Arme auf den Sitz, während sie mit ihrem bereiten Hintern wackelte.

„So wunderschön", ich griff zwischen ihre Beine, verteilte die Feuchtigkeit und positionierte meinen Schwanz. Ich schob meine Hüften nach vorne und glitt langsam in sie hinein, zog mich dann fast zurück, bevor ich sie wieder füllte, tiefer und härter.

„Du bist so perfekt, Baby."

Ich wiegte mich vor und zurück, bevor ich das Tempo erhöhte. Ihre Hüften hielten in meinen Händen still, während sie sich gegen das Motorrad stemmte. Das Geräusch unserer klatschenden Haut hallte durch die Garage. Der Geruch unseres Schweißes vermischte sich mit dem schwachen Duft von Benzin und Leder. Ich zog mehr von ihrem Gewicht gegen mich, und sie schrie auf.

Sie tropfte ihre Muschi herunter, und ich stieß härter zu, belebte ihr Verlangen mit meinen Fingern über ihrer pulsierenden Klitoris. Ich stieß ein lautes Stöhnen aus, drängte härter, und sie verlor die Kontrolle.

„Oh, Scheiße!"

Ich stieß direkt wieder in sie hinein und zwang ihr einen weiteren Schrei ab, bis sie sich um mich schloss und zitterte. Als ihr Orgasmus abklang, stieß ich noch dreimal zu und fand meine

Erlösung. Ihre Knie gaben nach, als ich das Kondom in ihr füllte. Ich zog mich zurück, entfernte das Latex, verknotete es oben und warf es in den Mülleimer in der Ecke. Ich traf den Mülleimer, drehte Kendra um und nahm sie in meine Arme. Sie schlief in der Geborgenheit meines Körpers ein, nachdem ich sie in unser Schlafzimmer getragen hatte. In dieser Nacht, während ich sie in meinen Armen wiegte, überlegte ich, wie ich ihr von der Nachricht erzählen sollte, die ich erhalten hatte. Man hatte ihre Mutter mit einer Kugel im Kopf gefunden.

Kapitel 20

Kendra

ein Handyakku piepste mit einer Zwei-Prozent-Warnung.

„Mist."

Abrupt bremste ich meinen Jogging-Lauf ab, schaltete hastig die Apps aus und riss mir die Kopfhörer aus den Ohren, als ich einen dunkelhaarigen Mann bemerkte, der auf der anderen Straßenseite stand und starrte. Er ähnelte Martinez, aber ich konnte aus dieser Entfernung nicht sicher sein. Ein bitterer Geschmack breitete sich in meinem Mund aus.

Es war eine Woche her, seit die Polizei meine Mutter mit einer Kugel im Kopf gefunden hatte. Jetzt hatten beide Elternteile ihre Grabplätze wieder eingenommen, und ich wollte verdammt nochmal nicht die Nächste sein. Heute wäre meine erste Nacht allein in der Wohnung seit der Nachricht. Julian war geschäftlich unterwegs, aber die Wohnung war angeblich sicher.

Martinez hatte mich seit dem Krankenhaus nicht mehr bedroht, aber er lauerte immer in der Nähe. Zumindest fühlte ich ihn lauern, und meine angespannten Muskeln erinnerten mich daran, dass ich mich unter ständiger Bedrohung fühlte. Ich machte einen Seitenschritt in die Straße, die zum Yachthafen und zum Oyster Bay Port führte, wo die Straße von Wochenendbesuchern wimmelte. Ich schlängelte mich durch die Menge, vorbei an Cafés und Restaurants, aber der Mann folgte mir. Diesmal erkannte ich Martinez' buschige Augenbrauen. Der Hafen war voller Touristen, aber als ich versuchte, in dem Nachmittagstrubel unterzutauchen, beschleunigte er sein Tempo. Ich war auf dem Weg zur Marina, in der Hoffnung, bei Olivier's zu Atem zu kommen, aber er kam ja immer näher, also stieß ich die erste Tür zu meiner Rechten auf.

Menschen mit Namensschildern und Schärpen füllten das Foyer. Sie tauschten Ordner und Fotos aus. Einige weinten bei einem Wiedersehen am Imbiss. An den Wänden hingen Tafeln mit Stammbäumen.

„Ahnenforschungskonferenz? Was zum Teufel ist das?"

Ich ging schnurstracks zur Damentoilette und schlüpfte hinein, als Martinez das Gebäude betrat, aber ich war ziemlich sicher, dass er mich nicht gesehen hatte. Wasserhahn an. Gesicht waschen. Schweiß rann. Herz raste. Panik stieg auf.

Ich fummelte an dem Handy in meiner Tasche herum, aber als ich mit dem Finger darüber wischte, war der Akku leer und ich konnte Julian nicht anrufen.

„Alles okay bei dir?" Ich riss meinen Kopf hoch und sah das Spiegelbild der Frau. Ihre blonden Haare, das makellose Make-up, Jeans und der Pullover mit dem Namen Samantha in ordentlicher Handschrift auf einem Schild gaben mir Hoffnung, dass ich endlich mal auf jemand Nettes gestoßen war.

„Ich glaube, ich werde verfolgt", platzte es aus mir heraus, und ihr Blick huschte zur Tür. „Von einem Mann. Ich glaube nicht, dass er mich hier reinkommen sah, aber ich weiß auch nicht, wie ich wieder rauskommen soll."

Ihre Glieder versteiften sich und ihr Nacken spannte sich an. „Sollen wir die Polizei rufen?"

„Nein. Die Polizei kann bei diesem Arschloch nicht helfen. Ich... ich muss mich in etwas anderes umziehen."

Mein aktuelles Sporttop und die Laufleggings boten nicht viele Möglichkeiten, in der Menge unterzutauchen.

„Du kannst meinen Pullover haben, aber wenn er dir folgt-"

„Ein Pullover wird nicht helfen." Ich drehte mich zum Händetrockner und stieß gegen einen Reinigungswagen. Mein Blick traf den von Samantha. „Aber das hier wird helfen."

Ihre Augen wurden groß.

„Ich brauche einen riesigen Gefallen", flüsterte ich.

Sie beeilte sich, die Vorratstür unter dem Wagen zu öffnen und entfernte die Toilettenpapierrollen und die Seife von unten, die sie mir reichte. Ich stapelte alles auf der Ablage neben dem Waschbecken. Sie zog ihr Namensschild ab, streifte ihren Pullover ab, glättete ihre knackige weiße Bluse und band ihre Haare zu einem Dutt.

„Wird das reichen?", fragte sie, und ich grinste.

„Denkst du, es wird funktionieren?"

„Ich schreie, wenn es nicht klappt. Steig ein."

Es war schon eine Weile her, dass ich mein Leben in die Hände einer Fremden gelegt hatte, aber jetzt hatte ich keine Wahl, und Samantha strahlte vertrauenswürdige Schwingungen aus.

„Bring mich in den zweiten Stock." Ich kletterte hinein, und sie schloss die Tür.

Der Wagen wackelte, als Samantha schob. Ich lauschte dem summenden Gewirr draußen. Wir nahmen den Aufzug, und Momente später, als die Musik vorbeidriftete, öffnete sich der Aufzug, und am widerlichen Geruch erkannte ich, dass wir in einer anderen Toilette waren. Endlich ließ sie mich raus.

„Hi." Sie grinste. „Ich glaube, wir sind aus dem Schneider. Ich habe niemanden auf dieser Etage gesehen, und mir ist auch niemand gefolgt."

Ich krabbelte heraus und überprüfte den leeren Flur.

„Vor wem versteckst du dich?", fragte sie.

„Ein besessener Ex", log ich. „Kann ich dein Handy benutzen?"

„Ich muss leider gestehen, dass ich keins dabei habe. Ich habe es vor ein paar Tagen fallen lassen und warte auf einen Ersatz."

„Mist."

„Wenn du hier raus willst, ich habe mein Auto auf dem Parkplatz."

Ich wollte echt da raus, und zwar schnell. Jede Sekunde zählte. Martinez könnte jeden Moment auftauchen. Nachdem Julian den Besitz des Clubs geändert hatte, hatte ich gehofft, Martinez würde seinen Glauben aufgeben, dass ich für seinen Deal mit Jace verantwortlich war, aber mein Bauchgefühl sagte mir, dass Martinez niemals aufgeben würde. Er würde mich zwingen, mich für den Rest meines Lebens zu verstecken.

„Solange wir ungesehen verschwinden können, würde ich das sehr gerne."

„Es gibt eine Treppe am Hintereingang des Gebäudes."

Wir tauschten identische Blicke aus und liefen gleichzeitig los. Samantha hatte Recht. Es gab tatsächlich eine Hintertreppe, und glücklicherweise war sie leer. Wir eilten zum hinteren Park-platz, stiegen in ihren Honda Civic, und ich duckte mich in den Fußraum, als wir den Hafen verließen.

„Ich heiße Kendra. Danke für deine Hilfe."

„Samantha. Meine Freunde nennen mich Sam, aber ich habe nicht viele Freunde. Ich habe gerade erst einen neuen Job in der Stadt angefangen, und meine Arbeitskollegen kenne ich noch nicht lange."

„Du bist nicht von hier?"

Sie umklammerte das Lenkrad und checkte alle paar Sekunden ihre Spiegel. Ihre Knöchel wurden weiß vor Anspan-nung. „Nein, die Stadt ist neu für mich. Wir haben auf dem Land gelebt; ziemlich abgeschieden, schätze ich."

„Du und dein Mann?"

Sie schüttelte den Kopf.

„Freund?", fragte ich, als sie links abbog, um auf die Schnell-straße zu fahren.

„Nein, ich habe bei meinen Eltern gelebt, bevor sie starben. Ich bin erst vor Kurzem nach Long Island gezogen."

„Das tut mir leid wegen deiner Eltern." Meine Augenbrauen hoben sich, und sie warf mir einen Seitenblick zu. „Die Stadt ist wahrscheinlich chaotischer als dein Heimatort."

„Ach, zieh nicht so ein Gesicht. Es gab auch in der Pampa genug zu tun."

„Hör zu, du musst es mir nicht schmackhaft machen."

„Ich wurde als Baby adoptiert und bin zur Konferenz gegangen, in der Hoffnung, eine Spur meiner leiblichen Eltern zu finden."

„Hattest du Glück?"

„Nö. Sieht so aus, als würde ich in keinem System irgendwo existieren."

„Du solltest diesen Ahnenforschungs-DNA-Kram machen. Das müsste helfen."

„Ich wollte mir die Broschüren holen, wurde dann aber auf der Toilette abgelenkt."

„Tut mir leid deswegen."

„Schon okay. Ich kann die Infos bestimmt online finden. Ich kann's echt nicht fassen, dass du vor echten Bösewichten davonläufst. Das ist ja wie in einem Krimi!"

„Das ist kein Film, Sam."

„Stimmt. Tut mir leid. Es ist nur so, dass ich nicht oft ausgehe, und mein Adrenalin pumpt immer noch."

„Behalt die Straße im Auge. Ich verspreche dir, meine Abenteuer sind die Gefahr nicht wert."

Sie wechselte die Spur und nahm die dritte Ausfahrt, dabei wurde sie langsamer. „Willst du wissen, was das Beste an heute ist?" Sie grinste von der Seite. „Ich habe eine neue Freundin. Wie gesagt, ich habe nicht viele Freunde."

„Glaub es oder nicht, ich auch nicht."

„Das ist unmöglich. Du klingst, als wärst du von hier. Und du bist wunderschön."

„Ich habe mein ganzes Leben in Oyster Bay Cove verbracht, aber ..." Ich schauderte. „Mein Leben ist kompliziert."

„Klingt, als wäre ich nicht die Einzige, der das Schicksal den Stinkefinger gezeigt hat. Ich bin froh, dass ich dich getroffen habe, Kendra."

„Meine Freunde nennen mich Kay, und ich bin auch froh, dass ich dich getroffen habe."

Und das war ich. Immerhin hatte Sam mir das Leben gerettet. Sie konzentrierte sich auf die Straße, und zwanzig Minuten später hielten wir vor einer Reihe aneinander gebauter Häuser. Weiße Vorhänge bedeckten die Fenster eines der Häuser. Die Treppe und die Topfpflanzen auf jeder Stufe sahen niedlich und einladend aus.

Sam räusperte sich. „Das ist mein Zuhause. Du kannst so lange bleiben, wie du möchtest. Ich werde versuchen, ein Ladegerät für dein Handy zu finden, aber ich habe ein Android, also müssen wir schauen, ob wir uns eins von meinem süßen Nachbarn leihen können. Dann kannst du jemanden anrufen, der dich abholen soll, denn ich denke nicht, dass du da draußen allein sein solltest."

Sie zeigte von der obersten Stufe auf die Straße. Tatsächlich fühlte ich mich bei ihr überhaupt nicht allein. Sam schloss die Tür auf, und ich folgte ihr hinein.

„Ich glaube nicht, dass jemand dich für einen Stadtmenschen halten könnte", sagte ich.

„Nein?"

„So nett sind Stadtmenschen normalerweise nie. Danke für das Angebot."

„Gern geschehen. Du kannst es ja weitergeben."

Ich kicherte.

„Ach komm schon. Lachst du mich aus? Ich versuche, mich jetzt in die Stadt einzufügen."

„Versuchen ist das Schlüsselwort."

Wir brachen in Gelächter aus, und daran erkannte ich, dass

unsere echte Freundschaft fürs Leben war. Eigentlich wusste ich es in dem Moment, als sie sich freiwillig meldete, mir aus der Patsche zu helfen. Sam und ich verstanden uns auf Anhieb. Sie machte Tee, servierte ein Stück Apfelkuchen mit einer Kugel Vanilleeis und lieh sich ein Ladegerät von ihrem süßen Nachbarn. Ihre abenteuerlustige Art und sogar ihr Gesicht und ihre Gesten erinnerten mich an Joanne. Es wäre nicht gut, Gabe zu erzählen, dass Sam mich an Joanne erinnerte, also hielt ich den Mund. Aber verdammt, sie war wirklich ein Doppelgänger.

Wir saßen im Schneidersitz auf zwei riesigen Sitzsäcken und aßen Eis. Mensch, dieses Mädchen wusste, wie man eine Seele beruhigt.

„Kay? Steckst du in Schwierigkeiten?"

„Mehr als ich zugeben möchte."

„Wer hat dich verfolgt?"

„Ein Arschloch. Er ist einer von denen, mit denen du nicht allein in einem Raum sein willst. Aber jetzt, wo ich ihn abgehängt habe, mach dir keine Sorgen. Tut mir leid, dass ich dich aus der Konferenz gerissen habe."

„Kein Problem. Es war sowieso verlorene Zeit."

„Du bist also vom Land in die Stadt gezogen, um deine biologischen Eltern zu finden?"

„Ich bin wegen der Arbeit umgezogen. Ich bin Versicherungssachverständige. Hauptsächlich für Unternehmen."

„Lass mich raten – du warst an der NYU und hast dich in das Stadtleben verliebt."

Sie kicherte. „So in etwa."

„Versicherst du auch Nachtclubs? Zum Beispiel einen mitten in Manhattan?"

„Die Firma ist etwas nördlich vom Finanzviertel, und ja, das tun wir. So ein Deal würde mich auf die Landkarte bringen."

Ich quietschte und machte Jazzhände, die Sam ergriff.

„Warum freust du dich so?"

„Weil ich einen Versicherer für Kissed gefunden habe."

„Was ist Kissed?", lachte sie.

„Der Nachtclub, den ich Ende dieses Sommers eröffne. Er wird schick und sexy und, am wichtigsten, sicher sein. Sehr sicher, denn ich habe die beste Sicherheitsfirma des Bundesstaates engagiert."

„Klingt nach einer großartigen Gelegenheit. Oh mein Gott, Kay! Das ist ja der Wahnsinn! Bist du dir wirklich sicher? Ich meine, wir kennen uns doch kaum."

„Du hast mir heute das Leben gerettet. Und das bedeutet, dass ich dir mein Leben schulde. Ich bin auch begeistert, jemanden zu haben, dem ich in meinem Geschäft vertrauen kann." Ich drückte meine Arme fest um ihren zierlichen Körper.

„Danke." Sie lehnte sich vor und erwiderte meine Umarmung.

„Gern geschehen."

„Hast du Familie?", fragte sie.

„Jetzt kommt der komplizierte Teil, für den du vielleicht noch nicht bereit bist."

„Versuch's. Mein Vater starb bei einem Haiangriff, und ich habe alles gesehen."

„Was?"

„Wir waren in einem Haikäfig tauchen, aber ein Hai kam hinein."

„Ein Hai ist durch einen Käfig gebrochen?"

Sie nickte.

„Also kann ich definitiv mit Scheiße umgehen, weißt du."

Das waren definitiv gute Neuigkeiten. In meinem Leben gab es mehr Drama als in einer Seifenoper, und ich konnte jemanden gebrauchen, der nicht gleich die Flucht ergriff.

Mein Handy war aufgeladen, und Sam fuhr mich spät am Abend nach Hause. Ich hätte früher gehen sollen, aber ihre Gesellschaft und unser Gespräch lenkten mich von der Bedrohung für mein Leben ab. Meine Eltern waren schon tot, und Jace auch. War ich die Nächste?

„Wow", sagte Samantha, als sie durch mein Penthouse ging. „Du wohnst hier?"

„Ein Geschenk von meinem Freund."

„Ist er ein Sugar Daddy?"

„Nein, es ist nichts dergleichen."

„Moment – hält er dich etwa wie eine Gefangene?"

Ich verdrehte die Augen. „Nicht mal ansatzweise. Wir wohnen nicht zusammen, weil er mich respektiert."

Sie hob die Augenbrauen und lehnte sich vor. „Manchmal ist es schön, respektlos behandelt zu werden, besonders von jemandem, der so aussieht." Sam zeigte auf Julians Foto auf einem Regal.

„Ich muss zugeben, er sieht gut aus."

„Gut aussehend? Mädchen, du hast den Hauptgewinn gezogen."

Sie hatte nicht Unrecht. Ich führte Sam durch die Wohnung. Wir verbrachten ewig auf dem Balkon und spähten durch das Fernglas. Ich bestellte Pizza und Chicken Wings und mixte alkoholfreie Margaritas.

„Du bist kein guter Einfluss auf mich." Sie sah vor Mitternacht auf ihre Uhr. „Wenn ich jetzt nicht nach Hause gehe, bin ich morgen früh todmüde."

„Du wirst sowieso todmüde sein. Warum bleibst du nicht über Nacht?"

Die Wahrheit war, ich wollte nicht allein sein. Nicht, wenn Martinez mir so nahe kommen konnte.

„Ich kann nicht, Kay. Nicht heute Nacht. Ich habe morgen früh ein Meeting."

Plötzlich durchfuhr mich ein eiskalter Schauer, der mich brutal in die Realität zurückholte. „Danke für deine Hilfe heute."

„Dafür sind Freunde da, und wir sind jetzt Freunde. Vielleicht nächstes Wochenende?"

Meine Stimmung hob sich, aber ich war nicht begeistert, dass ich nach der heutigen Tortur die Nacht allein verbringen würde.

„Klingt gut. Und lass uns uns wegen des Versicherungsangebots treffen."

Sie lächelte. „Ich würde gerne mal durchgehen, wenn der Club fertig ist. Pass auf dich auf, Kay."

„Du auch."

Sie umarmte mich auf diese altmodische Art, warm und kuschelig, aber die Sicherheitsdecke verschwand, sobald ich die Tür schloss.

Die leere Wohnung verwandelte sich in einen bedrohlichen, hohlen Raum. Jeder Schatten schien zu lauern. Mit klopfendem Herzen schnappte ich mir ein paar Decken und verkroch mich mit meinem Handy in den Kleiderschrank. Ich schrieb Julian eine Nachricht.

Kay: Komm bitte her.

Er antwortete natürlich nicht. Er war mitten im Flug auf dem Weg nach Hause. Wenn es keine Verzögerungen gab, würde er meine Nachricht in ein paar Stunden bekommen. Es würde weitere dreißig Minuten dauern, um schnell nach Hause zu kommen.

Kay: Ich bin in meinem Kleiderschrank.

Ich kroch auf allen Vieren aus dem Schrank und schaffte es zu meinem Nachttisch. Mit zitternden Händen holte ich einen Beutel hervor, der unter meinem Bettrahmen festgeklebt war. Ohne nachzudenken, schluckte ich eine winzige Pille und kroch zurück in den Schrank, mein Herz raste vor Angst und Erwartung. Es dauerte nicht lange, bis das Molly wirkte, und als es das tat, existierte Martinez nicht mehr. Ich schloss meine Augen, zog die Decke an meine Brust und drückte meinen Rücken in die Ecke, verloren im mächtigen Griff der Droge auf meine Realität. Als Julian ankam, reagierte ich nicht mehr. Es stellte sich heraus, dass Molly mich in die Irre geführt hatte. In meiner Panik hatte ich nicht eine, sondern mehrere Pillen geschluckt. Die vermeintliche Rettung wurde zu meinem Verhängnis.

Ich fand Kendra, wie sie im Schrank Krämpfe hatte. Schaum trat aus ihrem Mund und ihre Lippen waren lila geworden. Ich zog sie aus der Ecke, legte sie auf die Seite und wählte den Notruf. Ich hätte sie verdammt nochmal nie allein lassen sollen. Die Zeit verlangsamte sich zu einem tickenden Albtraum. Auch auf dem Weg ins Krankenhaus schien die Zeit stillzustehen, und ich brauchte dringend Antworten. Ich beobachtete, wie sie Kendra behandelten, und betete, dass sie nicht von uns ging. Wie oft noch würde ich mit ansehen müssen, wie sie in Schwierigkeiten geriet?

Wie konnte das passieren? Es konnte nicht Jace gewesen sein, denn sie hatten ihn vergiftet und er war tot. Zuerst dachte ich, Martinez hätte auch Kendra vergiftet, aber das war es nicht. Sie war wieder auf Drogen. Obwohl viele Pillen aus dem Beutel auf ihrem Nachttisch fehlten, waren noch viele übrig.

Zwölf Stunden nach unserer Ankunft im Krankenhaus piepte der Herzmonitor stetig und eine Infusion tropfte Flüssigkeit in ihren Arm. Emma saß auf einem Stuhl an der Wand und versuchte sich im Stricken. Es kam nicht besonders gut heraus.

Ich saß neben Kendras Bett, streckte meine Beine nach vorn aus und nippte an dem Kaffee, den Emma gebracht hatte, sobald ich meine Familie über die Situation informiert hatte. Es war nicht gerade ein Vergnügen, zehn oder zwölf Tassen Kaffee hintereinander zu kippen, aber es war alles, was ich im Moment zu mir nehmen konnte.

„Was strickst du da?", fragte ich und fuhr mir mit der Hand über die Augen.

„Ich glaube, ich bin draußen im Einsatz besser", sagte sie. „Das sieht überhaupt nicht wie eine Decke aus. Eine verdammte quadratische Decke. Das sollte nicht so schwer sein."

„Du bist zu jung fürs Feld, Ems." Ich knurrte. „Aber ich werd's mir merken. Vielleicht könnten wir einen Testlauf machen?"

„Solange ich Verbrechen löse und alles machen darf, was ihr Jungs macht, bin ich dabei. Und Pferde. Ich muss Zeit für Pferde finden."

Ich sah sie ernst an. „Du machst mich stolz."

Sie legte die Stricknadeln beiseite und verschränkte die Arme vor der Brust. „Eine echte Agentin plaudert nie ihre Geheimnisse aus. Ich glaube, Geheimnisse zu bewahren ist meine beste Eigenschaft. Das sollte ich in mein Heiratsprofil aufnehmen."

„Du hast ein Heiratsprofil?"

„Wie jede verantwortungsvolle zukünftige Braut. Es hält meine Pläne auf Kurs. Ich bin noch nicht bereit zum Heiraten, aber Grace hat mir erzählt, dass sie auch ein Profil hat."

„Du hängst mit Grace Wagner ab? Ist sie nicht doppelt so alt wie du?"

„Kendra ist halb so alt wie du." Sie neigte den Kopf und ich schüttelte meinen.

„Grace wird für immer meine beste Freundin sein."

„Warum das?"

„Das würdest du nicht verstehen."

Ich seufzte und lehnte mich vor, die Ellbogen auf die Knie gestützt. „Hat das irgendwas mit Eric Waters zu tun?"

Sie schüttelte so schnell den Kopf, dass ich wusste, es stimmte.

Ich nahm mir vor, mit Grace über Emmas Absichten zu sprechen. In dem Moment regte sich Kendra.

Sie stöhnte und ich drückte auf den Knopf für die Krankenschwester, während ich vom Bett zurücktrat. Sie entfernten den Beatmungsschlauch aus ihrer Kehle und überprüften ihre Vitalwerte. Sie hustete, bis ihre Lungen sich beruhigten und sie selbstständig atmete. Sie nahmen eine Blutprobe und gingen. Ich rollte meinen Stuhl neben ihr Bett.

„Wie fühlst du dich?"

Sie blinzelte dreimal. „Als wäre ich gestorben und etwas hätte mich zurückgebracht."

Ich strich ihr über die Stirn. „So in etwa ist es auch gelaufen. Du hast mir verdammt nochmal Angst eingejagt, Kay."

„Es tut mir leid. Ich wusste nicht, wie ich es stoppen sollte. Er war kurz davor, mich zu finden. Er würde mich kriegen. Ich wusste es."

„Wovor hast du Angst?"

Ihr Blick wanderte zu Emma, die immer noch auf ihrem Stuhl an der Wand saß und unserem Gespräch zuhörte.

„Sie meint Martinez."

„Ems-"

„Schon okay, Julian. Ich hab die Akte gelesen."

„Was? Ems, ich glaube, ich hab dafür gerade nicht die Geduld."

„Es ist okay. Sie ist die beste Geheimnisbewahrerin in der Familie."

Ich wandte mich Kendra zu.

„Hat er dir gedroht?"

„Nicht direkt. Er ist mir früher am Tag gefolgt, aber ich glaube, ich überreagiere. Ich wollte nicht überreagieren, aber anscheinend hab ich's getan. Ich hatte Angst, Julian. Ich hatte Angst, dass er mich finden würde, und ich wollte keine Angst haben."

Ich ließ meinen Kopf zur Seite knacken. Hoffentlich würde sie die Pistole, die ich ihr gekauft hatte, nie benutzen müssen, aber falls es nötig wäre, könnte sie sich verteidigen. Sie war eine der besten Schützinnen des Landes, und nach dem, was ich auf dem Schießstand gesehen hatte, war ihr Muskelgedächtnis nie verlorengegangen. Aber wenn Martinez in der Nähe war, brauchte sie Schutz. Ich nahm ihre Hand in meine und strich mit dem Daumen über ihre Haut.

„Sobald es dir besser geht, kommst du mit mir nach Hause. Zumindest für eine Weile, bis wir herausfinden können, was los ist. Ich werde die nächste Zeit von zu Hause aus arbeiten. Was meinst du dazu?"

Sie hielt meinem Blick stand. Die Angst wogte in ihren Augen wie eine heimtückische Brandung.

„Sag ja, Kay."

„Ja. Das würde ich gerne."

„Gut. Warum erzählst du mir jetzt nicht von der E-Mail, die ich heute Morgen von einer Samantha Connor erhalten habe, die Besichtigungstermine für ein Versicherungsangebot bestätigt?"

„Ich möchte sie als meine Agentin."

„Ich habe noch nie von ihr gehört."

„Sie hat mich vor Martinez gerettet, als er mir zum Jachthafen gefolgt ist."

„Was?"

„Sie ist großartig. Sam ist die Art von Freundin, die mitten in der Nacht mit mir die Leiche eines Ex verbuddeln würde, ohne auch nur mit der Wimper zu zucken."

„Wie viele Exfreunde hast du?"

„Null, Julian. Das weißt du. Und Jace zählt nicht. Du musst aufhören, mir all diese Fragen zu stellen und mir vertrauen. Ich muss Sam deine Informationen gegeben haben. Ich ... ich erinnere mich nicht, aber sie ist eine gute Freundin. Sie ist zuverlässig."

Ich war mir sicher, dass Silver Securities Kendras Einschätzung als ziemliches Risiko bewerten würde. Nachdem ich mich geräuspert hatte, beendete ich das Gespräch vor meiner Schwester. „Ich werde die Dokumente unterschreiben und das Papier mit einer Notiz zur beschleunigten Bearbeitung an die Rechtsabteilung weiterleiten."

„Danke."

Ich nahm meine Hand von ihrer und fügte die Notiz in meinem Handy hinzu.

„Gern geschehen. Es ist schön, was du für Frauen erreichst. Dein Personal besteht hauptsächlich aus Frauen."

„Und die meisten von ihnen werden sich ein Haus leisten können, sobald sie zu arbeiten beginnen", fügte Emma hinzu.

„Frauen arbeiten härter als die meisten Männer. Das ist wissenschaftlich bewiesen. Die meisten verdienen viel mehr Hilfe, als sie bekommen."

„Du bewirkst eine Veränderung. Deine Eltern wären stolz." Jemand ging an der Krankenhaustür vorbei, und sie zitterte. Ich legte meine Hand auf ihre. „Es ist okay, Kay. Er kommt nicht hierher. Niemand weiß, dass du hier bist."

„Du bist unter einem Alias hier." Emma legte das Strickzeug beiseite, sprang von ihrem Stuhl und schlenderte zur Tür. „Ich bin gleich wieder da. Die Krankenschwestern haben Wassereis. Sie meinten, du würdest vielleicht eines wollen, wenn du aufwachst."

„Danke, Ems."

Emma schloss die Tür hinter sich, und ich wandte mich Kendra zu. „Wir sollten nochmal über eine Reha nachdenken. Ich habe mit dem Personal gesprochen, und wir können eine Krankenschwester zu dir nach Hause kommen lassen."

Sie schüttelte den Kopf und zog ihre Decke hoch. „Ich brauche keine Reha. Ich brauche Martinez von meinem Rücken."

„Du greifst zu Pillen, sobald die Paranoia einsetzt."

„Es ist keine Paranoia. Er hat mich verfolgt. Wenn Sam nicht gewesen wäre, hätte er mich erwischt. Ich glaube nicht, dass er Jaces Versprechen aufgegeben hat."

„Ich werde veranlassen, dass deine Sachen zurückgebracht

werden. Es fühlt sich leer an ohne dich, und ich möchte in der Nähe sein."

„Ich liebe das Apartment."

„Die Wohnung war keine gute Idee. Sobald Martinez aus dem Weg ist, können wir darüber nachdenken, zurückzugehen, aber im Moment bin ich mehr um deine Sicherheit besorgt."

Sie runzelte die Stirn, als ob ich nicht verstehen würde, dass sie Angst hatte. Ich verstand es, und ich würde ihre Sicherheit immer an erste Stelle setzen.

Nach einem langen Tag im Krankenhaus traf ich mich mit meinem Cousin Gabe auf einen Drink in einer Bar gegenüber. Er hatte die Monate seit Joannes Tod in ihrer Heimat Neuseeland verbracht und war bereit, zur Arbeit zurückzukehren.

„Willkommen zurück."

„Danke. Es ist schön, wieder hier zu sein, aber es fühlt sich an, als wäre Joanne weit weg."

„Denkst du darüber nach, wieder einzusteigen?"

„Sicher, aber ich würde lieber bei der Überwachung bleiben. Ich habe offensichtlich als Leibwächter versagt."

Ich hob das Whiskyglas an meinen Mund. Der Alkohol brannte auf meiner Zunge.

„Ich habe ein einzigartiges Angebot für dich, das möglicherweise deine Überwachungs- und Leibwächterfähigkeiten erfordert. Ehrlich gesagt brauche ich deine Hilfe."

„Was kann ich für dich tun?"

„Du solltest besser trinken, bevor ich es dir sage."

Er kippte sein Bier runter und ließ ein leises Rülpsen hören.

„Martinez ist hinter Kendra her", platzte ich heraus.

„Wie sicher bist du dir?"

„Jace hat einen Deal für sie gemacht. Er hat sie zu After Eve gelockt und sie der Organisation versprochen. Sie ist abgehauen, bevor sie sie schnappen konnten. Martinez und Hartley nehmen Ablehnung nicht gut auf, und sie werden zurückkommen, um sie zu holen."

„Was schlägst du vor?"

„Ich brauche dich in Bereitschaft für Neuseeland. Je größer die Entfernung zwischen Kendra und Martinez, desto besser, und ich werde besser arbeiten können, wenn ich weiß, dass sie sicher ist."

Gabe kippte sein Bier zurück, leerte die Flasche und stellte sie auf den Tresen. „Ich werde das Notwendige tun, aber wenn ich die Chance habe, ihn auszuschalten, werde ich sie ergreifen."

Die Trauer meines Cousins brauchte ein Ventil, und Martinez war das perfekte Ziel.

„Du wärst ein Held, wenn du das tun würdest. Die Hartleys haben die Grenzen immer weiter ausgereizt, und mein Bauchgefühl sagt mir, dass sie die Nächste auf ihrer Liste ist. Sie ist sowieso schon paranoid, und wenn wir ihn nicht fassen, wird sie verrückt werden. Schlimmer noch, er wird sie wieder in die Finger kriegen. Kay braucht mehr Hilfe bei diesem Fall. Sie braucht Sicherheit."

„Dieser Fall wurde mehr als nur ein Fall, als er Joanne nahm. Jetzt ist es persönlich."

Ich nickte. „Sobald der Club öffnet, wird sie die falsche Aufmerksamkeit auf sich ziehen. Jedes Mal, wenn ich sie allein lasse, passiert etwas Neues. Ich hab die Schnauze voll vom Weglaufen, Gabe. Ich glaube, ich bin bereit, ihm eine Kugel in den Kopf zu jagen, und ich wollte wissen, ob du mir dabei helfen würdest."

„Ich bin dabei, wenn's darum geht, diesem Bastard eine Kugel in den Kopf zu jagen."

„Ich werde den Club für die Eröffnung sichern und Kendra vorbereiten. Sie wird mit einer Freundin an der Bar sein, und du stellst sicher, dass sie nicht geht."

„Warte – du willst, dass ich als Barkeeper arbeite?"

„Du hast von dieser Position aus einen 360-Grad-Blick", erklärte ich.

„Und wenn etwas schiefgeht?"

„Dann setzen wir Kendra in das erste Flugzeug nach Neuseeland."

„Klingt nach einem Plan."

„Danke, Gabe."

Er gab mir eine brüderliche Umarmung und ging. Ich trank aus und ging über die Straße zum Krankenhaus. Die Tür quietschte, und Kendra öffnete die Augen.

„Hey, wollte dich nicht wecken."

„Ich hab nicht geschlafen. Sam war hier. Ich hab sie angerufen."

„Deine Freundin?"

„Meine einzige Freundin. Sie hat mich zu einem Mädelsabend mit ihren Arbeitskolleginnen eingeladen, aber ich glaube nicht, dass ich in diesem Zustand eine gute Gesellschaft wäre."

„Wann lerne ich sie endlich mal kennen?"

„Weiß nicht."

Ich zog meinen Stuhl näher an ihr Bett. Ich hatte diesen Gesichtsausdruck schon einmal gesehen. Die Schuldgefühle holten meine Kay endlich ein.

„Willst du darüber reden, warum du so viele Pillen genommen hast?"

„Ich glaube, die Antwort liegt auf der Hand, also würde ich lieber zum guten Teil übergehen, wo du mich aufmunterst." Sie klimperte mit den Wimpern.

Ich seufzte und nahm ihre Hand in meine. „Du hast ein Problem, Kay. Ich habe zwei weitere Verstecke in deinem Nachttisch gefunden."

„Es war nur eine Pille. Außerdem ist es nur eine einmalige Sache, Julian. Ich verspreche es. Aber ich komme nicht gut klar, wenn du nicht da bist."

Sie senkte den Kopf, und mein Herz wurde zu Brei.

Ich senkte das Bettgitter und kletterte in ihr Krankenhausbett. „Wir besorgen dir eine Krankenschwester. Wir werden dich gesund machen."

Sie kuschelte sich an meinen Körper und schlummerte ein.

Der Arzt entließ Kay am Nachmittag in meine Obhut. Ich brachte sie nach Hause, half ihr beim Duschen und machte es ihr inmitten eines Berges aus Kissen, Decken und Überwürfen gemütlich. Sie sank mit einem Lächeln in die Polster.

„Ich habe es vermisst, hier zu sein."

„Ich habe es vermisst, dich hier zu haben. Verabredungen sind auch nicht das Wahre."

„Das liegt daran, dass du dein ganzes Leben lang gedatet hast."

„Technisch gesehen hast du das auch."

„Nicht dasselbe." Sie schmollte, aber sie hatte recht. Es war nicht dasselbe, weil ich noch nie jemanden so Einzigartiges wie dieses Mädchen gedatet hatte. Ein Verlangen, jeden ihrer Herzenswünsche zu erfüllen, wand sich durch meine Brust. Dieses Lächeln, wenn sie glücklich war – es war jedes Opfer und jede Hürde wert. Und wenn Kendra einen Nachtclub wollte, würde ich ihr das geben und noch viel mehr, weil ich dafür lebte, all ihre Träume wahr werden zu lassen.

⚭

„WIR HABEN DAS Personal für den Club bereit, Kay. Wir sind startklar."

Sie lief nervös im Hinterraum auf und ab und kaute an ihren Nägeln.

„Sei nicht so nervös. Du bist bereit."

„Und alle sind überprüft worden?"

„Jeder Angestellte und jeder Gast. Niemand kommt rein, der nicht hier sein sollte. Es gibt zusätzliche Sicherheit in den Gassen und auf den Parkplätzen. Gabe wird an der Bar bleiben. Deine ganze Familie ist heute hier, Kay. Niemand wird dumm genug sein, dir zu nahe zu kommen."

„Okay."

Sie legte ihre Hände auf ihre Oberschenkel. Ihre schweren

Atemzüge beunruhigten mich. Ihre Halsschlagader pochte sichtbar; ihr Puls raste.

„Kay? Hast du heute Abend irgendetwas genommen? Molly oder so was?"

Sie schaute auf, dann stand sie auf. „Nein. Ich bin clean. Nur nervös. Das ist mein Baby, weißt du. Aber wenn der Club erfolgreich ist, würde ich ihn gerne verkaufen."

„Was?", lachte ich. „Du hast ihn noch nicht mal eröffnet und denkst schon ans Verkaufen?"

„Es hat nur Ärger gebracht, und ich bin den Ärger leid. Ich bin mir sicher, dass ich das Geld in ein besseres Vorhaben investieren kann. Außerdem denke ich darüber nach, wieder zur Schule zu gehen ... vielleicht einen Abschluss machen?"

„Einen Abschluss in was?", lehnte ich mich gegen eine Theke.

„Betriebswirtschaft. Damit ich tatsächlich weiß, wie man ein Unternehmen führt." Sie schüttelte ihre Hände und tippelte auf der Stelle, als versuchte sie, die Nervosität abzuschütteln.

„Du wirst keine bessere Erfahrung machen als die, die du schon hattest, Kay. Du bist diejenige, die diesen Laden vorbereitet hat. Komm schon. Lass uns die Vordertür öffnen."

Sie nahm meine Hand und drückte sie leicht. „Ich und Silver Securities. Ich hätte mir keine besseren Partner wünschen können, Julian. Lass uns loslegen."

Kapitel 22

Kendra

Ich machte die Runde um den Club, einen Bodyguard an meiner Seite. Die Menge summte vor Energie, Lichter flackerten, Dampf stieg auf, und Kissed, mein Nachtclub, war endlich eröffnet. Meine Haut kribbelte vor Aufregung, und Blut rauschte durch meine Adern, auf Wellen von Molly reitend. An dem Tag, der der beste meines Lebens hätte sein sollen, verfolgte mich Martinez auf die gleiche Weise, wie er es seit Jace' Ermordung getan hatte. Ich verbarg meine Angst vor Martinez vor Julian, genauso wie ich meine neue Sucht verbarg. Julian hatte meine Wohnung durchsucht und mein Versteck war weg, aber ich hatte mehr als ein Versteck. Ich war mir sicher, dass eines der grundlegenden Geschäftsprinzipien darin bestand, nicht alles auf eine Karte zu setzen, wobei ich beim Verstecken meiner Pillen hervorragend war. Ohne sie zu funktionieren war zu diesem Zeitpunkt ein echter Kampf.

Ich stieß mit einem muskulösen Mann zusammen, und der persönliche Bodyguard, den Julian angeheuert hatte, hätte dem Mann fast den Kopf abgerissen. Er knurrte, bevor er sich wieder fasste.

„Hey, ganz ruhig, großer Junge. Nichts passiert." Ich hakte

mich bei seinem kräftigen Arm unter und wünschte, Julian könnte hier sein.

„Wo ist Julian?"

Meine Beine zitterten und ich stolperte vorwärts. Ich hatte Julian mit diesem Schul- und Abschluss-Quatsch abgelenkt, aber ich wollte, dass er mich in einem guten Licht sieht. Ich wollte, dass mein Umzug zurück in sein Haus mein letzter war, selbst wenn er mein Molly finden würde; was er nicht würde.

„Madam? Geht es Ihnen gut?"

Niemand hatte mich je zuvor Madam genannt.

„Ja, ja. Mir geht's gut. Ich muss auf die Toilette. Helfen Sie mir bitte, die Toilette zu finden." Ich wandte mich an meinen muskulösen Wächter. Er stützte mich unter dem Ellbogen und führte mich zur Damentoilette.

„Ich warte hier draußen."

„Ich denke, das ist eine gute Idee." Ich tippte mit meiner Hand auf seine harte Brust.

In der Kabine nahm ich eine kleine weiße Pille aus meiner BH-Tasche, schluckte sie und wartete darauf, dass mein Herz aufhörte zu rasen. Minuten später ertönte ein lautes Klopfen an der Tür, und ich schreckte auf, ohne zu merken, dass ich an der Wand eingeschlafen war, nachdem ich mir das Gesicht gewaschen hatte.

„Ich komme!"

Draußen stand der breite Kerl mit einem Stirnrunzeln. Die Reihen von Falten zogen sich von seiner Stirn bis über seinen kahlen Kopf.

„Tut mir leid deswegen. Lass uns zur Bar gehen. Ich treffe dort eine Freundin, und nach diesem Blick zu urteilen, könntest du einen Shot gebrauchen."

Ich scannte die Menge, bis ich Sams vertraute Gestalt an der Bar fand. Sie saß in einem neuen Korsett-Top und einer hauteng anliegenden Lederhose und sah absolut umwerfend aus. Heute

Abend würde es rund gehen. Ich schlenderte zur Bar und begrüßte sie mit einem Kuss auf jede Wange. Sie roch nach Pfirsich und Sahne, und nach der Art, wie Gabe sie hinter der Bar ansah, sah es so aus, als würde jemand bald in den Genuss saftiger Pfirsiche kommen und jemand anderes die Sahne abschöpfen.

„Ach, Kendra! Du bist ja da!" Sie warf ihre Arme um meinen Hals.

„Na, du bist aber früh dran", sagte ich.

„Mensch, ich konnte deine Eröffnungsnacht doch nicht verpassen."

Ich ließ meinen Blick durch den Nachtclub schweifen. Lichter flackerten, Musik dröhnte, und Alkohol floss. Mein Bodyguard stand in der Nähe, aber außer Sichtweite, und Gabe war ein paar Meter entfernt, aber ich konnte das Gefühl nicht abschütteln, dass Martinez sich durch die Menge schleichen würde.

„Ich kann nicht glauben, dass es deine Eröffnungsnacht ist."

Ich musterte ihren Barbie-Körper. Die Lederhose und das Korsett-Top, die wir ausgesucht hatten, waren die perfekte Wahl.

„Gefällt's dir?", fragte sie.

„Viel besser als dein Bleistiftrock-Kostüm."

„Ich würde keine Bürokleidung in einem Club tragen."

Ich lachte, und ich war mir nicht sicher, warum ich es tat, aber es fühlte sich so gut an zu lachen.

„Hab ich dir nicht gesagt, dass ich einen tollen Stil habe?" Ich tippte ihr mit dem Finger auf die Nase. Sie drehte sich auf ihrem Sitz und fächelte sich Luft zu.

„Also? Schon jemand?", ich ließ meinen Blick über die Bar schweifen, aber ich suchte nicht nach einem Hookup, wie meine Freundin. Ich suchte nach einer Bedrohung.

„Jemand was?", fragte sie.

„Jemand, der dir gefällt? Ich sorge dafür, dass du flachgelegt wirst, bevor die Sonne aufgeht", sagte ich ihr. Das Mädchen hatte es verdient. Sam arbeitete verrückte Stunden und ging selten aus, um Spaß zu haben.

„Psst! Nicht so laut. Das hört ja der ganze Club."

Ich lachte wieder. „Na und? Das ist doch der Punkt. Wenn du bekannt machst, was du willst, bekommst du, was du willst."

„Hast du heute Abend nicht Wichtigeres, um das du dich sorgen musst? Es ist deine Eröffnungsnacht."

Nein, denn ich war eine Planerin. Ich war von Drogen ferngeblieben, weil mich die Planung beschäftigt hielt, aber jetzt, wo die Arbeitsbelastung wieder normal war und Martinez in der Nähe lauerte, musste ich etwas zur Beruhigung nehmen.

„Dieser Club ist seit seiner Gründung ein Erfolg. Außerdem habe ich Leute dafür."

„Du siehst toll aus!", rief Sam, deren erhobene Stimme Aufmerksamkeit auf sich zog, als die Musik leiser wurde.

„Danke! Was trinken wir?"

„Eine Virgin Mary."

„Jungfrauen sind ja ganz nett, aber nicht in meinem Drink."

Ich gab Gabe ein Zeichen, uns ein paar Orgasmen einzuschenken. Er hatte Sam ins Auge gefasst, aber ich konnte es ihm nicht verübeln. Ihre unheimliche Ähnlichkeit mit seiner verstorbenen Frau irritierte auch mich, aber vielleicht war das der Grund, warum wir gute Freunde sein konnten. Vielleicht war das der Grund, warum die beiden sich getroffen hatten? Ihre fröhliche Persönlichkeit gab für mich den Ausschlag, aber jedes Mal, wenn Gabe ihr zuzwinkerte, versteifte sie sich. Ich musste sie dazu bringen, sich zu entspannen und Spaß zu haben. Noch wichtiger war, dass ich wollte, dass wir beide verschwinden.

„Dieser Ort ist unglaublich. Ich verstehe immer noch nicht, wie du die Investition hinbekommen hast." Sie lenkte meine Aufmerksamkeit zurück zur Bar.

„Ich habe einen stillen Teilhaber gefunden. Gabe, zwei Orgasmen!" Ich winkte ihn heran, lehnte mich zu meiner Freundin und flüsterte: „Du musst dich entspannen, Sam. Hier, nimm das. Ich verschreibe dir für heute Abend Spaß. Nichts anderes." Ich küsste sie zart auf den Mund und hinterließ eine kleine Pille auf ihrer Zunge. Ihre Augen weiteten sich, aber sobald sie meine Euphorie erreicht hatte, würden wir ohne Angst feiern. Schließlich wäre dieses Unternehmen ohne sie nicht möglich gewesen.

„Jetzt schluck." Ich zwinkerte.

Der Raum verschwamm im Rhythmus der Musik. Die Stimmen vermischten sich und mein euphorischer Sicherheitskokon isolierte mich von der Außenwelt.

Sam flirtete mit Gabe und er flirtete zurück. Es wäre klug gewesen, sie allein zu lassen, aber das hätte bedeutet, dass ich allein sein müsste, und laut meinem muskulösen Bodyguard war Julian noch nicht zurück.

Ich hob meinen Shot und Sam hob ihren. „Prost! Auf Kissed!"

„Auf Kissed", sagte sie.

Sam sprach mit mir, aber ihre Worte drangen nicht mehr in meinen Kopf. Ich suchte die Bar nach zotteligen Augenbrauen und einem Schnurrbart ab und erinnerte mich an Julians Versprechen, dass der Arsch nicht durchschlüpfen würde. Aber woher sollte er das wissen? Er war ja nicht einmal hier. Mein Gespräch mit Sam schwebte auf einer Wolke der Entspannung. Ich beobachtete, wie sich ihre Pupillen weiteten. Als mein Geschenk bei ihr wirkte, nahm ich ihre Hand und half ihr, vom Hocker zu rutschen.

„Komm schon, Sam. Es ist Zeit für etwas Spaß."

Ich führte sie über die Tanzfläche. Wir bahnten uns einen Weg vorbei an lüsternen Körpern und sich windenden Paaren. Ihr Griff um meine Hand wurde fester. Sams Gesicht glänzte vor Schweiß und sie blinzelte, als wolle sie ihre Sicht klären.

Ich zog an ihrer Hand und führte sie zur Treppe, wo sie mehr Platz zum Atmen finden würde. Der erste Hauch von Reue, ihr diese Pille untergeschoben zu haben, traf mich. Ein weiterer Grund, warum Julian allen Grund hatte, mich Ärger zu nennen.

Ich hätte sie aus meinem Schlamassel heraushalten sollen, und jetzt sah sie auch wie ein Wrack aus.

„Schau nach oben." Ich zeigte auf die Glasdecke, aber ich konnte mich nicht auf die Spiegelung konzentrieren. Ekstase pulsierte durch meine Adern, und ich stürzte mich in die tanzende Menge, schwang meine Arme in die Luft. Als wir die Treppe erreichten, war Sam blass und lag am Boden. Gabe beugte sich über sie und Julian umklammerte mein Handgelenk.

Wo kam er her?

„Was ist passiert, Kay?", fragte er, aber ich konnte nicht antworten. Die Enttäuschung, die in seinen Augen schwebte, als er meinen Zustand musterte, traf mich tief in der Brust. Es brachte mich fast um, als mir klar wurde, dass er mich durchschaute.

Aber ich war nicht schnell genug. Er hob mich hoch und warf mich über seine Schulter.

„Warte, Julian. Warte. Ich glaube, ich sehe Martinez."

Er erstarrte.

„Da drüben." Ich zeigte in eine zufällige Richtung. Er setzte mich langsam ab und als er sich darauf konzentrierte, wohin ich zeigte, nutzte ich die Gelegenheit, um zu entwischen. Bevor er es merkte, war ich in der Menge verschwunden.

Ich konnte weglaufen oder mich verstecken, und mich an dem Ort zu verstecken, an dem sie dachten, ich würde fliehen, erschien mir sinnvoll. Ich eilte zum Lagerraum und versteckte mich hinter den Kisten mit Dekorationen. Ich blieb versteckt, bis die Suche im Club beendet war und alle gegangen waren.

Ich schaltete mein Handy aus. Die Zeit verschwamm; Minuten wurden zu Stunden, Stunden zu Tagen. Als der Club für die Woche schloss, zog ich nach oben auf die Terrasse, die für die Menge noch geschlossen war, und lebte auf den Dachsofas, wusch mich im sprudelnden Whirlpool. Nachts ging ich in die Küche zum Essen. Zwischendurch verschlang ich die Pillen wie Bonbons und driftete in und aus dieser Welt. In meiner dritten Nacht schlüpfte ich in ein Negligé, das mich an Julian erinnerte.

Er fand mich Tage später in der Cabana auf der Dachterrasse des Clubs.

„Martinez sucht nach dir." Er nahm die Hände aus den Taschen. „Er hat Sam bereits bei der Arbeit angegriffen. Wir denken, es wäre das Beste, wenn du mit ihr und Gabe nach Neuseeland gehen würdest."

Die Insel meiner Geburt weckte all die Nostalgie. Julian hatte dieses Gespräch definitiv im Voraus geübt.

„Das ist toll. Du, ich, Gabe und Sam. Eine perfekte Kombination. Wann fliegen wir?"

„Ich komme nicht mit."

„Julian-"

„Ich kann nicht mitkommen, Kay. Wenn ich mir Sorgen um dich mache, kann ich diesen Bastard nicht suchen. Ich meine, sieh dich an." Er machte eine Handbewegung in meine Richtung. „Du bist ein Wrack. Reiß dich zusammen. Gabe wird bald hier sein."

„Ich kann nicht ohne dich gehen. Du kannst mir das nicht antun. Du kannst mich nicht wieder im Stich lassen." Ich zog mich zurück. „Ich habe meinen sicheren Ort bereits gefunden."

Ich schloss die Tür zur Dachlounge und eilte die Treppe hinunter und zurück in die Küche, vorbei am Koch und seinem Team, die gerade die Obstlieferung im Hintereingang entluden. Ich rutschte auf dem Boden in der Nähe meines Schranks aus und verstauchte mir den Knöchel. Meine Pillen fielen zu Boden und ich fiel auf die Knie, um sie aufzusammeln. Der verzweifelte Versuch in meinem Negligé muss furchtbar ausgesehen haben. Was geschah mit mir?

„Geht es Ihnen gut, Madame?", fragte der Koch.

„Mir geht's gut! Lassen Sie mich bitte einfach in Ruhe."

Meine Überlebensinstinkte setzten ein, zusammen mit Verzweiflung. Ich war von einer fünf Millimeter großen Droge abhängig und konnte die beruhigende Wirkung, die sie auf meine Seele hatte, nicht länger leugnen. Das winzige Ding hatte meinen Willen gestohlen, bevor ich begriffen hatte, was geschah. Ich lag auf dem Küchenboden des Clubs, bis Gabe mich fand. Er ignorierte meine Einwände und verabreichte mir ein Beruhigungsmittel.

⌐⊙

ICH ERINNERTE MICH AN WENIG, bis wir in Neuseeland landeten. Ich war durstig und benommen, aber immerhin waren wir weit weg von Martinez. Gabe ließ mich und Sam allein in seiner wunderschönen Villa zurück, aber ich konnte es kaum abwarten, wieder in Auckland zu sein. Ich kippte ein volles Glas Wasser hinunter und taumelte nach draußen, um Sam den Garten zu zeigen.

Ich blickte zum Ozean hinaus, wo in der Ferne die Silhouette einer Yacht zwischen den Wellen auftauchte und verschwand. Gabes Boot lag am Strand vor Anker.

„Komm schon, Sam! Lass uns gehen!"

Ich rannte den funkelnden Pfad hinunter, aufgeregt darüber, mit Gabes Boot nach Hause nach Auckland zu fahren. Ich ging an Bord, setzte mich auf den Steuermannssitz, drehte den Zündschlüssel, und der Motor brüllte auf.

Sam rannte den Strand hinunter und schwenkte die Arme hoch in der Luft. „Stell den Motor ab!"

Ich winkte ihr, an Bord zu kommen. Sie schrie vom Steg aus, aber ich konnte sie nicht hören.

„Kommste mit oder bleibste?", rief ich fröhlich in die Nacht hinein. Sam gesellte sich schließlich zu mir und sprang an Bord. Ich schob den Gashebel nach vorne, und sie fiel nach hinten in einen Sitz. Ich raste in die pechschwarze Dunkelheit des Ozeans hinaus, das Rauschen des Wassers in meinen Ohren. Schnell merkte ich, dass Gabes Beiboot wenig Treibstoff hatte. Also wendete ich zum Ufer, gleich um die Bucht herum. Ich legte am Steg an, wo Joanne früher gewohnt hatte.

Jace hatte mir einmal gezeigt, wie man Motorradsprit abzapft, also nahm ich einen Kanister und stellte ihn neben das Boot. Eine Packung Zigaretten im Seitenfach des Sitzes hatte meine Aufmerksamkeit auf sich gezogen, und ich zögerte nicht, eine zu nehmen. Ich zündete mir eine Zigarette an, und alles wurde dunkel.

Gabes Anruf aus Neuseeland kam um zwei Uhr morgens. Ich schaltete das Nachtlicht ein und wischte über mein Handy.

„Hallo? Gabe? Boah, immer mit der Ruhe, Großer. Was ist los?"

„Sie hat in unserer ersten Nacht hier ein Boot in die Luft gejagt."

„Was?!"

„Ich weiß nicht, ob das funktionieren wird, wenn ich kein niedriges Profil wahren kann, Julian."

„Scheiße. Ist sie von Molly runter?"

„Sie hat im Flugzeug noch eine genommen. Ich weiß nicht, wo sie das Zeug versteckt. Sie hat sich auch an Sam rangemacht. Kendra hat versucht, mir meine Frau auszuspannen."

„Sorry wegen des Ärgers, Alter. Wir müssen so schnell wie möglich bei Donaldson zuschlagen. Ich komme mit dem nächsten Flug raus, versprochen. Leg ihr eine Fußfessel an und bete, dass sie keine weiteren Probleme macht."

„Hab ich schon. Bis bald."

„Bis bald."

Drei Tage später flog ich nach Neuseeland, half Gabe bei der

Einrichtung seiner Yacht und machte mich auf den Weg, um meine Unruhestifterin abzuholen. Ich fuhr zur Villa am Strand und ging um die Terrasse herum, wo Sam und Kendra im Pool trieben.

„Julian?" Sie nahm ihre Sonnenbrille ab und sprang von ihrer Luftmatratze. „Was zum-"

„Bevor du anfängst, lass mich erklären. Ich nehme dich für ein paar Tage mit, um die Dinge ... zu klären."

Kendra eilte durchs Wasser und die Stufen hinauf. „Okay."

„Okay?", fragten Sam und ich gleichzeitig. Sam saß am Beckenrand.

„Ja, okay. Ich komme mit dir, aber du musst das hier abmachen." Sie wackelte mit ihrem Fuß, an dem die Sicherheitsfessel befestigt war.

Ich holte den Schlüssel aus meiner Tasche, kniete mich vor sie hin und drehte das Schloss am Verschluss, um Kendra zu befreien.

„Wenn du mir das nächste Mal einen Ring anlegst, hoffe ich, dass es die richtige Sorte ist." Sie zwinkerte.

Ich ignorierte Kendras Kommentar und wandte mich Sam zu. „Ich bin Julian Silver. Gabe erledigt ein paar Dinge für mich." Ich zeigte in Richtung der Yacht, wo ich Gabe zurückgelassen hatte, konnte aber meinen Blick nicht von Samantha abwenden. Ihre unheimliche Ähnlichkeit mit Joanne war bemerkenswert.

„Schön, Sie kennenzulernen. Samantha Connor."

„Ja, du bist definitiv sie."

Ihre Augenbrauen zogen sich zusammen. Sie rieb ihren Ellbogen, wie Joanne es immer getan hatte.

„Ich habe Clara ein paar Tage freigegeben", sagte ich. „Wir können hier bleiben, bis Gabe kommt, oder-"

„Geht ihr nur." Sie winkte ab. „Ich komme schon klar. Gabe sollte bald zurück sein. Außerdem schalte ich die Alarmanlage ein, und das Grundstück ist sicher. Stimmt's?"

„Natürlich ist es das. Hab einen schönen Tag."

Ich öffnete die Beifahrertür des Cabrios, und Kendra sprang hinein. Sie schnallte sich an und drehte sich um, um Sam zuzuwinken. „Vergiss nicht, aus der Sonne zu gehen. Unter der Pergola gibt es wunderbaren Schatten. Bis in ein paar Tagen, Sam!"

Ich fuhr los, schloss das Vordertor ab und fuhr die Küste entlang zum Ferienhaus.

„Ich habe gehört, du hattest eine turbulente Reise", sagte ich.

„Gabe hat mich wie ein Pferd ruhiggestellt", stöhnte sie.

„Du hattest aber Recht. Martinez war auf der Suche nach dir. Aber er hat Sam gefunden."

„Er will seinen Deal mit Jace einlösen. Er wird nicht aufhören, bis er mich hat. Ich weiß, dass er das nicht tun wird."

„Das ist absurd, denn ich bin jetzt hier, und ich werde nicht von deiner Seite weichen. Der Club läuft gut, Kay, und ich werde dafür sorgen, dass du sicher und drogenfrei bist."

Ihre Knie wippten auf und ab, als ich in die Einfahrt bog.

„Bist du drogenfrei, Kay?"

Sie warf entrüstet die Hände hoch und nickte. „Ist Martinez auf der Insel aufgetaucht?"

„Noch nicht."

„Du klingst nicht glücklich darüber."

„Ich würde lieber wissen, wo der Feind sich aufhält. Das bedeutet nur, dass er etwas im Schilde führt, und das ist nie gut. Er ist jetzt hinter Sam her."

„Wenn er ihr wehtut-"

„Gabe wird das nicht zulassen."

Ich parkte das Auto, schaltete die Zündung aus und ging um die Beifahrertür herum. „Komm schon, Kay. Zeit zu sehen, wie gut du ohne das Molly zurechtkommst."

Sie folgte mir ins Haus, durch den Flur und hinaus zum Infinity-Pool im Garten. Ich zog meine Flip-Flops aus, und sie streifte ihre Sandalen ab. Wir setzten uns an den Poolrand und tauchten unsere Beine ins Wasser.

„Es tut mir leid, dass ich Gabes Boot in die Luft gejagt habe", sagte sie.

„Wo hast du gelernt, wie man Treibstoff abzapft?"

„Jace hat es mir beigebracht. Offensichtlich nicht erfolgreich."

„Treibstoff und Zigaretten sind nie eine gute Kombination."

„Allerdings."

„Und was ist mit den Drogen los?"

Sie biss sich auf die Lippe. „Ich versuche es, Julian. Ich versuche es wirklich, aber wenn ich daran denke, dass der Mann, der meine Eltern und Jace ermordet hat, hinter mir her ist, und jetzt auch hinter Sam, ich... ich weiß nicht, wie ich mit dieser Angst umgehen soll, und ich mache dumme Sachen. Ich bin ein Chaot. Ich war schon immer ein Chaot."

Ich seufzte. „Du bist kein Problemkind, und ich brauche dein Vertrauen, Kay, damit ich dich beschützen kann."

Ihre Beine schwangen hin und her. Ich stand auf und öffnete den Sonnenschirm, bewegte den Schatten über ihren Körper. „Ich will nicht, dass du einen Sonnenstich bekommst. Ich werde das Abendessen machen. Deine Klamotten sind im Hauptschlafzimmer oben im Schrank. Mach's dir gemütlich. Wir reden nach dem Essen darüber, in die Staaten zurückzukehren."

„Danke."

Sie blieb über eine Stunde lang auf der Kante sitzen und beobachtete den Ozean. Ich grillte Garnelen und Lachs, zusammen mit alten Kartoffelsorten und Gemüse, und stellte das Essen auf die Terrasse. Kay öffnete eine Flasche Wein und schenkte uns beiden ein Glas ein.

„Was wird jetzt passieren?", fragte sie.

„Wir fliegen nach Hause und bringen Martinez hinter Gitter, damit wir unser glückliches Ende leben können."

Sie seufzte. „Klingt zu schön, um wahr zu sein; und wenn Dinge zu schön klingen, um wahr zu sein, dann ist es, weil sie es sind."

Ich zog ihren Stuhl heraus, als mein Handy mit seinem Bubblegum-Pop klingelte.

„Ich wette, das sind schlechte Nachrichten", sagte sie und zeigte darauf.

„Wie kommst du darauf?"

„Instinkt. Ärger folgt mir." Sie zuckte mit den Schultern, und ich wischte mit dem Finger über den Bildschirm.

„Gabe?"

„Rate mal? Kendra hat heute versucht, Martinez zu bezahlen, indem sie Sam benutzt hat."

Ich blickte zum Liegestuhl hinüber, wo Kendra es sich gemütlich machte.

„Was?"

Ihre Augen weiteten sich.

„Tristan hat Kendra eine Falle gestellt, aber sie hat Sam auf die Mission geschickt und sie dadurch in Gefahr gebracht, weil dieser verdammte Martinez auf der Insel ist. Und er hat sie gefunden."

„Scheiße. Und Sam?"

„Es geht ihr gut. Sie ist erschüttert, aber okay. Marge hat mir geholfen. Sie ist bereit, ihre Tochter zurückzubekommen."

„Also sag ihr die Wahrheit. Es ist nichts, was du für immer ignorieren kannst."

„Ich versuche es, aber dieser Martinez-Scheiß kommt mir in die Quere. Unterm Strich ist er in der Stadt. Haltet die Türen verschlossen. Wir sollten darüber nachdenken, nach Hause zurückzukehren."

„Mache ich. Und es tut mir leid für all den Ärger."

Ich schaltete das Telefon aus, stemmte die Hände in die Hüften und wandte mich Kendra zu. Sie blinzelte mehrmals und biss sich auf die Lippe, während sie auf der Stelle trat, als wüsste sie, dass sie Mist gebaut hatte.

„Du bist heute auf den Köder reingefallen?", fragte ich.

„Welchen Köder?"

„Tristan hat dir eine Nachricht geschickt, um eine Zahlung an Martinez zu leisten."

„Tristan hat das getan?"

Ich nickte.

„Ich dachte, es wäre Martinez. Ich... ich dachte, ich hätte meine Schulden beglichen und er würde mich in Ruhe lassen."

„Stattdessen hat er Sam gefunden."

„Was? Geht es ihr gut?"

„Es geht ihr gut, aber du solltest es besser wissen, Kay. Martinez wird kein Geld für das nehmen, was Jace ihm versprochen hat. Und woher hattest du überhaupt das Geld?"

„Ich habe ein Bankkonto, Julian. Und es waren nur zehntausend."

„Zehntausend? Und das hat dich nicht stutzig gemacht?"

Ich bedeckte mein Gesicht mit den Händen und ließ sie sinken, während ich zur Liege ging.

„Wann hast du das letzte Mal was genommen, Kay?"

„Bevor ich das Boot in die Luft gejagt habe. Ich habe seitdem nichts mehr genommen, Julian. Ich schwöre. Die Krankenschwester war großartig." Sie saß auf der Liege mit angezogenen Knien.

„Martinez ist in der Stadt. Er ist Sam zu nahe gekommen."

„Was hättest du denn von mir erwartet? Ihn nicht auszuzahlen? Jeder in meiner Situation hätte dieselbe Entscheidung getroffen."

Ich kniete mich vor ihr auf die übergroße Liege. Ich legte meine Hände auf ihre Schultern und zog sie näher zu mir heran.

„Du hast Gabe erlaubt, mich zu betäuben und zu entführen", flüsterte sie.

„Gabe musste handeln. Ich konnte dich nicht finden, nachdem du die Terrasse verlassen hattest, und wir mussten dich schnell von dort wegbringen."

„Mit einem Betäubungsmittel? Ich... ich dachte, du hättest mich im Stich gelassen."

Ich zog sie in meine Arme. „Ich würde dich niemals im Stich lassen, Kay. Das solltest du besser wissen."

„Es tut mir leid. Ich wollte nie-"

„Ich brauche dich von jetzt an clean und aufmerksam. Ich meine es ernst. Keine Fehler. Diese Kerle sind mutig, und sie kommen zu nah."

„Ich werde nie wieder eine Droge anrühren. Ich verspreche es."

Ich streichelte ihr Haar und legte mich auf die Liege zurück. Sie beugte sich zur Seite, ihr weicher Körper schmiegte sich an meinen.

„Ich werde checken, wie schnell der Jet startklar sein kann."

„Ich wünschte, wir könnten länger in diesem Paradies bleiben."

Ich beugte mich vor und streichelte ihren Arm. „Wir kommen bald wieder."

Sie fuhr mit den Fingern über meinen Bauch und legte ihre Hand flach auf meine Brust. „Du verzeihst mir also?"

„Ich verzeihe dir, Kay, aber du musst noch etwas heilen, bevor wir über eine Zukunft nachdenken können."

Sie runzelte die Stirn. „Das klingt, als würdest du Nein zum Sex sagen. Bitte sag mir, dass das nicht stimmt."

„Das sage ich nicht, aber ich möchte mich lieber auf dein Wohlbefinden konzentrieren als auf Sex."

„Willst du mir jetzt etwa sagen, dass wir zuerst Freunde sein sollten?"

Ich holte tief Luft. Meine Arbeit würde sich vervierfachen, wenn Kendra meinen Bedingungen zustimmen würde, aber ich konnte uns nicht reparieren, bevor ich sie nicht repariert hatte. Es war Zeit, ihre Hypnose rückgängig zu machen. Ich wollte, dass sie die Kontrolle über ihr Leben hat.

„Nein, das tue ich nicht. Ich spiele keine Spielchen, Kay. Du gehörst zu mir, und das wird sich nicht ändern."

„Nein?"

Ich schüttelte den Kopf.

Sie presste ihre Fäuste an ihre Brust und drückte ihren Körper fest zusammen, dann ließ sie los und kletterte an meinem Körper hoch.

„Ich habe etwas Besonderes für dich vorbereitet, wenn wir nach Hause zurückkehren."

Sie schwebte über mir, ihre verlockenden Küsse überwältigten meine Kontrolle. In ihren Augen funkelte der Schalk. „Klingt es nach heißem Strandvergnügen?"

„Wie würdest du dich fühlen, Stefanie wiederzusehen?", fragte ich.

„Also reimt es sich nicht auf Sex am Strand?"

Ich setzte mich auf und schlug die Beine übereinander. Sie tat es mir gleich. Wir saßen einander gegenüber und starrten uns eine Ewigkeit an. Sie neigte den Kopf und ihr Gesicht wurde ernst. Ich schluckte schwer, und sie wartete geduldig, während ich ihre Hände in meine nahm.

„Wenn wir in die USA zurückkehren und sie alle hinter Gittern sind, würde ich gerne, dass du wieder zur Therapie gehst und in Erwägung ziehst, dich der Vergangenheit zu stellen."

„Also... kein Sex bis dahin?"

„Das habe ich nicht gesagt, aber ich sehe, dass ich dich vernachlässigt habe." Meine Finger streiften ihre Innenschenkel hinauf. Ich umriss ihre Silhouette und kam an ihrem Mund zur Ruhe. Ich fuhr mit dem Finger ihre wunderschönen Lippen nach. „Und das werde ich ändern."

„Wie?" Ihre Stimme zitterte und ihre Lippen bebten in Erwartung. Ich kam näher, mein Mund nur einen Atemzug von ihrem entfernt.

„Die Option Sex am Strand gefällt mir wirklich gut, aber du, hier und jetzt, klingt viel besser."

Ich nahm ihren Mund in Besitz und manipulierte ihre Lippen, führte sie sanft dazu, sich zurückzulehnen. Es war zu lange her, seit sie mir gehört hatte, und zu lange, seit sie in Sicherheit gelebt hatte. Sie verdiente Besseres.

Ich zog mich gerade weit genug zurück, um ihren Atem um mein Gesicht wehen zu fühlen. „Ich möchte dich irgendwohin bringen."

Sie küsste mich. „Wohin?"

Ich küsste sie zurück. „Komm. Es wird dir gefallen." Ich stand auf und streckte meine Hand aus.

„Jetzt?"

„Nein, morgen. Natürlich jetzt. Komm schon, Kay."

Ihr Mund verzog sich langsam zu einem Lächeln, und sie sprang von der Liege. „Überraschungen sind voll mein Ding."

Ich führte sie den Steinweg hinunter zum privaten Strand. Kendra zog ihre Sandalen aus, und ihre Fersen versanken im pudrigen Sand. Der warme Wind blies und ließ die Palmen und Gräser rascheln.

„Es ist menschenleer."

„Es gehört zum Grundstück. Das ist eigentlich Axel Wagners Haus."

„Dein Anwaltsfreund", sagte sie.

„Die Wagners werden mit Silver Securities fusionieren. Wir brauchen ein Team guter Anwälte, und sie sind die Besten."

„Ich habe anderes gehört."

Ich zog meine Schultern zurück. „Was hast du gehört?"

„Wusstest du, dass Scar Wagner mit Brad und Chad Hartley zur Schule gegangen ist?"

„Das wusste ich."

„Oh."

„Woher wusstest du das?"

„Ich habe gelauscht. Ich weiß aber nicht mehr, wann."

„Scar macht das, was er am besten kann, Kay. Seine Spionage- fähigkeiten stehen James in nichts nach."

„James Bond?" Sie runzelte die Stirn.

„Nein, Dummerchen. James Silver, mein Cousin. Wie ist

dieses Gespräch nur davon abgekommen, dass wir an einem wunderschönen Strand sind und gleich auf eine Yacht gehen?"

„Was?" Sie drehte sich zum Meer um und zeigte darauf. „Die da?"

Ich nickte. „Komm schon – Wir haben noch ein paar Stunden bis zum Sonnenuntergang. Wir können diesen Tag noch wenden."

Wir nahmen ein Einmotorboot zur Yacht, tauschten es mit der zweiköpfigen Besatzung aus, und sie fuhren zum Ufer zurück. Ich lichtete den Anker.

„Warte – du segelst selbst? Ich wusste nicht, dass du das kannst."

„Hab's gelernt, als ich herkam, nachdem deine Eltern zurückgekommen waren. Als ich dich nicht sehen konnte. Es sind noch zwei Crewmitglieder unter Deck. Setz dich und entspann dich. Die Vorhersage ist perfekt."

Sie hatte es sich gerade erst bequem gemacht, als das Geräusch eines Einmotorbootes meine Aufmerksamkeit auf den Ozean lenkte. Ich hob das Fernglas an die Augen. „Das ist Gabe. Was zum Teufel macht er da?"

Ich holte auf und brachte unsere Familienyacht hinter sein Beiboot. „Was machst du damit?"

„Halt die Klappe und komm näher", rief er.

Gabe kam an Bord, während einer meiner Crewmänner Marges Boot nach Hause brachte. Gabe fuhr Kendra an, sobald sie sich hinsetzte, und beschuldigte sie, Sams wahre Identität gekannt und sie in Schwierigkeiten gebracht zu haben. Sam hatte die Wahrheit herausgefunden, war in Panik geraten und mit einem Boot aufs Meer hinausgefahren.

Ein ohrenbetäubender Knall vom Ozean unterbrach seine wütende Tirade. Eine Feuer- und Rauchsäule stieg in den Himmel.

Gabe überprüfte den Monitor. „Das ist Sams Position!"

Ich drückte aufs Gas, aber als wir ankamen, konnten wir nur Trümmer finden – und keine Spur von Sam.

Ich ankerte die Yacht, und Gabe tauchte mit einer Sauerstoffflasche unter Wasser. Wir beobachteten von oben, wie er den Boden absuchte. Er tauchte auf und nahm seine Maske ab, hielt etwas hoch, das in seiner Hand funkelte. „Sie ist nicht hier. Sie muss das Armband bei der Explosion verloren haben."

Gabe hatte Sam ein Armband mit Ortungsgerät geschenkt, nur für alle Fälle, aber es schien, als würde der Schmuck jetzt nicht helfen.

„Wenn ein Körper explodiert, bleibt nichts übrig", schrie Kendra und rang nach Luft. Sie war hysterisch und zitterte.

„Sie ist nicht tot!", beharrte Gabe, als er an Bord kletterte.

Ich kniete mich vor Kendra und nahm ihre Hände in meine. „Sam ist eine Überlebenskünstlerin, genau wie du. Wir werden sie finden."

Perlengroße Tränen rannen ihre Wangen hinunter; sie bewegte sich nicht während der nächsten zehn Stunden, die wir brauchten, um Sam treibend im Ozean zu finden. Gabe sprang in die Dunkelheit, und Kendra setzte sich aus ihrer zusammengerollten Position auf.

„Ist sie es? Lebt sie?" Sie eilte die Treppe zur Brücke hinauf.

„Fernglas gleich da." Ich zeigte darauf.

Sie hob es an ihre Augen, und ich wartete auf eine Bestätigung.

„Sie ist es, und sie lebt. Gerade noch am Leben."

„Heb die Bank an. Darunter sind Wärmedecken. Bring sie runter."

Kendra eilte mit den Decken. Der Crewman übernahm die Steuerung, und ich half Gabe, mit Sam an Bord zu kommen. Er wickelte sie in einen Kokon und hielt ihren zitternden Körper, während Kendra Sam Wasser gab. Sie traf mich am Bug, als wir zurück zu Marges segelten.

„Ich glaube, sie wird es schaffen", flüsterte sie, bevor die

Tränen wieder zu fließen begannen. „Es tut mir so leid, dass ich sie in diese Schwierigkeiten gebracht habe. Das ist alles meine Schuld."

„Schh", ich drehte mich zu ihr und zog sie näher, gab ihr die Sicherheit, die sie suchte. Ich ließ nicht los, bis Gabe mit Sam wegging. Ich fuhr über den dunklen Ozean nach Hause und Kendra legte sich auf eine Bank. Sie beobachtete den Nachthimmel und die Sterne, und ich gab dem Kontrolldesk ein Zeichen zum Anlegen. Die Yacht verlangsamte sich sanft bis zum Steg, die Crewmänner gingen, und ich gesellte mich zu ihr auf die Bank, legte mich auf den Rücken, Kopf an Kopf.

„Weißt du etwas über Sterne?", fragte ich sie.

„Sie sind wunderschön", sagte sie. „Und sie sind ewig, obwohl ich heute Nacht schon drei Wünsche hatte."

„Oh ja? Welche Wünsche?"

„Mein erster ist schon in Erfüllung gegangen, weil wir Sam gefunden haben. Der zweite...", ihre Stimme brach. „Dieser Wunsch wird mir helfen, meine Vergangenheit hinter mir zu lassen."

„Kann ich etwas tun, damit er in Erfüllung geht?", fragte ich sie, mir sehr bewusst, dass sie wollte, dass ich frage.

„Vielleicht", flüsterte sie. „Vielleicht ja."

„Gut. Was ist der dritte?"

„Ich kann dir nicht alle meine Wünsche verraten. Ich muss dem Willen und dem Schicksal etwas überlassen."

„Wille und Schicksal? Moment, das sind doch keine Kindernamen, oder?"

Sie lachte laut in die Nacht hinein.

Todmüde schleppten wir uns nach Hause, duschten kurz und fielen ins Bett. Ich konnte kaum einen Muskel bewegen. Aber Gabes plötzlicher Panikanruf am Morgen riss uns beide aus dem Bett.

abe schickte Julian eine Nachricht mit der Information, dass ein Sanitäter Sam eine Infusion verabreicht hatte. Sie war kaum am Leben, aber der Arzt meinte, sie würde es schaffen. Ich lag heute Morgen in Julians Armen und dachte darüber nach, wie viel Ärger ich meinen Freunden beschert hatte. Eine von ihnen war gestorben, und die andere wäre beinahe gestorben, und Gott sei Dank war Julian für mich, seinen Cousin und meine Freundin da gewesen. Die Morgensonne strömte durch das Fenster, und ich streckte mich in Julians Umarmung.

„Woran denkst du gerade?", fragte er.

„Du bist ein Superheld." Ich räkelte mich in den Bettlaken.

„Ich werde zum Superhelden erklärt, und wir hatten noch nicht mal Sex. Das ist ein guter Start in den Tag."

„Ich glaube, du hast recht."

„Worte, auf die ich seit dem Tag, an dem ich dich kennengelernt habe, gewartet habe." Er kitzelte mich unter den Rippen. Ich kuschelte mich an ihn, und er streichelte meinen Arm.

„Julian, dieser Mist mit Martinez und Donaldson wird für mich kein Ende nehmen, wenn ich mich nicht erinnere."

„Jetzt, wo Donaldson weiß, dass du am Leben bist, und der

der irre Martinez dich schnappen will, ist es besser, wenn wir vorsichtig bleiben."

„Ich bin vielleicht noch nicht bereit für den Prozess, aber ich möchte die Hypnose rückgängig machen. Es ist an der Zeit, dass ich mich daran erinnere, was ich getan habe, Julian. Ich hab's satt, ständig wegzulaufen."

Er richtete sich auf und schwebte über mir, sein morgendlicher Ständer weckte ein Verlangen zwischen meinen Beinen.

„Ich bin es leid, dass du wegläufst, Kay." Er gab mir einen sanften Kuss auf die Lippen. Sein Mund folgte einer langsamen Spur entlang meines Kiefers und meinen Hals hinunter. Er umfasste meine Brust mit seiner Hand und strich über meine Brustwarze, als sein Handy klingelte.

„Nein, nein. Geh nicht ran."

Julian zog sich zurück. „Ich muss. Es ist Gabe."

Er setzte sich aufs Bett und nahm den Anruf entgegen. „Gabe? Langsam, Gabe. Was ist los?"

Ich wartete, während er zuhörte, aber sein Gesichtsausdruck verhieß nichts Gutes.

„Ich bin gleich da." Er legte auf, und wir sprangen in unseren Badeanzügen ins Auto. Sam war nachts direkt unter Gabes Nase entführt worden. Julian brauste wie von Furien gehetzt zu Gabes Haus. Ich kaute nervös an meinen Fingernägeln und zitterte trotz des heißen Sommermorgens. „Was, wenn wir sie nicht finden?"

„Sie ist schon ein Rebell, oder? Vielleicht hat sie das von einer Freundin gelernt?" Sein Griff am Lenkrad lockerte sich. „Es wird alles gut, Kay. Wir werden Sam finden. Aber du bleibst in meiner Nähe, okay?"

Ich drehte mich in meinem Sitz zu ihm. „Machst du dir keine Sorgen, dass Gabe mich umbringen wird? Das ist alles meine Schuld."

Wir passierten die letzte Baumreihe, die unsere Grundstücke trennte, und er nahm den Fuß vom Gas.

„Das ist nicht deine Schuld. Nichts davon ist es – aber Gabe liebt Sam, also wird er aufgebracht sein. Ich werde bei der Suche helfen, also ist es am besten, wenn du bei Marge bleibst."

Ich warf die Hände in die Luft. „Klasse! Noch jemand, der mich am liebsten umbringen würde."

„Wie kommst du darauf?", fragte er.

„Ich habe ihre Tochter in Gefahr gebracht, Julian. Die Frau hasst mich. Ich kann die schlechte Stimmung und die finsteren Blicke förmlich spüren. Ich nehme an, ich wäre auch sauer, wenn jemand das Leben meiner Tochter gefährdet hätte."

„Nichts davon ist deine Schuld, Kay." Er fuhr in die Einfahrt und parkte das Auto. Trotz des heißen Morgens zitterte ich auf meinem Sitz. „Hast du Fieber?"

„Nein, das sind die Vibes."

Wir hörten lautes Streiten aus Gabes Hinterhof.

Julian zögerte, die Hände noch am Lenkrad. „Irgendwas sagt mir, wir sollten auf deine Vibes hören."

Wir gingen in den Hinterhof, wo Gabe und Marge hektisch umherliefen. Ich setzte mich auf einen Stuhl in der Ecke, während Gabe und Julian Informationen über Sams Entführung letzte Nacht austauschten. Das Nächste, was ich mitbekam, war, dass Julian und Gabe ein paar Schaufeln in den Kofferraum des Jeeps gepackt hatten und losfuhren.

Wozu brauchten sie Schaufeln?

Ich blieb regungslos auf dem Stuhl sitzen, bis Marge mit zwei Tassen Kaffee herauskam. Sie stellte sie auf den Tisch und setzte sich. „Ich habe etwas Besonderes reingetan."

„Ich verstehe nicht, wie du so ruhig bleiben kannst." Ihre Gelassenheit war beruhigend, und ich konnte diesen Bewältigungsmechanismus nicht verstehen.

„Ich bin nicht ruhig, Kay. Deshalb ist Baileys im Kaffee."

Ich nahm einen Schluck. Der Schwall süßer Wärme lenkte mich definitiv von unseren Sorgen ab, aber nicht lange.

„Es tut mir leid wegen Joanne, und es tut mir leid für all den

Ärger, in den ich deine Familie hineingezogen habe. Sie hätten mich nie mit Sam in Verbindung gebracht, wenn sie den Club nicht versichert hätte, aber dann wurde sie eine Freundin, und ... Es ist alles meine Schuld."

Marge legte ihre Hand auf meine. „Es ist nicht deine Schuld. Die Jungs werden sie finden. Ich kann nicht noch eine Tochter verlieren."

Ich konnte nicht noch eine Freundin verlieren. Ich hatte sowieso nicht viele.

„Marge?"

„Ja?"

„Warum brauchten sie Schaufeln?"

Sie holte tief Luft und ließ sie wieder los. „Joanne ist lebendig begraben gestorben."

Mein Magen zog sich schmerzhaft zusammen. Gut, dass ich noch nicht gefrühstückt hatte, sonst hätte ich mich übergeben.

Zwei Stunden vergingen, bevor Julian anrief und Marge mitteilte, dass Sam in Sicherheit und mit Gabe im Krankenhaus sei. Marge bestand darauf, sofort dorthin zu fahren, und da ich sie nicht allein gehen lassen konnte, begleitete ich sie. Ich beobachtete durch das Türfenster, wie Marge an Sams Bett saß und die Hand ihrer Tochter hielt. Sams Augen waren tief in ihr Gesicht eingesunken, und ihr Körper war mit Schrammen übersät.

„Sie ist in einem künstlichen Koma", flüsterte Julian.

„Aber sie wird wieder gesund?" Mein Herz klopfte heftiger und meine Brust schnürte sich zusammen.

Gabe nickte kurz. „Ja, sie wird wieder gesund."

Ich ließ die Anspannung los, und meine Knie gaben nach.

Julian fing meinen Sturz auf. „Hey, hey. Es ist okay. Du hast ihn gehört. Sie wird wieder gesund."

„Ich weiß ... aber was sie durchstehen musste ... Gabe, es tut mir unfassbar leid."

„Ich schätze deine Entschuldigung, Kay. Aber gib ihr verflucht noch mal nie wieder 'ne Pille, kapiert?"

Julian räusperte sich.

„Ich werde es ihr wiedergutmachen. Ich verspreche es."

„Das solltest du auch. Du bist ihre beste Freundin." Er zog mich überraschend in seine Arme und hielt mich wie der Bruder, den ich nie hatte. Gabe wurde mir gegenüber weicher, und vielleicht konnte er mir eines Tages vergeben.

„Pass gut auf sie auf und ruf mich an, sobald es ihr besser geht." Ich drückte meine Arme zur Betonung fest um ihn.

„Das werde ich."

Wir ließen los, und die Cousins verabschiedeten sich mit einem Handschlag und einem kurzen Schulterklopfen. Julian nahm mich unter den Arm und wir verließen das Krankenhaus.

An diesem Nachmittag schlüpfte ich in meinen Badeanzug und setzte mich an den Rand des Pools. Julian kam mit einem riesigen Glas Limonade mit zwei Strohhalmen und einem Banana Split mit zwei Löffeln heraus.

„Das Abendessen sieht toll aus."

Er setzte sich, tauchte seine Füße in den Pool und stellte das Getränk zwischen uns. „Du solltest erst mal den Nachtisch sehen." Er zwinkerte. „Ich prognostiziere Pfirsiche mit Sahne."

Ich nahm einen Löffel und er griff nach seinem. Ich schöpfte das Schokoladeneis und er stach in die Vanille. Julian teilte die Banane und krönte sie mit Erdbeereis und einem Klecks Schlagsahne. Er zielte mit dem Löffel direkt in meinen Mund.

Er griff nach meinem Kinn und zog seinen Finger hoch, um die tropfende Sahne aufzufangen. Es war noch sexy, als er sie mit einem Grinsen ableckte.

Ich trank ein Viertel des Eisfloats, und Julian verschlang den Rest.

„Du wirst einen Zuckerrausch bekommen."

„Ich hoffe auf eine andere Art von Rausch. Lass uns zum Strand gehen."

Wir gingen den Weg hinunter zum abgelegenen Strand, wo eine Hängematte über dem Wasser nahe dem Ufer hing.

„Ist das unser Ziel?" Ich schlug mir die Hand vor den Mund. Die sattgrünen Palmen und verschlungenen Mangroven säumten den makellos weißen Strand, während das türkisfarbene Wasser in sanften Wellen an das Ufer schwappte - ein Anblick wie aus einem Traum.

Julians Handy piepste. Er prüfte seine Nachrichten, drehte sich auf dem Absatz um und suchte meinen Blick.

„Was ist los?"

„Es sind eigentlich gute Nachrichten. Unser Team hat gesehen, wie Martinez in den USA gelandet ist. Er ist vorerst weit weg von dir."

Seine Nachricht war großartig, aber wir müssten innerhalb von Tagen, wenn nicht sogar früher, nach Hause zurückkehren. Mit sanftem Druck an meinem Kinn lenkte er meinen Blick zurück zu seinem.

„Und wenn wir nach Hause zurückkehren, werden wir zusätzliche Sicherheitsmaßnahmen einführen, vor der Verhaftung und den ganzen Weg durch den Prozess und die Verurteilung. Wir werden sie einsperren, und du wirst frei sein."

Sein Plan klang zu schön, um wahr zu sein, aber ich würde ihn vorerst akzeptieren.

Ich kuschelte mich eng an ihn, während die Hängematte uns sanft über dem Wasser wiegte. Bei jeder Bewegung streifte mein Hintern die glitzernde Oberfläche des Ozeans, was ein angenehmes Kribbeln auslöste. Ich lag auf Julians breiter Brust und atmete die salzige Luft ein. Eine einsame Möwe segelte majestätisch über uns hinweg, genau dort, wo der endlose Horizont des Ozeans mit dem in warmen Orange- und Rosatönen glühenden Himmel verschmolz. Der atemberaubende Sonnenuntergang ließ mich für einen Moment alles um mich herum vergessen.

„Julian?" Ich schaute auf.

„Ja, mein Liebling?"

„Warum schwanke ich so oft zwischen Himmel und Hölle?"

Er küsste meine Schläfe und seufzte. „Die Kontrolle über das Leben, das dir gegeben wurde, wurde dir gestohlen. Du wirst aufhören zu schwanken, wenn du diese Kontrolle zurückgewinnst."

„Weiß Martinez schon, dass mir der Club gehört? Weiß er, wo ich wohne?"

„Ich vermute, die Antwort ist ja auf beides, aber ich glaube nicht, dass es noch um den Besitz geht."

Meine Schultern sackten herab. „Davor hatte ich Angst."

„Du kannst immer noch aussteigen, Kay. Halte dich einfach bis zum Prozess bedeckt, und ich werde die ganze Zeit an deiner Seite sein."

Die Anspannung in meiner Brust ließ nach, und mein Herz machte einen Sprung. „Dein Plan gefällt mir, aber ich sollte versuchen, mich daran zu erinnern, was ich getan habe und was passiert ist. Ich möchte alles wissen, wovor Silver Securities mich beschützt hat."

„Was ist mit den Albträumen?"

„Ich bin keine fünfzehn mehr, Julian. Ich denke, ich bin bereit, damit umzugehen."

Der Wind wiegte uns beide über dem Ozean. Es war der perfekte Moment, und alles, was ich brauchte, war seine perfekte Antwort.

„Ich bin froh, dass wir das gleich sehen. Wir werden uns mit einem Fachmann in Verbindung setzen, wenn wir nach Hause zurückkehren. Aber jetzt gibt es etwas anderes, das ich will."

Er senkte seinen Mund auf meinen und küsste mich hart. Der Kuss vertiefte sich, als er seine Zunge über meine strich. Seine Hand glitt zum Körbchen meines Badeanzugs, und er schob den Stoff beiseite. Er strich mit seinem Daumen über meine aufgerichtete Brustwarze. Die elektrisierende Berührung durchströmte mich, und ich drückte meine Brust weiter in seine Hand, was ein köstliches Zwicken auslöste. Er schluckte meine Seufzer, während er meine Brust knetete. Eine frische Windböe kam auf und ließ die Hängematte stärker schaukeln. Plötzlich brach eine kräftige Welle an unserer Seite, ihre kühle Gischt sprühte über uns und linderte die Hitze auf meiner Haut.

Wir lösten uns lachend voneinander. Der Ozean beruhigte sich, und ich legte mich wieder auf seine Brust. Ich lauschte, wie sein pochendes Herz langsamer wurde, der Rhythmus passte sich fast den trägen Wasserwellen an.

„Wir fliegen morgen nach Hause zurück", flüsterte er.

Ich stöhnte in seiner Umarmung und streckte mich faul. „Ich möchte für immer hier bleiben."

„Sam fliegt mit Gabe nach Österreich. Sie wird zumindest dort bleiben, bis wir Martinez gefasst haben. Ihre Mutter kommt mit, und ich dachte, dass du vielleicht auch mit ihnen gehen solltest."

„Was?" Ich zog mich zurück. „Sag das nicht mal. Ich gehe dorthin, wo du hingehst. Ich verursache niemandem mehr Ärger, bis ich meine Probleme geklärt habe."

Er legte meine Handfläche auf sein Herz. „Das Schöne daran ist, dass du mein süßes Problemkind bist, und ich bin an deiner Seite."

Wasser spritzte auf unsere Körper von einer größeren heranrollenden Welle.

„Ich bin froh, dass Marge wenigstens eine ihrer Töchter zurückhat. Ich kann mir nicht vorstellen, wie es war, erst die eine und dann die andere zu verlieren."

„Denkst du jemals darüber nach, Kinder zu haben?", fragte ich ihn.

Er hob seinen Arm und rieb sich das Kinn. „Ich hatte nie Zeit, darüber nachzudenken. Du hast mir allerdings eine Heidenlektion über Teenager erteilt."

Ich rutschte in der Hängematte höher auf seinen Körper. Ich versuchte, ihn an den Rippen zu kitzeln, aber er zuckte nicht einmal.

„Ich fürchte mich davor zu fragen, was du gelernt hast."

„Ich habe erkannt, dass Alter wirklich nur eine Zahl ist und dass es niemanden gibt, mit dem ich lieber altern würde als mit dir."

Er senkte seine Lippen auf meine, und ich schmolz dahin. Der sinnliche Kuss wurde heißer, als sein Knie meinen Schritt fand. Ich rieb mich an seinem Knie. Meine Hände wanderten über seine breite Brust und seine harten Bauchmuskeln. Ich hatte mich mit Herz und Seele nach diesem Trost und dieser Verbundenheit gesehnt. Ich hatte schon viel zu viele einsame Tage ohne ihn verbracht. Seine Brust hob sich höher und senkte sich tiefer, bis eine weitere Welle hereinbrach, und ich schrie auf.

„Ich habe das Gefühl, du hast diesen Ort ausgewählt, um Verführung unmöglich zu machen."

„Du musst mich nicht verführen, Kay. Ich gehöre schon dir. Und übrigens, es muss nicht Stefanie sein, die dir hilft, dich zu erinnern. Das sollte sie nicht sein."

„Ich werde alles Notwendige tun, um mein Leben zurückzubekommen."

Er festigte seinen Griff um mich, und ich machte es mir für den Sonnenuntergang bequem, ohne zu ahnen, dass dies einer der letzten Sonnenuntergänge sein würde, die ich für lange Zeit sehen würde.

Kapitel 25

Julian

Das Flugzeug drosselte seine Geschwindigkeit und kam zum Stehen. Ich nahm Kendras Hand und unsere Pässe, und wir passierten die US-Grenze. Kendra trug eine Perücke und eine übergroße Sonnenbrille, die sie in Neuseeland gekauft hatte. Als sie über das Rollfeld lief, warf ihr überdimensionierter Hut einen Schatten auf ihr Gesicht. Der schwüle Tag passte zu ihrer gräulichen Stimmung, dennoch bezauberte sie mich. Ich konnte es kaum erwarten, sie wieder in unserem Zuhause zu haben. Wind fegte über den Flughafen und riss ihr den Hut vom Kopf. Der Wachmann jagte dem Ding hinterher.

„Was ist denn das für ein Scheiß-Wetter?", jammerte sie.

„Sie sagen für eine Woche Regen voraus."

„Das ist überhaupt kein Sommer." Sie zog sich den Schal über die Schultern. „Wir hätten im Paradies bleiben sollen."

„Was hältst du davon, wenn wir unser eigenes Paradies erschaffen?" Ich öffnete die Beifahrertür des Bentley, während der Concierge des Privatjets unsere Koffer in den Kofferraum packte. Kendra stieg ein und schnallte sich an.

Ich schwang mich auf die Fahrerseite und drehte den Zündschlüssel.

„Mit dir würde ich bis ans Ende der Welt gehen, Schatz." Ihre Hand legte sich über meine auf dem Schalthebel.

„Der einzige Ort, an dem ich jetzt sein möchte, ist unser Zuhause."

Sie rutschte auf ihrem Sitz hin und her.

„Wir werden einen ruhigen Abend am Kamin verbringen."

Ihre Augen weiteten sich und ihr Mund verzog sich zu einem Grinsen.

„Ich werde dich in meinen Armen halten, idealerweise auf meinem Schwanz."

Sie brach in Gelächter aus. „Worte, die jede Frau hören möchte."

Kendra kam näher, ihr Mund schwebte über meinem. Ihr blumiger Duft drang in meine Lungen und sang zu meinem südwärts fließenden Blut, ließ meinen Schwanz hart werden. Wenn sie so weitermachte, würde ich Schwierigkeiten beim Fahren haben.

Steifer Schwanz, steife Fahrt.

Alles würde hart werden, wenn sie nicht aufhörte, sich eine Haarsträhne um den Finger zu wickeln.

„Ich kann es kaum erwarten, nach Hause zu kommen", flüsterte sie, küsste mich innig und zog sich zurück, während sie die Heizung im Auto aufdrehte.

Ich nahm die kürzeste Route nach Hause, packte das Auto aus und duschte. Kendra hängte ihre Kleidung in den Schrank und duschte direkt nach mir. Ich ging nach unten, machte ein helles Feuer im Kamin an, stellte leisen Jazz an und schob Kokosnuss-Garnelen in den Ofen. Das würde gut zum Prosecco passen, der im Kühlschrank kühlte. Als ich die Lebensmittel bestellt und Kendra die Pflanzen gegossen hatte, war das Essen fertig. Sie lief nach oben, um sich umzuziehen, während ich zwei Gläser Wein einschenkte und sie zum Kamin stellte. Kendra schlenderte um die Ecke in demselben schwarzen Negligé, das ich ihr einst verboten hatte zu tragen.

Der hauchzarte Stoff schmiegte sich an ihre Haut und enthüllte mehr als er verbarg, und meine Hand juckte danach, sie zu berühren. Ihr natürliches Haar, ihre errötete Haut, die rosafarbenen Brustwarzen und der kaum vorhandene Slip verspotteten meinen Willen und meinen sich anspannenden Schwanz.

„Erinnerst du dich, was du einmal über dieses Outfit gesagt hast?" Ihre Hüften wiegten sich hin und her, als sie näher kam.

Umwerfend.

Ich schluckte schwer. „Nur ein Mann, der es verdient, sollte dich so sehen."

„Also, hier bin ich, Julian. Neuseeland war schön, und ich schätze das intensive Vorspiel und das Pussy-Lecken, aber ich bin bereit für mehr. Ich verzehre mich nach dir."

Sie blieb vor mir stehen. Ich beugte mich im Sessel nach vorne und brachte ihre straffen Brüste auf Höhe meines Gesichts. Ich senkte meinen Mund zu ihrer hervorstehenden rosafarbenen Brustwarze und biss durch den Stoff, während meine Hände ihren kleinen Hintern umfassten. Ihr Wimmern entflammte mein tiefes Verlangen. Sie fuhr mit ihren Fingern durch mein Haar und kratzte über meine Kopfhaut.

Ich schloss meine Augen und atmete ihren blumigen Duft ein, während ich um ihre perfekt gereifte Knospe leckte. Meine Erektion spannte sich in meiner Hose, als ihr Körper sich meiner Berührung hingab. Ich ließ meine Hände ihren Rücken hinaufgleiten und dann wieder zu ihrem Hintern wandern, wobei ich meine Finger in ihr weiches Fleisch grub. Sie zitterte in meinem Griff, und ich verlor die Kontrolle. Ich ließ ihre Brustwarze los, und sie schnellte aus meinem Mund.

Ihre leisen Keucher wurden länger, als ich ihren Körper über das bequeme Ende des Sofas drehte und sie nach vorne führte. Sie stand vor mir, vornübergebeugt, und spreizte ihre Beine. Ihr wunderschöner Hintern reckte sich nach oben, und sie öffnete ihre Pobacken für mich. Ich zog an dem Faden, der sich in ihren Spalt schnitt, und zerriss ihn zwischen meinen

Fingern. Ich blies einen Atemzug, und ihr gekräuseltes Loch zog sich zusammen und entspannte sich wieder. Es war wunderschön.

„Beweg dich nicht." Ich zog meine Hose herunter und stieg heraus. Mein Schwanz schnellte nach oben, und ich ging um das Sofa herum zu den Bücherregalen. Kendra beobachtete mich, wie ich eine schwarze Schachtel mit einer roten Schleife holte. Sie beäugte mich aus ihrer gebeugten Position, als ich das Geschenk vor sie stellte.

„Es ist für dich, aber ich glaube, wir werden beide davon profitieren."

Sie wackelte mit den Augenbrauen und hob den Deckel an, der eine Reihe von Buttplugs enthüllte.

Ihr Mund öffnete sich weit. „Wie profitierst du davon? Soll ich dir das in deinen-"

„Nein, nein. Du wirst nichts reinstecken."

Ihre Augen folgten sklavisch meinen Bewegungen, als ich das klassische Silikonspielzeug herausnahm, um ihren Hintern herumging und Gleitgel über das Spielzeug goss. Sie wackelte mit ihrem Hintern und fixierte meinen Blick.

„Ungeduldig?"

Ich drang mit meinem pochenden Schwanz in sie ein und stieß sie nach vorne.

„Oh mein Gott."

„Ich heiße Julian." Ich klatschte sanft auf ihren Hintern und hielt meine Hand auf ihrer Pobacke, um sie in meinem Rhythmus zu halten. Sie stützte ihre Arme auf das Kissen und wiegte sich unter mir hin und her. Ich richtete den Plug aus und begann, an ihrer anderen Öffnung zu arbeiten. Zuerst versteifte sie sich, entspannte sich dann aber, als ich zurückzog. Ich schob tiefer, und ihr Hintern akzeptierte den Plug. Ihre Lippen öffneten sich und Stöhnen verwandelte sich in verzweifeltes Flehen nach mehr. Meine Erregung stieg zusammen mit ihrer, als ich ihre wunderschön gebeugte Form studierte.

Das glühende Feuer warf einen orangefarbenen Ton über ihre blasse Haut. Sie sah so zart aus und bettelte doch um mehr.

Ich arbeitete den kurzen, dünnen Plug ganz hinein und tauschte ihn dann gegen eine dickere Größe aus. Ihr Hintern zog das Spielzeug hinein und hielt es dort, der Diamant-Plug glänzte in ihrem Po. Er passte zu ihrer strahlenden Persönlichkeit. Ihre Muschi verengte sich um mich und ich verlor fast die Kontrolle, also zog ich mich zurück. Es war zu früh zum Kommen, und ich brauchte mehr von ihr und mir, zusammen.

„Was ist los?", fragte sie.

„Du machst mich zu sehr an. Entspann dich und halt still." Ich entfernte vorsichtig den Plug und legte ihn beiseite.

Ich griff nach ihrer Hand und führte sie zu den weichen Decken und Kissen am Kamin. Wir setzten uns einander zugewandt hin. Ich reichte ihr zwei Champagnergläser und füllte sie bis zum Rand, dann nahm ich mein Glas und stieß mit ihrem an.

„So köstlich du heute Abend auch aussiehst, ich will dich nicht ficken, Kay."

Sie verlagerte ihre Hüfte zur Seite und neigte den Kopf. „Warum nicht?"

„Weil ich heute Nacht mit dir Liebe mache."

„Darauf trinke ich", flüsterte sie durch ein Lächeln. „Denn ich liebe dich genauso heftig."

Wir nahmen jeweils einen Schluck und stellten unsere Gläser beiseite. Ich bedeckte ihren Mund mit meinem und kostete sie langsam, bis meine Zunge zwischen ihre Lippen glitt und ihr Körper erschlaffte.

Sie legte sich auf die Kissen zurück und spreizte ihre Beine. Ich hielt unseren Kuss aufrecht und schwebte über ihr, bis ihre Knie weiter auseinanderfielen und ich meinen Schwanz ausrichtete und hineinglitt. Unser Kuss vertiefte sich, je weiter ich vorstieß. Ihre geschwollenen Brüste rieben an meiner Brust, ihre harten Spitzen empfindlich bei Berührung. Ich küsste ihre geschwollenen Lippen und drang in ihre durchnässte Muschi ein.

Sie umklammerte mich und versetzte mich in einen Rausch. Ich löste meinen Mund und sie sog Luft ein.

Ich richtete mich auf die Knie auf und legte ihre Beine über meine Oberschenkel, stieß hart zu. Ihre Augen rollten zurück. Ich beobachtete, wie ihr zarter Körper sich dem meinen hingab, völlig verletzlich und wunderschön. Meine Hoden spannten sich als Reaktion auf ihr leises Keuchen und Stöhnen. Sie zog das schwarze Negligé an ihrem Körper hoch und kniff in ihre Brustwarzen, was mich verrückt machte. Ihre Hand glitt ihren Bauch hinunter und tiefer, dorthin, wo wir verbunden waren, ihre Finger fühlten, wie ich in sie eindrang. Der Anblick von oben war verdammt heiß, bis ihre Finger zu ihrer Klitoris tanzten und ich zusah, wie sie sich selbst rieb. Diese Bewegung jagte Zuckungen durch meine Hoden.

Ihre sich steigernde Lust wuchs zusammen mit meiner, ihr Körper stieß zu und ihre Muschi kontrahierte um meinen Schwanz. Sie schrie auf und ich ließ den Druck los. Sie schloss sich um mich und melkte meinen Erguss durch ihren Orgasmus, zitternd unter mir. Ich wartete, bis sie sich beruhigt hatte, und küsste ihre Stirn. Befriedigt zog ich mich zurück und ließ mich auf den Boden sinken. Sie rollte sich sofort auf meine Brust und faltete ihre Hände unter ihrem Kinn.

„Du kommst in mir und hast nie Angst, dass ich schwanger werde?", fragte sie.

„Angst? Nein, weil ich weiß, dass du es nicht wirst."

„Wie kannst du dir so sicher sein?"

„Du hattest deinen Eisprung in Neuseeland, Baby."

„Ist das der Grund, warum du mich damals nicht anfassen wolltest?"

„Nein. Wir waren erschöpft und... Nun, es ist viel passiert."

„Also haben wir nur Sex, wenn ich nicht schwanger werden kann?" Sie kniff die Augen zusammen.

„Kay, mach daraus keine große Sache, denn eines Tages, wenn wir beide bereit sind, gibt es nichts, was ich lieber täte, als in dich einzudringen und zu kommen, in vollem Bewusstsein, dass du deinen Eisprung hast und wir ein Baby machen."

Sie lächelte. „Du bist also nicht abgeneigt, Kinder zu haben? Mit mir? Der Unruhestifterin?"

„Ich habe dir schon einmal gesagt – du magst Ärger sein, aber du bist mein Ärger." Ich hob meinen Kopf, um sie zu küssen. „Eines Tages wirst du eine wunderbare Mutter sein."

„Und du wirst ein sexy Papa sein. Ich kann es kaum erwarten, bis mein blöder Fall abgeschlossen ist und Martinez hinter Gittern sitzt."

„Deine Anwälte sind fast bereit, mit den Anklagen gegen Donaldson und die Hartleys voranzugehen. Tristan hat den Typen gefunden, der gegen den Kongressabgeordneten aussagen wird, also sollten wir startklar sein."

Sie blickte in die Ferne.

„Was ist vor dem Zugunglück passiert? Was habe ich getan?"

Ich drückte ihre Hand. „Du warst zur falschen Zeit am falschen Ort. Jemand hat versucht, dir wehzutun, und du hast dich geschützt."

„Ich habe jemanden getötet, oder?"

„Du solltest dir darüber keine Sorgen machen. Du hast dich gegen einen Raubtier mit Macht verteidigt."

„Ein Donaldson", flüsterte sie. „Ich weiß nicht, ob mir der Name bekannt vorkommt, weil ich ihn so oft gehört habe oder weil ich mich tatsächlich daran erinnere."

„Du erinnerst dich, Kay", bestätigte ich, während ich nach hinten griff und ihr das Champagnerglas vom Tisch reichte. „Wir hatten vielleicht fünf beschissene Jahre, aber es wird bald vorbei sein."

„Ich kann es kaum erwarten." Sie nahm einen Schluck und senkte ihre süßen Lippen auf meine. Die Standuhr in meinem Büro schlug zehnmal. Wir hatten noch Stunden füreinander bis zum Morgen, und ich würde jede Minute der Nacht nutzen, um ihr zu zeigen, wie sehr ich sie liebte.

VÖGEL ZWITSCHERTEN UND BIENEN SUMMTEN. Ich strich mit der Hand über das Kissen neben mir und schoss hoch, als ich den Platz in der Cabana leer vorfand.

Ein leises Plätschern lenkte meine Aufmerksamkeit auf Kay, die nackt in unserem Pool schwamm. Es war verdammt nochmal die beste Investition, die ich hätte machen können. Letzte Nacht hatte sie irgendeine Wette zwischen uns gewonnen, die ich bereit war zu verlieren, und wir gingen mitten in der Nacht schwimmen. Ich gehorchte jedem ihrer Wünsche, einschließlich dem, bis zum Morgen in der Cabana zu schlafen. Ich vögelte sie auf den Poolstufen, liebte sie unter dem Sternenhimmel und labte mich an ihrem Körper wie ein ausgehungerter Mann.

Der Klang ihrer Bahnen ließ mich fühlen wie den glücklichsten Bastard der Welt. Ich döste gerade ein, als ich das feuchte Klatschen ihrer Füße auf dem Beton hörte, näher zur Cabana. Ich wartete darauf, dass sie zurück auf die Matratze kletterte, aber ich muss eingeschlafen sein, bevor sie mich erreichte. Der Schatten einer vorbeiziehenden Wolke weckte mich auf.

„Kay?", setzte ich mich auf, konnte sie aber nicht entdecken.

„Kay?", rief ich lauter und eilte ins Haus und in die Küche, wo sie eine Notiz auf der Theke hinterlassen hatte.

Konnte dem wunderschönen Morgen nicht widerstehen und bin joggen gegangen. Bin bald zurück.

Ich fuhr mir mit der Hand über die Augen, ein wenig überrascht vom klaren Himmel. Kay hatte die Wette gewonnen, die wir letzte Nacht abgeschlossen hatten: Wenn die Sonne vor dem Frühstück aufgehen würde, wäre ich für das Essen verantwortlich. Ich duschte und machte Pfannkuchen, aber Kay war nicht zurück. Ich schnitt mehr Obst, kochte eine frische Kanne Kaffee und rief meine Eltern an, aber sie war überhaupt nicht bei ihnen vorbeigekommen. Sie hielt bei ihren Joggingrunden immer dort an. Ich rieb mir den Nasenrücken, schaltete meine App ein und stellte fest, dass ihr Standortsignal von meinem Handy getrennt war. Das letzte Update war von der Straße unten gesendet worden. Ich rannte über den Rasen in diese Richtung und rief ihren Namen. Ein hellroter Reflex fiel mir ins Auge, und ich hob Kays kaputtes Handy zusammen mit ihren Ohrhörern auf.

„Verdammt. Nein."

Ich fiel auf die Knie. Meine Hände zitterten, als ich eine schnelle Nachricht an die Familie schickte und Worte schrieb, die ich nicht glauben wollte, aber von denen ich wusste, dass sie wahr waren. Kendra war verschwunden, und mir drehte sich der Magen um. Ich hätte es besser wissen müssen. Ich hätte am Morgen besser aufpassen sollen.

Warum zum Teufel hatte sie das Haus verlassen?

Tristan holte mich an der Straße ab und übernahm die Suche, weil ich es nicht konnte. Stattdessen saß ich hilflos in meinem Heimbüro und raufte mir die Haare. Ich verbrachte sechs Stunden dort, bevor ich weitere acht Stunden lang die Straßen durchkämmte. Regen prasselte herab und Donner rollte über den schwarzen Himmel. Drei Tage. Ununterbrochen. Im strömenden Regen durchkämmte ich die Straßen, bevor mein Cousin James aus dem Magnet, einem exklusiven Milliardärsclub, mit der Bestätigung einer Quelle zurückkehrte, dass Jeffrey Hartley Kendra versklavt hatte. Der berüchtigte Menschenhändler war Tristans ehemaliger zukünftiger Schwiegervater.

„Ich werde Hartley in Stücke reißen." Ich schob die Papiere über meinen Schreibtisch.

„Du bist nicht der Einzige mit diesem Traum, Bruder." Tristan packte meinen Arm. „Wir haben vielleicht noch etwas anderes, aber es wird dir nicht gefallen, was du hörst."

„An diesem Punkt bin ich bereit, alles anzunehmen."

„James wird dieses Wochenende in die Gruppe eingeschleust. Es gibt Gerüchte über eine Auktion, und es besteht die Chance, dass Kendra dort sein wird."

„Eine Auktion? Sie wollen sie verkaufen? Wann passiert das?"

„Es könnte nächste Woche sein, und es könnte in ein paar Monaten sein."

„Was? Wir können sie nicht so lange warten lassen."

„Es ist nur eine Option. Wir suchen nach weiteren Möglichkeiten ..."

Ich konnte ihn danach nicht mehr hören, weil wir offensichtlich keine Optionen mehr hatten, und ich brach zusammen. Die Erschöpfung traf mich mit voller Wucht und brachte mich auf die Knie. Ich konnte nicht atmen und ich konnte nicht schlucken, aber ich hätte alles getan, um mit der Frau, die ich liebte, die Plätze zu tauschen.

Meine Handgelenke schmerzten, und meine Knöchel brannten von den Seilabschürfungen. Sie hatten mich an ein Bettgestell mit einer fleckigen Matratze gekettet und mich warten lassen, bis ich an der Reihe war. Die verzweifelten Schreie eines Mädchens hallten durch den Flur, und ich presste meine Hände auf die Ohren, um ihre Qualen auszublenden. Der Ton variierte bei jeder Begegnung, während maskierte Herren sich an den gefangenen Mädchen vergingen.

Für viele Frauen wurde der Tod schnell zum einzigen Ausweg aus dem Sexhandel. Der Sensenmann stand immer in der Nähe und wartete auf das nächste Opfer, das sich die Pulsadern aufschneiden, der Unterkühlung erliegen oder eine Überdosis der Drogenmischung nehmen würde, die sie mit dem wenigen Essen einschmuggelten, das wir bekamen. Ich zitterte in meiner Zelle. Letzte Nacht war kälter gewesen als die vorherige, und der Abend nahte.

Sie fütterten die Mädchen mit Drogen wie mit Süßigkeiten. Blaue Flecken von all den Nadeln verunstalteten meine Arme, und einige der ovalen Stellen verfärbten sich grün. Ihre wechselnden Farbtöne bestätigten den Zeitablauf und bekräftigten die Hoffnung, dass jemand nach mir suchte. Die dunkelvioletten sahen am schlimmsten aus, als hätte meine Haut von innen geblutet.

Die Schreie und das Wehklagen der Folter hallten in meinen Ohren wider. Doch sobald die Betäubungsmittel ihre Runde durch jede Zelle gemacht hatten, hörten die Haut zerreißenden Schluchzer auf. Die Gefangenen fielen auf dem Boden in Ohnmacht oder waren zu benebelt, um ihre Stimmen hören zu lassen. Ich blieb in meiner Ecke, still, und tat so, als würde ich schlafen; betend, dass sie mir nicht den Mund aufzwängen würden, um mir die Drogen einzuflößen. Sie hatten schon genug davon in meinen Körper geschmuggelt mit dem wenigen Essen, das ich zu mir nahm.

Als der Keller verstummte, erinnerte mich das leise Rauschen von fließendem Wasser draußen daran, dass es ein Draußen gab. Wir mussten in der Nähe eines Flusses sein, aber dieses Wissen half meiner Sache nicht weiter. Aus Angst vor Berührungen zwang ich mich, wach zu bleiben. Das Schlafen in Alarmbereitschaft und in kurzen Schüben hatte seinen Preis in Form von dunklen Schatten unter meinen Augen.

Die Schritte eines Mannes hallten durch den Kerker und prallten von den Wänden ab. Ich hob mein letztes Glas Wasser gegen das Licht. Eine pulverige Substanz schwebte am Boden, und mir wurde klar, warum es schwierig war, mich zu bewegen.

Das gelbe Licht verschwamm und fokussierte sich abwechselnd und verwandelte sich in Fackeln. Die Halluzinogene verwandelten das graue Gefängnis in einen mittelalterlichen Kerker, in dem Männer meinen Körper schändeten. Ich würde mich nicht an den Missbrauch erinnern, weil die Drogen mich in ein Fantasieland entführten.

Ich hätte es besser wissen und an diesem Morgen bei Julian in der Cabana bleiben sollen. Stattdessen ging ich für einen dummen Lauf. Der weiße Van kam wie aus dem Nichts. Die Seitentür glitt auf, und zwei Männer zerrten mich hinein. Sie pressten mir ein chloroformgetränktes Tuch auf den Mund, und dann wachte ich an diesem Ort auf.

Vor zwei Nächten zogen sie mich aus und spritzten mich mit einem Schlauch ab. Ein Wächter band meine Hände an eine Stange über meinem Kopf und meine Füße an eine darunter. Seile brannten an meinen Knöcheln. Meine wunden Handgelenke bluteten, als ich an ihnen zerrte. Hartley senkte einen vibrierenden Stab gegen mein Fleisch. Ich spannte meine Oberschenkel an und versuchte zunächst, mich wegzubewegen, aber je öfter er die Metallspitze gegen mich drückte, desto weniger konnte ich widerstehen. Ich weinte und kämpfte gegen die Lust an. Ich wollte es nicht; nicht so. Aber nach einer Weile zwang mein Körper meine Hüften nach vorne, presste sich gegen das pulsierende Gerät und gab der Erregung nach. Sie brachten mich an den Rand des Höhepunkts, nur um den glänzenden Dildo zu entfernen und zuzusehen, wie ich mich vor Schmerzen wand.

Bitte!

Als die Qual nachließ, belebten sie sie wieder und wiederholten die Folter stundenlang. Ich verlor jedes Zeitgefühl und sehnte mich nach einer Erlösung, die sie mir verwehrten. Mein Körper bebte, meine Muskeln waren zum Zerreißen gespannt, und ein pochender Schmerz pulsierte zwischen meinen Beinen. Zuerst war ich beschämt, aber all diese Scham verwandelte sich schnell in Ekel, und ich übergab mich gegen Ende. Sie lachten, und ich verlor das Bewusstsein.

Verfluchte Martinez und Hartley. Ich wünschte ihnen mindestens tausendmal den Tod.

Ich wachte nackt auf der befleckten Matratze auf, nur ein einziges Laken bedeckte meinen Körper. Ich kauerte mich in eine Ecke, als das Klirren von Schlüsseln die Zelle durchbrach.

Jeffrey Hartley durchquerte den Raum und musterte mich aus der Ferne.

„Steh auf", befahl er.

Ich gehorchte, weil ich schnell gelernt hatte, dass die Folter wieder beginnen würde, wenn ich es nicht tat.

„Lass das Laken fallen und dreh dich um." Er wirbelte seinen Finger, und ich tat, wie er verlangte.

Als ich zum Stillstand kam, schüttelte er den Kopf. „Du siehst deiner Mutter überhaupt nicht ähnlich."

Mein Kopf schoss nach oben.

„Wir haben ein paar lustige Nächte zusammen verbracht – weißt du, bevor die Polizei sie mit einer Kugel im Kopf fand."

Mein Magen drehte sich vor Ekel. „Du Bastard."

Er schlug mich so hart, dass meine Wange aufplatzte. Er öffnete seinen Reißverschluss.

„Auf die Knie, Schlampe. Lass uns sehen, ob du es wert bist, gekauft zu werden."

Ich tat nichts, um mich des Kaufens wert zu machen. Ich schaltete ab, als ich vor ihm kniete mit offenem Mund, und übergab mich, nachdem er gegangen war. Mein Lebenswille schwand mit der Zeit, und mein Vertrauen darauf, dass jemand mich finden würde, löste sich mit diesem Willen auf. Ich wusste nicht, wo ich die Scherben meiner Seele aufsammeln sollte, weil ich überzeugt war, dass die Aufgabe unmöglich war. Wie könnte ich das jemals vergessen? Der Tod war die eindeutigste Antwort, um allem ein Ende zu setzen.

Tage der Folter vergingen, bis ich erfuhr, dass Hartley sich entschieden hatte, mich zu kaufen. Wochenlang quälte mich der Arsch täglich. Ich schloss meine Augen. Ich tat so, als wäre ich woanders. Er verging sich an meinem Körper. Es war einfacher, so zu tun und mitzumachen, als zu weinen und zu zittern. Ich hatte das Gefühl, das Weinen und Zittern würde später kommen. Martinez sagte mir, Hartley würde mich auf seine Privatinsel bringen. Je öfter die Sonne unterging, desto mehr zweifelte ich daran, Julian je wiederzusehen.

Ich drängte mich in eine Ecke, als ich Männer näherkommen hörte. Die Schlüssel drehten sich und mein Magen verkrampfte sich. Es musste spät in der Nacht gewesen sein, denn ich gähnte. Martinez stülpte mir einen Sack über den Kopf und fasste mich am Ellbogen. Jemand zog mich an und jemand anderes band ein Seil um mein Handgelenk. Sie warfen mich auf den Rücksitz eines Autos und nahmen den Sack erst ab, als das Auto anhielt. Martinez führte mich in eine Bar, die mit einem Hotel verbunden war, und schob mich in eine Nische.

„Mach den Mund auf", sagte er, und ich gehorchte. Er legte eine Pille auf meine Zunge und drückte mein Kinn nach oben, um meinen Mund zu schließen. „Jetzt schluck."

Scheiße.

Ich schob die Pille heimlich unter meine Zunge und tat so, als würde ich schlucken.

„Mach nochmal auf." Ich wiederholte den Vorgang und versteckte die Pille unter meiner Zunge. Sie hatten mich ohnehin schon genug unter Drogen gesetzt.

Eine jüngere Frau saß an der Bar. Sie zog seine Aufmerksamkeit auf sich wie eine Lampe eine Motte oder Käse eine Maus anzieht. Ich würde jetzt sterben für etwas Käse. Er starrte in ihre Richtung, und ich nahm die Pille aus meinem Mund und warf sie unter den Tisch. Der bittere Nachgeschmack breitete sich wie Feuer auf meiner Zunge aus. Was zum Teufel hatte er mir gegeben?

Es dauerte nicht lange, bis die Frau einen fatalen Fehler beging und sich zu uns gesellte. Sie rutschte auf den Sitz neben mir, und sie begannen, Tequila zu trinken. Was zum Teufel tat sie da? Warum unterhielt sie sich mit einem Mann, der mich einsperren wollte? Es war unmöglich, dass diese schöne Frau von diesem Abschaum angezogen wurde - das musste er doch sehen -, trotzdem flirtete sie mit ihm, als wäre er der größte Fang überhaupt.

„Toilette", flüsterte ich.

„Halt die Klappe. Wir sind gleich fertig", knurrte Martinez.

Sein Alkoholatem traf mich, und ich kämpfte darum, den Würgereiz zu unterdrücken.

„Ich kann deine Puma auf einen Spaziergang zur Toilette mitnehmen. Oder hast du Angst, dass sie beißt?"

Warum nannte sie mich bei Tiernamen, und warum drehte sich der Raum? Der saure Geschmack in meinem Mund erinnerte mich daran, dass sich die Pille, die ich ausgespuckt hatte, ein wenig aufgelöst hatte, bevor ich es tat. Zumindest war Hartley noch nicht hier.

Sie führten noch mehr Smalltalk, und er packte ihr Handgelenk, bevor wir zur Toilette gingen. „Trink erst."

Sie streckte ihre Hand nach dem Seil aus, das er hielt, und sagte: „Lass uns kurz zur Toilette gehen."

Meine Augen weiteten sich, als ich versuchte, sie zu warnen, den präparierten Schnaps nicht zu trinken, aber sie tat es.

„Ihr habt drei Minuten", warnte er.

Sie führte mich hinein. Die Tür fiel ins Schloss. Sie sprintete zur Toilette. Finger im Hals, würgte sie.

Ich konnte kaum atmen, während mein Herz raste. Sie war meine einzige Chance zu fliehen, aber wir brauchten einen Plan. Mein Gehirn war vernebelt. Es würde schwer sein, in diesem Zustand einen Plan zu entwickeln.

„Lauf. Du solltest laufen, solange du noch kannst." Ich erzählte ihr meinen besten Plan. Ich wusste, dass er nicht besonders gut war, aber wenn ich nichts täte, würden wir beide für den Rest meines Lebens Hartley dienen.

Meine Knie zitterten, und meine Hände auch. Sie schlurfte zum Waschbecken, spülte ihren Mund aus und fasste sich. Sie tippte schnell etwas in ihr Handy ein.

„Wer bist du?", fragte ich.

„Ich bin Tristans Freundin, und ich gehe nicht ohne dich. Was hat er mir gegeben?" Sie begann, meine Handgelenke loszubinden. Sie brannten, aber ich hielt still, während sie sich auf die Knoten konzentrierte. Ich konnte vor Angst kaum über meine

Augen hinaussehen, aber sie machte es auch nicht besonders gut.

„Ein Beruhigungsmittel. Es war viel. Er wird uns beide dafür umbringen."

„Wenn das so ist, werden wir ihn loswerden. Wir sind zu zweit gegen einen. Ich weiß, du bist stark genug, Kendra. Bitte sag mir, dass du hier raus willst. Ich brauche dich auf meiner Seite."

Die Drogen mussten ihr zugesetzt haben, denn sie redete verrückt, aber ihr Plan war definitiv besser als meiner. Sie sprach so schnell, dass ich kaum folgen konnte, bis sie fragte: „Bist du dabei?"

„Ich bin dabei", flüsterte ich.

„Werd nicht zu aufgeregt."

Sie stand auf und taumelte auf ihren Füßen, drehte sich im Kreis, bis sie sich auf ein kleines Fenster am Ende des Raumes konzentrierte. Sie stellte sich auf die Zehenspitzen, entriegelte es und schob den Rahmen gerade weit genug hoch, um durchzu-quetschen.

Eine kühle Brise wehte durch den Raum, und ich zitterte.

„Weißt du, auf wen er wartet? Wer ist dein Käufer?", fragte sie.

„Hartley. Hartley steckt immer hinter so einem Scheiß, aber er ist unangreifbar."

Martinez klopfte an die Tür. „Beeilt euch."

„Fast fertig", antwortete sie und überprüfte ihr Handy. „Ist Martinez allein?"

„Ich glaube nicht. Und sie sind immer bewaffnet."

„Hab ich mir gedacht." Sie schob ihr Handy in meinen BH. „Julian und Tristan sind hier im Hotel. Ihre Nummern sind gespeichert. Lauf!"

Er war hier? Julian war hier? Suchte nach mir? Der letzte Energieschub, den ich für eine Flucht aufgespart hatte, schoss durch meinen Körper.

Ich berührte ihren Arm. „Was ist mit dir?"

„Ich bin gleich hinter dir."

Martinez hämmerte an die Tür, aber wir ignorierten ihn beide. Sie verschränkte ihre Hände. „Spring hoch."

Mit ihrem Schub erreichte ich die Fensterbank. Ich streckte meine Hand nach ihr aus.

„Los! Spring. Jetzt!"

Sie packte den Sims und zog sich hoch, genau als ich hinuntersprang. Ich drehte mich im Kreis und versuchte, mich zu orientieren.

„Dreh dich nicht um", sagte sie.

Ich eilte zum Licht an der Ecke, bog links ab und rannte. Blind vor Panik geriet ich in eine Sackgasse. Als ich zurückwich und mich umdrehte, schlug mir ein Mann ins Gesicht.

„Ahh!" Meine Hände flogen zu meiner Nase.

„Du dachtest, du könntest mir entkommen, Schlampe?" Martinez marschierte vorwärts, und ich stolperte rückwärts, suchte nach einem Ausgang, von dem ich wusste, dass er nicht da war.

Ich stolperte über etwas, wahrscheinlich meine Füße, denn ich hatte keine Kontrolle mehr über meinen Körper und zitterte vor purer Angst. Mein Hintern landete in einer Pfütze. Meine Knie gaben nach, als ich mich aufrichtete, und ich kauerte auf allen Vieren, der Gnade eines Arschlochs ausgeliefert, unter einem Fleck Mondlicht. Er zog eine Waffe hinter seinem Rücken hervor und zielte auf mich.

Das war's. Mein Leben würde in einer Gasse durch die Hand eines Raubtiers enden.

Ein Schrei hallte durch die Gasse, und Martinez drehte sich auf dem Absatz zum Eingang der Gasse um. Die Frau aus der Bar, die versucht hatte, mich zu retten, stand dort. Meine Sicht verschwamm und meine Ohren klingelten, als zwei Schüsse echoten. Ich schrie, rollte mich in einer Ecke neben einem Müllcontainer zusammen und bedeckte meine Ohren, zitternd. Als ich die Augen öffnete, lag Martinez am Boden, aber auch die Frau.

Julian kam in Sicht gerannt. Tristan rannte direkt hinter ihm her und eilte zu der Frau.

„Scheiße!" Tristan fiel auf die Knie und riss den Ärmel von seinem Hemd, den er unter sie stopfte. Er riss den anderen ab und stopfte ihn vorne hinein.

„Ich war das nicht. Er hat sie erschossen." Ich zeigte auf Martinez.

„Ich weiß, K. Komm schon, Julian. Reiß dich zusammen. Ruf einen Krankenwagen."

„Ich war zu spät."

„Du bist nicht zu spät, Julian. Reiß dich zusammen und komm her."

„Ich habe ihn erschossen", sagte er. „Es ist vorbei. Alles ist vorbei."

Julian ließ die Waffe fallen und rannte zu mir. Er hob mich vom Boden auf und trug mich in seinen Armen. „Wir bringen dich ins Krankenhaus, Kay, aber ich muss Allie helfen."

Er setzte mich in der Nähe ab, wo Tristan Herzdruckmassage machte.

„Halt hier." Tristan führte Julians Hand und drückte sie auf Allies Bauch. „Lass nicht los."

Wir warteten nicht auf den Krankenwagen. Julian half mir ins Auto und rutschte auf den Rücksitz zu Allie, wo er Tristans Kompressionen und Wiederbelebung übernahm. Die Fahrt verschwamm, die Welt flackerte in und aus dem Fokus aber als ich in die Bewusstlosigkeit glitt, fühlte sich die letzte Erinnerung an Julian, der mit mir in den Armen durch die Krankenhaustür rannte, wie der erste richtige Moment seit langer Zeit an.

Kapitel 27

Julian

Das Piepen des Krankenhausmonitors dröhnte in meinen Ohren. Kendra war seit drei Tagen im Krankenhaus und hatte die meiste Zeit verschlafen. Sie öffnete ihre Augen, wachte immer wieder panisch auf, und ich beruhigte sie zurück in den Schlaf. Seit ihrer Entführung hatte sie mindestens zehn Kilo verloren. Die Nacht, in der wir sie fanden, war reiner Zufall, und ich wagte mir nicht vorzustellen, was passiert wäre, wenn Allie nicht gewesen wäre, die sich in einem Zimmer auf der anderen Seite des Flurs erholte. Kendra war nicht bei der Auktion, wie wir vermutet hatten, aber Allie hatte sie in der Bar gefunden, an ein Seil gebunden wie ein Tier.

Ich schreckte auf und riss die Augen auf. Sie schlief, und ich würde für den Rest unseres Lebens über mein Mädchen wachen. Wenn sie mich denn haben wollte. Die Wahrheit war, ich hatte sie im Stich gelassen. Ich war ein verdammter Leibwächter mit jahrelanger Erfahrung und Sicherheit im Blut, und ich hatte die einzige Frau, die ich je geliebt habe, im Stich gelassen. Während ich es kaum erwarten konnte, dass sie aufwachte, war ich mir nicht sicher, ob ich ihre Liebe wirklich verdiente. Kay hatte kaum überlebt, und es würden Monate vergehen, bevor sie sich von dem Trauma erholt hatte. Der Ring in meiner Tasche müsste warten.

Ihre eingefallenen Wangen ließen ihr Gesicht spitz zulaufen. Sie war wunderschön und gebrochen, und ich war mir nicht sicher, ob ich alles wieder in Ordnung bringen könnte. Warum konnte ich nicht früher zu ihr gelangen?

Sie bewegte sich mit einem Stöhnen, und ich schoss von dem provisorischen Bett zu einem Stuhl an ihrer Bettkante.

„Hey, hey. Alles gut. Ich bin da. Du bist in Sicherheit."

Ihre Augen flogen weit auf, als sie den Raum absuchte, als ob sie mir nicht glaubte. Der Herzmonitor schlug aus.

„Es ist alles in Ordnung, Kay. Du bist in einem Krankenhaus, und Martinez und Hartley sind tot. Sie sind beide tot. Du bist in einem Krankenhaus."

Endlich fokussierte sie sich auf mich, aber zog ihre Hand von meiner weg und brachte sie näher an ihren Körper.

„Allie ist auch im Krankenhaus. Sie wird es schaffen. Du kannst sie sehen, wenn du möchtest, wenn du bereit bist."

Sie schüttelte schnell den Kopf und drehte sich mit einem Zucken zur Seite. Dieser Ort war nicht gut für sie. Sie würde zu Hause schneller heilen.

„Bleib still. Du hast eine gebrochene Rippe und eine ausgerenkte Schulter." Ich streckte die Hand nach ihr aus, aber sie wandte sich ab. Mein Herz zog sich schmerzhaft zusammen. Sie lehnte sich gerade wieder gegen das Kissen, als ihr Arzt und die Krankenschwester an die Tür klopften und sie sanft öffneten.

„Können wir reinkommen?"

„Ja, bitte. Sie ist gerade aufgewacht." Ich sprang auf. „Ich würde sie so bald wie möglich nach Hause bringen."

„Herr Silver-"

„Ich kann eine Dauerpflegekraft einstellen, die Tag und Nacht bei ihr bleibt. Ich werde auch einen Naturheilkundler und einen Ernährungsberater engagieren. Ich werde sicherstellen, dass sie gut versorgt wird."

„Herr Silver, ich weiß, dass Ihre Fürsorge für Frau Moore außergewöhnlich wäre, aber ich respektiere Sie genug, um Sie zu bitten, bitte zur Seite zu treten, damit wir unsere Patientin untersuchen können. Wir können danach alle sicheren Behandlungsmöglichkeiten besprechen."

Ich trat beiseite und wartete an der Wand, während sie sie untersuchten. Es dauerte eine Weile, also schickte ich eine Gruppennachricht, dass Kay wach war.

„Sie ist stabil und wird ständige Überwachung benötigen. Sie erwähnten einen Ernährungsberater, und ich empfehle das auch dringend. Es liegt definitiv eine schwere PTBS vor. Der Behandlungsplan wird umfangreich sein, aber wenn Sie denken, dass Kendra davon profitieren würde, zu Hause zu heilen, bin ich zuversichtlich, dass sie das Trauma überwinden kann. Ich überlasse die Entscheidung Kendra." Er wandte sich ihr zu. „Frau Moore?"

Sie blickte vom Arzt zu mir. Unsere Blicke trafen sich, und ich hoffte, sie sah die Verzweiflung in meinen. Ihr kleines Nicken entzündete einen Funken in meiner Brust, und sie entließen sie noch am selben Abend.

Aber mein Unruhestifterin brachte Ärger mit sich.

Sie schrie sich durch ihre erste Nacht hier, wachte alle fünf Minuten auf. Auch tagsüber schlief sie kaum, aber ich dachte, sie fühlte sich im Tageslicht sicherer, also blieb ich an ihrer Seite und stellte sicher, dass sie hydriert blieb und aß. Aber sie aß kaum. Die Krankenschwester kümmerte sich morgens, mittags und abends um ihre Wunden. Sie wechselte Kendras Verbände, überprüfte ihre Vitalzeichen, gab ihr Medikamente und half ihr beim Baden. Kay mochte es nicht, die Pillen zu schlucken; sie weinte und zitterte jedes Mal. Ich wies den Ernährungsberater an, flüssige und injizierbare Alternativen zu finden, weil all die sorgfältig ausgewählten Mahlzeiten nicht wirkten.

Sie hatte Albträume in der zweiten Nacht, und wir beide schliefen kaum. Der vorhergesagte ungewöhnliche Schneesturm kam Anfang November überraschend. Ich beobachtete die fallenden Flocken durch das Fenster, während Kendra zusammengerollt auf dem Sofa lag. Ein Stapel Medikamente und Vitaminersatz stand auf einem nahen Tisch. Der Kamin knisterte, und ich nippte an meinem ersten Whiskey seit ihrer Rückkehr.

Die Erschöpfung zog an meinen Augenlidern. Ich träumte von ihren Qualen, ihrem Elend und ihrem Schmerz. Sie hatte mir nicht erzählt, was sie durchgemacht hatte, aber sie musste es nicht. Ich hatte genug von anderen Opfern gehört, und wenn Martinez und Hartley nicht tot wären, würde ich ihnen die Herzen herausreißen. Ich hatte auch davon geträumt, aber gerade als ich in eine warme Brust griff und das schlagende Herz packte, fegte ein eisiger Wind durch das Haus und ich wachte auf.

„Verdammt nochmal!" Ich sprang auf die Füße und zur Terrassentür.

„Kay? Kay, wo bist du?"

Ich stürmte durch die Hintertür und folgte ihrer Fußspurenspur, verlangsamte mich, als ich den ersten Schneeengel-Abdruck entdeckte, dann den zweiten und den dritten: Es mussten über ein Dutzend gewesen sein, zwischen ihren Fußspuren. Und da lag Kay, ausgestreckt im Schnee, fasziniert vom Himmel und völlig durchgefroren. Sie trug nichts als eines meiner T-Shirts und ihre Unterhose. Ihre nackten Füße waren blau, und sie bewegte sich nicht. Ich rannte durch den Schnee, ließ mich auf die Knie fallen und hob sie in meine Arme.

„Herrgott, Kay. Was machst du denn? Wie lange bist du schon hier draußen?"

Aber sie antwortete nicht. Sie hatte seit ihrer Rettung kein Wort gesagt.

Ihr zerbrechlicher Körper bebte in meinen Armen, während ich sie ins Haus und die Treppe hinauf trug. Ich versuchte, sie auf einen Stuhl zu setzen, aber sie klammerte ihre Hände fest um meinen Hals, also hielt ich sie einfach weiter.

Ich drehte den kalten Wasserhahn in der Dusche auf und trat hinein. Der Strahl traf meine Kleidung und Haut wie Eis, aber Kendra reagierte nicht. Ich setzte sie auf die Bank und richtete den Strahl auf ihren Körper.

„Sag mir Bescheid, wenn es zu kalt wird, dann machen wir es wärmer."

Ich hätte in die Badewanne gehen sollen, aber das hier ging schneller.

„Kay, ich muss dir das Shirt ausziehen. Ist das okay?"

Sie nickte kurz.

Ich drehte die Wassertemperatur um eine Stufe höher und zog ihr das gefrorene T-Shirt aus. Ihre BH-Träger hingen locker und ihre Brüste füllten die Cups kaum aus. Ihr ausgemergelter Körper mit sichtbaren Folterspuren drehte mir den Magen um. Mir wurde speiübel, aber ich kämpfte gegen den Brechreiz an. Man konnte verdammt nochmal ihre Rippen zählen.

Ich bin nie gläubig gewesen, aber falls es da draußen einen Gott gab, flehte ich ihn in meinen schlaflosen Nächten an, Kendra zu retten. Und im Gegenzug versprach ich, die Welt millionenfach besser zu machen. Ich brauchte nur eine Chance mit ihr. Unser Team hatte das Verlies gefunden, in dem Martinez Frauen folterte und mit ihnen Handel trieb, und wir hatten sie befreit, aber es blieb noch viel zu tun, und ich konnte nur weitermachen, wenn Kay überlebte.

Bitte Gott, lass sie leben.

Ich half ihr auf, drehte den Warmwasserhahn noch einmal auf und hielt sie unter den Strahl. Ihr knochiger Körper bohrte sich in meinen, während ich mir wünschte, ich könnte die Zeit zurückdrehen nach Colorado, als wir frei und glücklich waren, und sie nie wieder loslassen.

Die Farbe ihrer Haut änderte sich langsam von gräulich zu rosa. Das Violett verschwand von ihren Lippen, und ihre Zehen wackelten, als ihre Füße wieder durchblutet wurden. Ich nahm ihre Hände in meine und hob sie hoch, um sie zu küssen. „Du wirst wieder gesund, hörst du?"

Sie nickte.

Ich verzehrte mich danach, ihre Stimme zu hören. Sie schrie nachts auf, aber sie hatte seit der Rettung nicht gesprochen. Sie stocherte in ihrem Abendessen herum, bevor wir auf der Couch einschliefen, aber manchmal zweifelte ich, ob sie überhaupt einen Bissen schluckte. Der Arzt führte das fehlende Sprechen auf ein Trauma zurück und verschrieb Geduld. Ich atmete tief durch, schloss meine Augen und hielt sie fest. Ich wartete noch ein paar Minuten, bis das heiße Wasser durch unsere Knochen gedrungen war, stieg aus der Dusche und griff nach unseren Handtüchern. Ich wickelte eines um sie, zog meine durchnässten Klamotten aus, schlang ein Handtuch um meine Hüften und griff unter den Schrank.

„Ich werde deine Haare bürsten und trocknen, Kay. Wir gehen aus."

Ihre Augen weiteten sich vor Angst.

„Ich verspreche dir, es wird dir gefallen."

Ein Funke Leben huschte über ihr Gesicht.

„Gut." Ich zog einen Stuhl vor den Spiegel. „Lehn dich zurück und entspann dich."

Ich war fertig mit den Haaren, brachte ihr bequeme Kleidung und verließ das Badezimmer, damit ich mich auch umziehen konnte. Die Lederjacke, die ich ihr geschenkt hatte, hing locker an ihrem Körper, und das musste ich definitiv ändern.

„Ich wünschte, wir könnten das Motorrad nehmen, aber es ist zu gefährlich im Schnee." Ich öffnete ihre Tür und deutete auf den Beifahrersitz des Bentleys.

Sie setzte sich, und ich schnallte sie an. Sie verdrehte die Augen, und ich spürte, wie Hoffnung in meiner Brust aufflammte. Kay zeigte endlich wieder Gefühle, was mir unendlich lieber war als ihr versteinert ängstlicher Blick. Es war viel weniger von ihr übrig, als ich mich erinnerte, aber ich würde das jederzeit dem Nichts vorziehen, und ich würde sie in Nullkommanichts wieder gesund pflegen.

Ich lenkte den Bentley aus der Garage. Dicke Flocken fielen vom Himmel, als ich an der Küste entlangfuhr. Es war mitten in der Nacht, und der unerwartete Sturm hatte die Straßen und den Park geleert. Ich parkte in der Nähe des Haupteingangs. Lichterketten waren entlang der Wege und um die Bäume gespannt und glitzerten durch den fallenden Schnee. Der weiße Pulverschnee reflektierte das umgebende Licht und glitzerte. Kendra stieg aus dem Auto und trat in den Schnee. Sie blieb mitten auf dem Gehweg stehen, legte den Kopf in den Nacken und drehte sich im Kreis, die Arme ausgestreckt und die Handflächen flach zum Himmel gerichtet, um die riesigen Schneeflocken aufzufangen. Ihre Drehung endete bei mir. Sie senkte den Kopf und zum ersten Mal seit ihrer Rettung lächelte sie.

Mein Herz schlug schneller und die Anspannung in meinem Kiefer ließ nach.

„Leider ist das Karussell aus", sagte ich zu ihr. „Ich wollte den Betreiber bei diesem Wetter nicht herauslocken, aber ich habe etwas anderes, das dir gefallen wird."

Sie trat interessiert näher. Ich öffnete den Kofferraum und holte einen Picknickkorb heraus. Ich stellte ihn auf die Motorhaube und nahm einen dampfenden Hot Dog aus einem Behälter. Ihre Augen wurden groß und ihr Mund klappte auf. Es war genau die Reaktion, auf die ich gehofft hatte. Sie führte den Hot Dog zum Mund, aber ich hielt sie auf.

„Moment noch." Ich öffnete einen anderen Behälter. Der schwache Geruch von Salzlake und eingelegtem Kohl stieg in die Luft. Kendra grinste von einem Ohr zum anderen.

„Du dachtest doch nicht, dass ich das Sauerkraut vergesse, oder?"

Sie trat von einem Fuß auf den anderen und hielt den Hot Dog in einem Papiertuch und mit Handschuhen. Ihre Augen folgten meinem Löffel, als ich den Foot-long mit Sauerkraut belegte. Sie biss herzhaft hinein, und ich schwöre, es war einer der schönsten Anblicke, die ich seit Langem gesehen hatte.

Ich holte zwei Dosen Root Beer heraus und öffnete ihre. Ein Funke der alten Kay blitzte in ihren Augen auf.

„Ich weiß, du erholst dich noch, aber es gibt etwas, das ich dir sagen muss."

Sie schluckte ihren letzten Bissen und legte die Serviette beiseite.

„Sam und Gabe heiraten, und Sam hat gefragt, ob du stark genug bist, um ihre Trauzeugin zu sein. Du hast jedes Recht, nein zu sagen, Kay. Es wäre über Weihnachten in Österreich. Die ganze Familie wird da sein. Ich möchte, dass wir zusammen hingehen. Es könnte dir guttun, aber die Entscheidung liegt bei dir."

Eine Träne rollte ihre Wange hinunter. Sie passte nicht zu dem Grinsen, das sich über ihr Gesicht ausbreitete, bis ich merkte, dass es eine Freudenträne war.

„Ist das ein Ja?", fragte ich. „Blinzle einmal für ja und halte deine Augen offen, ohne zu blinzeln, für nein."

Sie lachte, und mein Herz machte einen Sprung. Der wunderschöne Klang gab mir Hoffnung. Der Sauerkraut-Hot-Dog hatte gewirkt.

„Ja", sagte sie und kuschelte sich an meine Seite. „Danke für alles, Julian. Danke, dass du mein Leben gerettet hast."

Obwohl rau und schwach vom Nichtgebrauch, versetzte der Klang ihrer Stimme mein Herz in Hochstimmung. Ich schlang meine Arme um sie und zog sie an meinen Körper. „Du wirst wieder gesund. Wir werden es schaffen."

Kapitel 28

Kendra

Mein Körper zuckte jedes Mal zusammen, wenn ich an den Kerker dachte. Angst kroch wie Gift über meine Haut und verstärkte sich in der Nacht. Die Dunkelheit erinnerte mich an den Kerker, in dem sie mich gefangen gehalten hatten. Ich verdrehte meine Arme bis zur Schmerzgrenze auf der Suche nach Schmerz, denn die Schmerzen in meinen Gelenken dämpften die schrecklichen Erinnerungen. Mein Kiefer verkrampfte sich, der Druck in meinen Lungen und hinter meinen Augen baute sich auf, und doch konnte ich ihn nicht loslassen. Ich fuhr mit den Fingern durch mein Haar, packte es und riss daran. Meine ständig juckende Kopfhaut und das anhaltende Pochen hielten mich in der Gegenwart und nicht in der Vergangenheit fokussiert.

Ich klammerte mich an den Anblick der matschigen Pfütze, in der ich saß, als wäre sie mein letzter Halt in der Realität. Vor drei Nächten hatte Julian mich im Garten gefunden, durchnässt und halb erfroren, aber zumindest spürte ich keinen Schmerz. Die von meinem Körper in den Schnee gezeichneten Engel waren von ätherischer Schönheit, und ich konnte nicht aufhören, schöne Dinge zu erschaffen. Ich hatte auf dem pulverbedeckten Boden gelegen und zugesehen, wie die Flocken durch das Mondlicht fielen. Schnee hatte sich auf meinem Gesicht verfangen und war geschmolzen. Die Nacht war eine der schönsten gewesen, die ich erlebt hatte, seit Julian mich nach Hause gebracht hatte. Aber der Schneesturm war vorüber, und der Regen kam mit voller Wucht und ertränkte all meine Schneeengel.

Ich drehte mich um, als ich Julians platschende Schritte hörte.

„Kay, das kann so nicht weitergehen." Seine Stimme war sanft, aber er brauchte es nicht zu sein. Die finsteren Blicke im Kerker waren viel schlimmer gewesen.

Schauer liefen mir über den Rücken, und ich tauschte einen Blick mit Julian. „Die Kälte hilft."

Julian seufzte frustriert. „Du hast vorher gesagt, es sei der Schmerz, der hilft."

„Das auch. Schmerz hilft mir zu vergessen, und Kälte stimuliert diesen Schmerz."

„Scheint, als hätte die Unterkühlung dein Hirn noch verschont. Zumindest noch nicht."

Wenn er versuchte, witzig zu sein, funktionierte es nicht. Schmerz war der einzige Weg.

Er näherte sich von hinten, ließ sich auf den Hintern fallen und schlang sich um mich, wobei er seine Nase in meine Halsbeuge schmiegte. Seine Hände fuhren an meinen Armen entlang, seine Finger arbeiteten hart über meine Haut. Es fühlte sich ... angenehm an, sogar ein bisschen besser als der Schmerz. Mein Rücken lehnte an seiner Brust. Es war immer noch dunkel draußen. Starker Regen durchnässte uns beide und ließ den letzten Schnee schmelzen.

Ich schloss die Augen. Julians tröstende Umarmung linderte meinen Schmerz. Er rieb seine Wange an meiner, griff mein Haar in seine Fäuste. Er presste seine warmen Lippen an meine Schläfe und Stirn und gurrte in mein Ohr. „Was dir passiert ist, ist nicht deine Schuld."

Sein vertrauter Geruch umhüllte mich wie eine schützende Decke und ließ mich tiefer in seine bergende Umarmung sinken.

„Was sie dir angetan haben, Kay, das ist unverzeihlich. Sie hätten Schlimmeres als den Tod verdient", flüsterte er durch den Regen.

„Ich will einfach nichts fühlen, weil es ... es überwältigend ist, wenn ich fühle. Ich bin froh, dass es vorbei ist."

Er versteifte sich hinter mir.

„Es ist vorbei, oder?"

Sein Körper spannte sich an. „Warum willst du nichts fühlen?"

Fühlen würde bedeuten, ihren psychotischen Manipulationen nachzugeben. Fühlen würde bedeuten, ihnen zu geben, was sie wollten, und ich war noch nicht bereit zu fühlen. Ich senkte meinen Kopf, als könnte ich mich vor der unbarmherzigen Wahrheit verstecken. Regentropfen platschten in die Pfütze zu meinen Füßen.

„In Ordnung. Es ist Zeit, reinzukommen, sonst holst du dir noch eine Lungenentzündung."

Er half mir auf die Füße. Regen strömte über mein Gesicht und klebte mein Haar an meine Haut. Wir überquerten den durchnässten Hof und gingen hinein. Ich schlurfte die Treppe hinauf ins Badezimmer.

Meine Finger waren steif und meine Zehen knallrot, kaum beweglich. Ich griff nach dem Badezusatz, und er rutschte aus meiner Umklammerung, verschüttete sich auf den Boden und tropfte an den Seiten der Wanne herunter.

„Es tut mir leid. Es tut mir so leid." Ich hockte mich hin, um das Durcheinander aufzuwischen, und fingerte an dem lilafarbenen Zeug herum.

„Ist schon gut, Kay. Das ist keine große Sache." Er kniete sich hin und nahm meine Hände in seine.

Sein beruhigender Ton besänftigte das Zittern, und sein tröstender Halt brachte mich zurück in die Gegenwart. Er zog seine Arme fester um mich und zwang meinen umherirrenden Blick zurück zu seinem, beruhigte mich mit seinen Augen. Er goss den

Rest des Badezusatzes ins laufende Wasser, und der Duft von Flieder erfüllte das Badezimmer.

„Es ist ausgelaufen." Ich zeigte auf den Boden.

„Mach dir keine Sorgen. Ich wische es auf."

Weiße Blasen schäumten auf der Wasseroberfläche, und Julian tauchte seine Hand ein. „Fühlt sich perfekt an. Du kannst jetzt reingehen. Ich werde gleich dort in diesem Stuhl sein." Er zeigte in die Ecke des Raumes, aber ich hielt seine Hand fest.

Er gehörte jetzt mir, und er hielt mich in der Gegenwart verankert. Der Stuhl war zu weit weg.

„In Ordnung. Ich bleibe bei dir."

Er zog mir behutsam das durchnässte T-Shirt aus und ließ es auf den Boden fallen. Sobald ich in die Wanne stieg, tauchte ich unter die Blasen. Ich wollte nicht, dass Julian meine flache Brust, den eingefallenen Bauch und die hervorstehenden Rippen sah. Ich erkannte die Frau im Spiegel nicht mehr wieder.

Ich glitt tiefer in die Badewanne und stieß einen langen, erschöpften Atemzug aus. Das Plätschern des Wassers hallte in meinen Ohren wie ein fernes Echo, ein beruhigendes Geräusch, das mich in der Gegenwart verankerte. Als Allie mich fand, war ich am Rande des Todes – verhungert, unter Drogen und krank. Vor nicht allzu langer Zeit hatte ich gedacht, ich würde nie wieder warmes Wasser spüren.

„Emma hat ein neues Paar flauschiger Socken vorbeigebracht, während du geschlafen hast. Sie liegen neben dem Bett", sagte Julian. Er saß auf einem Stuhl in der Ecke und scrollte durch sein Handy.

„Danke." Ich zauberte ein Lächeln auf mein Gesicht. Warme Socken waren eine Notwendigkeit, um mich durch die nächtlichen Schauer und Schrecken zu bringen.

„Dieses Lächeln steht dir wirklich gut. Du siehst jeden Tag besser aus, Kay."

Mein Körper schmolz unter seinem liebevollen Blick dahin. Ich hatte ihn vermisst. Ich hatte seine Berührung und die Freiheit vermisst. Ich genoss das warme Wasser und fuhr mit einem Schwamm über meine Arme. Julian kam an den Rand der Badewanne, tränkte einen Waschlappen und wischte den Schaum meinen Rücken hinunter. Instinktiv zuckte ich zurück.

„Ich werde dir nicht wehtun", flüsterte er.

Meine Schultern entspannten sich und ich legte meinen Kopf auf meine angezogenen Knie. Seine sanften Striche über meinen Rücken ließen mich eine Gänsehaut bekommen. Ich hätte nicht gedacht, dass ich seine Berührungen wollen würde, aber es fühlte sich gut an.

„Kendra, du musst essen, wenn du mit dem Baden fertig bist", sagte er. „Sonst stecken sie dir Schläuche in die Nase, wenn der Arzt zu deiner wöchentlichen Untersuchung kommt. Wenn du nicht zunimmst, wird der Arzt dich nicht für Sam und Gabes Hochzeit freigeben."

Die Reise nach Österreich rückte immer näher, aber ich wollte keinen Arzt sehen. Eigentlich wollte ich niemanden außer Julian sehen. Tristan hatte mich besucht, ebenso wie Wilma und Emma. Sie hatten frisches Gebäck und Brote mitgebracht, all die Dinge, die ich essen wollte, aber nicht konnte.

„Hättest du Bock auf 'nen Hot Dog?", fragte er, und mein Magen knurrte. Ich war seit Tagen auf einer Sauerkraut-und-Hot-Dog-Diät, aber immerhin hatte ich sie bei mir behalten.

„Ich glaube, ich bin bereit für etwas Neues."

„Toll! Ich kann gegrilltes Hühnchen machen, Lachs, Steak, Ofenkartoffel ... Warte, ich mache einfach alles und du sagst mir, was dir am besten schmeckt."

Ich lachte. „Nicht so schnell, ein Protein reicht. Such du aus."

Julian stand auf, öffnete glücklich seine Arme und hielt ein Handtuch bereit. Ich stieg aus der Wanne und er wickelte mich in die weiche Baumwolle. Zurück in unserem Schlafzimmer zog ich mich um, während Julian im Bad blieb und das verschüttete Waschmittel aufwischte. Der saubere Duft gab mir ein Gefühl von Geborgenheit.

„Julian?", flüsterte ich, und er eilte an meine Seite.

„Hast du etwas gesagt?"

„Danke. Ich meine das ernst."

„Gern geschehen."

Wir gingen in die Küche, wo ich mich auf den Hocker setzte. Er drehte mich herum und stahl ohne nachzudenken einen unerwarteten Kuss. Ich erstarrte auf der Stelle. Sein Lächeln verblasste und seine Augen füllten sich mit Sorge. Ich konnte mich nicht bewegen.

„Es tut mir leid", sagte er. „Es ist einfach passiert."

Die Zeit stand still, bis ich mich zwickte. Dies war kein Traum, und ich war nicht eingesperrt.

„Schon okay, Julian. Ich brauche nur ..." Ich rieb meine Hände über meine Arme. „Ich brauche Zeit, und ..."

Er wartete mit all der Geduld, von der ich nicht wusste, dass ich sie brauchte.

„Ich sage dir Bescheid, wenn ich bereit bin. Ich verspreche es." Die Anspannung um seinen Hals ließ nach, als ich zur Beruhigung seine Hand drückte.

„Ich kann dir alle Zeit geben, die du brauchst, Kay. Die ganze Zeit."

„Danke", flüsterte ich und fürchtete, ich würde mehr Zeit brauchen, als es gab. So sehr ich es auch wollte, ich konnte die Vergangenheit nicht auslöschen, und mit jeder verstreichenden Stunde wuchs der Drang, mich den verdrängten Verbrechen zu stellen.

Julian schaltete sanften Jazz ein und kochte Filet Mignon mit Pilzsauce, gegrilltem Spargel und einem Püree aus lila Blumenkohl. Ich beobachtete, wie er sich in der Küche bewegte wie ein Profikoch, und mir wurde klar, dass ich ihn noch nie so entspannt in der Küche gesehen hatte.

„Wann hast du gelernt, so zu kochen?"

„Nachdem deine Eltern zurückgekehrt waren, hatte ich mehr

Zeit." Er zuckte mit den Schultern. „Du solltest mal sehen, wie ich Känguru zubereite."

„Was?"

„Ich kann auch Alligatorfleisch machen. Schmeckt wie Huhn."

Er stellte einen gefüllten Teller vor mich und reichte mir eine Gabel. Eine einzelne Kapuzinerkresse schmückte den Tellerrand. Es sah umwerfend aus.

„Greif zu. Es schmeckt am besten, solange es heiß ist."

Ich starrte das Steak an, als wäre es ein lebendiges Wesen, das jeden Moment vom Teller fliehen könnte. Ich schnupperte an dem köstlichen Aroma.

„Der Hunger ist weg", flüsterte ich, aber mein Magen widersprach mit einem lauten Knurren.

Julians Augenbrauen trafen sich in der Mitte und er legte seine Gabel beiseite.

„Aber das Steak sieht wirklich lecker aus", sagte ich.

Seine Augenbrauen schossen nach oben. „Es schmeckt noch besser."

„Vielleicht später?" Ich rutschte auf meinem Stuhl nach unten.

Ein langer Luftstrom entwich seinen Lungen. Er ging zum Fenster und starrte lange Zeit hinaus, verloren in seinen Gedanken, wahrscheinlich überlegte er, wie er mir das Filet Mignon in den Hals stopfen könnte.

„Weißt du was? Ich habe vielleicht etwas, das deinen Appetit anregen wird."

Mein Kopf schoss nach oben.

„Es ist Zeit, dass du dich daran erinnerst, wer du bist, Kay. Zieh dich an und zieh deine Gummistiefel an. Wir gehen nach draußen."

„In den Garten?", fragte ich.

„Genau."

Kurz darauf nahm Julian meine Hand und wir gingen in Richtung des bewaldeten Gebiets an der Grundstücksgrenze der Silvers. Es gab einen Pfad entlang des Ufers, der die beiden

Silver-Grundstücke verband. Sein Bruder Tristan war dabei, das Haus auf der anderen Seite des Elternhauses zu kaufen. Emma hatte mir all die Geheimnisse erzählt, als sie dachte, ich würde im Krankenhaus schlafen.

Nachmittagsnebel hing über der Bucht und stieg langsam auf. Wir gingen auf das halbe Dutzend Baumreihen an der Grundstücksgrenze zwischen den Silvers zu, der durchnässte Rasen schmatzte unter unseren Gummistiefeln. Je heftiger mein Herz schlug, desto fester drückte ich Julians Hand. Wir hielten hinter den ersten Bäumen an. Wilmas und Freds Haus sowie der Hinterhof nebenan waren vom Ufer aus sichtbar. Julian zog an meinem Arm und zeigte auf eine Aufbewahrungsbox am Baum. Das Schloss an der Vorderseite fiel mir auf.

„Bereit?", fragte Julian.

„Was ist das?" Ich konnte meine Augen nicht vom Schloss abwenden.

Er öffnete die Kette mit ein paar Klicks und hob den Deckel an. Ein Set von Langstreckengewehren und deren separaten Komponenten füllte das Innere. Der Geruch von Metall und Schießpulver umgab mich.

„Bau es zusammen", wies er mich an.

Wie von unsichtbaren Fäden einer vergessenen Vergangenheit gelenkt, griff ich nach dem Gewehr, befestigte den Schalldämpfer, passte den Griff an meine Armlänge an und lud die Munition. Das Zweibein ließ ich in der Aufbewahrungsbox. Julian stand mit vor der Brust verschränkten Armen da.

„Du bist nicht überrascht, dass ich das kann?", fragte ich.

„Du warst eine unschlagbare Olympia-Kandidatin. Lass uns sehen, ob das einige Erinnerungen zurückbringt." Er zeigte zwischen die Bäume, etwa hundert Meter nördlich. „Dort ist eine Zielscheibe mit einem roten Bullauge. Schieß sie ab."

„Kreativ." Ich wackelte mit den Augenbrauen, und er lachte laut auf.

Ich stellte meine Beine auseinander, stand seitlich, drückte den Gewehrkolben gegen meine Armbeuge und konzentrierte mich. Mein Atem wurde ruhiger, als ich zielte. Eine Welle von Adrenalin schoss durch meine Adern, scharf und elektrisch. Der Wind legte sich, und die Vögel hörten auf zu singen. Bei meinem fünften Atemzug schoss ich ohne zu zögern und traf die Mitte der Zielscheibe. Die Welt um mich herum hörte auf zu existieren. Ich schloss meine Augen und sah den Körper eines Mannes in einer Blutlache liegen. Ein roter Strom floss unter ihm hervor. Ein roter Fleck verfärbte das Hemd über seiner Brust, wo die Kugel eingeschlagen war. Ich senkte das Gewehr und ließ einen leichten Atemzug entweichen.

„Kay? Kay?", klang Julians Stimme wie aus weiter Ferne. „Kay, alles okay bei dir?"

Ich schüttelte mich aus der Trance und gab Julian das Gewehr zurück. „Ich bin noch nicht bereit, mich zu erinnern."

„Aber du hast dich an etwas erinnert?"

Ich drehte meinen Körper ruckartig von ihm weg. Der Raum in meinen Lungen verengte sich, und ich kauerte mich auf den Boden.

„Kay?"

„Mir geht's gut. Mir geht's gut." Ich stieß einen zittrigen Atemzug aus und stand auf. „Aber ich glaube, ich möchte nochmal schießen."

„Bist du sicher?"

Ich neigte meinen Kopf um einen Bruchteil.

Ich verschoss alle Kugeln und traf jedes Mal die Zielscheibe. Mit jedem Schuss explodierte das gleiche blutige Chaos in meinem Kopf, wie ein grausamer Film, der sich endlos wiederholte. Das funktionierte nicht. Ich gab Julian das Gewehr, drehte mich auf dem Absatz um und ging nach Hause.

Kapitel 29

Julian

Wir flogen mit Allies Freundin und ihrem kleinen Jungen, Foxy, nach Österreich. Laura schlief hinten im Privatjet, während Kendra Foxy mit Malbüchern beschäftigte. Aus meinem Gespräch mit Emma wusste ich, dass Laura auf dem Weg nach Österreich war, um zu sehen, ob sie die Dinge mit meinem Cousin James klären könnte.

Ich ließ mich in den weichen Ledersitz sinken und genoss den Luxus des Privatjets. Auf dem Bildschirm flimmerten bunte Disney-Cartoons, deren fröhliche Melodien leise durch die Kabine klangen. Foxy lachte über etwas, das Kendra sagte, und sie kicherte. Mir war gar nicht bewusst gewesen, dass Kay so ein natürliches Talent im Umgang mit einem Dreijährigen hatte. Wenn wir jemals ein Kind hätten, würde ihr die Mutterrolle gut stehen.

Ich wusste nicht, woher dieser plötzliche Gedanke gekommen war, aber jetzt, wo er da war, konnte ich mir eine Zukunft mit ihr und einem Haufen kleiner Silvers vorstellen, die in unserem Garten herumtobten.

„Woran denkst du gerade?", fragte sie und setzte sich mir gegenüber. „Foxy ist endlich eingeschlafen."

Sie zeigte auf Foxy, der auf dem Sitz schlief, mit einer Decke zugedeckt und einem Teddybären unter dem Arm.

„Ich dachte daran, wie gut du mit ihm umgehst."

„Er ist ein glückliches Kind. Es ist schön zu sehen, dass die Probleme der Welt ihn noch nicht berührt haben." Ihr Gesicht strahlte vor Liebe.

„Laura ist eine wunderbare Mutter. Du wärst auch eine gute Mutter."

Ihre Augen wurden weich und umspielten ein Lächeln. „Vielleicht. Möchtest du Kinder, Julian? Mit mir?"

Ich hatte seit Wochen keine Hoffnung mehr in ihrem Gesicht gesehen.

„Kay, ich kann mir ein Leben nur mit dir vorstellen. Also ja, wenn du dich bereit und gesund genug fühlst."

Sie presste ihre Lippen aufeinander, um ein Lächeln zu unterdrücken. „Ich bin froh, dass wir uns einig sind."

„Ich auch. Wir sollten etwas schlafen. Die Zeitumstellung wird uns umhauen."

„Psst." Sie legte ihren Finger auf die Lippen. „Nicht fluchen."
„Tut mir leid."

Sie deckte sich mit einer Decke zu, öffnete aber ihre Augen, sobald ich das Kabinenlicht dimmen wollte.

„Julian? Glaubst du, Sam wird sich freuen, dass ich komme? Vielleicht hätten wir es ihr sagen sollen?"

„Sie hätte dich nicht gebeten, ihre Trauzeugin zu sein, wenn sie sich nicht freuen würde, Kay."

„Ich bin doch nur noch Haut und Knochen."

„Du hast 50 Prozent von dem zugenommen, was du verloren hast. Das ist ein Fortschritt, Kay, und du siehst wunderschön aus. Die ganze Familie kann es kaum erwarten, dich zu sehen."

„Okay." Sie schloss ihre Augen.

Ich wartete, bis sie eingeschlafen war, zog ihre rutschende Decke zurecht und streckte meine Beine aus.

Acht Stunden später standen wir vor Sam und Gabes Haustür. Ich stieß sie auf und rief: „Überraschung!"

Emma sprang auf die Füße und zog damit die Aufmerksamkeit aller auf sich, während Foxy an mir vorbei in die Arme seiner Großmutter rannte und dann zum vier Meter hohen Weihnachtsbaum in der Eingangshalle. James starrte Laura von der Balustrade im ersten Stock aus an. Sein Gesichtsausdruck passte perfekt zum eisigen Winterwunderland-Thema.

Kendra und Sam entdeckten einander und fielen sich weinend in die Arme. Kendra schluchzte leise und Sam tröstete sie. Sam lenkte Kays Aufmerksamkeit auf ihren wachsenden Bauch. Nach ein paar Tränen und vielen Umarmungen ließ sich Kay bei Allie und Sam nieder, und ich gesellte mich zu meinem Bruder und meinen Cousins am Kamin.

Ich schwenkte den Eiswhisky in meinem Glas.

„Also, du bist bereit zu heiraten?", fragte ich Gabe.

„Ich habe nicht den geringsten Zweifel. Was ist mit Kays Fall?"

„Die Wagner-Brüder sind den Hartleys und Donaldson dicht auf den Fersen."

„Und Simone ist immer noch eine verdammte Psycho", platzte Tristan heraus.

„Wir kriegen sie auch noch, und sobald alle hinter Gittern sind, wird Kendra frei sein. Bist du bereit, der Trauzeuge zu sein, James?"

„Ich bin nicht derjenige, der ‚Ja' sagt, oder?"

„Vielleicht solltest du es sein. Laura ist eine außergewöhnliche Frau. Vermassle es nicht."

„Ich habe nie gesagt, dass sie es nicht ist. Und das werde ich nicht. Aber wir haben noch einiges zu klären." James nahm einen langen Schluck und räusperte sich. „Aber wer hat das nicht, richtig?"

„Prost." Wir hoben unsere Gläser und ließen sie zusammenklingen. Es gibt nichts Besseres als das Gefühl familiärer Nähe zu Weihnachten.

Die Winterwunderland-Hochzeit war wunderschön. Tante Teresa weinte, und Sams Mutter auch. Kendra hielt ihren seidenweichen Blick auf das Paar gerichtet, und ich stellte mir vor, sie wäre an Sams Stelle und ich an Gabes, und ich konnte es sehen. Ich konnte mich sehen, wie ich Kendra heiratete und ihr den Ring, den ich in meinem Koffer mitgebracht hatte, an den Finger steckte.

Sam und Gabe brachen am Tag nach ihrem Gelübde in die Flitterwochen auf. Der Rest von uns ging Skifahren, entspannte im Whirlpool und schwamm nachts im beheizten Pool. Mit jedem Tag wurde Kendras Lächeln breiter. Der Heiligabend in Gabe und Sams gemütlichem Chalet, umgeben von unseren engsten Familienmitgliedern und Freunden, hüllte uns in eine warme Decke der Nostalgie. Der Duft von Tannennadeln und Zimtplätzchen erfüllte die Luft, während draußen sanft der Schnee fiel. Tage voller Spiele, heißer Schokolade und Schneeballschlachten vergingen wie im Flug. Jedes Mal, wenn ich Kendra ansah, war es, als würde ich eine neue Frau sehen – eine Frau, die ich vermisst hatte und jeden Tag mehr wollte. Ihr schallendes Lachen jagte mir Schauer über den Rücken. Ihre hautengen Leggings und eng anliegenden Rollkragenpullover machten mich verrückt.

Allie und Tristans überraschende Hochzeit an Silvester war die perfekte Ausrede, um Kendra der Familie zu entführen und das, was wir einmal hatten, wieder zu entfachen.

Wir ließen die Familie für das Silvesterfeuerwerk in der Stadt und kehrten vor Mitternacht zum Haus zurück. Ich entzündete den Kamin im Schlafzimmer, dessen warmes Licht sofort den Raum in eine gemütliche Atmosphäre tauchte. Dann zündete ich eine Kerze nach der anderen an, bis der ganze Raum in einem sanften, flackernden Schein erstrahlte, der die perfekte Stimmung für einen romantischen Abend schuf. Ich verteilte Rosenblätter auf dem Boden in einem Pfad, der zum Bett führte, und streute noch mehr über die Laken. Mein Herz klopfte in einem nervösen Rhythmus. Ich überprüfte meine Krawatte und den kühlenden Champagner am Bettrand. Alles war perfekt für unsere erste gemeinsame Nacht. Ich hatte den Abend ohne Erwartungen organisiert, aber wenn mein Instinkt richtig lag, war Kay bereit. Mein linker Schnürsenkel ging auf, und ich kniete mich auf den Boden, um ihn zu binden, als sie ins Schlafzimmer kam.

„Julian? Bist du hier?" Sie blieb zwei Schritte weit drinnen stehen und atmete sichtbar ein.

Ich beendete den Knoten, und mein Kopf schoss nach oben. Sie bedeckte ihren Mund mit ihrer Hand und flüsterte: „Was ist das?"

Ich erfasste die Situation, wie ich auf einem Knie kniete, in einem kerzenbeleuchteten Raum, der mit roten Rosen übersät war.

Nein, nein, nein. Sie war nicht bereit für einen Heiratsantrag. Ich auch nicht. Nicht heute.

„Ich ... ähm ..."

Ihre Wimpern öffneten sich weit. „Ja – die Antwort ist ja."

Ich stand auf. „Kay, ich habe keinen Antrag gemacht. Das ist nicht das, was du denkst."

Ihre Augen verdoppelten sich in der Größe und füllten sich mit Tränen. Sie drehte sich auf dem Absatz um und rannte die Treppe hinunter.

„Kay, warte."

Meine verzweifelte Stimme hallte durch das Haus. Ich erreichte die Spitze der Treppe, als sie die Haustür öffnete und hinauslief.

„Kay, bitte bleib. Du hast das falsch verstanden."

Sie schlug die Tür hinter sich zu. Ich sprang die Treppe jede dritte Stufe hinunter, schnappte mir eine Jacke von einem Haken und stolperte in den Schnee hinaus.

Dicke, watteweiche Schneeflocken schwebten lautlos zu Boden und hüllten die Welt in eine makellose weiße Decke. Kay stand regungslos im Schutz einer majestätischen Kiefer, deren schneebeladene Äste sich schützend über ihr ausbreiteten. Der verschneite Boden reflektierte das Mondlicht und beleuchtete ihre tiefen Fußspuren. Die Lichter des Dorfes schimmerten in der Ferne.

Ich zog meine Jacke aus und kam hinter sie, legte sie ihr über die Schultern.

„Danke." Ihr Atem stieg weiß zwischen ihren wunderschönen Lippen auf. Wie war dieser Abend nur so schief gelaufen, und noch wichtiger, wie konnte ich das wieder geradebiegen? Ich gab den Seiten ihrer Arme einen sanften Druck und drehte sie zu mir.

„Es tut mir leid wegen oben. Ich wollte dich nicht aufregen. Komm rein. Lass uns darüber reden."

Sie schüttelte den Kopf in einem schnellen Bogen. „Ich will über nichts reden. Ich hab's satt, ständig wegzulaufen. Ich möchte endlich etwas fühlen, und wenn ich versuche zu fühlen, ich ... ich weiß nicht, ob ich die richtigen Dinge fühle, weil du auf deinem Knie warst-"

„Ich band meinen Schnürsenkel, als du hereinkamst", erklärte ich.

Ihre Augen weiteten sich. „Einen Schnürsenkel?"

„Ja. Und diese Schnürschuhe sind nicht winterfreundlich, also sollten wir wieder reingehen."

Sie hob ihre Hände zu ihrem Gesicht und bedeckte ihre Augen. „Argh ... ich bin so eine Närrin."

„Das ist weit hergeholt, Kay. Außerdem bist du nicht die Einzige, die Gedanken an eine Heirat hatte. Es ist mir auch durch den Kopf gegangen."

„Wirklich?"

„Oft."

Ihr Mund verzog sich zu einem langsamen Lächeln. Ich griff sie an den Hüften und zog sie näher.

„Nur weil ich heute Abend keinen Antrag geplant habe, heißt

das nicht, dass ich in Zukunft keinen will." Sie verankerte ihren Blick in meinem. „Aber für heute hoffte ich, uns körperlich wieder zu verbinden. Daher die Kerzen und Rosen."

„Ich bleibe dabei: Ich fühle mich wie der letzte Trottel."

„Wenn dem so ist, dann bist du meine Närrin. Aber ehrlich gesagt ist der einzige Narr hier ich, weil ich so wahnsinnig in dich verliebt bin, dass es wehtut." Ich brachte meine Faust zu meiner Brust. „Ich werde dich niemals gehen lassen, Kay. Ich halte dich fest."

Sie trat zurück und senkte den Kopf. „Du willst mich immer noch? Nach ... nach dem, was Hartley und seine Schergen mir angetan haben?"

Ihre geflüsterten Worte waren wie ein Stich mitten in mein Herz. Ich nahm ihr Gesicht zwischen beide Hände und führte langsam ihren Mund zu meinen Lippen, ließ sie dort ruhen. Ich hielt die Verbindung, bis die Wärme ihres Körpers in meine Haut überging. Ihre Hemmungen fielen ab, als ihre Hände entlang meiner Taille und meinen Rücken hinauf strichen, ihre Berührung meine Sinne erregte. Aber was, wenn sie noch nicht bereit war? Ich löste mich von ihrem Mund.

„Wie wär's mit Schneeengeln?", fragte ich.

„Nein." Sie kicherte.

„Was möchtest du tun?"

Ihre Brust hob und senkte sich mit schweren Atemzügen. Sie saugte ihre Unterlippe zwischen ihre Zähne, packte das Hemd auf meiner Brust mit ihren Fäusten und stupste mich mit ihrem Blick an. „Ich will mit dir schlafen. Ich brauche dich so sehr, Julian, ich will dich mit jeder Faser meines Körpers. Ich will alles von dir, aber ..."

Sie schluckte die Nervosität hinunter und begegnete meinem fragenden Blick. „Aber ich bin mir nicht sicher, ob du mich willst."

Meine Augenbrauen runzelten sich, und ich legte meinen Kopf schräg.

„Was ich sagen will, ist, dass ich will, dass du mich berührst. Aber du fragst mich, ob ich Schneeengel machen will? Also bin ich verwirrt."

„Du willst, dass ich dich berühre?", fragte ich.

„Ja. Dringend." Sie begegnete meinem Blick direkt, Verlangen schwamm in ihren Augen.

„Dann weiß ich nicht, warum wir in der Kälte stehen."

Ich hob sie in meine Arme, und sie quietschte. Sie schlang ihre Beine um meine Taille und hielt sich an meinem Nacken fest, presste ihren Mund hart auf meinen. An ihre Lippen gebunden, trug ich sie zurück nach Hause. Ich setzte sie ab, zog ihre Jacke aus, und ihr Körper klebte sofort wieder an meinem. Ihre Hände suchten über meine Brust, zogen an den letzten Fäden meiner Kontrolle.

„Langsam, Baby", sagte ich an ihren Lippen. „Wir haben Zeit."

Sie zog das Hemd aus meiner Hose, lockerte die Krawatte um meinen Hals und fummelte an den Knöpfen, ihre eisigen Finger zitterten. Sie gab das Hemd auf und öffnete meinen Gürtel und Reißverschluss. Der Stoff um meine Hüften lockerte sich, und ich eroberte ihren Mund mit einem zermalmenden Kuss. Ihr süßer Geschmack durchströmte mich auf den Winden der Lust.

Das Geräusch ihrer aufspringenden weißen Jeans hallte in meinen Ohren wider. Wir lösten uns voneinander, schwer atmend. Ihre sanften Augen hielten die meinen fest. Sekunden verstrichen, und ich konnte nicht aufhören, sie anzusehen, bis sie ein leichtes Lächeln zuließ.

„Woran denkst du?", flüsterte sie.

„Ich bin sicher, du weißt genau, woran ich denke."

Ich stahl einen schnellen Kuss und stieg aus meiner Hose. Ihr niedliches Kichern, als sie ihre Hose herunterzog, hinterließ ein Ziehen in meinen Hoden. Sie stand vor mir, ihr langer Rollkragenpullover hing über ihren nackten Beinen und ihre Brustwarzen drückten sich durch den Stoff. Sie war das Schönste, was ich je in meinem Leben gesehen hatte.

Ich trat mit einem Fuß auf die Vorderseite meiner Socke und zog sie aus, dann die andere. Kendra zog ihren nackten Slip herunter, ihr langer Rollkragenpullover verbarg die Hitze zwischen ihren Beinen. Wir bewegten uns durch die Eingangshalle in Richtung Treppe und hinterließen einen mäandernden Pfad aus Kleidung im Flur.

Sie leckte sich über die Lippen und durchbohrte mich mit ihrem leidenschaftlichen Blick. Mein Blut schoss nach unten, und ich lehnte mich gegen die Treppe. Wir beide schauten auf die unterste Stufe, und ich zog die Augenbrauen hoch.

„Ich glaube, das steht schon eine Weile auf unserer Bucket List", sagte ich.

Ihre Perlenzähne blitzten auf, als sie grinste. Sie packte mein Hemd mit ihren Händen und riss es auf. Die drei Knöpfe, die sie noch geschlossen gelassen hatte, rissen ab und verteilten sich auf dem Holzboden. Gott, wie sehr ich sie vermisst hatte!

Ich zog ihr den Rollkragenpullover aus und senkte meinen Mund auf ihren, ihr Wimmern schluckend. Sie überließ ihre Lippen meinem Mund, und ich fing ihren Atem ein. Ihr zierlicher Körper bog sich unter meinem. Ich umfasste ihre Seiten, erfreut darüber, dass sie mehr Fleisch auf den Knochen hatte. Während ihre Hände Feuer über meine Brust verbreiteten, glitt ich ihre wunderschönen Kurven hinab. Ich öffnete geschickt ihren BH-Verschluss und zog mich zurück.

Ihre Brüste quollen heraus, ihre aufgerichteten Brustwarzen hatten einen lustvollen Farbton angenommen.

Luftstöße flatterten durch ihre Nasenlöcher. Ihre geschwollenen Lippen öffneten sich, ihre rosigen Wangen röteten sich, und ihre braunen Augen weiteten sich verwundbar.

Sie glitt mit ihrer Handfläche über meine Brust zu meinem Hals und zog mich näher. Ihr Körper presste sich an meinen, ihre weichen Kurven bogen sich unter meinen Muskeln. Ich erwachte aus meiner Benommenheit bei ihrem leisen Aufschrei und senkte meine Lippen auf ihre Kieferlinie. Ich verteilte

Küsse von dort bis zu ihrem Hals. Sie legte den Kopf zurück, und die Wölbung ihrer Brüste hob sich. Ich umfasste ihre volle Brust und leckte um die andere empfindliche Brustwarze, zog sie von ihrer Brust weg. Sie glitt aus meinem Mund und federte zurück.

Sie wand sich in meinem Griff und drückte meine Erektion hart gegen ihren Bauch. Ihre Hände ergriffen meine Boxershorts, und sie zog sie herunter, quälend langsam, ihr Atem strich über meine Bauchmuskeln und meinen Schwanz. Ich stand kurz davor, die Kontrolle zu verlieren.

„Setz dich", sagte ich und zeigte auf die dritte Stufe.

Ihr schiefes Lächeln ließ mein Herz stillstehen, als sie sich auf die Stufe setzte und sich auf ihre Ellbogen zurücklehnte. Sie spreizte ihre Beine weit und zeigte ihre glänzende Muschi.

Ich trat vor, beugte mich auf die Knie und griff zwischen ihre Schenkel. Ich strich mit meinen Fingern über ihre Hitze, und sie zitterte. Sie zog mein Gewicht auf ihren Körper und meinen Mund zu ihrem, als ich zwei Finger in sie gleiten ließ.

„Ich brauche dich in mir." Ihr bedürftiges Zittern passte zu ihren unregelmäßigen Atemzügen, geschwollenen Lippen und verschleierten Augen. Ich zog mich zurück und strich mit meinem Schwanz zwischen ihren Falten und über ihre durchnässte Öffnung. Ihr Mund öffnete sich.

„Dreh dich um, Kay."

Sie wechselte ihre Position auf der Treppe und reckte ihren Hintern hoch in die Luft. Ich sog einen stockenden Atemzug ein, umfasste meinen Schwanz und richtete mich hinter ihr aus. Ihr zustimmender Blick über ihre Schulter war alles, was ich brauchte, um tief in ihre enge Muschi einzudringen.

„Ahh!"

Sie stützte ihre Arme auf der Treppe ab und neigte ihren Hintern. Ich stieß erneut zu, traf ihre Tiefe, mein Schwanz eng in ihrer Wärme. Ich spreizte meine Hände über ihren kleinen Hintern, drückte das Fleisch, während ich meine Hüften vor und zurück rollte. Sie verengte sich um jeden Zentimeter meines Schwanzes.

„Fuck." Ich blies meine Wangen auf, hielt sie ruhig, verlor aber meine Konzentration durch ihre lustvollen Stöhner. Sie sang zu meiner Erregung wie eine Meerjungfrau. Ihr Körper schwankte zu meinem Vorstoß, als ich härter und tiefer eindrang. Schweißgebadet führte ich meine Hand unter sie und kreiste mit meinen Fingern über ihre geschwollene Klitoris.

Sie spannte sich bei der ersten Berührung an, drückte sich dann gegen meine reibenden Finger. In der Ferne explodierten Feuerwerke, die sich mit dem lauten Echo unserer klatschenden Körper vereinten. Ihr Wimmern machte mich verrückt, bis sie die Kontrolle verlor und in meiner Hand kam, während mein Schwanz noch in ihr war.

Ich zählte in meinem Kopf die Tage ihres monatlichen Zyklus und kam immer wieder auf eine Zahl, die mir sagte, dass sie ovulierte. Andererseits hatte sie körperliche und emotionale Traumata erlitten. Keine Menge an Zählen konnte mir helfen. Der Gedanke machte es irgendwie noch schwieriger, mich zurückzuziehen. Ich wollte kleine Silvers auf dem Rasen im Hinterhof herumlaufen sehen. Das Gefühl ihres pulsierenden Fleisches in meiner Handfläche, als ihr Orgasmus abklang, trieb mich über die Kante. Ich ergoss mich in ihr, verlor meinen Verstand und verlor die Zählung.

Ich zog mich zurück und hob sie von der Treppe, aber wir fielen beide lachend zurück auf die Treppe. Ich zog ihren Körper an meinen und hielt sie in einer verdrehten und unbequemen Position auf den Stufen, aber es war das beste Gefühl der Welt. Sie war heiß, aufgeregt, wunderschön und endlich wieder mein.

Draußen explodierte der Himmel plötzlich in einem Feuerwerk aus Farben und Licht. Wir beobachteten sie durch das Fenster, wie sie die nächsten fünf Minuten lang in der Ferne explodierten und den Nachthimmel in ein Farbenmeer verwandelten.

„Wir sollten die Kleidung aufräumen und nach oben gehen, bevor die Familie zurückkommt", sagte ich und küsste ihren Kopf.

„Es ist Neujahr", strich sie mit ihren Fingern über meinen Oberschenkel. „Ich bezweifle, dass sie so bald zurück sein werden."

Sie hatte recht. Es war Neujahr, und wir hatten es mit einem Feuerwerk der Gefühle eingeläutet.

Kapitel 30

Kendra

Ich drehte die Lautstärke des Fernsehers auf und ließ mich neben Julian auf die Couch fallen. Die Nachricht, die über den unteren Bildschirmrand lief, war wie ein verfrühtes Weihnachtsgeschenk.

„Nach langer Verzögerung hat die Staatsanwaltschaft heute Morgen die Hartley-Brüder in Gewahrsam genommen. Die Vorwürfe des Sexhandels und der Korruption gegen die Familie Hartley häufen sich seit Jahren. Beide Parteien haben eine Stellungnahme zu dem Fall abgelehnt. Durchgesickerte Informationen, die der Sender über die für Jeff Hartleys Tod verantwortlichen Parteien erhalten hat, wurden zur Bestätigung weitergeleitet."

Ich öffnete das Fenster. Frühlingsluft wehte durch das Haus, und Frühlingsvögel zwitscherten draußen.

„Heißt das, es ist vorbei?", fragte ich ihn.

„Nein, Liebling. Aber es bedeutet, dass wir der Einstellung deines Falles ein Stück näher sind. Wir müssen uns immer noch um Simone kümmern. Hartleys Tochter traumatisiert Allie."

„Warum ist diese Schlampe noch am Leben?"

„Wir arbeiten an einer Verhaftung, und genau darüber muss ich mit dir reden."

Er drehte sich zur Seite und biss sich auf die Lippe. Julian biss sich nie auf die Lippe.

Ich drückte seine Hand. „Was ist los?"

„Wir locken Simone während Allies Junggesellinnenabschied ins Casino, und du könntest sie sehen."

Mein Hals verkrampfte sich bei einem harten Schlucken. „Ich habe keine Angst vor Simone."

„Ich befürchte, sie zu sehen könnte dein Trauma zurückbringen. Sie wusste, was ihr Vater getan hat-"

„Ich werde nicht zulassen, dass dieser Mann mein Leben kontrolliert, Julian. Er ist tot. Akte geschlossen."

„Nicht dein Fall."

„Weil Donaldson noch lebt? Ja, ich weiß." Ich verdrehte die Augen.

„Wir glauben, Simone könnte Dave Wrights Doppelgänger benutzen, um an Allie heranzukommen."

„Aber er ist tot."

„Das reicht nicht, um Simones Folter zu stoppen. Dieser Typ hatte Beweise gegen Donaldson, um deinen Namen reinzuwaschen."

Er scrollte durch sein Handy und zeigte mir ein Bild von einem zwielichtigen Mann. Ich hatte mitbekommen, wie Tristan Julian erzählte, dass der Kerl Allies Mutter vergewaltigt hatte, was zu einer Fehlgeburt führte.

„Also, wenn ich mich daran erinnere, was ich getan habe, gibt es keine Beweise, die mich unterstützen?"

„Donaldson wird im Gefängnis landen, bevor das passiert."

Ich hoffte, er hatte recht, und holte tief Luft, um mich zu beruhigen. Ich drückte seine Hand noch fester, mehr um mich selbst als ihn zu beruhigen. Es war mehr für mich als für ihn. Die rasenden Herzschläge durchzuckten meine Brust, als ich mir wünschte, ich könnte mehr helfen.

„Ich muss mich daran erinnern, was ich getan habe und warum meine Eltern geflohen sind."

„Was?"

„Warum erzählst du es mir nicht?" Meine Augen waren auf ihn gerichtet.

„Ich werde mich nicht auf Hypnose einlassen, und ich bin mir nicht sicher, ob ich Stefanie anrufen möchte. Aber wenn du wirklich möchtest, dass ich-"

„Julian, ich will keine Frau mehr sehen, die du gevögelt hast."

Die Lüge brannte in meiner Kehle, denn ich hatte insgeheim schon Pläne gemacht, Stefanie heute zu treffen. Ich musste die Kontrolle über mein Leben übernehmen. Ich wollte wieder ich selbst sein, damit ich aus den richtigen Gründen lachen und weinen konnte. Ich musste in meinen Club, Kissed, zurückkehren und wieder durchstarten.

„Du hast recht. Tut mir leid. Also, bist du okay damit, dass Simone im Casino ist?"

„Ich lasse mir Allies Junggesellinnenabschied nicht entgehen. Sie hat mein Leben gerettet. Und sie ist Familie."

Seine Zähne blitzten weiß auf. „In Ordnung. Ich habe ein gutes Gefühl dabei. Wir fahren um sechs los."

Ich sah auf meine Uhr und sprang auf die Füße. „Und mein Friseurtermin bei Grace ist in einer Stunde. Ich muss los."

Die Wahrheit ist, mein Termin war erst in ein paar Stunden, aber ich hatte Stefanie vorher angerufen und sie gebeten, mich auf einen Kaffee in der Nähe von Grace's zu treffen.

Eine Stunde später kam sie durch die Cafétür. Ihre Louboutin-Absätze klackerten auf dem Boden. Das aufgeklebte Lächeln auf ihren knallroten Lippen ließ mich auf der Hut bleiben. Sie stellte zwei Kaffeebestellungen auf den Tisch und nahm ihre Sonnenbrille ab. „Sie mögen einen Latte, wenn ich mich richtig erinnere?"

„Ja, danke." Ich griff nach der Tasse mit meinem Namen und sie setzte sich mir gegenüber. „Danke, dass Sie sich bereit erklärt haben, mich zu treffen."

„Ich kann nicht behaupten, dass ich den Anruf erwartet hätte.

Wenn Sie sich Sorgen um Julian machen, brauchen Sie das nicht. Ich sehe jemand Neues, und es ist ernst. Wir sind verlobt." Sie wackelte mit ihrem Ringfinger, an dem ein Smaragdschliff-Diamant steckte. Es war der größte Edelstein, den ich je in meinem Leben gesehen hatte.

„Herzlichen Glückwunsch, aber es geht nicht um Julian. Es geht darum, meine Hypnose rückgängig zu machen."

Sie zog ihre Hand zurück, nippte an ihrem Kaffee und gab mir nach einer langen dramatischen Pause einen resignierten Blick.

„Es tut mir leid, aber ich kann dir nicht helfen."

„Warum nicht?", fragte ich aufgeregt und richtete mich in meinem Stuhl auf.

„Wir haben mit demselben Kerl geschlafen. Es fühlt sich komisch an, deine Therapeutin zu sein."

Ich lehnte mich über den Tisch. „Aber du hast mich hypnotisiert."

„Deine Hypnose hätte längst nachlassen sollen. Ich habe viele Trigger gesetzt und keiner hat geholfen; das bedeutet, dass du es bist, die die Vergangenheit unterdrückt."

Ich lehnte mich zurück. „Was bedeutet das?"

„Du bist die Einzige, die deine Erinnerungen stimulieren kann."

„Wie?"

„Ist dir schon mal etwas aufgefallen? Hast du zum Beispiel jemals die Augen geschlossen und Momente aus deinem Leben gesehen, von denen du nicht dachtest, dass du dich an sie erinnerst?"

Wie verspritztes Gehirn und Blut? Wie der, in dem ich eine Waffe hielt und über einer Leiche stand?

„Ja." Meine Stimme klang rau. „Aber wie kann ich mich an mehr erinnern? Wie kann ich mich der Reihe nach und ... an alles erinnern?"

„Denk zurück an den Moment, als die Erinnerungen kamen. Was hast du da gemacht?"

Geschossen.

Ich saß wie versteinert an diesem Tisch und hörte kein weiteres Wort von ihr. Ich glaube, sie sprach über ihren Verlobten, einen Ölmagnaten, aber sie ging, ohne dass ich es wirklich bemerkte. Ich nahm meinen kalten Kaffee und kam fünf Minuten zu spät bei Grace an. Während sie meine Haare und mein Make-up machte, tratschte Grace mit ihren Freundinnen über Hunter, Julians jüngeren Cousin. Ein gemeinsamer Streich war schiefgegangen, und Grace verkündete, sie würde nie wieder einem jüngeren Mann verfallen. Das Problem war, sie hatte keine Ahnung, dass sie ihn immer noch liebte.

Mein Problem war, dass ich mir von Tag zu Tag sicherer wurde, eine Mörderin zu sein.

∞

DER CASINOBODEN SUMMTE VOR GEPLAUDER, Gelächter und piependen Spielautomaten. Ich saß am Roulette-Tisch neben Laura und stimmte in ihren überschwänglichen Jubel ein. Was sollte ich sagen? Der Enthusiasmus der Frau war ansteckend, und es war lange her, dass ich einen Abend so genossen hatte. Allie stand mit ihrem großen Schwangerschaftsbauch an der Seite des Tisches, und wir beobachteten, wie die Kugel um das Roulette-Rad rollte. Laura hatte eine Glückssträhne, und der Stapel Chips vor ihr wuchs mit jeder Drehung. Ich konnte nicht aufhören zu jubeln, aber mit dem ständigen Drink in meiner Hand füllte sich meine Blase schnell. Ich wollte keine Minute dieses Abends verpassen, besonders weil Laura versprochen hatte, dass wir die Party fortsetzen würden, nachdem sie Simone festgenommen hätten.

Endlich gab mir Allie ein kaum merkliches Nicken - Simone war da. Ich sprang vom Hocker.

„Und hier endet mein Abenteuer. Ich muss mich leider ausklinken, ich muss dringend auf die Toilette."

Ich umarmte beide und machte mich auf den Weg zur Toilette.

Ich schloss die Kabinentür ab und hatte mich gerade hingehockt, als eine Frau ein Stück Papier unter der Kabinenwand durchschob.

„Das ist für dich."

Automatisch nahm ich den Zettel aus ihrer Hand. Die Nebentür öffnete sich, und ich hörte ihre Schritte, wie sie eilig aus dem Badezimmer rannte. Ich öffnete das Papier in der Hocke und hätte mich beim Lesen der gekritzelten Warnung fast eingenässt: Wir kommen dich holen.

Ich ließ das Papier auf den Boden fallen, wischte mich ab, vergaß mir die Hände zu waschen und stolperte aus dem Badezimmer direkt in Julians harte Brust.

„Was ist mit dir passiert? Du solltest mich bei den Kassen treffen."

Ich starrte in die Ferne.

„Kay? Was ist los?"

„Toilette. Papier." Mein Finger zitterte, als ich hinter mich zeigte.

Die Zeit verging blitzschnell, Geräusche verschwammen, und der umgebende Nebel lichtete sich erst in dieser Nacht, als ich Julian mit seinem Cousin James reden hörte.

„Die Frau sagte, jemand hätte ihr ein Bild von Kendra zusammen mit tausend Dollar im Voraus für den Deal gegeben. Alles, was sie tun musste, war Kay den Zettel zu geben. Die Frau weiß nicht, wer es war."

Wunderbar.

„Und alle Kameras wurden überprüft?"

„Ihre Geschichte stimmt überein."

In dieser Nacht und auch in der darauffolgenden fand ich keinen Schlaf, aber am dritten Morgen zog ich mich in einem

Tarnanzug an und ging zu der Aufbewahrungsbox an der Baumgrenze, wo Julian die Gewehre aufbewahrte. Ich öffnete die Box, setzte den Schalldämpfer auf, lud die Glock und leerte das Magazin, eine Kugel nach der anderen.

Mir fiel nichts ein.

Ich verstaute die Waffe wieder in der verschlossenen Truhe, kehrte aber am nächsten Morgen zurück, um das Gewehr auszuprobieren. Diesmal, als ich schoss, blitzte sickerndes Blut hinter meinen Augenlidern auf.

„Es funktioniert." Mein Herz machte einen Satz.

Die sporadischen Erinnerungen sprangen zwischen dem Zugunglück, von dem ich dachte, es hätte meinen Eltern das Leben gekostet, und einem toten Mann hin und her. Ich wusste, dass ich ihn getötet hatte, aber ich hatte keine Ahnung, wer es war oder warum. Mein tägliches Schießritual muss Julian aufgefallen sein, denn drei Wochen später, an einem nebligen Morgen, tanzte Belustigung in seinen Augen.

„Worüber freust du dich so?", fragte ich.

„Ich habe eine Überraschung für dich in der Waffentruhe. Lass mich wissen, was du davon hältst."

Meine Augenbraue hob sich langsam. „Du willst mit mir zum Schießen kommen?"

„Um Zeuge meiner Ungenauigkeit zu werden? Nein, danke. Außerdem habe ich Tristan versprochen, angeln zu gehen."

„Seit wann angelst du denn?"

„Allie bestand darauf, dass Tristan eine Pause macht, bevor die Zwillinge kommen, aber wir sehen uns später zum Frühstück?"

„Klingt perfekt." Ich stellte mich auf die Zehenspitzen und gab ihm einen langen Kuss.

Ich überquerte den Hof zur Baumgrenze und öffnete die codierte Box. Mein Mund öffnete sich weit, als ich das neue Biathlongewehr für große Entfernungen mit zusätzlicher Führung und Schalldämpfer sah. Ich wusste nicht, woher ich dieses Zeug wusste, aber bisher hatte ich jede einzelne Waffe benannt, mit der Julian mich überrascht hatte. Die Rückblenden von Gehirnmasse und vergossenem Blut kehrten jeden Morgen zurück, wenn ich schoss, brachten mich aber meinen Antworten über mein Verbrechen nicht näher. Ich schnallte mir das Gewehr über die Schulter und überquerte unseren Hof zu Wilma und Fred. Ich sprang über den mäandernden Wasserstrom im Graben und fand einen Hügel zwischen den Weidenbäumen. Morgennebel schwebte weiter draußen im Meer und löste sich in seinem trägen Tempo auf. Julian und Tristan saßen in ihren Campingstühlen auf Tristans Steg mit dampfenden Kaffeetassen. Ich hatte die Brüder noch nie angeln sehen, aber da waren sie: beim Angeln. Julian stellte seinen Becher auf den Steg und ging zur Kante. Tristan gesellte sich zu ihm. Ich zog meine Unterlippe zwischen die Zähne und zielte mit dem Gewehr auf den Becher, in der Hoffnung, sie zu erschrecken, als ein köstlicher Teigduft aus Allies Küchenfenster wehte. Ich konzentrierte mich durch das Objektiv dorthin, wo sie an der Terrassentür stand und eine Schüssel gegen ihren achtmonatigen Bauch stützte. Sie rührte, was ich für einen zweiten Ansatz Waffelteig hielt.

Allie verschwand aus dem Blickfeld der Küche und ich verlagerte meinen Fokus zurück auf die dampfende Tasse Kaffee. Ich kicherte, als plötzlich der Geruch von verbranntem Teig meine Aufmerksamkeit zurück zu Allies Haus lenkte. Sie stand wie erstarrt da, mit offenem Mund. Ein Mann kam ins Blickfeld, und ich zog scharf die Luft ein.

Das ist unmöglich.

Ich fuhr mir mit der Hand über die Augen und wischte den Schweiß weg. Eine kühle Brise trug den verbrannten Geruch zu mir herüber; die Brüder waren sich Allies Gefahr nicht bewusst. Ich schaute noch einmal durchs Objektiv und wusste, dass meine Augen mich nicht täuschten. Wright stand hinter Allie mit einer Waffe, die auf ihren Bauch gerichtet war. Qualmender Rauch stieg aus dem Fenster und wehte nach Süden. Ich ließ den zittrigen Atem entweichen und sog Mut ein, während ich meinen Finger auf den Abzug legte. Ich stützte das Gewehr zur Stabilisierung über einen Ast. Allie stemmte ihre Arme auf die Arbeitsplatte, als er sie festhielt und seine Hose bis zu den Knien herunterließ.

Ich unterdrückte den Würgereiz und schaltete das Laserlicht ein, wobei ich mich auf seine Schläfe konzentrierte. Er stieß die Waffe erneut gegen ihren Bauch. Es dauerte drei Sekunden länger, die Situation einzuschätzen, weil die Vergangenheit in meinem Kopf aufblitzte: mein Lehrer, Peter Donaldson, der versuchte, mich zu missbrauchen. Ich kehrte zurück in die Gegenwart und zoomte auf das Ziel, wartend, dass Wright seine Waffe senkte. Allie trat aus dem Blickfeld und bewegte sich näher zum Küchenfenster.

Ruhig... schön langsam. Ich regulierte meinen Atem und ließ langsam die Luft entweichen.

„Ich hab dich, Allie", ich drückte gerade den Abzug, als Tristan vom Ufer aus schrie.

„Kendra, nein!"

Das Terrassenglas zersplitterte, und Allie schrie.

Ich schlang das Gewehr über meine Schulter und rannte zum Haus. Ich sprang die fünf Stufen zur Terrasse hoch und blieb direkt vor der Tür stehen. Allie schluchzte irgendwo drinnen, aber sie war in Sicherheit. Die Gehirnmasse, die über den weißen Boden verspritzt war, bestätigte es.

Ich hatte Wright gerade eiskalt erschossen.

Mein Magen drehte sich, und die Welt drehte sich um mich. Alte Erinnerungen blitzten in meinem Kopf auf: die Schule, Donaldsons Blut und meine Hände an der Waffe, die ihn tötete. Meine Finger umklammerten fest den Griff. Ich setzte mich gegen das Geländer, als Julian und Tristan aufholten.

Julian kniete sich neben mich und nahm mir das Gewehr aus der Hand. „Du bist in Ordnung, Kay. Du bist in Ordnung." Ich verlor mich in seinen Armen. „Schau nicht in die Richtung. Wirst du einen Moment allein klarkommen?"

„Ja", flüsterte ich.

„Ich schaue nur kurz nach Allie und bin gleich wieder da. Beweg dich nicht."

In den wenigen Sekunden, in denen Julian weg war, durchlebte ich beide Morde noch einmal.

„Allie geht es gut. Sie ist in Sicherheit. Gott, Kay, wir dachten, du würdest auf Allie zielen."

Mein Blick hob sich, um seinem zu begegnen. „Warum sollte ich auf Allie zielen?"

„Ich weiß nicht. Es tut mir leid. Woher wusstest du, dass sie in Gefahr war?"

„Ich habe ihn durch mein Gewehrobjektiv gesehen. Er hatte eine Waffe auf ihren Bauch gerichtet. Du sagtest, er wäre tot."

„Wir haben uns geirrt."

Er stemmte die Hände in die Hüften und trat von einem Fuß auf den anderen. Meine Brust zog sich zusammen, und ich senkte meinen Kopf zwischen meine Knie, zählte bis zehn, verzweifelt auf der Suche nach meinem Anker.

„Geht es dir gut?"

„Er wollte sie vergewaltigen." Die Luft verließ meine Nasenlöcher in schnellen Stößen.

Die blutige Erinnerung kehrte in meinen Kopf zurück, und ich ballte meine Hände. Ich erinnerte mich an mein Leben – oder Katherines Leben – und all die Schwierigkeiten, die damit einhergingen.

„Julian, ruf den Krankenwagen. Allies Fruchtblase ist gerade geplatzt!", rief Tristan von drinnen.

Julian griff in seine Tasche und wählte die Nummer. Die Zeit verging wie in einem Nebel. Ich setzte mich mit untergeschlagenen Beinen an das Geländer der Terrasse. Julian legte mir einen Pullover über die Schultern und ging zu einem Polizisten, um mit ihm zu sprechen. Der Tumult um mich herum verschmolz zu einem leisen Summen. Der Krankenwagen brachte Allie ins Krankenhaus, und ein Schwarm von Agenten und Detektiven begann mit seiner Arbeit. Ich wiederholte meine Geschichte des Geschehenen immer wieder, bis Julian einschritt.

„Ich denke, das reicht für heute." Der Detektiv nickte ihm zu und ging. „Lass uns nach Hause gehen, Kay."

„Die Wohnung ist ein Chaos. Ich sollte aufräumen."

„Ich kümmere mich um das Aufräumen. Wir gehen nach Hause." Seine Augen wanderten von mir zum Haus.

„Julian, ich habe gerade jemanden getötet. Warum verhaften sie mich nicht?"

Er hockte sich vor mich und nahm meine Hände in seine. „Du hast einen Mann getötet, der auf der meistgesuchten Liste des FBI stand, Kay. Einen Mann, der versucht hat, meine Schwägerin zu vergewaltigen und zu töten."

Ich schluckte den Kloß in meinem Hals herunter. „Aber von dem rede ich nicht."

„Kay-"

„Mr. Silver?", rief einer der Arbeiter. „Was sollen wir mit den Schränken machen?"

Er blickte über seine Schulter. „Ersetzt sie."

„Gibt es Neuigkeiten von Allie?", fragte ich.

„Sie ist in den Wehen. Tristan ist bei ihr."

Er verstärkte seinen Griff um meinen Arm. „Du warst heute unglaublich, Kay. Du hast Allies Leben und das des Babys gerettet. Wenn du nicht gewesen wärst ... ich kann den Gedanken nicht einmal ertragen."

Ich schloss die Augen und sah Allie in einem Sarg mit ihrem geschwollenen Bauch. Julian hatte Recht: Der Gedanke war unfassbar. Mir wurde schlagartig übel und ich sprang auf, beugte mich über das Terrassengeländer. Meine Muskeln spannten sich an und ich übergab mich. Julian streichelte sanft meinen Rücken. „Lass uns nach Hause gehen, Kay."

Mit Julians Unterstützung schleppten wir uns langsam über

den grünen Rasen, ließen das Chaos und ein Reinigungsteam hinter uns. In dieser Nacht, als ich im Bett lag, zogen die Bilder meines Lebens wie ein Film an mir vorbei. Die Flucht hatte mich erschöpft, und ich wollte nicht länger wegrennen. Ich wollte leben, und der einzige Weg, um über meine Vergangenheit hinwegzukommen, war, mich meinen Verbrechen zu stellen.

Der Tag, an dem ich meinen Lehrer Peter Donaldson tötete, war klarer in meinem Gedächtnis als je zuvor. Ich war vor Schulschluss in meinen Physikraum zurückgekehrt, hatte aber nicht erwartet, dass einer meiner Mitschüler mit einer auf Mr. Donaldson gerichteten Waffe dastehen würde.

Ich blieb in der Tür stehen. „Olivia? Was machst du da?"

Mr. Donaldson und Olivia drehten ihre Köpfe in meine Richtung. Sie hielt die Waffe weiterhin fest auf den Lehrer gerichtet.

„Ich werde nicht zulassen, dass dieses Arschloch noch ein Mädchen anfasst."

Ihre Worte trafen mich hart in der Brust, als mir klar wurde, dass ich nicht die Einzige war, die das Interesse meines Lehrers geweckt hatte. Trotz Peter Donaldsons schrecklichem Ruf an der Schule erlaubte ihm die Schulleitung zu unterrichten. Mädchen beschuldigten ihn unangemessenen Verhaltens, aber die Verwaltung unternahm nichts. Ich hätte ihn aufhalten sollen.

„Leg die Waffe weg, Olivia", sagte er.

Vorsichtig näherte ich mich und streckte meine Hand aus. „Olivia? Gib mir die Waffe."

„Du weißt nicht, was er getan hat."

„Ich weiß, was er getan hat, Olivia. Du bist damit nicht allein, und Töten löst nichts", flüsterte ich.

„Es wird ihn davon abhalten, jemand anderen zu verletzen", sagte sie.

„Senk die Waffe. Meine Eltern werden dafür sorgen, dass dieser Bastard hinter Gittern landet."

„Wie?"

„Sie sorgen dafür, dass Leute wie er ins Gefängnis kommen. Sie können helfen. Ich verspreche es."

„Hör auf Katherine, Olivia."

„Halt die Fresse." Sie wedelte mit der Waffe in Donaldsons Richtung, und er hob wieder die Arme. „Kapierst du es nicht? Er wird nicht ins Gefängnis gehen. Sein Bruder ist ein schmieriger Kongressabgeordneter, der den Arsch dieses Mistkerls geschützt hat. Weißt du, wie viele Mädchen er vergewaltigt hat?"

Ich wusste es nicht, aber eine Vergewaltigung war eine zu viel. Ich trat weiter in den Klassenraum und schüttelte den Kopf. „Du hast Recht. Ich weiß es nicht, aber ich weiß, dass das nicht der richtige Weg ist. Du hast dein ganzes Leben noch vor dir, Olivia. Lass nicht zu, dass er das auch noch ruiniert."

Mit jedem Wort kam ich näher, bis ich vor ihr stand. Donaldson hielt seine Hände in der Luft, bis sie die Waffe senkte. Ich nahm ihr langsam die Waffe aus der Hand.

„Gib mir das!"

Er packte mich von hinten und griff nach der Waffe in meiner Hand, aber Olivia sprang zwischen uns. Wir drei kämpften um die Waffe. Sie ging zweimal los. Der erste Schuss durchbohrte Olivias Bauch und der zweite traf Donaldsons Gehirn. Beide waren tot.

An diesem Nachmittag rannte ich schneller nach Hause als je zuvor.

⌒⌒

DIE UHR ZEIGTE vier Uhr morgens. Julian lag friedlich neben mir. Ich schlüpfte aus dem Bett, zog mich an und schlich aus dem Haus. Fünfzehn Minuten später saß ich auf der kleinen Bank vor den Gräbern meiner Eltern.

„Hallo, Mama. Hallo, Papa."

Ich verschränkte meine Finger ineinander und flüsterte: „Du hast versucht, mich zu beschützen. Das verstehe ich jetzt."

Niemand antwortete. Ich wusste nicht, warum ich mir so sehr wünschte, eine Antwort zu hören. „Es tut mir leid, dass ich dich in dieses Schlamassel hineingezogen habe." Ich senkte meinen Kopf. „Aber ich bin es leid, wegzulaufen und mich zu verstecken. Ich werde es auf die richtige Art und Weise machen."

Morgennebel schwebte über dem Friedhof und hielt den durchdringenden Geruch von Erde, Moder und Feuchtigkeit fest. Ich rieb meine Handgelenke, wo die Erinnerung an Seile noch brannte, um Mut zu fassen, aber kalte Schauer überkamen meinen Körper.

Ich saß noch weitere fünfzehn Minuten auf dem Friedhof, fuhr dann zur Polizeiwache und stellte mich wegen Mordes.

Kapitel 31

Julian

Allie brachte die Zwillinge zur Welt, und Kendra kam gegen Kaution frei. Tristan fand Beweise für die Verbrechen des Kongressabgeordneten. Obwohl Donaldson im Gefängnis saß, beruhte Kays Fall auf der sorgfältig vorbereiteten Erklärung des Wagner-Teams. Aber so gut vorbereitet wir auch waren, ihre Zukunft würde vom Richter bestimmt werden.

Im Gerichtssaal saßen wir zusammen mit einem Team von Anwälten und warteten auf den Richter. Kendra drehte sich auf ihrem Platz um, Angst trübte ihre Augen.

„Wright hätte zu meiner Verteidigung aussagen können?"

„Peter Donaldson war ein Freund von ihm. Donaldson prahlte mit seinen Eroberungen, und Wright stimmte zu, für eine mildere Strafe auszusagen."

„Bist du sauer auf mich, weil ich zur Polizei gegangen bin?"

„Nein, Schatz. Bin ich nicht. Du hast einen Punkt erreicht, an dem du nicht mehr konntest. Ich verstehe das."

„Ich will nicht ins Gefängnis", platzte es aus ihr heraus. „Wenn ich wieder in eine kalte Zelle komme... Wenn sie mich fesseln... Ich fühle mich nicht wohl, Julian."

Ihre Augen füllten sich mit Tränen, und ihr Gesicht wurde aschfahl. Ich reichte ihr das Taschentuch, das ich bereit hatte.

„Es war Notwehr, Kay. Der einzige Ort, an den du von hier aus gehst, ist nach Hause. Das verspreche ich dir."

„Kongressabgeordneter Donaldson hat immer noch Einfluss bei Gericht."

„Und du hast ein Team der besten Anwälte des Landes, die auf deiner Seite arbeiten. Die Wagners haben noch nie einen Fall verloren."

„Ich hoffe, du behältst recht. Ich hoffte inständig, dass ich recht behalten würde." Sie zog die Schultern hoch.

Ich betete, dass ich recht behalten würde.

„Die Anwesenden im Gerichtssaal erheben sich bitte. Die ehrenwerte Richterin Mila Curtis."

„Oh Gott."

Ich tippte Kendra auf die Schulter, und sie drehte sich um, ihre Augen weit aufgerissen. Sie leuchteten mit einem Funken Hoffnung.

„Du kennst sie?"

Kendras Wangen fielen ein.

„Psst", Scar warf mir einen bösen Blick zu.

Richterin Curtis ging hinter das Richterpult. „Bitte nehmen Sie wieder Platz."

Ich setzte mich auf die Bank, als der Blick der Richterin sich auf Kendra richtete. Sie nahm ihre Brille ab, setzte sie wieder auf und blätterte durch die Papiere.

„Kendra?", sagte sie laut und prüfte die Papiere vor ihr erneut. „Ich habe hier eine Katherine Moore."

Kendra hob ihre Hand. „Das bin ich."

„Treten Sie vor."

Scar stand auf.

„Nur die Angeklagte", sagte die Richterin.

Kendra schob ihren Stuhl zurück und ging zur Richterin. Die beiden flüsterten ein paar Minuten lang, bevor Kendra auf dem Absatz kehrtmachte und zu ihrem Platz zurückging. Ihr Gesicht war wie versteinert und verriet nichts. Mein Herz rutschte mir in die Hose.

Die nächsten Minuten fühlten sich an, als hätten wir den Jackpot geknackt. Richterin Curtis wies den Fall ab, und Kendra war eine freie Frau. Sie fiel mir um den Hals und weinte vor Glück, während ich sie im Kreis drehte.

Dieser Tag hatte gut begonnen, und ich würde dafür sorgen, dass er genauso endete. Auf dem Heimweg kauften wir ein neues Outfit. Kendra drehte sich vor dem Spiegel. Das fließende Kleid schmiegte sich an ihre Figur. Sie richtete ihren tiefen Ausschnitt und überprüfte ihre Frisur. Heute Abend feierten wir ihre Freiheit.

„Wirst du mir endlich verraten, was du zur Richterin gesagt hast?"

Sie drehte sich zu mir um. Ihre Zähne glänzten perlweiß durch ihr Grinsen. Es war so gut, den Funken in ihren Augen wiederzusehen. Sie schlenderte mit einem Schwung in ihrem Schritt auf mich zu.

„Ich habe Richterin Curtis im Krankenhaus kennengelernt, nachdem mein Vater und Jace gestorben waren. Sie war vom Kummer überwältigt, und wir unterhielten uns ein paar Minuten. Ich erzählte ihr von den Vergiftungen, und ich glaube, wir haben eine Verbindung zueinander aufgebaut. Sie fragte mich vor Gericht nach Details zu Peter Donaldsons Tod. Ich erzählte ihr, was passiert war, und sie glaubte mir. Das ist im Wesentlichen alles. Wirst du mir jetzt endlich sagen, wohin wir heute Abend gehen?"

Sie hakte ihre Finger in die Gürtelschlaufen meiner Hose und zog mich an ihren Körper. Ich küsste ihre üppigen Lippen und flüsterte an ihrem Mund. „Ich werde die Überraschung nicht verderben."

Sie presste ihre Lippen wieder auf meine und brauchte länger, um sich zu lösen. „Ist schon okay. Nichts wird mich glücklicher machen als die Freiheit."

Obwohl ich mindestens ein Dutzend Möglichkeiten hätte aufzählen können, um sie zu widerlegen, hielt ich mich zurück, denn sie hatte recht. Fürs Erste.

Eine Stunde später öffnete ich die Beifahrertür und griff nach Kendras Hand. Der seidene Schal, der um ihre Augen gebunden war, passte farblich zu ihrem Kleid. Der Duft von New Yorker Pommes und Gewürzen erfüllte die Luft.

„Sind wir in Manhattan?", fragte sie.

„Kannst du dich nicht einfach überraschen lassen?", flehte ich.

Die erste Sommerbrise wehte durch die belebte Straße, als wir den Bürgersteig überquerten. Ich öffnete die Vordertür des Clubs und führte sie hinein. Die Geräusche von der Straße verstummten, als sich die Tür hinter uns schloss. Ich führte sie zur Mitte der Tanzfläche und stabilisierte ihre Haltung. „So, wir sind da. Bist du bereit?"

Sie nickte, und ich ging hinter sie und löste den Knoten der Augenbinde. Der seidene Schal glitt von ihrem Gesicht.

„Überraschung!", jubelten alle, und Kendra sprang auf.

„Ganz ruhig, Kay. Ich halte dich."

Das Personal ihres Nachtclubs Kissed stand aufgereiht an der Bar. Ihre schicken schwarzen Outfits mit dem Logo der rosa Lippen auf den Hemden sahen edel aus. Unsere engsten Familienmitglieder und Freunde drängten sich vorne, schwenkten Pompons und zündeten Wunderkerzen an. Ein großes „Willkommen zurück"-Schild hing über allem.

„Ich meine, wir haben dich", flüsterte ich ihr ins Ohr, als Sam und Gabe hinter der Gruppe hervortraten. Kendra rannte mit offenen Armen auf ihre Freundin zu.

„Sam!"

Die Mädchen hüpften herum, als wären sie zwölf, und kreischten. Champagnerflaschen knallten und fröhliche Musik dröhnte. Wir stießen auf Familie, Freunde und zweite Chancen an, bevor ich Kendra in meine Arme zog.

„Wie geht's dir?"

„Ich komme mir vor wie in einem Traum."

„Komm mit mir aufs Dach."

Ich nahm ihre Hand und wandte mich ab, um mein Lächeln und die Nervosität, die ich in meinem Nacken spürte, zu verbergen. Wir gingen die Treppe hinauf und ich öffnete die Tür zum Dach. Lichterketten funkelten rund um die Dachkante. Unten summte eine warme Nacht in Manhattan vor Aufregung.

Ich wirbelte Kendra im Takt des dezenten Jazz, der aus den Lautsprechern erklang, dann senkte ich meine Lippen an ihr Ohr. „Lass uns auf unserer Hochzeit zusammen tanzen."

Sie wich überrascht zurück. „Was?"

Ich beendete die Drehung, nahm die kleine Schachtel aus meiner Tasche und ging auf ein Knie. Kendra schlug die Hände vor den Mund. Ich öffnete die Schachtel mit dem Kissenschliff-Diamanten und ihre Augen wurden groß.

„Kay, diese Geschichte unserer Liebe fängt gerade erst an, und wenn du mir die Ehre erweist, mich zu heiraten, werde ich dafür sorgen, dass ich unser Happy End schreibe, jede Nacht und jeden Tag. Kendra Moore, willst du meine Frau werden?"

Sie streckte ihre Hand aus und spreizte ihre zitternden Finger, während sie das schönste Wort sagte, das ich je in meinem Leben gehört hatte.

„Ja."

Ich stand auf, hob sie in meine Arme und drehte sie in der Luft.

„Setz mich ab, setz mich ab." Sie klopfte auf meinen Arm.

Ich ließ sie auf den Boden hinunter und stabilisierte sie. „Was ist los?"

„Morgendliche Übelkeit."

„In der Nacht?"

„Ja, in der Nacht."

„Moment – hast du gerade morgendliche Übelkeit gesagt?"

Ein Hauch von einem Lächeln umspielte ihre Lippen.

„Du bist schwanger?"

Ihr Lächeln wurde doppelt so breit. „Ich glaube, du hast dich bei meinem Zyklus verrechnet." Ihr Kinn senkte sich zu einem Nicken.

Ich schloss meine Verlobte in die Arme und wir wiegten uns zur romantischen Musik. Ich küsste ihre Schläfe, beugte mich zu ihrem Ohr und flüsterte: „Nein, Schatz. Ich glaube, meine Rechnung ist voll aufgegangen."

Ich durchsuchte das bunte Gestell mit Kostümen nach dem perfekten Halloween-Dinosaurier-Outfit. Nicht für mich. Für meinen Sohn. Vor drei Jahren war Mutterschaft noch nicht auf meinem Radar gewesen, aber James Silver, der Mann, der mich geschwängert hatte, auch nicht. Drei Jahre später, mit einer Marke auf der Brust und einer besten Freundin als Partnerin, meisterte ich das Alleinerziehen mit Bravour.

„Ich hab's gefunden." Allie zog einen flauschigen braunen Einteiler mit einem weißen Schwanz heraus. „Es ist perfekt für Foxy."

„Keine Füchse mehr. Er hat schon eine Fuchszahnbürste, einen Fuchs-Schlafanzug, Fuchshausschuhe und Fuchsbettwäsche. Das reicht. Foxy muss sich an normale Dinge gewöhnen, wie Dinosaurier."

„Weil Dinosaurier in seinem Leben fehlen."

Dieser Ton.

Allies Urteil trug weit, aber wir hatten das schon oft besprochen. Foxys Vater konnte nie in seinem Leben sein. Ich ließ meine Arme sinken und drehte mich zu meiner besten Freundin um. Der böse Blick, den sie mir zuwarf, weckte in mir den Drang, ihr den Titel der Patentante zu entziehen.

„Deine Mutter hat angerufen – um zu sehen, ob du noch lebst. Sie hat seit sechs Monaten nichts von dir gehört."

Vielleicht ging es doch nicht um Foxys Vater.

„Hast du ihr gesagt, dass ich lebe?"

„Nein, ich hab ihr gesagt, sie kann dich auf dem Evergreen Friedhof finden. Natürlich hab ich ihr gesagt, dass du lebst, und ich hab ihr auch erzählt, dass es Foxy gut geht."

Das würde sie nicht tun.

Meine Kehle schnürte sich zu. „Das hast du nicht."

„Nein, hab ich nicht, aber es wird Zeit, dass du ihr sagst, dass sie Großmutter ist. Dein Vater wäre auch glücklich darüber."

„Kommt nicht in Frage. Ich gebe meinem Sohn keine Großmutter, die hundert Dollar zu seinem Geburtstag schickt, anstatt ihn zu umarmen. Nein danke."

„Laura ..." Sie berührte meine Schulter. „Man sagt, die Liebe einer Großmutter sei einzigartig. Und da du jetzt selbst Mutter bist, habt ihr mehr gemeinsam."

„Du denkst das, weil deine Mutter toll ist. Sie gibt dir Liebe, und du gibst ihr ... Sicherheit und Tequila. Alles, was ich meinen Eltern je gegeben habe, waren graue Haare."

„Meine Mutter ist genauso ein Chaos wie deine. Vielleicht eine andere Art von Chaos, aber trotzdem ein Chaos. Der Punkt ist, sie sollte es wissen. Vielleicht würde sie dich überraschen."

Ich seufzte. „Ich werde darüber nachdenken, aber mehr kann ich nicht versprechen. Jetzt hilf mir, ein Kostüm zu finden. Unsere Morgenpause ist fast vorbei."

Allie scannte das übrige Gestell mit Halloween-Kostümen ab. Wen wollte ich täuschen? Ich könnte ihr nie den Titel der Patentante entziehen. Sie war die Beste, und sie hatte recht. So verkorkst unsere Familiendynamik auch war, sie waren immer noch meine Familie, und ich vermisste sie. Nur, meine Eltern hatten Erwartungen, die ich nicht erfüllen konnte. Ihre Enttäuschung reichte den ganzen Weg von Manhattan und ihrem Haus in den Hamptons. Das Ärzteehepaar zu meiden, war eine

Herausforderung, aber leichter aus der Ferne zu bewerkstelligen.

Also hatte ich meine Schwangerschaft für mich behalten und blühte nun als alleinerziehende Mutter auf. Daran etwas zu ändern, stand nicht auf dem Plan, und Allie bestätigte, dass ich am Leben war, wann immer sie die Anrufe meiner Mutter entgegennahm.

Sie hob ein Dinosaurier-Kostüm hoch und ließ die Monstrosität in der Luft baumeln. „Ein T-Rex mit Plastikkrallen. Damit könnte man einem Kind ein Auge ausstechen."

„Offensichtlich gewinnt das Fuchskostüm. Es ist sicher, perfekt und niedlich." Ich sah auf meine Uhr. „Und unsere Pause ist vorbei."

Ich bezahlte das Kostüm und warf die Tüte in den Streifenwagen. Ich schnallte mich an und nahm einen Schluck von meinem abkühlenden Latte, als der Funkspruch durchkam.

„Zwei bewaffnete Verdächtige beim Betreten des Cameo-Gebäudes nahe Fifth und Park gesehen. Alle Einheiten reagieren."

Ich spuckte meinen Kaffee aus und fummelten am Getränkehalter herum. „Allie, das sind wir."

Meine Serie von Kontrollgängen und fehlenden Festnahmen hatte mir die längste Zeit ohne Verhaftung im Revier eingebracht. Das Gekicher hinter meinem Rücken wurde langsam nervig, aber heute würde ich es ihnen allen zeigen.

Meine Partnerin griff nach dem Funkgerät. „Verstanden. Einheit zwölf-null-eins in der Nähe reagiert."

Wir schossen aus dem Streifenwagen wie zwei Rookies und rannten einen Viertelblock zum Cameo-Gebäude, wo wir an der Ecke anhielten und die Gegend beobachteten. Ein Geschäftsmann zündete sich vor der Tür eine Zigarette an. Ein Paar ging an einem auf einer Bank schlafenden Obdachlosen vorbei und betrat das Gebäude. Wir suchten nach Hinweisen, aber es gab keine.

„Kein sichtbares Chaos", sagte ich.

„Keine Anzeichen von Aufruhr."

„Scheint ruhig für einen bewaffneten Einbruch."

„Vielleicht sind es Profis."

„Ich würde lieber einen Profi schnappen, als meine fast dreijährige Sexflaute zu beenden."

Das war mein Tag. Ich konnte es in meinen Knochen spüren.

„Du hattest seit zwei Jahren keinen Sex?"

„Zwei Jahre und neun Monate. Foxys Zeugung war mein letztes Mal. Diese Verhaftung ist besser als Weihnachten und Geburtstag zusammen."

Sie sah mich an, als wäre ich verrückt. „Scheiße, Laura. Das ist übel. Ich wette, du hast vergessen, wie man einen Orgasmus hat."

„Unsinn. Ich habe heute Morgen unter der Dusche einen gehabt."

„Ach, Laura. Das musste ich jetzt wirklich nicht wissen."

„Hättest du nicht fragen sollen. Lass uns vorsichtig da reingehen."

Ich straffte meine Schultern, und wir gingen zur Drehtür. Drinnen lief das Geschäft wie gewohnt weiter. Eine Handvoll Büroangestellter wartete auf den Aufzug, und ein Wachmann saß am Informationsschalter.

„Glaubst du, es war ein Scherzanruf?", fragte ich sie.

„Oder wer auch immer hier reingerannt ist, ist schon oben. Lass uns die Treppe nehmen."

„Nein, warte. Schau dir den angespannten Wachmann an."

Wir näherten uns dem Schalter, und ich senkte meine Stimme. „Sir, haben Sie einen bewaffneten Eindringling gemeldet?"

„Ja – dritter Stock. Er ist im dritten Stock. Schwarzer Hoodie und ein Fleck silbernen Haars."

Die Stirn meiner besten Freundin runzelte sich.

„Wie viele Ausgänge?"

„Er hat das südliche Treppenhaus genommen. Das nördliche ist wegen Renovierungsarbeiten gesperrt."

Ich scannte die Umgebung. Zwei Anzugträger standen am Aufzug, zusammen mit einer gestressten Frau, die dringend Urlaub zu brauchen schien. Weitere kamen durch den Eingang, gefolgt von dem Obdachlosen im schwarzen Hoodie.

„Räumen Sie den Bereich und stellen Sie sich vorne hin. Lassen Sie niemanden mehr rein, bis alle draußen sind. Verstärkung wird bald hier sein", sagte ich und folgte Allie die Treppe hinauf.

Wir nahmen immer zwei Stufen auf einmal bis zum dritten Stock. Meine Brust zog sich zusammen, mein Herz hämmerte und meine Ohren dröhnten vom Ticken der Zeit. Schweiß lief meinen Rücken hinunter. Die Nervosität war neu; sie hatte begonnen, als ich nach meinem kurzen Mutterschaftsurlaub zur Arbeit zurückkehrte und gezwungen war, mein Baby bei Mrs. Brewers auf der anderen Straßenseite zu lassen. Mit der Mutterschaft kam das zusätzliche Bedürfnis, für meinen Sohn zu überleben. Während ich das Glück hatte, eine wunderbare Nanny zu haben, bekam sie mehr Kinder, und Foxy wurde häufiger krank.

Allie packte meinen Arm, bevor ich die Treppenhaustür öffnete. „Laura, bitte sei vorsichtig. Mein Patensohn braucht seine Mutter heute Abend zu Hause."

„Fünfzig Prozent mehr Polizisten sind dieses Jahr im Dienst gestorben als letztes Jahr." Die Sorge in ihren Augen verwandelte sich in Furchtlosigkeit, aber ich fuhr trotzdem fort. „Und da wir nicht bereit sind, eine Statistik zu werden, sei du auch vorsichtig."

Sie boxte mich spielerisch in den Arm, und ich schluckte den Kloß in meinem Hals herunter. „Das könnte dein erster Einsatz sein."

„Nicht, wenn wir hier weiter rumstehen."

Mit ihrem Körper schob sie mich zur Seite und öffnete die Treppenhaustür. Ich folgte ihr den Flur entlang. Nach der zweiten Biegung betrat ein Mann ein Büro. Die Tür schloss sich hinter ihm, und Allie rannte vorwärts, während ich in der Mitte des Flurs stehen blieb.

Der schwarze Hoodie, den er trug, war derselbe wie der des Obdachlosen.

„Das ist sein Partner", sagte ich leise, aber Allie war bereits durch die Bürotür gestürmt. Als ich ankam, hatte sie jemanden am Boden.

Ich drehte mich auf dem Absatz um und rannte zurück zum Treppenhaus. Unten füllte sich die Eingangshalle, während die Sicherheitsleute alle nach draußen drängten. Ich scannte die Gegend, meine Augen blieben an dem Obdachlosen hängen, der sich gegen einen Baum lehnte. Er beobachtete die Ausgänge. Ich verließ das Gebäude durch die Seitentür und rannte um die Ecke, damit ich mich von hinten anschleichen konnte. Der über seine breiten Schultern gestreckte Hoodie war derselbe wie der des Angreifers oben. Ich zog meine Waffe und zielte auf den Rücken des Mannes.

„Hände hoch!"

Seine Schultern zuckten erschrocken zusammen.

„NYPD. Weg von dem Baum und Hände hoch."

Er hob seine Hände in Zeitlupe, die Handflächen nach vorne und die Beine breit.

„Beeilung."

„Sie haben den Falschen erwischt, Officer." Seine tiefe Stimme weckte verschwommene Erinnerungen, aber ich schob das Kribbeln in meinem Hinterkopf beiseite. Ich würde diesen Mitverschwörer festnehmen, egal was passiert.

„Beweg dich verdammt nochmal nicht." Ich trat näher. Als seine Arme sich hoben, rutschte sein Hoodie über seinen Gürtel und entblößte eine Waffe. „Ist die Waffe hinter deinem Rücken registriert?"

Ich entfernte die Waffe hinter seinem Gürtel und bemerkte dabei seinen straffen Hintern.

„Sie sind verhaftet wegen Einbruchs. Alles, was Sie sagen, kann und wird vor Gericht gegen Sie verwendet werden."

„Einbruch? Erfinden Sie wenigstens etwas Glaubwürdiges. Ich bin nicht eingebrochen."

Die Handschellen klickten, das letzte Stück meiner Erinnerung fiel an seinen Platz.

Oh mein Gott. Diese Stimme.

Die Furcht, dass jemand mein Leben komplizieren wollte, floss durch meine Adern.

„Fox." Sein Name entglitt meiner Zunge.

„Laura? Laura, bist du das?"

Sein Kopf drehte sich mit einem Ruck, und mein Körper wurde schlaff. Der eine Mann, dem ich zwei Jahre lang aus dem Weg gegangen war - verdammt, der Vater meines Kindes - stand nun weniger als einen Atemzug von mir entfernt. Und der beste Plan, den mein Gehirn zustande brachte, war, ihn zur Wache zu bringen. Wenn sie ihn wegen Besitzes einsperrten, könnte ich zwei Ziele auf einmal erreichen: meinen Festnahme machen und verschwinden. Der Plan schoss mir wie eine verirrte Kugel durch den Kopf, bis sein Geruch in meine Lungen drang und die Kugel sich in der Nähe meines Herzens niederließ.

„Fox?", sein Name rollte über meine Zunge. Ich hatte seinen echten Namen noch nie ausgesprochen, aber ich trug ihn sicherlich nah an meinem Herzen. „Ich meine, James? Bist du das? Was zum Teufel?"

Er stand regungslos da, als teile er meinen Schock.

„Du liest meine Gedanken. Nimm mir die Handschellen ab." Er drehte sich zur Seite.

„Das kann ich nicht. Ich habe dir bereits deine Rechte vorgelesen."

„Du meinst, du hast meine Rechte gemurmelt."

„Halt den Mund. Du bist verhaftet. Was machst du hier?", fragte ich ihn.

„Wenn ich verhaftet bin, glaube ich, steht mir ein Anruf zu, bevor ich deine Fragen beantworte, Polizistin."

Er hatte Recht. Und ich wusste bereits, was er hier machte. Mein Funkgerät bestätigte, dass Verstärkung für Allie eingetroffen war. Sie bekam eine Mitfahrgelegenheit mit einem Kollegen.

„Sieht aus, als wären wir bereit zu gehen."

„Laura, nimm die Handschellen ab. Ich bin nicht der Typ, den du suchst."

„Da muss ich widersprechen." Er bemerkte meinen gedämpften Atem, und ich erkannte meinen Fehler. Der Funke in seinen Augen setzte mein Blut in Flammen, und ich schluckte, um die aufsteigende Hitze zu unterdrücken. Es funktionierte nicht. Ich bezweifelte, dass irgendwas half, wenn seine verdammten Augen ihr Ding machten. Obwohl der verrückte Morgen, den wir in Colorado verbracht hatten, lange her schien, war jede Minute frisch in meinem Gedächtnis geblieben.

„Wenn du die Nummer der Waffe überprüfst, ist sie auf Fox Silver registriert. Nimm die verdammten Handschellen ab, Laura."

Sein Ton riss mich aus meiner Benommenheit.

„Achtundneunzig Prozent der Kriminellen versuchen, einen Beamten zu überreden, ihre Handschellen abzunehmen. Das ist kriminell. Du bist verhaftet und kommst mit mir zur Wache."

„Du machst einen Fehler. Ich werde aus der Wache raus sein, bevor du den Papierkram erledigt hast."

Die Verstärkung für Allie traf ein, und ich wies sie nach drinnen, bevor ich mich wieder James zuwandte.

„Wunderbar. Dann wirst du ja nichts dagegen haben mitzukommen."

„Ich habe keine Zeit dafür, Laura. Ich bin ein beschäftigter Vater mit Verpflichtungen, der versucht, einen Verbrecher zu fangen."

Seine Vaterschaft war der Grund, warum ich ohne Abschied gegangen war – und die Frau, die unseren Aufenthalt mit ihrem schwangeren Bauch unterbrochen hatte. Ich würde nicht mit der Mutter seines Kindes konkurrieren, und ich würde auch nicht zulassen, dass mein Sohn an zweiter Stelle stand. Meine einzige andere Wahl war zu verschwinden.

„Laura? Hörst du mir überhaupt zu? Ich muss irgendwo sein, und wenn ich nicht sofort los kann, verpasse ich den Termin."

„In Ordnung. Wir können sofort los. In meinem Streifenwagen."

„Oh, toll. Ich würde eine Mitfahrgelegenheit wirklich schätzen-"

„Ich meinte *du* auf der Rückbank meines Streifenwagens."

„Du willst das wirklich durchziehen?" Er schloss die Augen und nahm einen beruhigenden Atemzug.

Ein Hauch von Reue machte sich in meiner Brust breit. „Ich mache nur meinen Job."

„Deinen Job?" Wut flammte in seinen hellen Augen auf. „Um Himmels willen, Laura. Du warst vor drei Jahren noch eine Nussknackerin."

Zorn stieg in mir auf.

„Nun, dann hat diese Nussknackerin wohl gerade ihren Festnahme gemacht."

Ich öffnete die hintere Tür und drückte gegen seinen schweren Körper, aber er widersetzte sich und drehte sich zu mir. Sein Mundwinkel hob sich, und ein Grübchen vertiefte sich in seiner Wange.

Verdammt.

„Würdest du mich nicht blamieren und mich vorne mitfahren lassen?"

Mein Herz hämmerte in meiner Brust und schnürte mir die Lunge zu. Ein Kribbeln breitete sich auf meiner Haut aus, eine Reaktion auf seinen gefährlich sexy Tonfall.

„Regeln sind Regeln, Mr. Silver. Verdächtige fahren hinten. Ich meine, auf der Rückbank."

Verdammt, keins von beidem klang unschuldig.

Er grinste.

„Steig ein." Ich packte seinen muskulösen Arm und schob

seine Masse an Muskeln hinein. Jesus, war er stark. Ich riss mich zusammen und trat aufs Gas.

„Also, was ist mit dir in Colorado passiert?", fragte er.

Eine bessere Frage war, warum der Himmel blau und seine Freundin schwanger war. Warum hatte er mich verführt, wenn er eine Familie hatte, und warum hatte ich es zugelassen?

Spiel die Ahnungslose.

„Was meinst du damit, was in Colorado passiert ist?"

Ich trat aufs Gas und schleuderte ihn gegen den Rücksitz. Er stöhnte, und ich sah in den Rückspiegel, als er sich näher an die Trennwand zwischen uns setzte.

„Ich meine, warum bist du gegangen?" Der tiefe Ton vibrierte durch seine Brust, und eine Erinnerung an seinen wunderschönen Oberkörper blitzte durch meinen Kopf. Ich kurbelte das Fenster runter, um frische Luft hereinzulassen.

„Es gab eine Lawine. Die Berge wurden gefährlich, und..." Ich hielt zusammen mit dem Auto an und wartete, bis die Fußgänger vorbei waren. „Und ich bin zu meiner kranken Freundin gefahren."

Ich fuhr wieder an.

„Und du hast nicht angerufen?"

Ich trat auf die Bremse, und sein Gesicht wurde gegen die Drahttrennwand gedrückt. Bei diesem Tempo würden wir nie zur Wache kommen, aber ich hatte nicht vor zu erklären, wie sehr ich Liebesdreiecke und Spieler verabscheute.

„Hör mal, ich hatte eine schöne Zeit in Colorado, aber wie du siehst, bin ich jetzt mehr als nur ein Nussknacker."

„Richtig – du bist eine Polizistin, die einen Typen wegen nichts festnimmt. Beachtliche Verbesserung."

War das Sarkasmus in seiner Stimme? Ich sah in den Rückspiegel, als er mit den Augen rollte.

„Du weißt gar nichts über mich, Silver. Ich bin großartig in meinem Job."

Achtzig Prozent aller Beziehungen beginnen mit Lügen; aber

wir hatten ja gar keine Beziehung. Ich war gut in meinem Job gewesen, bis Mrs. Brewers ein weiteres Kind zum Babysitten annahm. Foxy fing einen Virus nach dem anderen ein, was mich zwang, meine Arbeitszeit zu reduzieren.

„Du bist auf jeden Fall großartig darin wegzulaufen", murmelte er und lehnte sich in seinen Sitz zurück. Ich würde mich bestimmt nicht während der Arbeit darauf einlassen. Jede Frau an meiner Stelle hätte dasselbe getan. Ich sagte nichts mehr, bis wir am Revier ankamen und ich ihn in einen Raum zur Aufnahme brachte. Ich hatte gerade die Papiere unterschrieben, als Sergeant Dwight mich zu seinem Schreibtisch rief.

„Die Waffe ist registriert. Mr. Silvers Anwalt sagt, Sie hätten das überprüfen sollen, bevor Sie ihn wegen Besitzes festgenommen haben."

„Er hat einen Anwalt?"

„Die Silvers nehmen immer einen Anwalt. Das hätten Sie gewusst, wenn Sie das Protokoll befolgt hätten, was Sie nicht taten. Ich möchte Sie nicht degradieren, Young, aber –"

„Mich degradieren? Sir, ich weiß, dass ich in den letzten Monaten nicht in Topform war, aber ich kann meinen Job machen."

Er lockerte die Krawatte um seinen Hals.

„Sie sind eine gute Polizistin, Laura, und ich brauche Sie hier, aber Sie werden sich bei Mr. Silver entschuldigen müssen."

„Er kommt also frei?"

„Ihre Festnahme ist hinfällig. Wofür soll ich ihn festhalten?"

Gute Gene, strahlend blaue Augen und ein Körper zum Sterben? Ich zuckte stattdessen mit den Schultern.

„Ich habe Sie noch nie so patzen sehen. Ist zu Hause alles in Ordnung?"

Zählten drei Wäschenberge, ein überquellender Abwasch und ein kranker Zweijähriger?

„Foxy übergibt sich wieder. Er bekommt alle möglichen Keime, wenn Mrs. Brewers neue Kinder aufnimmt, also suche ich nach einem neuen Babysitter, und ich... Es tut mir leid wegen der Waffe. Es wird nicht wieder vorkommen, Sir."

„In Ordnung. Gehen Sie und leisten Sie Abbitte, und sorgen Sie dafür, dass die Anwälte uns in Ruhe lassen."

„Ja, Sir."

Ich drehte mich um und sah ihn am Empfang stehen. Er lehnte sich vor, stützte seinen Ellbogen auf den Tresen und bezauberte die Sekretärin. Der überwucherte Bart war neu, passte aber zu seinen langen Wimpern. Wären da nicht die dunkleren Ringe unter seinen Augen gewesen, hätte ich behauptet, er sähe heißer aus als in der Nacht, in der wir uns kennenlernten. Sein Blick hob sich und traf meinen Blick.

Ich straffte meine Schultern, hob meinen Kopf, sammelte mein Selbstvertrauen und richtete meine Wirbelsäule auf, während ich mit überlegten Schritten nach vorne ging.

„Hey", sagte ich. „Es tut mir leid wegen des Machttrips. Ich hätte dich nicht verhaften sollen."

„Keine Sorge. Ich werde keine Anzeige erstatten, wenn du mit mir essen gehst."

„Was?"

„Ich dachte, wir könnten uns auf den neuesten Stand bringen."

„Zum Essen ausgehen?"

„Genau das habe ich vorgeschlagen."

„Ich glaube nicht, dass mein Freund das schätzen würde."

„Du bist also nicht single? Du triffst dich mit jemandem?"

„Ja."

Manchmal kamen meine Lügen so wunderschön heraus. Wie konnte ich dieses Talent leugnen? Außerdem, hatte er nicht eine Familie, um die er sich kümmern musste?

Die Enttäuschung in seinen Augen raubte mir den nächsten Atemzug. Ich hatte auch nicht mit dem plötzlichen Stechen in meinem Herzen gerechnet. Die Reviereinganstür öffnete sich, und ich dankte dem Herrn für etwas frische Luft.

Wir drehten uns gleichzeitig zum Eingang. Eine blonde Bombe schritt den Flur entlang, als wäre es ein Laufsteg.

Sie war es. Die Frau aus Colorado.

Ihr langes, fließendes Kleid schmiegte sich an ihre zarten Kurven, und ihr Haar flatterte im Luftzug. Ihre Ohrringe passten zu den Diamantspitzen an ihren langen Nägeln, und ihre Handtasche passte zu ihren Schuhen. Normalerweise fielen mir solche Details selten auf, aber bei ihr war es schwer, sie nicht zu bemerken.

„Da bist du ja, Fox. Ich kann nicht glauben, dass sie deinen Bentley beschlagnahmt haben. Wir sind spät dran, und ich habe den Motor schon laufen. Ich werde denjenigen verklagen, der dafür verantwortlich ist."

Das wäre ich. Normalerweise würde ich eher sterben als zu kriechen, aber für diesen Job würde ich sogar das tun.

Sie hakte sich bei ihm unter, aber er löste ihre klammernden Finger einen nach dem anderen. Wie war ihr Name noch mal?

„Danke, dass du gekommen bist, Tiffany."

Richtig. Tiffany.

„Frau Tiffany, es tut mir leid, dass ich Herrn Silver so lange aufgehalten habe-"

„Sie sind diejenige, die das getan hat?" Sie musterte mein Abzeichen. „Officer Young?"

„Ja", ich wandte mich an James. „Ich hätte Sie nie verhaften sollen. Es tut mir leid."

Er hob das Kinn und zwinkerte. „Mein Angebot steht, Officer Young. Wir haben viel zu besprechen. Essen Sie mit mir zu Abend."

Tiffany ergriff seine Hand und zog ihn zur Tür. „Komm schon, Fox. Wir wollen nicht zu spät kommen."

Er hielt inne, ging ein paar Schritte zurück und zeigte mit dem Finger, als würde er einen Vortrag halten. „Die Waffe ist nicht das Einzige, womit du falsch liegst, Laura."

Sergeant Dwight kam hinter mir hervor. „Ich habe die selbstgemachten Hustenbonbons meiner Frau auf Ihren Schreibtisch gelegt. Ich hoffe, Ihrem kleinen Jungen geht es bald besser, Laura."

Meine Wimpern flogen weit auf, während sich James' Augen in den Augenwinkeln zusammenzogen.

„Ähm, danke. Ich muss los."

Ich flüchtete in den hinteren Raum, mein Herz raste wild. James Silver, alias Fox Silver, alias der geheime Vater meines Sohnes, war mit seiner Babymama verschwunden, aber die Auswirkungen seiner Anwesenheit hallten durch meine Gedanken. Wie zum Teufel sollte ich das alles unter einen Hut bringen?

Begleiten Sie Laura und James auf ihrem prickelnden Abenteuer in , Buch 6 der *Familiensaga der Silver-Brüder, Silver Fox, alleinerziehender Vater.*

BÜCHER VON LACEY SILKS

BÜCHER VON LACEY SILKS

Silver Brothers Securities

Silver Santa (Band 1)

Silver's Rebel (Band 2)

Silver's Pawn (Band 3)

Silver's Secret (Band 4)

Silver's Trouble (Band 5)

Silver Fox, alleinerziehender Vater (Band 6)

Silver Hunter (Band 7)

Hier finden Sie Lacey online:

https://laceysilks.com/DeutscheBucher/

ÜBER DIE AUTORIN

USA Today Bestseller-Autorin Lacey Silks schreibt fesselnde romantische Spannung voller Leidenschaft, Würze und atemberaubender Spannung. Viele ihrer liebenswerten Charaktere sind von ihrem eigenen Leben inspiriert, und ihre Lieben finden sich oft spielerisch in ihre Geschichten eingewoben. Ihre beiden Kinder und ihr Hund Kygo sorgen mit Hausaufgabenfragen und liebevollen, sabbernden Küssen (natürlich von Kygo) für abwechslungsreiche Tage.

Wenn sie nicht gerade intensive Liebesgeschichten zu Papier bringt, ist Lacey eine begeisterte Camperin und Skifahrerin. Als natürlicher Frühaufsteher greift sie oft eher zum Kaffee als zum Wasser und gibt ihren Milliardärshelden die Schuld an ihrem vollen Terminkalender.

Laceys Charaktere, voller Fehler und Eigenheiten, rufen auf jeder Seite Lachen, Schlagfertigkeit und Emotionen hervor. Sie misst Männer schelmisch an ihrer Schuhgröße, hat eine Vorliebe für verführerische Dessous und träumt davon, das Land in einem Wohnmobil zu erkunden.

* * *

DANKSAGUNGEN

Das Schreiben von „Silvers Unruhestifterin" war eine Herausforderung. Ich schrieb dieses Buch während einer Zeit tiefer Trauer, und ich hätte die Arbeit nicht beenden können, wenn die letzten Worte meines besten Freundes nicht zugetroffen hätten: „Verschwende die Zeit nicht mit Weinen. Das Leben ist zu kurz und du musst weitermachen."
Also tat ich das. Und er hatte Recht. Über Liebe, Sex und herzerwärmende Momente zu schreiben, half bei der Trauerbewältigung.
Ich hätte die Arbeit nicht ohne die Unterstützung meiner Leser oder die stets inspirierende Indie-Autoren-Community mit ihrem Reichtum an Wissen bewältigen können. Die anhaltende Ermutigung und der Glaube an meine Arbeit, zusammen mit der überwältigenden Zuneigung, haben meine Muse neu belebt.
An meine fantastische Lektorin, die immer Zeit für mich findet: Danke, dass du mein Leben einfacher und mein Schreiben verständlicher machst.
An meine Testleser: Danke für eure scharfen Augen! Wenn ich eine Geschichte zwanzig Mal (oder öfter) gelesen habe, sind die Details nicht leicht zu erkennen. Euer Feedback ist von unschätzbarem Wert und macht den Roman zu dem, was er sein sollte.
An meine Familie: Die letzten Jahre haben uns auf mehr Arten geprüft, als uns lieb war, und ich könnte nicht das tun, was ich liebe, ohne euch. Danke für eure Unterstützung, euren Glauben und eure Ermutigung.
Maya, danke für dein künstlerisches Auge und das Cover-Design. Es ist mir eine Ehre, dich als Künstlerin wachsen und dich weiterentwickeln zu sehen. Alex, dein liebevolles Herz und dein Sinn für Humor sind eine ständige Inspiration.
An meine Eltern: Dieses Buch wäre ohne euch nicht zustande gekommen. Danke, dass ihr an meine Träume glaubt.

www.ingramcontent.com/pod-product-compliance
Lightning Source LLC
Chambersburg PA
CBHW061109310726
48974CB00002B/461